AF667061

Sabine Strick wurde in Berlin geboren und wuchs dort auf. Ihre Liebe zum Schreiben entdeckte sie bereits als Kind und sie begann im Alter von siebzehn Jahren, an ersten Romanen zu arbeiten. Doch erst 2017 entschloss sie sich, endlich die notwendigen Schritte für Veröffentlichungen in die Wege zu leiten. Und dann ging auf einmal alles recht schnell: Sie wird nun von der Agentur Ashera vertreten und veröffentlicht seit 2018 mehrere Romane in verschiedenen Genres bei verschiedenen Verlagen.

SABINE STRICK

Das ERBE der Silverstones

Erstausgabe Dezember 2022

Copyright © 2022 dp Verlag, ein Imprint der
dp DIGITAL PUBLISHERS GmbH
Made in Stuttgart with ♥
Alle Rechte vorbehalten

Das Erbe der Silverstones

ISBN 978-3-98637-530-0
E-Book-ISBN 978-3-98637-516-4

Covergestaltung: ARTC.ore Design
Umschlaggestaltung: ARTC.ore Design
Unter Verwendung von Abbildungen von
shutterstock: © buffaloboy2513, © Heartwood Films,
© Uhryn Larysa, © Bernulius,
© Kristyna Henkeova
stock.adobe.com: © mimadeo
elements.envato.com: © PixelSquid360
Lektorat: Regina Meißner
Satz: dp DIGITAL PUBLISHERS GmbH
Druck und Bindung: Books on Demand GmbH, Norderstedt

Das Werk darf – auch teilweise – nur mit
Genehmigung des Verlages wiedergegeben werden.

Sämtliche Personen und Ereignisse dieses Werks sind frei
erfunden. Etwaige Ähnlichkeiten mit real existierenden Personen,
ob lebend oder tot, wären rein zufällig.

Playlist

The Girl From Ipanema – Stan Getz, João Giberto, Astrud Gilberto
Feel – Robbie Williams
Remember Me – Cliff Richard
Free – Michael Jackson
Someone Like You – Adele
Enquanto A Gente Batuca – Beth Carvalho
Mais Que Nada – Sergio Mendes & Brasil 66
Rafael – Beatenberg
Don't You (Forget About Me) – Simple Minds
(I Like) The Way You Love Me – Michael Jackson
Kir Zincirleri – Tarkan
Nour El Ein – Amr Diab
Miss You Nights – Cliff Richard
Te amo – Olodum
Against All Odds – Phil Collins
Shallow – Bossa Bros
Desert Rose – Sting, Cheb Mami
Dubai Nights – Dirk Sandberg
Perfect – Ed Sheeran
Love Never Felt So Good – Michael Jackson
Samba De Janeiro – Bellini
Heartbreak Hotel – Elvis Presley
Father Figure – George Michael
La Vida Es Un Carnaval – Celia Cruz
Samba Reggae – Jimmy Cliff
Always Remember Us This Way – Lady Gaga
Dubai Nights – A Touch of Oriental Mix Café Americaine

Ain’t No Sunshine – Nara, bossa Bros
Hey Brother – Avicii
Do You Remember? – Phil Collins
My Father’s Eyes – Eric Clapton
Human – Rag’n’Bone Man
She’s The One – Robbie Williams
The Boy From Ipanema – Diana Krall
This Place Hotel – Michael Jackson
Home – Michael Bublé
Sábado em Copacabana – Lio
You’ll Be in My Heart – Phil Collins
Desafinado – João Gilberto
Bailando – Pablo Cepeda
The Girl From Ipanema – Frank Sinatra, Antonio Carlos Jobim

1

Rio de Janeiro, 1989

Micaels Herz klopfte so heftig, dass es seine Brust zu zerreißen drohte, als er auf seinen kurzen Beinchen so schnell er konnte an Wellblechhütten und Holzverschlägen vorbeirannte, vor denen finstere Gestalten hockten. Ihm wurde klar, dass er in einer von Rios zahlreichen Favelas sein musste, aber er hatte keine Ahnung, wie er da herauskommen und nach Hause finden konnte, zu dem schönen großen Hotel, in dem er lebte. Er wollte zurück zu seiner Mutter, sich in ihre Arme kuscheln und ihr vertrautes Parfüm riechen. Wo war sie? Warum war sie nicht gekommen, um ihn zu holen? Nur mit Mühe konnte er die Tränen unterdrücken, die er seit dem Vortag zurückhielt.

Seine Lunge schmerzte vom Rennen und er bekam kaum noch Luft. Dennoch musste er weiterlaufen, damit der Mann und die Frau, die ihn gefangen gehalten hatten, nicht einholen und erneut einsperren konnten.

Die Beine gaben unter Micael nach, er strauchelte und fiel in eine Pfütze. Da bemerkte er den brennenden Durst in seiner Kehle, schöpfte hastig mit seinen kleinen Händen das dreckige Wasser und trank davon.

„Hey, Kleiner, was ist los mit dir?“ Er wurde von kräftigen Händen gepackt und auf die Füße gestellt. Micael starrte auf einen Mund voller Zahnlücken. Augen hart wie Stahl musterten abschätzend seine Kleidung, die zwar verschmutzt war, aber intakt und von sichtlich guter Qualität. „Du bist doch nicht von hier, oder?"

Micael schüttelte den Kopf, riss sich los und lief weiter. Er fröstelte, obwohl die Nachtluft mild war. Es waren Müdigkeit, Erschöpfung und Angst, die ihn frieren ließen. Doch er konnte sich nicht erlauben, ein Plätzchen zum Ausruhen zu suchen. Seine Mutter hatte ihn stets vor den Gefahren gewarnt, die in seiner Heimatstadt lauerten. Sie würde aufgebracht sein, weil er sich von Fremden hatte ansprechen lassen, die ihn und seinen Bruder nur wenige Meter vom Hotel entfernt in ein Auto gezerrt hatten, als die Nanny einen Moment lang nicht aufgepasst hatte. Und vor allem würde sie böse sein, weil er Rafael bei den Fremden zurückgelassen hatte. Doch sein Zwillingsbruder hatte fest geschlafen und nicht reagiert, als Micael ihn angestupst hatte. Bis er zu sich gekommen wäre, wäre die Gelegenheit womöglich vorbei gewesen. Micael hatte sich gesagt, dass er schnell entwischen und mit seinen Eltern zurückkehren würde, um Rafael da herauszuholen. Aber was, wenn er die Hütte nicht wiederfand oder Rafael inzwischen nicht mehr dort war? Sein Vater würde ihm den Hintern versohlen, so viel war sicher. Und seine Mutter würde heftig weinen, weil Rafael weg war. Bei diesen Gedanken liefen Micael nun doch Tränen über die kindlich runden Wangen. Er schluchzte kurz auf, wischte die Tränen mit dem Handrücken weg und stolperte weiter durch die Nacht.

Als es heller wurde und er besser sehen konnte, bemerkte er, dass die abgerissenen Hütten in Häuser aus Stein übergegangen waren und die Lehmwege in asphaltierte Straßen, in denen nur wenige Menschen geschäftig ihrer Wege gingen und sich nicht um ihn kümmerten. Er kletterte auf eine niedrige Mauer, stellte sich auf die Zehenspitzen und blickte sich suchend nach dem Meer um. Sein Zuhause lag direkt am Strand von Ipanema, er würde nur am Wasser entlanglaufen müssen und wäre wieder daheim.

Aber so sehr er auch Ausschau hielt, er konnte das Meer nicht entdecken. In der Ferne erblickte er immerhin den Corcovado mit der Christus-Statue, den er vor Kurzem mit seinen Eltern besichtigt hatte. Er erinnerte sich, dass dahinter der Zuckerhut auf seiner winzigen Halbinsel vor der Küste lag – wenn er den Berg fand, wäre er am Meer. Außerdem gab es an beiden Orten viele Touristen, die fotografierten und sich von Taschendieben bestehlen ließen. Sicher würde ihm von denen weniger Gefahr drohen als von seinen Landsleuten in den Favelas und sie würden ihm helfen. Micaels Vater war Engländer, daher hatte er Vertrauen zu Menschen, die aus dem Ausland kamen, um sich Rio anzusehen. So orientierte er sich in Richtung des Corcovado, schlief in einem versteckten Winkel eines Hauses einige Stunden, stahl vor Hunger etwas zu essen von einem Straßenhändler und sprang schließlich in einen Bus, von dem er hoffte, dass er ihn an sein Ziel bringen würde. Dann legte sich eine Art Nebel über alles.

Brighton, 2017

Vor Michael Silverstones Augen verblasste die Vision des Zuckerhuts langsam, als er aus dem Fenster auf den üppig begrünten Hotelgarten hinunterstarrte, dessen Friedlichkeit in so scharfem Kontrast zu seinem düsterbedrohlichen Traum stand. Der vielmehr eine Erinnerung war. Eine der ersten längeren Erinnerungen seines Lebens musste ausgerechnet die seiner Entführung sein.

Er atmete tief durch und zwang sich, geistig wieder in das luxuriös eingerichtete Büro seiner Mutter zurückzukehren, in dessen Besprechungsecke sie saßen, um dem Gespräch zwischen ihr und seiner jüngeren Schwester Claudia zu folgen. Sie diskutierten seit mindestens zehn Minuten darüber, ob sie das Zimmermädchen entlassen sollten, das sich ungefragt ein Partykleid von einem Hotelgast *ausgeliehen* hatte, um sich damit ins Nachtleben von Brighton zu stürzen. Auch wenn sie das Kleid am nächsten Tag gereinigt zurückgebracht hatte, war die Sache aufgeflogen und hatte bei der Dame der High Society, die im Fünfsternehotel Silverstone Brighton logierte, verständlicherweise für Unmut gesorgt.

„Sag endlich auch mal was dazu, Micael“, forderte seine Mutter Mariana ihn auf und schlug die schlanken Beine übereinander. „Sollten wir …“ Sie unterbrach sich plötzlich und blickte Michael prüfend an. „Hattest du letzte Nacht wieder den Traum?“

Er nickte und runzelte gleich darauf die Stirn. „Woran hast du das gemerkt?“

Sie seufzte und strich sich die langen schwarzbraunen Haare zurück. „Ich sehe es dir einfach an, *querido*.“

Michael betrachtete seine Mutter nachdenklich. Sie war eine attraktive Frau und sah bedeutend jünger aus als einundfünfzig. Besonders seit sie vor einigen Monaten aus Rio de Janeiro zurückgekehrt war, wo sie ein minimal-invasives Lifting hatte vornehmen lassen, wie sie es genannt hatte. Seitdem lag ihre seidige hellbraune Haut wieder straff über den bereits früher vom Schönheitschirurgen perfekt verfeinerten Zügen.

Michael war stolz auf seine Mutter, doch es war ein merkwürdiges Gefühl, dass Mariana nun als seine ältere Schwester durchging. Hingegen hatten auch die besten plastischen Chirurgen nicht die Spuren von Trauer und Bitterkeit tilgen können, die die Tragödie von Rafaels Verschwinden um ihren sinnlichen Mund und in den dunklen Augen eingegraben hatte. Aber vielleicht konnte auch nur er das sehen, weil ihn die gleichen Erinnerungen quälten. Und ihn in unregelmäßigen Abständen im Traum durch eine Favela hetzen ließen.

Doch das war über siebenundzwanzig Jahre her, und es verstörte ihn, dass ihn diese Alpträume nicht endlich losließen. Gerade so, als wolle sein als vermisst geltender Zwillingsbruder ihn immer wieder an seine Existenz erinnern.

Michael rieb sich konzentriert mit den Fingerspitzen über die Stirn, und es gelang ihm, den verängstigten fünfjährigen Jungen hinter sich zu lassen und in den Modus des stellvertretenden Hotelleiters zu schalten. „Wir werden Heather nicht kündigen, sondern es bei einer Abmahnung belassen“, bestimmte er. „Ich rede mit ihr und auch mit dem Gast. Heather wird sich entschuldigen und damit hat es sich. Sie arbeitet immerhin schon seit fünf Jahren für uns, und wir waren immer zufrieden mit ihr. Ich weiß nicht, was sie geritten hat, aber ich fände eine sofortige Kündigung zu hart.“

„Du bist zu weich, Michael“, kritisierte Claudia. „Im Gran Hotel Lisboa würde das nicht durchgehen, João hätte sie sofort gefeuert.“ Ihre graublauen Augen, die einen faszinierenden Kontrast zu ihrer beigebraunen Haut und den dunklen Augenbrauen bildeten, funkelten.

„Ich bin nicht dein Mann und dies hier ist das Silverstone Brighton, nicht euer Hotel in Lissabon – ich lege Wert darauf, dass unsere Angestellten fair behandelt werden“, stellte Michael klar und strich sich eine dunkle Locke aus der Schläfe, die sich aus seinen im Nacken zusammengebundenen Haaren gelöst hatte.

„Noch hat aber Dad das Sagen und nicht du“, trumpfte sie auf. „Und er wird sie rausschmeißen, wenn er von der Sache erfährt.“ Ihre scharfgeschnittenen Züge, die sie vom Vater geerbt hatte, verhärteten sich.

„Untersteh dich, ihm davon zu erzählen! Du interessierst dich doch auch sonst nicht für die Angestellten, warum mischst du dich nur ein, wenn du jemandem eins auswischen kannst? Außerdem untersteht die Personalabteilung mir und nicht Vater.“ Er fragte sich kopfschüttelnd, warum seine Schwester mit den Jahren immer boshafter wurde.

„Kinder, fangt nicht an zu streiten“, warf Mariana müde ein. „Mach es so, Micael, rede mit Lady Ashburn und lass deinen Charme spielen. Sie wird hoffentlich nicht auf einer Kündigung bestehen. Ihr Kleid ist ja nicht zu Schaden gekommen. Aber Heather werde ich ins Gewissen reden, ich denke, ich kann da deutlicher werden als du.“

„Gut.“ Michael warf einen Blick auf seine weißgoldene Rolex.

Claudia blickte ihren Bruder an. „Kommst du nachher mit ins *Lakota*? Freunde von mir haben dort einen Tisch reserviert."

Michael zögerte. Er hatte nicht viel übrig für mondäne Clubs und für Claudias versnobte Freunde noch viel weniger. „Ich bin kaputt, ich arbeite schon die ganze Woche praktisch Doppelschicht, seit der Empfangschef krank ist. Ich muss noch bis zweiundzwanzig Uhr unten weitermachen und möchte dann gleich ins Bett."

„Ach, du bist so langweilig", murrte sie und verzog geringschätzig die schmalen Lippen.

„Wenn ich wie du jeden Morgen bis in die Puppen schlafen könnte, würde ich mir auch die Nächte in Clubs um die Ohren schlagen", entgegnete er mit ungewöhnlicher Schärfe.

Seine leise Kritik prallte an Claudia ab, sie lachte nur und warf mit Schwung ihre schulterlangen mokkabraunen Haare zurück. „Einer muss ja das Geld für die Familie verdienen – danke dir, Brüderchen." Sie hauchte einen Kuss in seine Richtung. „Übrigens habe ich gehört, dass Amber Lyndhurst heute Abend auch kommen will. Sie ist übers lange Wochenende in Brighton."

„Ein Grund mehr für mich, nicht mitzugehen", brummelte Michael.

Mariana, die das Geplänkel zwischen ihren Kindern aufmerksam verfolgt hatte, warf ihm einen vorwurfsvollen Blick zu. „Ein Grund mehr für dich, hinzugehen", korrigierte sie sanft, aber bestimmt.

Seine Stirn kräuselte sich. „Du weißt genau, dass ich nichts von ihr will. Und heiraten will ich sie schon gar nicht."

„Micael", begann Mariana und setzte sich aufrecht in ihrem Sessel hin. Sie war die Einzige, die ihn noch bei der portugiesischen Version seines Namens nannte und in seiner Muttersprache mit ihm sprach. Selbst mit seiner Schwester redete er fast immer auf Englisch. „Du bist jetzt zweiunddreißig, du solltest langsam dran denken, eine Familie zu gründen. Und du magst doch Kinder."

„Ich will aber keine in die Welt setzen, nur damit ihr einen weiteren Erben für die Hotels bekommt", erwiderte er verärgert. „Ich will keine Vernunftehe eingehen. Ich weiß noch nicht mal, ob ich überhaupt heiraten will."

„*Querido*, es macht mir Sorgen, dass du dich so wenig für Frauen interessierst. Gibt es da etwas, das ich wissen sollte?"

„Aber nein! Ich interessiere mich nicht für Männer, falls du das meinst."

„Es wäre ja nicht schlimm, Liebling. Nur ..."

„Für Vater schon", warf Michael ironisch ein.

„Nun ja, du weißt, er ist sehr traditionell ..." Unruhig rang sie ihre mit kostbaren Ringen geschmückten schmalen Hände.

„Mama, ich liebe Frauen. Ich habe nur noch nicht die Richtige getroffen. Ende der Diskussion, okay?"

„Du müsstest eben mehr ausgehen, um welche kennenzulernen. Du hockst immer nur im Hotel. Geh aus, flirte, tobe dich aus. Und dann heiratest du Amber. Oder Kate Wiseman."

Michael verdrehte die Augen. „Bitte lass mich mit diesem Thema in Ruhe.“ Er erhob sich brüsk. „Ich muss an der Rezeption nach dem Rechten sehen.“

Gefolgt von Claudia durchquerte Michael die elegante Eingangshalle des Hotels. Vor der Empfangstheke aus Mahagoni sah er seinen Vater stehen, einen silberhaarigen Mann von imposanter Statur, der mit einer blonden Frau redete. Michael konnte nicht verstehen, was er zu ihr sagte, aber seine strengen Gesichtszüge wiesen darauf hin, dass es nichts Liebenswürdiges war. Dann wandte er sich ab und schritt in Richtung der Aufzüge. Sie starrte ihm hinterher, das hübsche, herzförmige Gesicht leicht verstört.

Schnell trat Michael auf sie zu. „Kann ich Ihnen helfen?“

„Ich weiß nicht.“ Die junge Frau strich sich eine lange Haarsträhne aus der Stirn und blickte zu ihm auf. „Ich habe mich mit einer Frage an die Rezeption gewandt, und man verwies mich an diesen Herrn im grauen Anzug, der gerade dort stand. Aber er hat sich als eher unangenehmer Zeitgenosse entpuppt und hat mich abblitzen lassen.“

Ein Lächeln zuckte um Michaels Lippen. „Das ist unser Hoteldirektor, er kann manchmal etwas ruppig sein. Sie sind kein Gast, oder?“ Mit einem Gast wäre sein Vater nie so unhöflich umgesprungen.

„Nein. Ich bin Autorin und suche jemanden, der mir einige Recherchefragen beantworten kann. Ich habe deswegen bereits eine Mail an Ihre Pressestelle geschrieben, habe aber noch keine Antwort erhalten. Und da ich gerade hier vorbeigekommen bin, dachte ich, ich frage einfach mal persönlich nach." Sie lächelte ihn entwaffnend an, und Michael war wie gebannt von ihren sanften Zügen und der positiven Ausstrahlung, die sie umgab.

Dann fiel ihm etwas ein. „Sind Sie Stephanie Wellington?"

„Ja, genau."

„Ihre Anfrage liegt in meinem E-Mail-Postfach. Tut mir leid, ich bin noch nicht dazu gekommen, sie zu beantworten, ich war diese Woche sehr beschäftigt."

„Macht nichts – mir ist klar, dass Sie bestimmt Wichtigeres zu tun haben, als sowas zu beantworten."

In der Tat. Michael hatte eigentlich vorgehabt, seine Sekretärin anzuweisen, der Dame eine Hotelbroschüre und einen Link zur Webseite des britischen Hotel- und Gaststättenverbandes zu schicken, doch nun änderte er seine Meinung.

„Was sind das für Fragen? Was schreiben Sie?"

Bevor Stephanie antworten konnte, tauchte Claudia hinter ihm auf und legte ihm eine Hand auf die Schulter. „Michael, falls du es dir anders überlegst: Der Tisch im *Lakota* ist ab zwanzig Uhr bestellt."

Er nickte zerstreut. „Okay, aber rechne nicht ernsthaft mit mir. Wir sehen uns morgen, bevor du zurückfliegst." Dann wandte er sich wieder seiner Gesprächspartnerin zu. „Kommen Sie, setzen wir uns einen Moment in die Lobby."

„Ich danke Ihnen, Mr. –?"

Er zögerte, ihr seinen Nachnamen zu nennen, denn dann wüsste sie sofort, dass es seine Familie war, der das Hotel gehörte. Es gab Leute, die es verschreckte, dass er ein Silverstone war, andere suchten seine

Bekanntschaft und Freundschaft allein deswegen. Er hatte gelernt, vorsichtig zu sein. Auch wenn sein Instinkt ihm sagte, dass die junge Frau weder in die eine noch in die andere Kategorie fiel. Er tippte auf sein Namensschild, auf dem nur der Vorname stand. „Einfach Michael."

Die Rezeptionistin tauchte neben ihm auf. „Michael, ich muss dringend los, meine Tochter wartet auf mich. Kannst du ...?"

„Ja, mach Feierabend, Jane. Sorry, ich habe nicht gesehen, dass es schon so spät ist. – Entschuldigen Sie, ich muss an der Rezeption die Stellung halten, bis mich um zweiundzwanzig Uhr der Nachtportier ablöst", sagte er zu Stephanie und ging hinter die Empfangstheke. „Aber wir können trotzdem einen Moment weiterreden."

„Um Ihre Frage zu beantworten: Ich schreibe einen Krimi, der in einem Luxushotel in London spielt. Und natürlich habe ich bereits vieles im Internet recherchiert, doch es gibt Dinge, die nur ein Insider ..." Sie unterbrach sich, weil neben ihr ein älterer Herr im Anzug aufgetaucht war, der sich nach den Frühstückszeiten des Hotelrestaurants erkundigte.

Michael nannte sie ihm und wandte sich wieder Stephanie zu. „Sie schreiben Kriminalromane? Das finde ich super. Soll es einen Mord in dem Hotel geben?"

„Genau das."

„Es ist der Alptraum eines jeden Hoteliers, dass so etwas in seinem Hotel passiert", erwiderte er lachend. „Dramen geschehen in den Mauern jedes Hotels sicher genug. Allerdings bitte ich Sie um Verständnis, dass ich Ihnen keine pikanten Anekdoten erzählen darf. Ich würde in Teufels Küche kommen, wenn so etwas veröffentlicht würde."

„Ich weiß, keine Sorge. Mir geht es mehr um einige praktische Abläufe in einem Luxushotel." Sie stützte sich mit den Unterarmen auf die Theke und kam ihm für einen kurzen verwirrenden Moment so nah, dass er ihr zartes pudriges Parfüm riechen konnte.

Rasch blickte er auf ihre zierlichen Hände, um festzustellen, ob sie einen Ehering trug. Er konnte keinen ausmachen, doch das war natürlich noch kein Beweis dafür, dass sie ungebunden war.

Ein Pärchen stellte sich an den Empfang, und Michael wandte ihnen seine Aufmerksamkeit zu. „Wir reisen morgen ab, würden Sie uns bitte die Rechnung fertigmachen?"

„Selbstverständlich. – Einen Moment bitte", sagte er zu Stephanie.

Sie nickte verständnisvoll und blickte sich aufmerksam in der Lobby um, während sie auf ihn wartete.

„So, jetzt bin ich wieder für Sie –", begann er, und wurde vom klingelnden Telefon unterbrochen. „Das Hotel Silverstone Brighton, die Rezeption, Sie sprechen mit Michael, guten Abend", meldete er sich.

Als er das Gespräch beendet hatte, stand bereits eine kleine Reisegruppe, die einchecken wollte, am Empfang.

Er blickte Stephanie bedauernd an. „Das wird heute nichts mehr, fürchte ich."

Sie hob resigniert die Schultern. „Ja, Sie scheinen sehr beschäftigt zu sein. Ich möchte Sie nicht länger aufhalten. Ich kann es ja mal beim Lyndhurst-Hotel versuchen."

„Nicht doch. Was halten Sie davon, wenn wir das Gespräch morgen beim Mittagessen fortsetzen?", hörte er sich sagen und staunte über sich selbst. Hatte er ihr gerade eine Art Rendezvous vorgeschlagen? „Dann können Sie mich mit so vielen Fragen über das Hotel löchern, wie Sie wollen", fügte er hinzu, um den geschäftlichen Aspekt der Verabredung zu betonen. Auch wenn er sich eingestehen musste, dass sie ihm gefiel, hatte er schließlich keine Ahnung, ob sie überhaupt ungebunden war.

„Sehr gern." Stephanie strahlte ihn an, und für einen wohltuenden Moment versank er in der Wärme und Lebendigkeit ihrer tiefblauen Augen. Spätestens jetzt wusste er, dass er sie unbedingt wiedersehen wollte.

Michael blätterte gedanklich in seinem übervollen Terminkalender. „Passt es Ihnen gegen eins?"

„Ausgezeichnet. Und wo?"

Er zögerte kurz. Am liebsten hätte er sie in ein Restaurant ausgeführt, das möglichst weit vom Hotel entfernt lag, doch dadurch würde zu viel von der Zeit abgehen, die er zur Verfügung hatte. „Wäre es in Ordnung, wenn wir uns hier treffen?"

„Klar. Ich hole Sie um dreizehn Uhr ab."

„Ich freue mich", sagte er warm, und sie schenkte ihm ein Lächeln und ein kurzes Zwinkern, bevor sie sich abwandte. Er blickte ihr nach, wie sie mit leichtfüßigem Gang in ihren modischen Sneakers die Hotelhalle durchquerte. Ihr blondes Haar tanzte auf ihrer dunklen Bikerjacke und schimmerte im Licht der Kronleuchter. Auf einmal spürte Michael, dass die letzte Spur von Traurigkeit, die er seit dem Aufwachen mit sich herumtrug, verschwunden war.

2

Als Claudia erwachte, dröhnte ihr Schädel und sie hatte einen widerlich pelzigen Geschmack auf der Zunge. Vorsichtig öffnete sie die geschwollenen Lider einen Spalt, hob den Kopf und blickte sich um. Das Hotelzimmer, in dessen Bett sie splitternackt lag, war nicht ihr Zimmer im Silverstone. Und der blonde Mann, der neben ihr leise schnarchte, war nicht ihr Ehemann João. *Verdammt.* Dunkel erinnerte sie sich, im *Lakota* mit diesem Cousin von Amber Lyndhurst geflirtet zu haben. Ziemlich heftig sogar. Sie war in seinen Wagen gestiegen, mit auf sein Zimmer gegangen und ... Oh Gott.

Leise, um ihn nicht zu wecken, schwang sie die Beine auf den Boden und huschte ins Bad. Dort lagen ihr Schmuck und ihre goldene Armbanduhr. Die Ziffern zeigten zehn nach neun an. Ihr blieben knapp drei Stunden Zeit, bis eine Limousine des Hotels sie zum Flughafen fahren würde.

Sie überlegte, ob sie duschen sollte, entschied sich dann aber, das lieber in Ruhe in ihrem eigenen Zimmer zu tun. Sie wollte so schnell wie möglich weg, bevor dieser Mann erwachte.

Hastig hüllte sie sich in den sandfarbenen Frotteebademantel mit dem goldenen Emblem der Lyndhurst-Hotelkette und suchte in dem kleinen Körbchen mit den Miniflaschen Shampoo, Duschgel und Bodymilk vergeblich nach Abschminkpads und Reinigungsmilch. *Saftladen.* Da waren die Hotels ihrer Eltern doch um Klassen besser. Mit Wasser und Seife wusch sie sich notdürftig das zerlaufene Make-up aus dem Gesicht und hinterließ Schlieren im blütenweißen Handtuch.

Als sie ins Zimmer trat, räkelte sich der Mann und lächelte ihr entgegen. „Guten Morgen, Süße. Gut geschlafen?“

„Ja, vielen Dank“, entgegnete sie kühl und schlüpfte aus dem Bademantel, den sie achtlos auf die Bettkante warf.

Er stöhnte begehrlich auf und betrachtete ihren geschmeidigen nackten Körper. „Komm her zu mir, Baby. Ich habe schon wieder Lust auf dich.“

„Geht nicht, ich muss mich beeilen. Ich fliege heute Nachmittag nach Lissabon zurück.“ Sie streifte sich das zerknitterte Partykleid über, das mit ihren anderen Sachen auf dem Sessel lag.

„Dann sehen wir uns vorerst nicht wieder?“, fragte er enttäuscht.

„Nein. Sorry, Bobby.“

„Robbie“, korrigierte er mit gerunzelter Stirn.

Claudia zuckte nur mit den Schultern und schlüpfte schnell in ihren Slip, ihre hochhackigen Pumps und zum Schluss in die glitzernde Abendjacke.

„Es war toll, Darling“, versicherte sie und warf ihm einen Kuss durch die Luft zu.

„Jederzeit wieder, meine Süße.“

Sie nahm ihr Täschchen, das an den Champagnerkübel gelehnt stand, und vergewisserte sich, dass sie ihr Handy eingesteckt hatte. Schmuck und Uhr hatte sie bereits im Bad wieder angelegt. Und nun nichts wie weg. An der Tür drehte sie sich noch einmal um.

„Und Robbie: Das hier bleibt natürlich unter uns – verstehen wir uns?"

Er grinste breit. „Worauf du dich verlassen kannst."

Der Ausdruck in seinen grünen Augen gefiel ihr nicht und sie erinnerte sich auf einmal, dass sie Selfies gemacht hatten – nicht nur im Nachtclub, sondern auch eines nackt im Bett. Wie hatte sie sich dazu nur hinreißen lassen können? Sie musste ziemlich betrunken gewesen sein. Zum Glück war er Ambers Cousin, ein gut betuchter Londoner Banker, also aus ihren eigenen Kreisen, und kein zwielichtiger Fremder, der sich als Erpresser entpuppen könnte.

Claudia stieg in eines der Taxis, die vor dem Eingang warteten, und ließ sich zum Hotel ihrer Familie bringen, das nur zehn Minuten entfernt lag.

„Bitte setzen Sie mich am Hintereingang ab", bat sie den Fahrer.

Auf keinen Fall wollte sie riskieren, in der Hotelhalle ihrem Vater oder Michael in die Arme zu laufen, und auch das Empfangspersonal brauchte sie so nicht zu sehen. Sie verwarf die Idee, mit dem Personalaufzug zu fahren, denn das würde bei den Mitarbeitern Aufsehen erregen. Bestimmt würden sie darüber tratschen und es könnte ihrer Familie zu Ohren kommen. Claudia Oliveira, geborene Silverstone, die morgens in zerknautschter Abendgarderobe ungekämmt und mit Make-up-Resten im übernächtigten Gesicht heimlich den Personalaufzug nahm, um in ihr Zimmer zu gelangen? Da hätte sie auch gleich eine Notiz am schwarzen

Brett der Angestellten aushängen können, dass sie ihren Gatten betrogen hatte.

Sie entschied sich dafür, die Treppe zu nehmen. Ihr Vater und Michael würden hoffentlich in ihren Büros oder bereits in der ersten Besprechung sitzen. Ihre Mutter war als Leiterin der VIP-Betreuung und Event-Abteilung oft noch abends im Dienst und tauchte selten vor dem Mittagessen im Hotel auf.

Claudia hastete die Treppen in den dritten Stock empor, eilte atemlos den Korridor hinunter, dessen weiche Auslegware ihre Schritte schluckte, zog bereits ihre Keycard aus der Tasche und wollte auf ihre Zimmertür zugehen, als ihr Bruder in Begleitung der Hausdame um die Ecke bog. Er bemerkte sie sofort, unterbrach sein Gespräch mit Mrs Byron und kam zügig auf sie zu. „Guten Morgen, Claudia. Das trifft sich gut, dann können wir uns jetzt verabschieden. Ich muss nämlich gleich in eine Besprechung und habe direkt im Anschluss eine Verabredung zum Mittagessen. Du bist ja schon früh auf", fügte er verwundert hinzu.

„Ich hatte noch was in der Innenstadt zu besorgen", behauptete sie und merkte im gleichen Moment, wie unglaubwürdig es angesichts ihrer Aufmachung klingen musste.

Er musterte sie kritisch, und Claudia wusste, dass sie ihm nichts vormachen konnte. Aber er würde sie nicht verpetzen. Weder bei ihren Eltern noch bei João. Zwar hatten sie sich nie so richtig nahegestanden und sich in den letzten Jahren noch weiter entfremdet, doch Michael war loyal. Allenfalls würde er sie von seinem hohen Ross mit noch mehr Geringschätzung betrachten, als er es ohnehin schon tat, aber damit konnte sie leben.

Er war eben eifersüchtig, weil sie immer der Liebling ihres Vaters gewesen war und er selbst oft einen schweren Stand bei ihm hatte. Dafür trug Papa ihm beruflich die guten Posten förmlich hinterher, während sie selbst auf ewig nichts als das Anhängsel eines reichen Ehemanns sein würde. So waren sie quitt. Sie musste zugeben, dass Michael immer für sie dagewesen war, wenn sie ihn gebraucht hatte und dass ihre Freundinnen sie um diesen gutaussehenden großen Bruder beneideten. *Er ist eben Mr Perfect*, dachte Claudia missgünstig und verzog unzufrieden das Gesicht.

„Alles okay bei dir?", fragte Michael besorgt.

„Jaja, alles okay. Mach's gut." Sie legte kurz die Arme um seinen Hals. Er drückte sie an sich und küsste ihre Wange. „Komm gut nach Hause."

Ihr war bewusst, dass sie nach Ausdünstungen einer wilden Partynacht und vielleicht sogar nach Sex riechen musste und löste sich schnell aus seiner Umarmung, dankbar, dass er keinen Kommentar darüber machte. „Kannst du mir ein Zimmermädchen organisieren, das mir beim Packen hilft?", bat sie.

„Natürlich. Ich sage Mrs Byron gleich, dass sie dir jemanden schickt. Guten Flug!"

Erleichtert verschwand Claudia auf ihrem Zimmer. Ein Pling ihres Smartphones kündigte eine eingehende WhatsApp-Nachricht an und sie sah sofort nach.

Hi, Sweetie, hattest du noch Spaß mit Robbie?

schrieb Amber Lyndhurst.

Hier ein paar Erinnerungsfotos von gestern Abend.

Angehängt war ein Bild, auf dem Robbie fest die Arme um sie gelegt hatte, während sie an seinem Hals knabberte. Und eines, auf dem sie engumschlungen auf dem Parkplatz vor dem *Lakota* an seinen Wagen gelehnt standen und sich leidenschaftlich küssten. Er hatte sein linkes Bein fordernd zwischen ihre gedrängt, und sie machte es ihm leicht, indem sie ihren rechten Fuß am Kotflügel abstützte und ihren Oberschenkel gegen seine Hüften presste. Ihr nacktes Knie ragte dem Betrachter durch den seitlichen Schlitz im Rock geradezu obszön entgegen, und kein Blatt Papier hätte mehr zwischen ihrer beider Lenden gepasst. Hastig löschte Claudia die Fotos, während sich ein ungutes Vorgefühl in ihr breitmachte. Allerdings hatte Amber nichts weiter geschrieben, vermutlich fand sie es einfach nur amüsant, dass Claudia einen One-Night-Stand mit ihrem Cousin gehabt und sie sie heimlich bei einer Art Vorspiel fotografiert hatte. So beschloss sie, es zu ignorieren und vergaß es wieder. Vorerst.

3

Stephanie schlenderte an der Küste entlang und genoss die salzige Luft vom Meer, die auch jetzt, Anfang Februar, nicht richtig kalt war. Sie hatte noch nicht einen Moment bereut, ihr Leben im hektischen London hinter sich gelassen zu haben, um nach Brighton zu ziehen. Ihre Kreativität wurde durch den Anblick des Meeres beflügelt. Da das ehrwürdige Seebad in den letzten Jahren ein Szenetreff der Londoner geworden war, bot es reichlich Zerstreuungen und eine vielfältige Kunstszene. Genau was sie brauchte.

Sie warf einen Blick auf ihre Armbanduhr und verlangsamte ihre Schritte. Sie war am Palace Beach, dem Zentralstrand von Brighton, angekommen und früh dran für ihr Date. Das Hotel Silverstone lag direkt am Strand.

Der attraktive Hotelangestellte war Stephanie seit dem letzten Abend nicht mehr aus dem Kopf gegangen. Im Vergleich zu dem grantigen Direktor, der sie kurz abgefertigt hatte, als wäre sie eine lästige Bittstellerin, konnte der liebenswürdige junge Mann natürlich nur gewinnen, doch auch darüber hinaus hatte sie ihn mehr als nur sympathisch gefunden. Ihr Herz schlug schneller, als sie sich seine sinnlichen Lippen und seine großen schwarzbraunen Augen in Erinnerung rief.

Seine sanfte Stimme hatte überaus anziehend geklungen, und der Hauch von melodiösem Akzent ließ diese noch interessanter wirken.

Als Stephanie die Eingangshalle des Fünfsternehotels betrat, blickte sie sich ehrfürchtig um. Es war in einem alten, sorgfältig restaurierten Gebäude der Regency-Ära untergebracht, mit hohen Stuckdecken, Marmorsäulen, Gold und Prunk.

„Miss?" Der Rezeptionist sah sie auffordernd an.

„Ich bin mit Michael verabredet. Ihr Kollege vom Empfang."

Er starrte sie einen Moment verblüfft an, bevor er verstand, wen sie meinte. „Augenblick bitte." Er griff zum Telefon und wählte eine Nummer. „Michael? Hier ist Miss ..."

„Stephanie Wellington", warf sie hastig ein.

„Miss Wellington für Sie. – Ja. – Er kommt gleich", sagte er zu ihr.

„Danke." Sie schlenderte zu einer Sitzgruppe in der Lobby und setzte sich vorsichtig auf eines der dick gepolsterten cremefarbenen Sofas. Obwohl sie für das Treffen statt ihrem üblichen Lieblingsoutfit aus Jeans und Sneakers einen blauen Hosenanzug und Lederstiefeletten gewählt hatte, fühlte sie sich underdressed in dieser noblen Umgebung.

Michael erschien fünf Minuten später und wirkte sehr distinguiert in seinem gut sitzenden dunkelgrauen Anzug mit hellblauer Krawatte. Die Haare hatte er straff im Nacken zusammengebunden, und unwillkürlich stellte sie sich vor, wie sexy er mit offenen Locken aussehen musste, die sich um sein bräunliches Gesicht kringelten. Und offenbar verbarg sich eine schlanke, durchtrainierte Figur unter der Businesskleidung. Bei diesem Gedanken breitete sich ein Prickeln in Stephanies Bauch aus.

Er streckte ihr die Hand entgegen. „Schön, dass Sie kommen konnten." Sein Händedruck war warm und fest. „Ich habe uns einen Tisch im Hotelrestaurant reserviert."

„Oh ..." Ihre Stirn kräuselte sich, als sie sich daran erinnerte, was ein Essen hier kostete. Ihr derzeitiger Halbtagsjob erlaubte ihr keine großen Sprünge, und ihre Einkünfte als Autorin stellten eher ein Taschengeld dar.

„Ich lade Sie ein", sagte er sofort.

Sie zögerte. „Wirklich? Ist das nicht ein bisschen zu ..."

Er schmunzelte. „Nein, machen Sie sich keine Sorgen um die Rechnung."

Stephanie hob die Augenbrauen. „Mitarbeiterrabatt?"

„Sowas in der Art." Er versuchte vergeblich ein Grinsen zu unterdrücken, das ihm einen lausbubenhaften Charme gab. Das Kribbeln in ihrem Bauch meldete sich sogleich zurück.

Michael führte sie ins Hotelrestaurant, zu einem Tisch in einer Nische, in der man trotz der Größe des Raumes recht ungestört war. Gleich darauf erschien der Ober am Tisch, deutete eine Verbeugung an und reichte Stephanie eine Speisekarte.

„Danke." Sie studierte das Menü, das von Ravioli vom bretonischen Hummer mit Tomate-Basilikum, sautiertem Angelsteinbutt auf gebratenen Artischocken, Entenbrust mit Honig-Pfeffer-Glasur, Lammkoteletts mit Rhabarber-Chutney bis hin zu Kokos-Beeren-Panna-

Cotta und Tartelettes mit Frischkäse-Granatapfelcreme reichte. Ihr lief das Wasser im Mund zusammen.

„Ich werde die Ravioli mit Hummer nehmen", entschied sie und klappte die Karte zu.

„Keine Vorspeise?", fragte Michael.

„Ich bin keine große Esserin. Lieber ein Dessert danach. Sagen Sie, dürfen die Angestellten denn überhaupt hier essen?"

„Nein, eigentlich nicht."

Stephanie warf ihm einen besorgten Blick zu. „Werden Sie auch keinen Ärger bekommen?"

Er lächelte sie an. „Ich bin kein normaler Angestellter. Machen Sie sich keine Sorgen."

Der Ober tauchte neben ihnen auf. „Haben Sie gewählt?"

„Für die Dame die Ravioli und für mich ... Gibt es noch Möhren-Zucchini-Tarte von gestern?"

„Ja. Mit gegrilltem Gemüse dazu?"

„Genau."

„Ausnahmsweise Wein, *Senhor Micael*?"

Michael sah Stephanie an.

Sie schüttelte den Kopf. „Nein, danke."

„Ein Aperitif?"

„Ich trinke keinen Alkohol, danke", lehnte sie hastig ab. „Bitte nur Wasser."

„Ein stilles Wasser, nicht zu kalt, wie immer?", vergewisserte sich der Ober bei Michael. Dieser sah sie fragend an, sie nickte, und nach einer weiteren angedeuteten Verbeugung zog der Kellner ab.

„Was heißt das, dass Sie kein normaler Angestellter sind?" Das überaus devote Verhalten des Obers einem Kollegen gegenüber hatte sie stutzig gemacht.

„Ich bin der stellvertretende Hoteldirektor."

Überrascht blickte sie ihn an. „Ach so. Aber gestern ..."

„Mir unterstehen unter anderem die Rezeption und die Abteilung für Marketing und Kommunikation. Daher vertrete ich zurzeit den erkrankten Empfangschef und daher hat mir meine Mitarbeiterin Ihre Anfrage zur Prüfung weitergeleitet."

„Klingt nach einem tollen Job. Nur der Chef ..." Stephanie krauste die Nase.

Michael grinste in sich hinein. „Geht so. Ich habe mit der Zeit gelernt, mit ihm auszukommen. Einigermaßen jedenfalls."

„Mit der Zeit? Wie lange arbeiten Sie schon in diesem Hotel?" Sie dachte bei sich, dass er noch recht jung wirkte für einen solchen Posten.

„Seit zwei Jahren. Aber ich kenne den Hoteldirektor schon etwas länger." Wieder zuckte es um seine Mundwinkel.

„Warum lächeln Sie so?", fragte sie halb belustigt und halb irritiert.

„Er ist mein Vater."

„Oh." Stephanie schlug sich verlegen die Hand vor den Mund. „Tut mir leid. Ich meine, nicht dass er Ihr Vater ist, aber was ich über ihn gesagt habe."

Michael winkte ab. „Nicht viele würden Ihnen widersprechen."

Auf einmal fiel ihr etwas ein, das sie bei ihren kurzen Recherchen über das Hotel gelesen hatte. „Habe ich richtig in Erinnerung, dass der Eigentümer dieses Hotel selbst leitet?"

Er nickte knapp, und sie starrte ihn einen Moment lang mit leicht geöffnetem Mund an. „Das heißt, Sie ..."

„Ja." Er lächelte sein etwas schüchternes und gleichzeitig schalkhaftes Lächeln, das ebenmäßige Zähne entblößte. „Wenn mein Vater in ein paar Jahren in Pension geht, werde ich dieses Hotel leiten. Und eines Tages wird es mir gehören."

Stephanie lächelte zurück. „Sie wollten mir lieber verschweigen, dass Sie der Sohn der Eigentümer dieser netten kleinen Familienpension sind, oder?"

Michael zupfte verlegen an seiner Serviette. „Ich wollte nicht den Eindruck erwecken, dass ich damit angeben will."

„Und wieso hat Sie der Ober *Senhor Micael* genannt?"

„Das macht er gern, weil er Portugiese ist. Denn eigentlich heiße ich Micael, das ist die portugiesische beziehungsweise brasilianische Form von Michael. Meine Mutter ist Brasilianerin, und ich habe als Kind in Rio de Janeiro gelebt."

„Spannend. Darüber müssen Sie mir unbedingt mehr erzählen."

„Wollen wir nicht Du sagen?", schlug Michael vor.

„Na klar." Sie prostete ihm mit dem Mineralwasser zu, das der Ober inzwischen an den Tisch gebracht und in geschliffene Kristallgläser eingeschenkt hatte. „Brasilianerin sagst du – eure Familie besitzt mehrere Hotels, habe ich auf eurer Website gesehen. Unter anderem eines in Rio, richtig?"

„Ja. Das Ipanema Palace in Rio hat meine Mutter mit in die Ehe gebracht. Das Gran Hotel in Lissabon gehört eigentlich meinem Schwager – meine Schwester hat einen portugiesischen Hotelier geheiratet –, aber dadurch ist es eben auch in der Familie. Das Hotel in

Boston haben wir seit meiner Kindheit, und das in Dubai hat mein Vater erst vor drei Jahren gekauft."

„Am Jumeirah Beach?" Sie schluckte.

„Ja."

Stephanie wusste von ihrer reiselustigen Schwester Eve, dass es am Jumeirah Beach nur Fünf- und Sechssterne-Hotels gab, die einander in Pomp und Prunk überboten.

„Das ist großartig, Michael", murmelte sie beeindruckt. „Was ist es für ein Gefühl, all diese Hotels eines Tages zu erben?"

Er hob die Schultern. „Ich bin ja mit dem Wissen aufgewachsen, dass ich das mal erbe und bin dafür ausgebildet worden. Ich habe Hotelmanagement studiert und den praktischen Teil natürlich in unseren Hotels absolviert. Beklemmend finde ich nur die Vorstellung, verantwortlich für das Wohlergehen von so vielen Angestellten zu sein."

„Du wirst bestimmt mal ein sehr guter Chef. Du strahlst diese ruhige gelassene Autorität aus und besitzt eine natürliche Würde, obwohl du ja noch ziemlich jung bist."

„Gut zu wissen." Michael lächelte sie dankbar an. „Und was machst du beruflich? Oder ist Schreiben dein Hauptberuf?"

„Nein, das ist mehr ein Hobby. Es ist mein zweiter Krimi, und der erste hat nicht gerade großes Aufsehen erregt, obwohl ich bei einem recht bekannten Verlag untergekommen bin." Sie zuckte resigniert die Achseln. „Zurzeit arbeite ich halbtags bei der University of Sussex als Assistentin eines Literaturprofessors. Ich habe früher mal Psychologie und Anglistik studiert, allerdings ohne Abschluss. Für einen Kleinverlag bin ich hin und wieder als freiberufliche Lektorin tätig. Und nebenbei helfe ich meiner Schwester bei ihrem Bürokram und wohne dafür mietfrei in einer ihrer Eigentumswohnungen. Der Job an der Uni ist befristet, ich werde mir bald was Neues suchen müssen. Aber das ist okay, ich mag die Abwechslung."

Michael nickte verständnisvoll. „Du willst dich nicht festlegen."

„Eine nette Formulierung dafür, dass ich nie lange etwas durchgehalten habe", erwiderte sie amüsiert.

Er nahm vorsichtig ihre Hand und betrachtete die Ringe an ihren Fingern. „Gibt es jemanden, der was dagegen hätte, wenn ich dich mal einen Samstagabend zum Essen einlade?"

„Nein." Die Wärme seiner Haut fühlte sich zu gut an. Stephanie rann ein wohliger Schauer von ihrer Handfläche den Unterarm hinauf. „Also, kommt drauf an. Ich kann nur jedes zweite Wochenende. An den anderen kommt meine Tochter."

Michael blickte sie erstaunt an.

Stephanie räusperte sich. „Brittany ist siebzehn und lebt bei ihrem Vater in London."

„Du bist geschieden?"

„Ja. Schon seit zehn Jahren. Und zurzeit gibt es niemanden, der was dagegen hätte, wenn wir beide zusammen ausgehen würden", fügte sie schnell hinzu.

„Dann machen wir das." Er lächelte ihr direkt in die Augen, und ihr wurde plötzlich heiß.

Als das Essen serviert wurde, ließ er ihre Hand los. Fast bedauernd wandte sie sich ihren mit Hummer gefüllten Ravioli zu. Sie waren exzellent, und Michaels

Gemüseteller sah ebenfalls sehr ansprechend aus. Danach zierte sie sich nicht lange, als er sie ermunterte, noch ein Dessert zu nehmen.

Der Ober brachte schließlich die Rechnung, die Michael lediglich quittierte, statt sie zu bezahlen. Er warf einen Blick zur Uhr.

„Ich muss leider wieder“, meinte er bedauernd. „Aber vielleicht können wir am Samstagabend weiterreden – übermorgen? Oder kommt da deine Tochter?“

„Nein, dieses Wochenende bin ich Single. Und habe Zeit.“

„Perfekt.“

Sie tauschten Telefonnummern aus und verabschiedeten sich.

Stephanie fühlte sich so leicht und verzaubert wie schon lange nicht mehr, als sie das Hotel verließ und mit dem Bus zum Stadtrand von Brighton fuhr, wo sie wohnte. Sie spürte Schmetterlinge in ihrem Bauch, die nicht nur flatterten, sondern fröhlich Samba zu tanzen schienen.

4

Michael verließ das Laufband und tupfte sich mit dem Handtuch, das um seinen Nacken lag, den Schweiß von der Stirn. Er joggte lieber direkt an der Küste entlang, doch an diesem Samstagnachmittag regnete es in Strömen. Noch dazu hatte er wenig Zeit, und für ein kurzes Rundum-Programm war es am bequemsten, die Trainingseinheiten im hoteleigenen Fitnessstudio zu absolvieren. Er blieb vor einem der großen Fenster stehen, die einen Blick auf die gepflegte Gartenanlage boten, und starrte hinaus.

Es war einer dieser Tage, an denen er seinen Bruder besonders heftig vermisste. Auch wenn sie schon vor so langer Zeit brutal auseinandergerissen worden waren. Er hatte mal gelesen, dass Zwillinge, besonders eineiige, wie Rafael und er es waren, ihr Leben lang eine starke Verbindung zueinander spürten, egal wie lange sie in Zeit und Raum getrennt waren. Würde er es fühlen, wenn Rafael tatsächlich tot wäre? Hätte er es damals gespürt, wenn die Entführer ihn getötet hätten, während er selbst nach seiner kleinen Odyssee durch Rio wieder wohlbehalten im Ipanema Palace eingetroffen war?

Als er gerade die Brustpresse eingestellt und sich hingesetzt hatte, betrat seine Mutter den Raum und blickte sich suchend um. Da sich nur wenige Gäste im Fitnessstudio aufhielten, entdeckte sie Michael sofort und kam zielstrebig auf ihn zu. „Ach, hier bist du. Ich habe mich gewundert, dich nicht mehr in deinem Büro anzutreffen."

„Ab und zu brauche ich Sport, um mich fit zu halten, Mama", entgegnete er.

„Das sollte kein Vorwurf sein, Micael, ich weiß, wie viel du diese Woche schon gearbeitet hast. Kannst du bald Schluss machen? Ich wollte einiges mit dir besprechen."

„Ich bin in letzter Zeit kaum zum Trainieren gekommen, ich möchte das heute durchziehen und brauche noch ein bisschen." Konnte sie ihn nicht einmal beim Sport in Ruhe lassen? Vielleicht sollte er sich lieber in einem externen Studio anmelden.

„Gut, dann nur die dringendsten Punkte: Ich möchte, dass du mich heute Abend zur Charity-Gala ins Sheridan begleitest. Dein Vater fühlt sich nicht wohl, er will lieber zu Hause bleiben."

Michael schüttelte den Kopf und fuhr fort, die Gewichte mit den Unterarmen vor dem Brustkorb zusammenzudrücken. „Tut mir leid, ich bin bereits verabredet."

„Micael, *por favor*. Wir müssen das Hotel repräsentieren, und du bist Andrews Stellvertreter."

„Das schaffst du auch allein, Mama. Du bist doch selbstbewusst genug, um mal ohne Begleitung zu einer Veranstaltung zu gehen, oder?"

Sie hob etwas pikiert die sorgfältig gezupften Augenbrauen. „Mit wem bist du verabredet? Es scheint dir ja wichtig zu sein."

„Ja, es ist mir wichtig“, erwiderte er nur. Er freute sich auf das Abendessen mit Stephanie und wollte auf keinen Fall in letzter Minute absagen.

„Na schön. Dann ziehe ich das eben allein durch“, sagte Mariana in so tapferem Ton, als gälte es, in den Krieg zu ziehen und nicht, ein Event zu besuchen, auf dem sie von vorne bis hinten bedient und mit Komplimenten überschüttet werden würde. Ganz zu schweigen davon, dass ihr Chauffeur sie in der Limousine direkt vor die Tür bringen und von dort auch wieder abholen würde. „Nächster Punkt: Für Samstagabend in zwei Wochen nimmst du dir bitte nichts vor.“

Michael schnitt eine Grimasse und das nicht nur, weil seine Muskeln zu brennen begannen. „Ich weiß schon, der Empfang bei den Lyndhursts.“

„Genau. Dein Vater und ich erwarten, dass du hingehen und dich bestens um Amber Lyndhurst und Kate Wiseman kümmern wirst.“

Wortlos stand Michael auf und ging zur Schulterpresse. Mariana folgte ihm unbeirrt. „Es ist wirklich wichtig, weil dein Vater und ich am selben Abend noch eine andere Einladung haben. Und es muss unbedingt einer von uns zu den Lyndhursts gehen, das wäre sonst ein Affront.“

Mit einer heftigen Bewegung ließ Michael den Stab einrasten, der das Gewicht festlegte. „Keine Sorge, ich werde hingehen. Ihr werdet also gar nicht dort erscheinen?“

„Wir werden sehen, wie lange es bei den Lauderdales dauert. Wahrscheinlich kommen wir nach. Bis dahin solltest du die Stellung halten.“

„Alles klar“, presste er zwischen den Zähnen hervor, während er die Griffe hochstemmte. „Was noch?“

„Spätestens Mitte März sollen aus dem Haus deiner Großmutter alle verbliebenen Sachen entsorgt werden, damit wir mit dem Umbau beginnen können. Wenn du also nachschauen willst, ob du noch an irgendetwas Interesse hast, mach es bitte vorher.“

Andrew Silverstones Mutter war von einigen Wochen gestorben, und er plante, aus ihrem Landsitz in Devon ein kleines Hotel zu machen.

„Mache ich“, schnaufte Michael und gönnte seinen Muskeln eine Pause.

„Gut. Letzter Punkt ...“ Mariana blickte sich rasch um, als wolle sie prüfen, dass niemand ihrem Gespräch folgte. „Mrs Byron hat sich über die Unordnung in deiner Suite beschwert. Es würde den Zimmermädchen die Arbeit erschweren.“

Er verdrehte die Augen. „Unsere Hausdame ist der reinste Hausdrache! Hat sie sich wirklich beschwert?“

„Nun ja, sie hat es seufzend erwähnt.“

„Ich gelobe Besserung“, versprach er widerwillig. Vielleicht sollte er sich doch eine eigene Wohnung nehmen. Aber es war so praktisch, dass er in weniger als zwei Minuten an seinem Arbeitsplatz war, keine Hausarbeit erledigen musste und auch keine Miete zahlte.

„Gut, *querido*.“

„Glaubst du, dass Rafael noch lebt, Mama?“, fragte er unvermittelt.

Aus dem Konzept gebracht starrte Mariana auf ihn hinunter, und er konnte förmlich dabei zusehen, wie ihre stets beherrschten Züge sich auflösten und verletzlich wirkten.

Dann verhärtete sich ihre Miene wieder. „Nein, Micael, das glaube ich nicht.“ Ohne ein weiteres Wort drehte sie sich um und schritt mit knallenden Absätzen Richtung Ausgang.

Gedankenverloren starrte er ihrer makellosen Silhouette hinterher.

Rafael und sein Schicksal, die Hunderttausend Dinge, die es in seinem Job stets zu erledigen galt, der Umbau des Hauses seiner Großeltern, die beiden Hotelerbinnen und der Druck, den seine Eltern in allem auf ihn ausübten – alles wirbelte in seinem Kopf durcheinander. Auf einmal fühlte er sich wie gefesselt und konnte kaum durchatmen. Hastig befreite er sich aus der Umklammerung des Fitnessgeräts. Aber die Beklemmung blieb. Die Aussicht auf die Verabredung mit Stephanie wirkte wie eine Brise frischer Luft in einem stickigen, überwarmen Zimmer. Zügig beendete er sein Training und ging auf seine Suite.

Nachdem er geduscht hatte, überlegte er flüchtig, was er anziehen sollte und griff dann zu Jeans und dem erstbesten Pullover, der ihm in die Hände fiel, einen aus feiner sandfarbener Wolle. Da er beruflich ständig Anzug tragen musste, kleidete er sich privat am liebsten lässig.

Er konnte es kaum erwarten, in die noble Brasserie an der Marina von Brighton zu fahren, in der er sich mit Stephanie verabredet hatte.

***

„Vermisst du Brasilien?“, wollte Stephanie wissen, als sie sich beim Abendessen in der gemütlichen Brasserie gegenübersaßen und nach dem Hauptgang auf das

Dessert warteten. Sie hatten endlich Zeit gefunden, die Recherchefragen für Stephanies Kriminalroman zu besprechen und tasteten sich nun langsam zu persönlicheren Themen vor.

Michael lehnte sich entspannt zurück. Er fühlte sich ausgesprochen wohl in ihrer Gesellschaft und nahm die vielen Leute, die um sie herum saßen, kaum noch wahr, genauso wenig wie die Geräuschkulisse aus Gesprächen, Gläserklirren und dem Klappern von Besteck. „Manchmal ein bisschen. Die Wärme, die Fröhlichkeit der Leute. Aber ich war erst neun, als wir von Rio nach Boston gezogen sind. Ich habe bisher nirgendwo richtig Wurzeln geschlagen."

„Boston muss ein ziemlicher Kontrast gewesen sein."

„Das stimmt. In Brasilien hatte ich Freunde, Cousins, Großeltern und ein nettes Kindermädchen, aber als wir in die USA gezogen sind, war das alles weg. Mein Englisch war anfangs nicht so gut, zumal ich von Vater britisches Englisch gelernt hatte und die Amerikaner oft schlecht verstanden habe. Und England war dann wieder ganz anders als die USA."

Stephanie nickte mitfühlend. „Das muss schwierig gewesen sein. Fühlst du dich eigentlich mehr als Brasilianer oder als Engländer?"

„Ich habe beide Nationalitäten. In England fühle ich mich mehr als Brasilianer, aber wenn ich in Brasilien bin, merke ich, wie britisch ich geworden bin. Ich reise ungefähr einmal im Jahr hin."

„Um Familie zu besuchen?"

„Auch, aber vor allem geschäftlich, um im Ipanema Palace nach dem Rechten zu sehen. Es ist besser, einer von uns sieht Mamas Bruder, der das Hotel leitet, auf die Finger.“ Er verzog abfällig den Mund. Onkel Jorge und er waren schon lange keine Freunde mehr. „Und ins Silverstone Jumeirah reise ich genauso oft, weil ich in anderthalb Jahren, wenn der General Manager dort in den Ruhestand geht, seinen Posten übernehmen werde und mich schon mal damit vertraut machen will.“

„Und dann noch dein Fulltimejob hier ... Hast du eigentlich Zeit für ein Privatleben?“, wollte sie wissen.

„Wenig“, gab er zu und strich sich eine feine Locke aus den Augen, die sich aus seinem Pferdeschwanz gelöst hatte und ihm immer wieder ins Gesicht fiel. „Wenn ich frei habe, treibe ich Sport.“

„Was für welchen?“

„Ich trainiere im Fitnessstudio des Hotels.“

Stephanie lachte auf. „Du wohnst, arbeitest, isst und trainierst im Hotel – du lebst im goldenen Käfig, was?“

Er zuckte etwas verschnupft mit den Schultern. Mit ihrer Bemerkung hatte sie einen wunden Punkt getroffen.

„Entschuldige.“ Sie legte rasch die Hand auf seine. „Das war nicht abwertend gemeint.“

Er drehte seine Hand, damit er die Finger um ihre schließen konnte, und fühlte auf einmal sein Herz heftiger klopfen. Da war sie wieder, diese verflixte Schüchternheit im Umgang mit Frauen, die ihn in unpassendsten Momenten einholte.

Als er zwei Tage zuvor im Hotelrestaurant kurz Stephanies Hand genommen hatte, hatte er sich sicher gefühlt. Er war im beruflichen Modus gewesen, da besaß er ein gesundes Selbstvertrauen. Privat fehlte ihm das oft.

Flüchtig dachte er daran, wie er auf der High School zum ersten Mal verliebt gewesen war. Damals sah er nach eigener Meinung schrecklich aus, war dünn und schlaksig, trug eine dicke Brille, hatte Akne und eine Frisur wie ein Staubwedel. Sein Schwarm hatte ihn bei seinem vorsichtigen Annäherungsversuch ausgelacht und gefragt, wie er auf die Idee käme, dass sie mit so einem hässlichen Vogel zusammen sein wolle. Das hatte eine tiefe Wunde bei ihm hinterlassen. Beim nächsten Urlaub in Brasilien hatte er sich von einem Schönheitschirurgen die Aknenarben entfernen und die Augen mit einer Laser-OP von der Kurzsichtigkeit befreien lassen – ein Geschenk seiner Mutter zum bestandenen High-School-Abschluss. In London hatte er sich im Fitnessstudio Muskeln antrainiert. Er hatte sich die Haare von einem guten Afrofriseur stufig schneiden lassen und von da an so getragen wie sein Idol Michael Jackson in den späten Achtzigerjahren. Und er genoss es, dass die Frauen ihn plötzlich gutaussehend fanden. Aber tief drinnen hielt er sich noch immer für den unattraktiven Teenager. Da er nie sicher sein konnte, ob das Interesse einer Frau tatsächlich ihm galt oder dem Vermögen seiner Familie, hatte er ein gutes Gespür für die Motivationen von Menschen entwickelt.

Stephanies Interesse wirkte sowohl aufrichtig als auch uneigennützig und tat ihm gut. Zwar irritierte es ihn ein wenig, dass sie so persönliche Themen anschnitt und so viel fragte, doch in ihren großen blauen Augen las er nichts als Anteilnahme und Sympathie. Sein Bauchgefühl sagte ihm, dass er ihr vertrauen konnte. Ihre Finger in seiner Hand fühlten sich gleichermaßen zerbrechlich als auch fest an. Das war ein

Widerspruch, der sie auszumachen schien: Sie besaß etwas mädchenhaft Zartes und fraulich Gefestigtes zugleich.

Stephanie gefiel ihm, er wollte nichts verderben. Auch wenn er noch nicht so genau wusste, was er eigentlich von ihr wollte. Er war nicht nur auf ein Abenteuer oder gar einen One-Night-Stand aus, das hatte er ausprobiert und als unbefriedigend abgehakt. Für eine feste Beziehung fühlte er sich hingegen weder zeitlich noch emotional ausreichend verfügbar. Platonische Freundschaft? Er musste sich schon den ganzen Abend Mühe geben, den Blick nicht zu offensichtlich in den tiefen Ausschnitt von Stephanies figurbetontem Shirt wandern zu lassen. Für bloße Freundschaft fühlte er sich körperlich zu sehr von ihr angezogen.

„Wie hat es dich von London nach Brighton verschlagen?“, wechselte er das Thema.

„Wegen der Londoner Mietpreise. Die letzte Erhöhung meiner Wohnungsmiete vor zwei Jahren war endgültig zu viel. Und da dachte ich mir, wenn ich London sowieso verlassen muss, kann ich auch gleich noch etwas weiter wegziehen und habe statt eines tristen Vororts eine lebendige Stadt am Meer.“

„London by the sea“, zitierte er lächelnd den Spitznamen Brightons. „Die Mieten sollen aber auch nicht gerade preiswert sein, habe ich mitbekommen.“

„Meine Schwester und ihr Mann besitzen hier ein Mehrfamilienhaus. Und gerade als ich eine neue Bleibe gesucht habe, ist eine ihrer Wohnungen freigeworden und ich habe Eves Angebot, in ihr Haus zu ziehen, gern angenommen. Inklusive des Deals, dass ich mich um ihren Bürokram kümmere und dafür nur meine Nebenkosten bezahle."

„Sicher ein gutes Arrangement. Wie bei mir." Er schmunzelte und nickte freundlich dem Ober zu, der die Dessertschalen vor sie hinstellte.

Stephanie kostete von der Crème brûlée und verzog genießerisch das Gesicht. „Wohnen deine Eltern eigentlich auch im Hotel?", erkundigte sie sich dann.

„Nein, die haben zum Glück eine Villa am Stadtrand."

Sie hob die feinen Augenbrauen. „Zum Glück? Verstehst du dich nicht gut mit ihnen?"

Michael warf ihr einen gequälten Blick zu. „Nächste Frage."

„So schlimm?"

Auf seiner Stirn bildete sich eine steile Falte. „Geld und Geschäft sind alles, was sie interessiert, das Glück ihrer Kinder ist ihnen egal."

„Meinst du wirklich? Eltern haben oft einfach eine andere Vorstellung davon, wie das Glück ihrer Kinder aussehen sollte."

„Meine Schwester haben sie mit ihrer Jugendliebe auseinandergebracht, damit sie einen Hotelier heiratet. Und von mir wollen sie auch, dass ich möglichst bald eine reiche Hotelerbin heirate, ob ich sie nun mag oder nicht." Er biss sich auf die Lippen. Eigentlich ging Stephanie das gar nichts an, sie kannten sich noch zu wenig, um solche privaten Dinge preiszugeben. Doch sie hatte etwas an sich, das ihn dazu bewegte, sich ihr anzuvertrauen. Vielleicht ihre mitfühlend-freundschaftliche Art. Obwohl er stets von so vielen Menschen umgeben war, interessierten sich nur wenige dafür, wie es ihm wirklich ging. Den Angestellten war es egal, solange sie nur dafür bezahlt wurden, sich um seine Belange zu kümmern. Angebliche Freunde waren überwiegend an Vorteilen interessiert, die sie durch ihn haben könnten, oder wollten einen Job von ihm. Und in der Familie drehte sich alles nur um Geld und Erfolge.

„Und du willst nicht heiraten? Eine Familie gründen?" Mit dem Daumen streichelte sie über seinen Handrücken, und die zarte Berührung ging ihm durch und durch. Am liebsten hätte er alle Gläser und Teller, die zwischen ihnen standen, vom Tisch gefegt, sich darüber gebeugt und Stephanie leidenschaftlich geküsst. Michael musste sich räuspern, um den Frosch loszuwerden, der plötzlich in seiner Kehle saß.

„Eigentlich schon. Theoretisch. Irgendwann."

Sie schmunzelte. „Klingt ja sehr entschlossen."

„Falls ich mal heirate, dann nur aus Liebe, nicht als Geschäft, um den Konzern zu vergrößern", ergänzte er.

„Haben deine Eltern eine bestimmte Dame für dich im Auge?"

Er seufzte. „Seit ich wieder in England bin, haben sie zwei Kandidatinnen ausgegraben, die sie interessant finden, doch mir gefällt weder die eine noch die andere. Noch dazu will ich keine Schachfigur meines Vaters sein."

„Hast du versucht, ihm das klarzumachen?"

„Natürlich. Aber man kann mit ihm nicht diskutieren. Er behandelt alle anderen wie dumme unmündige Kinder", sagte Michael erbittert. „Und ich kann ihn leider auch nicht einfach zum Teufel schicken, ohne alles zu verlieren – meinen Job, die Hotels, meine Familie." Er ballte die Hand auf der Tischplatte zur Faust. „Und ich liebe meinen Job und die Hotels."

„So ein Erbe muss ein Segen und ein Fluch zugleich sein", meinte Stephanie nachdenklich.

Er zog die hochgeschwungenen Brauen zusammen. „Das klingt nach Jammern auf hohem Niveau, oder?"

„Ich halte es mit dem Spruch: Urteile nicht über jemanden, in dessen Schuhen du nicht sieben Meilen gelaufen bist", gab sie mit einem schwachen Lächeln zurück.

Michael betrachtete aufmerksam ihre angespannte Miene. „Ich habe den Eindruck, du hast es nicht immer leicht gehabt, oder täusche ich mich?"

„Och ... Geht so. Ich habe das Studium abgebrochen, weil ich Geld verdienen musste und das zusammen mit der Kinderbetreuung zu viel war. Und meine Scheidung war auch nicht gerade ein Highlight in meinem Leben." Sie stocherte mit dem Löffel in ihrer Crème brûlée herum, als sei ihr der Appetit vergangen.

„Wie kommt es, dass deine Tochter nicht bei dir ist?", fragte er vorsichtig.

„Nach der Scheidung hat sie zunächst bei mir gelebt und ich habe als alleinerziehende Mutter mit mehreren Jobs jongliert, genau wie jetzt. Vielleicht ist Brittany manchmal etwas zu kurz gekommen." Stephanie seufzte. „Als sie in die Pubertät kam, wurde unser Verhältnis immer schwieriger und schließlich wollte sie zu ihrem Vater ziehen. Ich glaube, sie brauchte eine stärkere Hand, ich bin einfach zu harmoniebedürftig. Ist natürlich ein Armutszeugnis für eine Psychologin, mit der eigenen Tochter nicht zurechtzukommen", sagte sie bitter. „Wahrscheinlich habe ich das Studium abgebrochen, weil ich dafür genauso wenig begabt war wie für die Mutterschaft."

„Sei nicht so streng mit dir", erwiderte Michael sanft. „Alleinerziehend zu sein und dann noch mit mehreren Jobs, gehört sicher zu den schwierigsten Dingen, die es gibt. Ich schätze, derjenige, bei dem das Kind lebt, hat meistens den unattraktiveren Posten."

„Denke ich auch. Seit Brittany und ich uns nur noch jedes zweite Wochenende und drei bis vier Wochen jährlich in den Ferien sehen, verstehen wir uns deutlich besser. Als ich weggezogen bin, hatte ich ein bisschen Angst, dass wir uns dadurch völlig entfremden würden, aber bisher steigt sie noch freiwillig jeden zweiten Freitag in den Zug, um zu mir zu kommen. Sie findet Brighton ausgesprochen cool. Da habe ich wohl Glück, dass ich in eine so interessante Stadt gezogen bin." Stephanie lächelte tapfer, und Michael hätte sie am liebsten in den Arm genommen. „Hach, ich vermisse sie."

„Ich bin sicher, sie vermisst dich auch", sagte er warm und bemerkte, dass Tränen in ihren Augen schimmerten. „Was machst du so in deiner Freizeit?", lenkte er rasch ab.

„In London war ich in einer Hip-Hop-Tanzgruppe. Wir hatten sogar Auftritte bei Veranstaltungen und in Clubs", berichtete sie, und erleichtert stellte Michael fest, dass der Glanz in ihren Augen nicht mehr von Tränen kam. „Hier habe ich allerdings noch keine passende Gruppe gefunden. Langsam bin ich auch nicht mehr fit genug für schnelles Herumspringen." Sie krauste die Nase. „Wenn mir Zeit bleibt, male ich. Hin und wieder verkaufe ich sogar ein Bild." Nun trat wieder das gewohnte Strahlen in ihr Gesicht.

Es lag ihm auf der Zunge zu fragen, ob er sich die Bilder ansehen durfte, doch er schluckte es hinunter, weil es für ihn nach einem plumpen Vorwand klang, in ihre Wohnung zu gelangen. Dabei interessierte es ihn tatsächlich ohne Hintergedanken. Er liebte Gemälde, und der gelegentliche Besuch von Vernissagen war von seinen gesellschaftlichen Verpflichtungen diejenige, der er am liebsten nachkam. „Ich finde es super, dass du so kreativ bist."

„Meine Schwester ist der Meinung, ich mogle mich durchs Leben, indem ich nur tue, wozu ich Lust habe, aber nichts wirklich auf die Reihe bekomme."

„Oha." Er hob die Augenbrauen. „Verstehst du dich nicht gut mit ihr?"

„Doch, alles in allem schon. Sie hat es auch nicht so krass ausgedrückt, es klingt nur manchmal durch. Eve war immer sehr zielstrebig und geschäftstüchtig und versteht nicht, dass ich einfach tue, woran ich gerade Spaß habe. Allerdings hat sie vor einiger Zeit begonnen, sich ein Beispiel an mir zu nehmen, geht viel aus und reist um die Welt. Man muss dazu sagen, dass sie fünfundzwanzig Jahre viel geschuftet hat – ich freue mich, dass sie nun die Früchte ihrer Arbeit genießen kann."

„Was für Geschäfte hat sie denn?"

„Sie und ihr Mann besitzen etliche Immobilien, die sie vermieten. Von den Mieteinnahmen können sie ziemlich gut leben."

Michael nickte anerkennend. Er fand es ausgesprochen anregend, mehr über die Lebensmodelle von Leuten zu hören, die nicht in der Hotelbranche waren.

Als sie das Restaurant verließen, regnete es noch immer.

„Kann ich dich nach Hause bringen?“, bot er an.

„Sehr gern.“ Stephanie warf einen Blick auf ihre Armbanduhr. „Ich glaube, mein Bus ist gerade weg.“

Während der Fahrt ans andere Ende der Stadt hüllte sich Michael in nachdenkliches Schweigen. Sie hatte völlig recht gehabt mit ihrer Bemerkung über den goldenen Käfig. Sein Leben fand zum allergrößten Teil im Hotel statt. Sicher ein prachtvoller Käfig, den er liebte, doch ließ er es nicht zu, dass seine Eltern zu sehr über ihn bestimmten und verfügten? Stephanie hingegen wirkte frei und selbstbestimmt, und ihr unkonventioneller, bohèmehafter Lebensstil faszinierte ihn.

„Alles okay?“ Sie blickte ihn verunsichert von der Seite an. „Du bist so still.“

„Oh ... Tut mir leid. Ich war in Gedanken.“

„Wir sind gleich da. Du kannst vor dem Wohnhaus da anhalten.“

Michael stoppte seinen Wagen vor dem mehrstöckigen weißen Gebäude.

Ob er sie zum Abschied küssen sollte? Oder war das zu früh? Unruhig trommelte er mit seinen Fingern auf dem Lenkrad herum, bevor er sich ihr zuwandte.

Stephanies Körpersprache war keine große Hilfe; sie drehte sich zu ihm, nachdem sie den Sicherheitsgurt gelöst hatte und lächelte ihn zurückhaltend an. „Danke für die Einladung, das war ein schöner Abend.“

Er nickte. „Das sollten wir bald wiederholen.“ Oder hatte sie vielleicht gar kein Interesse daran, sich weiter seine Luxusprobleme anzuhören? Bestimmt hatte er zu viel gejammert, verdammt. Sie musste ihn für einen verwöhnten Schnösel halten, der auf armer reicher Junge machte. Und wahrscheinlich hätte sie sogar recht mit ihrer Einschätzung. Er musste raus aus diesem Luxuskäfig. Oder zumindest Türen und Fenster aufstoßen.

Verwirrt von den neuartigen Gedanken, die ihn so plötzlich überfielen, zog er sie flüchtig in die Arme und küsste sie lediglich auf die Wange.

„Gute Nacht, schlaf gut, Steph."

„Du auch." Ihr Haar streifte sein Gesicht, als sie sich von ihm löste, und am liebsten hätte er sie festgehalten und noch einmal richtig geküsst. Doch da war der Moment vorbei, sie griff bereits nach ihrer Handtasche und fasste mit der anderen Hand an den Türgriff.

„Sehen wir uns nächste Woche?", fragte er schnell. „Oder morgen?"

„Morgen bin ich bei meinen Eltern zum Mittagessen eingeladen. Sie wohnen in Redhill, das dauert ein bisschen ..."

War das ein Korb?, fragte er sich besorgt.

„Nächste Woche gern", fuhr sie fort, und er atmete auf.

„Ich werde versuchen, an einem Abend früher Feierabend zu machen", versprach er. „Ich rufe dich an."

„Tu das." Stephanie öffnete die Wagentür und lächelte ihn noch einmal an. „Danke fürs Bringen."

5

Mariana und Andrew Silverstone verließen das Sheridan-Hotel im Badeort Eastbourne, in dem die Charity-Gala stattgefunden hatte. Andrew hatte sich am Abend wieder besser gefühlt und entschieden, seine Frau doch zu begleiten. Nicht ohne zuvor sein Missfallen darüber auszudrücken, dass Michael ihr seine Begleitung verweigert hatte.

Mariana, die nur ein dünnes Abendkleid trug, schauderte in der Nachtluft und zog ihr Pelzjäckchen fester um die Schultern.

Andrew legte wärmend den Arm um sie und blickte sich nach seiner Limousine um.

„Wo steckt Luiz? Ich habe ihn angerufen, aber die Mailbox ging ran."

„Unser Wagen steht dort." Sie wies auf den schwarzen Bentley, der am Rande des kleinen Hotelparkplatzes stand. Von ihrem brasilianischen Chauffeur jedoch keine Spur.

Andrew zog sein Smartphone aus der Innentasche seiner Smokingjacke und wählte Luiz' Nummer erneut. Aus dem spaltbreit geöffneten Seitenfenster des Bentleys erklang plötzlich eine Bossa-Nova-Melodie.

Verärgert unterbrach er die Verbindung, und der Klingelton verstummte. „Dieser Idiot! Wie kann er ohne sein Handy weggehen, wenn er weiß, dass wir jeden Moment zurückkommen können! Ich sage dir, es war ein Fehler, ihn herzubringen, Mariana."

Mariana war von ihrem letzten Aufenthalt in Rio nicht nur mit gestrafften Gesichtszügen, sondern auch mit einem neuen Chauffeur zurückgekehrt.

„Was hätte ich denn tun sollen? Jorge wollte ihn entlassen, dabei steht er schon seit mindestens vierzig Jahren im Dienst unserer Familie, da kann ich doch nicht zulassen, dass er auf der Straße landet. Mit Sechzig hätte er nichts Vernünftiges mehr gefunden. Er war verzweifelt. Noch dazu, wo seine Frau erst letztes Jahr gestorben ist", verteidigte sie ihre Entscheidung. Luiz war ein Stück Heimat für sie, fast wie ein Familienmitglied. „Tony hatte gerade gekündigt, da passte das doch perfekt."

Er blickte sie erstaunt von der Seite an. „Du hast ja richtig Herz für die Angestellten."

„Wusstest du das nicht?"

„Nein, das war mir neu."

„Du hast es bloß nie gemerkt." Wie so vieles nicht. Er hatte ja noch nicht einmal ihr Fadenlifting bemerkt, hatte nur gefunden, dass sie nach sechs Wochen in Rio sehr erholt aussah. Und hatte es auf die Entspannung im Kreis ihrer Familie geschoben. Als ob es entspannend gewesen wäre, ihre Mutter in einem Pflegeheim unterzubringen, ihrem Vater Blumen aufs Grab zu legen und mit ihrem Bruder über seine schlechte Geschäftsführung zu streiten, dachte sie müde.

„Jetzt stehen wir wie bestellt und nicht abgeholt", sagte Andrew missmutig. „Wenn ich das gewusst hätte,

hätte ich die Wagenschlüssel eingesteckt, dann könnte Luiz zusehen, wie er nach Hause kommt."

„Er wird nicht weit sein, sicher ist er gleich zurück", meinte Mariana begütigend. „Lass uns ein paar Schritte gehen, die frische Luft wird uns guttun."

„Du wirst dich erkälten. Willst du mein Jackett haben?", fragte er fürsorglich.

„Nein, lass nur. So kalt ist es eigentlich gar nicht. Viel mehr machen mir diese verdammten High Heels zu schaffen." Ächzend hakte sie sich bei ihm unter.

Sie bogen in die Strandpromenade ein, die zu dieser späten Stunde recht verlassen dalag.

„Du warst sehr geistesabwesend heute Abend", stellte Andrew fest. „Hat es dich so gelangweilt, meine Liebe?"

Mariana schüttelte den Kopf und zögerte, bevor sie antwortete. „Michael hat vorhin gefragt, ob ich glaube, dass Rafael noch lebt." Sie schauderte wieder, doch diesmal waren nicht die Nachtluft oder der frische Wind vom Meer daran schuld.

Andrew schnalzte missbilligend mit der Zunge. „Er sollte endlich damit abschließen. Dass er immer wieder darin herumstochert, ist für keinen von uns gut."

„Er ist immerhin sein Zwillingsbruder, natürlich kann er ihn nicht einfach vergessen", entgegnete sie vorwurfsvoll.

„Darling, das ist nun fast achtundzwanzig Jahre her. Auch wenn man denkt, dass höchstens zehn Jahre vergangen sind, wenn man dich so ansieht", fügte er hinzu.

Doch Mariana war nicht empfänglich für seine seltenen Anflüge von Charme. „Für dich ist das natürlich leichter", sagte sie scharf.

„Ich gehe einfach anders damit um", gab er leise zurück. „Du weißt, dass ich meine Gefühle noch nie so nach außen tragen konnte wie Michael und du."

„Mir ist bewusst, dass du eine völlig andere Mentalität hast." Sie erinnerte sich, wie faszinierend sie seine britische Reserviertheit zu Anfang gefunden hatte. Es hatte sie gereizt, herauszufinden, was sich darunter verbarg und ob sie es schaffen würde, ihn emotional aus der Reserve zu locken. Nach einigen Jahren hatte sie sich allerdings gefragt, ob sich unter der harten Schale überhaupt Gefühle verbargen. Inzwischen hatte sie gelernt, es gleichmütig hinzunehmen. Immerhin war er ein verlässlicher, großzügiger Ehemann, der ihr stets Sicherheit und eine breite Schulter zum Anlehnen geboten hatte. Und wenn sie ihn anblickte, sah sie noch immer den schneidigen britischen Gentleman mit den funkelnden hellen Augen und dem charmanten Lächeln. Das Lächeln zeigte sich nun, so viele Jahre später, nur noch selten, und seine Augen funkelten höchstens manchmal vor Wut. Aus seinem kühnen Elan war stählerne Härte geworden. Zweifellos hatte das Schicksal auch ihn verändert, und so sah sie ihm vieles nach.

„Statt in der Vergangenheit festzuhängen, sollte Michael sich lieber mehr um die Zukunft kümmern", sagte Andrew ärgerlich. „Amber und Kate sind reizende junge Frauen. Ich verstehe nicht, warum er sich so anstellt. Wenn er noch länger zögert, ist die Chance vertan. Die beiden haben noch andere Eisen im Feuer."

„Er liebt sie nun mal nicht. Für ihn ist Ehe gleichbedeutend mit Liebe."

„Wir haben auch klaglos getan, was unsere Eltern diesbezüglich von uns verlangt haben", brummelte er.

Sie blieb stehen. „Dann hast du mich doch nur wegen des Ipanema Palace geheiratet?“

„Fang nicht wieder davon an. Du weißt, dass ich mich Hals über Kopf in dich verliebt hatte. Das war nicht gespielt. Inzwischen weißt du ja auch, dass ich gar nicht in der Lage wäre, solche Gefühle vorzuspielen“, fügte er mit selbstironischem Lächeln hinzu.

„Wir hatten in dieser Hinsicht einfach Glück“, erwiderte sie besänftigt und schmiegte sich an seine Seite. „Wenn Michael weder Amber noch Kate so richtig mag, finden wir schon eine andere Hotelerbin, für die er sich interessiert. Vielleicht in Brasilien.“

„Nein, es sollte eine Engländerin sein. Außer natürlich, es ist eine richtig große Nummer – so wie Nicky Hilton. Die ist uns auch schon durch die Lappen gegangen.“

„Du redest von den Frauen, als wären es Investitionen“, sagte sie ungehalten. „Und die Hiltons haben sich sowieso nicht für uns interessiert.“

Andrew zuckte mit den Schultern. „Ich tue das nicht für mich, sondern für meine Nachkommen. Außerdem möchte ich Enkel haben, und da Claudia keine Kinder bekommen kann, muss Michael dafür sorgen.“

Mariana hatte sich daran gewöhnt, meistens die gleiche Meinung wie ihr Gatte zu haben, es machte ihr Leben erheblich leichter. Doch nun regte sich zum ersten Mal ein ungutes Gefühl in ihr, das sie noch nicht so recht zu deuten wusste.

„Schau, da kommt Luiz schon“, bemerkte sie und streckte den Arm aus, als sie die vertraute Gestalt des Chauffeurs erblickte, der ihnen vom Strand aus entgegeneilte.

„Da sind Sie ja schon", sagte er lächelnd. „Hatten Sie einen schönen Abend?"

„Ja – bis wir festgestellt haben, dass uns unser Fahrer abhandengekommen ist", knurrte Andrew. „Nächstes Mal nehmen Sie wenigstens Ihr Handy mit, wenn Sie sich vom Wagen entfernen, verstanden?"

Verblüfft zog Luiz ein Smartphone aus seinem Jackett und blickte aufs Display. Dann schlug er sich erschrocken die Hand vor den Mund. „Verzeihung. Ich habe falsche Handy eingesteckt, habe ich verwechselt", sagte er mit seinem melodiösen, leicht gebrochenen Englisch. „Das hier ist mein privates, mit Flatrate für Brasilien. Ich war am Strand."

„Das sieht man." Andrew betrachtete Luiz' sandverkrustete Lederschuhe.

„Oh, nur ganz kurz, *Senhor*, ein bisschen die Beine vertreten. Ich habe keine wilde Partynacht am Strand besucht, wie wir sie in Rio haben", erklärte Luiz gutgelaunt und blinzelte Mariana zu. Sie starrte ihn an. Seine Worte und das lebhafte Funkeln in seinen Augen weckten plötzlich eine Erinnerung in ihr.

Eine wilde Partynacht am Strand ... Nicht an einem der Strände Südenglands, sondern an der Copacabana. Eine Ewigkeit war es her. In einem anderen Leben, einem vergnügteren, sorgloseren Leben mit den Klängen von Bossa Nova und Samba Reggae, mit heißer Sonne und dem Duft von Kokosöl auf braungebrannten Körpern.

Und Luiz, damals der Chauffeur ihrer Eltern, hatte sie zu einer Wohltätigkeitsveranstaltung fahren sollen, doch sie war ihm entwischt, um heimlich jemanden zu treffen ... Sie hatte sich darauf verlassen können, dass Luiz sie nicht verriet, er war ein Verbündeter gewesen.

Auf einmal tauchte wie ein Blitz aus der Nacht das Bild eines Mannes vor ihr auf, das sie so lange verdrängt hatte: tabakfarbene Locken, grüne Splitter in den hellbraunen Augen und tiefgebräunte Haut, fröhlich, locker und temperamentvoll. Das genaue Gegenteil von Andrew.

Als ob es gestern gewesen wäre, fühlte sie wieder die Liebe, die sie gespürt hatte, die Freude auf die Zukunft. Bis all die Hoffnungen zerstört worden waren und nur noch Schmerz hinterlassen hatten.

Unvorbereitet, wie sie war, traf sie die Erinnerung wie ein Messerstich in den Magen.

6

Stephanie saß an ihrem Laptop in der Büroecke ihres Wohnzimmers und brütete über der Nebenkostenabrechnung eines von Eves Mietern. Eher künstlerisch und sprachlich begabt, fiel ihr der Umgang mit Zahlen nicht leicht.

„Danke, dass du nochmal einen Blick drauf wirfst", sagte sie zu ihrer Schwester, die ihr über die Schulter sah. „Ich glaube, Mr Miller hat recht mit seiner Reklamation. Irgendwas stimmt nicht, aber ich finde den Fehler nicht."

„Sende mir die Excel-Tabelle per Mail, das muss ich mir in Ruhe anschauen."

„Okay. Ich muss mich jetzt auch langsam fertigmachen." Stephanie schickte die Datei an Eves Mailadresse, fuhr den Laptop herunter und erhob sich.

„Hast du die Handwerker für Mrs Kinley bestellt?" Eve folgte ihr ins Schlafzimmer.

„Ja, gestern schon. Sie kommen am Dienstag." Stephanie öffnete ihren Kleiderschrank.

„Prima. Was werdet ihr heute unternehmen, du und Michael?", fragte Eve gespannt und setzte sich in den zierlichen Sessel, der in einer Ecke von Stephanies Schlafzimmer stand.

Eigentlich war es das Wochenende, an dem Brittany zu Besuch kam, aber sie war zur Geburtstagsparty einer Schulfreundin eingeladen und würde erst Samstagmittag anreisen. So hatte sich Stephanie mit Michael verabredet, der früher als sonst Feierabend machen wollte.

„Ich weiß nicht genau, das hat er offengelassen. Wir treffen uns erst mal in seiner Suite."

„Habt ihr euch eigentlich schon geküsst?"

Stephanie ließ den Blazer sinken, den sie gerade vom Bügel genommen hatte und blickte ihre Schwester an. „Noch nicht. Nach dem letzten Abend lag es in der Luft, aber er hat sich mit einem Wangenkuss begnügt und ich bin nicht sicher, ob er wirklich Interesse an mir hat."

„Vielleicht ist er nur schüchtern."

„Na klar, er ist ja lediglich ein blendend aussehender, wohlhabender Mann mit einem fantastischen Job, dessen Familie einige Luxushotels besitzt", entgegnete Stephanie ironisch. „Der hat doch keinen Grund, schüchtern zu sein. Die Frauen müssen ihm zu Füßen liegen, warum sollte er sich mit einer einlassen, die auf der sozialen Leiter weit unter ihm steht und zwar ganz passabel aussieht, aber immerhin sieben Jahre älter ist als er?"

„Ach was, rede dir sowas nicht ein. Es war noch nie ein Fehler, es langsam angehen zu lassen", meinte Eve unbeirrt. „Außerdem hat er dich für heute zu sich gebeten, oder etwa nicht? Wieso sollte er das sonst tun?"

„Ich zweifle nicht daran, dass er mich mag. Nur glaube ich, in erster Linie kann er gut mit mir reden und merkt, dass ich ihn nicht ausnutzen will – davon kennt er nicht viele Leute."

„Nun warte doch erst einmal ab." Eve lächelte sie an, ließ die zum Pferdeschwanz gebundenen blonden Haare durch die Hand gleiten und erhob sich wieder. „Es ist erst eure dritte Verabredung. Ich finde es gut, dass er nichts überstürzen will. Echte Liebe entwickelt sich langsam. Du brauchst dich ganz bestimmt nicht hinter all den Society-Ladies zu verstecken, du bist mindestens genauso viel wert."

Stephanie umarmte Eve und küsste ihr herzlich die gebräunte Wange.

Die ausgeglichene besonnene Art ihrer älteren Schwester tat ihr wie immer gut, und sie war froh, dass sie nun in einem Haus lebten und sich häufiger sahen als vorher. Eve hatte sich vor zwei Jahren von ihrem Mann getrennt, der weiterhin in London wohnte. Wegen des gemeinsamen Besitzes zogen sie es jedoch vor, verheiratet zu bleiben und hatten sich recht gut mit der Situation arrangiert.

Mit klopfendem Herzen fuhr Stephanie wenig später mit dem Aufzug in die fünfte und somit letzte Etage des Silverstone Hotels. Sie pochte an die Zimmertür, deren Nummer Michael ihr genannt hatte.

Er öffnete mit einem warmen Lächeln. „Da bist du ja schon. Komm rein."

Sie folgte ihm in die geräumige, elegante Suite und blickte sich bewundernd um.

Samtiger Teppichboden, exquisite Möbel und edle Seidentapeten in zartem Silbergrau und Creme, aufgelockert durch kirschrote Farbtupfer bei den liebevoll zusammengestellten Accessoires. Vor dem Wohnzimmer lag eine Terrasse mit Aussicht aufs Meer.

Die Tür zum Schlafzimmer stand offen, und Stephanie erhaschte einen Blick auf ein ordentlich gemachtes King-Size-Bett, das mit einem Überwurf aus silbergrauem Samt und dunkelroten Kissen dekoriert war. Darauf lagen nachlässig hingeworfen Michaels Jackett und Krawatte. Er trug noch seine Anzughose und ein weißes Hemd. Vermutlich hatte er gerade erst Feierabend gemacht.

„Wow, Michael, das ist wirklich beeindruckend. Jetzt kann ich verstehen, dass du dir nicht irgendeine möblierte Wohnung nehmen willst."

„Danke. Möchtest du einen Kaffee?", bot er an und wies zu einem Schränkchen, auf dem ein Wasserkocher und ein silberner Kaffeeautomat standen. „Ich kann dir aber auch einen Tee machen und dazu Scones und Clotted Cream aus der Küche kommen lassen", fügte er hinzu, als er ihre unschlüssige Miene bemerkte.

„Trinkst du lieber Kaffee?"

„Ich bin halb Brasilianer", erwiderte er, als würde das alles erklären.

„Na gut, ich probiere es aus. In Italien hat mir Cappuccino immer gut geschmeckt."

„Das kriege ich hin. Bitte setz dich." Michael wies auf die Couch. Stephanie nahm Platz und sah zu, wie er mit Tassen, Kaffeekapseln, Milch aus dem kleinen Kühlschrank und Milchaufschäumer hantierte. Kurz darauf drang ein aromatischer Duft in ihre Nase.

Er stellte zwei gefüllte Tassen auf den kleinen Glastisch und setzte sich neben Stephanie.

Sie tauschten sich über die letzten Tage aus, in denen sie sich nicht gesehen hatten, und nippten am Kaffee.

„Schmeckt köstlich", lobte sie. „Wie in Italien."

Er lächelte. „Das freut mich. – Stephanie, ich möchte dich um etwas bitten."

„Ja?" Sie sah ihn neugierig an.

„Ich muss am übernächsten Samstag zu einem Cocktail-Empfang. Würdest du mich begleiten? Natürlich nur, falls du Zeit und Lust dazu hast. Es wäre schrecklich nett."

Ein erfreutes Lächeln huschte über Stephanies Gesicht. „Klar, gerne."

Michael trommelte mit seinen langen schlanken Fingern auf seinem Knie herum. „Die Sache ist die: Meine Eltern wollen unbedingt, dass ich zu diesem Empfang gehe, weil diese beiden Hotelerbinnen mit ihren Eltern da sein werden. Genauer gesagt findet die Veranstaltung in dem Hotel in Brighton statt, das den Lyndhursts gehört ... Würdest du als meine Freundin mitkommen? Ich meine, könnten wir so tun, als wären wir zusammen?" Seine Wangen hatten sich gerötet. „Ich kann natürlich am Samstag sagen, ich wäre krank, aber das würden mir meine Eltern nicht abnehmen, die Ausrede habe ich schon beim letzten Mal benutzt. Wenn du meine Freundin spielen könntest, würde dieses Theater vielleicht ein für alle Mal aufhören."

„Natürlich mache ich das gerne, Michael", versicherte Stephanie mit gemischten Gefühlen. Warum sollte sie seine Freundin lediglich spielen? Sie dachte kurz nach und glaubte die Antwort zu finden. „Aber wird man uns das abkaufen? Ich bin sieben Jahre älter als du und kein ehemaliges Topmodel, keine Schauspielerin oder sonst was Interessantes."

Er warf ihr einen schrägen Blick zu. „Denkst du, ich würde nur mit einem Filmstar oder sowas zusammen sein wollen? Hältst du mich für so oberflächlich?"

„Nein, das habe ich nicht gemeint, ich bin sicher, dass du nicht so bist. Aber schau doch mal." Sie nahm ihn an der Hand, stand auf und zog ihn zum Spiegel, der über einem Sideboard hing. Sie betrachteten ihr Spiegelbild.

Das trübe Tageslicht, das von den großen Fenstern hereinfiel, war nicht sehr vorteilhaft für nicht mehr ganz jugendliche Haut. Auch wenn Stephanie fand, dass sie sich für Ende Dreißig insgesamt fabelhaft gehalten hatte. Nur der Kontrast zu Michaels Gesicht, in dem noch alles frisch und glatt war, zu seiner bräunlichen Haut, die sich straff über seine Kiefer- und Wangenknochen spannte, erschien ihr etwas ungünstig.

Er war hinter sie getreten und hatte die Hände auf ihre Schultern gelegt. „Ich verstehe nicht, was du meinst."

Stephanie zeichnete als Antwort mit dem Finger die Lachfältchen um die Augen nach und die feinen Linien neben den Mundwinkeln.

„Na und? Dafür hast du gelebt, geliebt und gelitten", sagte Michael ernsthaft. „Du bist eine schöne Frau, und das macht dich nur noch interessanter."

Sie schmiegte sich unwillkürlich an ihn. „Findest du?"

„Ja. Und du bist auch von innen schön. Das ist viel wichtiger." Sein Blick hielt ihren im Spiegel fest, und sie hätte in diesen tiefgründigen dunklen Augen versinken mögen.

„Danke.“ Ein zarter Duft von Rasierwasser stieg ihr in die Nase, und seine Nähe begann sie kribbelig zu machen. Was würde passieren, wenn sie sich jetzt umdrehte und seine sinnlichen Lippen berührte, die sich bei seinem Wangenkuss so samtweich angefühlt hatten? Vielleicht würde er sich sogar gerne verführen lassen. Aber Stephanie hatte schlechte Erfahrungen damit gemacht, den ersten Schritt zu tun. Meistens nahmen die Männer das Angebot interessiert an, um sich danach bald zu verkrümeln oder sich wesentlich weniger aufmerksam und rücksichtsvoll zu verhalten. Sie schätzten nicht, was zu leicht zu bekommen war. Also widerstand sie der Versuchung und räusperte sich.

„Was ich sagen wollte, Michael: Das sehen die Leute nicht. Die sehen nur, dass du mit einer etwas älteren Frau aufkreuzt, die nicht zur High Society oder zum Showbusiness gehört, und sie werden sich fragen, was das soll.“

„Es ist mir egal, was die Leute sagen oder sich fragen. Madonna hatte einen Freund – übrigens ein Brasilianer –, der sogar achtundzwanzig Jahre jünger war als sie. Und du machst dir Gedanken über lächerliche sieben Jahre? Etliche weibliche Stars haben deutlich jüngere Liebhaber oder Ehemänner.“

„Ja, Madonna ... Wenn ich die Millionen von Madonna auf dem Konto hätte, würde sich keiner mehr irgendwas fragen“, brummelte sie.

„Verdammt, muss sich immer alles nur ums Geld drehen?“, sagte Michael verärgert und ließ sie los. „Vielleicht haben sie sich wirklich geliebt.“

Stephanie biss sich auf die Lippen. Offenbar hatte sie einen wunden Punkt berührt. „Du bist ja ein

Romantiker, Michael“, bemerkte sie leichthin, um dem Gespräch wieder eine heiterere Wendung zu geben.

„Wäre das schlimm?“

„Nein, ich finde das wunderbar. Mich würde es auch überhaupt nicht stören, dass du jünger bist als ich. Nur könnten viele eine Beziehung zwischen uns für unglaubwürdig halten, da zu dem kleinen Altersunterschied noch die Tatsache kommt, dass ich nicht zur Oberschicht gehöre.“

Er machte eine wegwerfende Handbewegung. „Ist doch egal, es ist ja nur für die Party, mehr nicht.“

Ihr war, als ob er sie geohrfeigt hätte. Ob es ihm lediglich darum ging, mit irgendeiner Begleitung zu erscheinen? Das würde erklären, warum er sie am Samstagabend nicht geküsst und auch jetzt die Gelegenheit nicht genutzt hatte. Möglicherweise suchte er nur irgendeine Frau, die diese Komödie mitspielte, damit er sich die beiden Hotelerbinnen vom Leib halten konnte. Da war ihm Stephanie wohl gerade recht gekommen. Die Damen seiner Gesellschaftsschicht waren sich für so eine Scharade vermutlich zu schade. Vielleicht sollte sie sich ebenfalls zu schade dafür sein.

Stephanie atmete tief durch und rang mit sich. Tief im Inneren glaubte sie nicht, dass Michael sie nur ausnutzen wollte. Trotz seiner Zurückhaltung lag oft etwas in seinem Blick, das sie hoffen ließ. Bestimmt würden sie einen tollen Abend zusammen haben und sich dadurch weiter näherkommen. Sie beschloss, sich auf seinen Vorschlag einzulassen.

„Wie ist der Dresscode für sowas? Was zieht man da an als Frau?“

„Nun, ein Cocktail- oder Partykleid. Nichts Langes. Das kleine Schwarze würde genügen, denke ich."

„Habe ich alles nicht. Aber ich habe ja noch Zeit, etwas Passendes aufzutreiben."

„Dann lass uns jetzt gleich zusammen was kaufen gehen", schlug er vor.

„Jetzt? Du willst mit mir ein Kleid kaufen gehen?"

Er warf einen Blick zur Uhr. „Wenn wir uns beeilen und den nächsten Zug nehmen, schaffen wir es noch zu Harrods."

„Harrods?" Stephanie schluckte. „Das ist doch nicht nötig. Wir finden sicher auch was in Brighton."

„Keine Ahnung. Ich weiß nur, dass meine Mutter ihre Partykleider oft bei Harrods kauft."

Nur stand Stephanie zweifellos nicht das gleiche Budget zur Verfügung wie Mrs Silverstone. Genauer gesagt hatte sie überhaupt kein Budget, um bei Harrods einzukaufen. Mal abgesehen von ihrem überschaubaren Kontostand widerstrebte es ihr auch, viel Geld für ein Kleid auszugeben, das sie vermutlich nur ein- oder zweimal tragen würde. Oder wollte Michael das Kleid bezahlen? Es war ihr unangenehm, ihn danach zu fragen.

„Wir könnten im Churchill Square Shopping Centre gucken, da gibt es eine große Auswahl", schlug sie vor. Schade, dass Weihnachten und Silvester gerade vorbei waren. Um diese Zeit hatten preiswerte Modeketten immer kostengünstige Festgarderobe. Vielleicht konnte auch Eve ihr ein Kleid leihen. Diese war zwar etwas größer, aber je nach Schnitt würde das kaum eine Rolle spielen. Stephanie beschloss, höflichkeitshalber einige Kleider mit ihm anzusehen und sich dann irgendwie aus der Affäre zu ziehen, falls er nicht anbot, die Rechnung zu übernehmen.

„Gut. Jetzt freue ich mich auf einmal auf diese Party. Mit dir wird es garantiert ein schöner Abend. Lass uns gehen." Michael leerte seine Kaffeetasse und lächelte Stephanie so herzlich an, dass sie sich albern vorkam. Nein, er hatte sie bestimmt nicht aus Berechnung zweimal zum Essen eingeladen, nur um sie als Begleitung für jenen Empfang anzuheuern. Es fügte sich natürlich gut für ihn, doch sie zweifelte nicht daran, dass seine Sympathie für sie echt war.

7

Sie holten Michaels schnittigen silbergrauen Mercedes aus der Tiefgarage des Hotels, fuhren zum großen Shoppingcenter von Brighton und schlenderten durch die Gänge.

„Hier haben wir ja schon was“, bemerkte Michael und zog Stephanie in eine Boutique für festliche Damenkleidung, die sie bislang nie betreten hatte.

„Wir wollen uns nur umschauen“, wies sie die sich nähernde Verkäuferin hastig zurück.

Michael musterte die auf den Bügeln hängenden Kleider und tippte auf eines. „Was ist damit?“

„Schwarz steht mir überhaupt nicht. Das kleine Schwarze kannst du bei mir vergessen, es würde nur nach Krankheit oder Beerdigung aussehen.“

Er gluckste und zog ein anderes Teil hervor. „Vielleicht lieber was in Pink?“

„Viel zu grell.“

„Blau ist deine Farbe“, erkannte er.

„Das stimmt. Außer königsblau, das ist zu hart und macht mich blass.“

„Was ist mit rot?“

„Blaustichige Rots sind gut, gelbstichige nicht. Kirschrot ja, erdbeerrot nein.“ Sie musste über sich selbst lachen. „Du bereust es sicher schon, oder?“

Michael schüttelte den Kopf und grinste. „Es ist lustig. Ich hätte nie gedacht, dass es so schwer für euch ist."

Sie schlenderten weiter an den Kleiderstangen entlang, doch die Roben gefielen ihnen entweder nicht oder waren nicht in Stephanies Größe vorrätig.

„Das finde ich schön." Michael hielt ihr ein glänzendes silbergraues Kleid hin.

„Ja, das ist es, aber ... es ist schulterfrei und ich friere so leicht."

„Es gibt eine Stola dazu." Er legte ihr einen seidigen silbrigen Stoff mit Spitzenborte über den Arm.

Stephanie warf einen Blick auf die Preisschilder und wand sich. „Nein, das ist zu teuer!", entschied sie und wollte das Kleid zurückhängen.

„Ich schenke es dir natürlich", sagte Michael sofort.

„Nein, das geht nicht, das kann ich nicht annehmen", protestierte sie der Form halber, freute sich aber über sein Angebot.

„Du gehst ja nur zu diesem Empfang, um mir einen Gefallen zu tun, also finde ich, es ist ein Minimum, wenn ich wenigstens das Kleid bezahle."

Es sprach für ihn, dass ihm dies bewusst war, dachte sie.

„Trotzdem, Michael, du kannst mir doch kein Kleid für fünfhundert Pfund schenken!" Und die Stola schlug mit zusätzlichen siebzig Pfund zu Buche.

„Warum denn nicht?", fragte er erstaunt.

Ja, warum eigentlich nicht? Vermutlich gab er wöchentlich schon für seine Restaurantrechnungen mehr aus. Wenn ihm das Essen im Hotel überhaupt in Rechnung gestellt wurde.

„Na gut, du hast recht. Ich probiere es erst mal an, und dann sehen wir weiter."

Das Kleid saß perfekt. Über die Korsage liefen einige Linien aus Strass bis zur ebenfalls strassbesetzten Gürtelschnalle, und der wadenlange Rock schmiegte sich genau im richtigen Faltenwurf um Stephanies leicht gerundete Hüften.

Sie schob den Vorhang zur Seite und präsentierte sich Michael. Kokett ließ sie die Stola ein Stück hinunterrutschen, um ihre nackten Schultern zu zeigen.

In seinen Augen glomm ein Funken von Begehren auf. „Du siehst fantastisch aus, das nehmen wir", bestimmte er. „Und wir nehmen auch die Stola, ich will nicht, dass dir kalt ist."

„Du bist ein Schatz. Danke vielmals." Sie umarmte ihn und drückte ihm spontan einen Kuss auf die Lippen. Sie fühlten sich so samtig auf den ihren an, wie sie es sich vorgestellt hatte. Besonders als er begann, ihren Kuss zu erwidern. Die Stola glitt zu Boden, als Stephanie die Arme um Michaels Hals schlang. Sie fühlte seine Hände fest und warm auf ihrem Rücken und verspürte den Wunsch, sein Hemd aufzureißen.

Michael machte einige Schritte in Richtung Umkleidekabine und schob sie dabei vor sich her.

„Das ist ja unerhört!", vernahmen sie plötzlich eine empörte Stimme. Jäh aus ihren prickelnden Empfindungen gerissen, blickten sie sich verwirrt um und trafen die entrüsteten Blicke zweier älterer Damen, die freie Kabinen suchten.

Verlegen lösten sie sich voneinander, tauschten einen amüsierten Verschwörerblick und bückten sich gleichzeitig nach der Stola.

Sie gingen zur Kasse und Michael bezahlte.

Inzwischen war es Zeit zum Abendessen und sie kehrten in ein gutes indisches Restaurant ein.

Anschließend fuhr er sie nach Hause.

„Zeigst du mir beim nächsten Mal, wie du lebst?", fragte er leise, nachdem sie sich zum Abschied ausgiebig geküsst hatten. Das Verlangen, das sie in seinen Augen las, ließ keinen Zweifel daran aufkommen, was er sich von ihr wünschte. Und das war nach ihrer Unsicherheit Balsam für ihre Seele.

„Warum nicht gleich? Möchtest du noch einen Tee?", schlug sie spontan vor.

„Sehr gerne." Behutsam zog er die Handbremse an und folgte ihr in das Mehrfamilienhaus.

Etwas beklommen fragte sie sich, welchen Eindruck ihr eher bescheidenes Zuhause auf jemanden machen würde, der in einem luxuriösen Hotel lebte.

„Es ist gemütlich", fand er, nachdem er sich interessiert im Wohnzimmer umgesehen hatte, das schlicht, aber hell und freundlich möbliert war. Himbeerfarbene Kissen auf der grauen Couch sorgten für bunte Tupfer, und an den weißen Wänden hingen Bilder in leuchtenden Farben, die Stephanie selbst gemalt hatte. In den Regalen standen viele Bücher und gerahmte Fotos.

Stephanie atmete erleichtert auf. „Nur ein bisschen unaufgeräumt, sorry." Sie ging in die Küche, um Teewasser aufzusetzen.

Michael winkte ab und folgte ihr. „Ist doch okay, ist eben bewohnt. Hast ja gesehen, wie es bei mir aussieht." Er blickte sich flüchtig in der Küche um, die mit Einbauschränken aus Buchenholz mit vanillegelben Schranktüren eingerichtet war.

„Ich möchte dir etwas sagen“, begann er so ernsthaft, dass Stephanie das Herz in die Hose rutschte. Das konnte nichts Gutes bedeuten. Besorgt sah sie ihn an.

„Es stimmt nicht, was ich dir vorhin gesagt habe.“ Langsam trat er auf sie zu.

Was zum Kuckuck meinte er?

„Dass Blau meine Farbe ist?“, scherzte sie angespannt.

„Nein.“ Er musste lachen. „Als wir bei mir vor dem Spiegel gestanden haben.“

„Da hast du mir gesagt, dass ich eine schöne Frau bin. Stimmt das also doch nicht?“ Aus irgendeinem Grund verspürte sie das Bedürfnis, ihn aufzuziehen.

Er gab ihr lachend einen Klaps auf den Oberarm und wurde wieder ernst. „Ich habe dir gesagt, dass es mit uns nur für die Party ist. Das hat dich verletzt, stimmt's?“

„Oh, das ... ähm, na ja.“ Sie schluckte.

„Eigentlich hätte ich es gerne, wenn es mehr als nur gespielt wäre“, erklärte er leise.

„Du meinst, wenn wir wirklich zusammen wären?“, vergewisserte sie sich, während ihr Herz zu trommeln begann.

„Ja. Ich wollte das auch schon vorhin, aber ich konnte ja schlecht sagen: Bitte komm mit mir zur Party und lass niemanden daran zweifeln, dass wir absolut verrückt nacheinander sind und eine feste Beziehung haben.“ Er blinzelte ihr zu. „Ich dachte, es würde dich beruhigen, wenn wir das nur vorspielen. Schließlich haben wir uns gerade erst kennengelernt.“

„Ach so. Das verstehe ich. Jedenfalls so, wie du es mir jetzt erklärst. Vorhin habe ich mich eher in die Schranken gewiesen gefühlt."

„Tut mir leid, das wollte ich nicht. Es ist nur so: Ich bin nicht sicher, ob ich zurzeit eine richtige Beziehung mit allem Drum und Dran haben kann und will. Mal abgesehen davon, dass es für uns beide natürlich auch noch etwas früh ist, darüber zu reden, meinst du nicht?"

„Stimmt wohl. Ich mache uns erst einmal Tee." Verwirrt von seinen Worten und den starken Gefühlen, die sich in ihrer Brust breitmachten, öffnete sie die Tür des Hängeschranks und kramte in den Teebeutel-Schachteln, die sich dort stapelten. Hieß das im Klartext, er wollte zwar keine Beziehung, wäre aber an einer lockeren Affäre durchaus interessiert?

„Willst du Anis-Fenchel, ayurvedischen Gewürztee, Abendtraum, Melisse ...?"

Zwei Packungen purzelten ihr entgegen, gefolgt von einer Schachtel Teefiltern. „Oh, verdammt!", entfuhr es ihr. Es war schon eine Weile her, dass sie das letzte Mal mit einem Mann intim geworden war und so sehr sie Michael begehrte, machte die Situation sie ein wenig nervös. Könnte sie sich denn mit einer Affäre oder einem Abenteuer zufriedengeben? Sie hatte davon seit ihrer Scheidung unfreiwillig mehrere gehabt, weil sich die Hoffnung auf eine Beziehung jedes Mal zerschlagen hatte, und träumte nun eher von Beständigkeit. Da bisher immer alles in die Brüche gegangen war, glaubte sie kaum noch daran, dass sie den Richtigen finden würde. Und dann ausgerechnet ein jüngerer und reicher Mann, dem die Frauen vermutlich in Scharen hinterherliefen? Es würde womöglich enden wie mit ihrem untreuen Ehemann, und so etwas wollte sie nicht noch einmal durchmachen. Vielleicht konnte Freundschaft Plus eine Option sein? Ein tiefer Seufzer entfuhr ihr.

„Alles okay?" Michael trat hinter sie und legte ihr die Hand auf die Schulter. Er ließ sie genauso schnell wieder sinken, doch dabei strich er – absichtlich oder unabsichtlich – mit seinen Fingern an ihrem Arm hinunter. Die zarte Berührung ging ihr durch und durch. Wenn er es darauf anlegte, sie schwach zu machen, hätte er es nicht geschickter anstellen können. Zum Teufel mit den Zukunftsaussichten.

„Du hast ja einen ganzen Teeladen!", staunte er, als er über ihre Schulter spähte. „Ich nehme den da – den indischen Gewürztee." Er stand so dicht hinter ihr, dass ihr erneut sein erlesenes Aftershave betörend in die Nase stieg.

Eine Sekunde später spürte sie seine Lippen in ihrer Halsbeuge und schloss wohlig die Augen. Seine Finger, die über ihre Hüften wanderten, schienen Löcher in den Stoff zu brennen. Sie griff nach seinen Händen und zog sie fester und höher über ihren Leib, in Richtung ihrer Brüste, die nach seiner Berührung lechzten.

In dem Moment, als sie sich umdrehen wollte, um ihn hungrig zu küssen, hörte sie einen Schlüssel, der sich im Schloss drehte und die Wohnungstür, die aufklappte.

„Mum? Ich bin's!", rief eine helle Stimme.

„Shit, das ist meine Tochter", murmelte Stephanie erschreckt.

Eine kalte Dusche hätte das Feuer nicht schneller löschen können. Sie lösten sich eilig voneinander, und Michael wich einen Schritt zurück.

Schon stand Brittany in der Küchentür, noch in Stiefeln und Winterjacke, und starrte sie verdutzt an. „Oh, was ist das denn? Ich störe wohl?“

„Nein, gar nicht, Liebes“, sagte Stephanie hastig. „Ich hatte dich erst morgen erwartet.“

„Das sehe ich.“ Ihre Tochter grinste anzüglich, und Stephanie stopfte den hochgerutschten Saum ihres Shirts in ihren Hosenbund zurück.

Brittany warf Michael einen fragenden Blick zu. „Neuer Freund, Mum?“

„Ähm ... ja.“

„Hi, ich bin Michael.“ Er lächelte Brittany freundlich an.

„Brittany. Hi.“ Sie hob die Hand zum Gruß.

„Wir wollten gerade Tee trinken“, erklärte Stephanie. „Willst du auch einen?“

„Hast du keine Limo?“

„Ist im Kühlschrank. Was ist mit deiner Party?“

„Die wurde spontan abgesagt. Keira liegt mit einer Erkältung im Bett. Und da habe ich beschlossen, schon heute zu dir zu kommen. Wusste ja nicht, dass du verabredet bist.“

„Warum hast du nicht angerufen?“

„Ich habe dir eine WhatsApp geschickt – dachte, das reicht.“

„Habe ich nicht mitbekommen“, murmelte Stephanie.

„Tja, wenn man so beschäftigt ist ...“ Brittany verzog das hübsche Gesicht. „Gut, dass ich nicht eine halbe Stunde später gekommen bin, was?“

Das wollte sich Stephanie gar nicht erst ausmalen.

„Ich geh dann mal lieber“, sagte Michael, der peinlich berührt wirkte.

„Hey, ich wollte Sie nicht vertreiben", nuschelte Brittany und kaute auf ihrem Kaugummi herum.

„Tust du nicht. Ich muss morgen früh aufstehen, deswegen."

„Na dann." Sie zuckte unbekümmert mit den Schultern, und er wandte sich ab.

„Ich bring dich zur Tür", sagte Stephanie frustriert.

Nachdem Michael in seine schwarze Lederjacke geschlüpft war, zog er Stephanie in die Arme und küsste sie zart auf die Lippen. „Wir holen das nach."

„Tut mir leid." Sie blickte ihn betreten an.

Er blinzelte ihr zu. „Denk an das, was ich dir gesagt habe."

„Dass Blau meine Farbe ist?"

Sie lachten.

„Dass ich nicht nur für die Party will, dass du meine Freundin bist. Ich kann dir zwar nichts Festes versprechen, bin aber auch nicht auf der Suche nach einem schnellen Abenteuer. Ich werde es überleben, ein paar Abende zu warten. Wir haben Zeit."

Sie wollte die Arme um seinen Hals schlingen, doch er war bereits zurückgewichen und hauchte ihr einen Kuss durch die Luft zu. „Schönes Wochenende und viel Spaß mit deiner Tochter."

Seufzend schloss sie die Tür hinter ihm und ging ins Wohnzimmer, wo Brittany gerade ihre Stiefel auszog und polternd zu Boden fallen ließ.

„Hat das Zukunft, Mum?", fragte sie ironisch, und es war klar, dass sie ihre Mutter imitierte, die sie das Gleiche gefragt hatte, als Brittany ihr kürzlich von einem Studenten vorgeschwärmt hatte, mit dem sie gern ausgehen wollte.

„Warum sollte es nicht?“, fragte Stephanie pikiert zurück.

„Der ist doch viel jünger als du, oder?“

„So viel jünger nun auch wieder nicht.“

„Sieht aber so aus“, erwiderte die Siebzehnjährige unbarmherzig.

„Sieben Jahre. In deinem Alter mag das viel sein, in unserem nicht mehr“, protestierte Stephanie, obwohl sie am Nachmittag vor dem Spiegel das Gleiche gedacht hatte.

„Nun ja, gönn dir ein bisschen Spaß“, sagte Brittany gnädig. „Schnuckelig ist er ja, könnte mir auch gefallen.“

„Untersteh dich!“

Ihre Tochter lachte. „Nun mach dir nicht ins Hemd, ich werde ihn dir schon nicht ausspannen!“

Stöhnend ging Stephanie in die Küche zurück und nahm die Schachtel mit dem Beruhigungstee aus dem Schrank.

8

Stephanie drehte sich vor ihrem Spiegel und betrachtete sich zufrieden. Das Kleid betonte die zarten Rundungen ihrer Figur äußerst vorteilhaft. Der silbrig glänzende Stoff brachte ihren Teint zum Schimmern und ihre Augen zum Strahlen. Um ihren Hals funkelte ein weißgoldenes Collier, das Eve ihr geliehen hatte, mit den dazu passenden Ohrringen, einem Armband und einer feingliedrigen Uhr.

Am Vortag hatte sie vom Friseur ihre überschulterlangen Haare stutzen und leicht stufen lassen, um wieder mehr Schwung hineinzubringen. Sie umspielten nun wellig ihr Gesicht.

Stephanie hatte Michael seit Freitagabend nicht mehr gesehen, da sie einige Tage mit einer Magenverstimmung im Bett gelegen hatte und er beschäftigt gewesen war. Er hatte jedoch fast täglich nette Sprachnachrichten und Genesungswünsche über WhatsApp geschickt und am Vorabend angerufen. Sie hatte ihn vermisst und freute sich auf diese Cocktailparty.

Als Michael klingelte, um sie abzuholen, öffnete sie die Tür. Er trug einen schwarzen Fedora-Hut und hatte die Glutaugen mit Kajal betont. Ein Teil seiner Haare war auf dem Hinterkopf zusammengebunden, der Rest lockte sich auf seinen Schultern.

Stephanies Herz begann schneller zu schlagen. „Wow, cooler Look. Damit ähnelst du Michael Jackson in den späten Achtzigerjahren, weißt du das?"

Er zeigte sein charmantes Lausbubenlächeln, bei dem sich Grübchen in seinen Wangen bildeten und das begann, sie absolut schwach zu machen. „Ja. Das war beabsichtigt. Du siehst übrigens toll aus." Er küsste sie, und sie schloss die Tür hinter ihm.

Michael legte seinen cremefarbenen Kaschmirmantel ab. Darunter trug er einen eleganten schwarzen Abendanzug mit schmalen Jackenaufschlägen aus rotem Satin und eine rote Krawatte, die perfekt zum Revers passte.

Sie musterte ihn hingerissen. „Danke, du auch. Ich weiß nicht, wie du deine unerwünschten Verehrerinnen loswerden willst, wenn du so verdammt attraktiv aussiehst."

„Das findest du vielleicht", meinte er verlegen. „Die beiden stehen nicht auf Michael Jackson, das habe ich schon rausgefunden. Deswegen auch mein Outfit inklusive Kajalstift."

„Das habe ich schon vermutet." Sie grinste und drehte ihm den Rücken zu. „Könntest du mir bitte den Reißverschluss zumachen?"

Er tat es sehr behutsam, und sie genoss es, seine Finger durch den dünnen Stoff auf ihrem Rücken zu spüren.

Stephanie schlüpfte in ihre Bikerjacke, die einen interessanten Stilbruch zum Cocktailkleid bildete.

Michael musterte sie kritisch. „Ist das nicht ein bisschen dünn? Es ist echt kalt heute Abend."

„Ich habe keinen Wintermantel."

„Warum nimmst du nicht meinen?“ Er hängte ihr seinen Mantel um die Schultern. „Ich brauche eigentlich keinen für die paar Meter.“

Sie schlüpfte in den kuschligen Blazermantel, der nach Michaels Parfüm duftete. Er war zu groß in den Schultern, aber die Länge war für sie ideal.

„Perfekt, ich nehme ihn!“ Sie krempelte die zu langen Ärmel um. „Fertig.“

Kurz darauf kamen sie in der Innenstadt von Brighton an, wo das Hotel der Lyndhursts lag.

Michael parkte auf dem bereits recht gut gefüllten Hotelparkplatz, ging um den Wagen herum und öffnete Stephanie die Tür von außen. Er bot ihr seinen Arm, um ihr zu helfen, in ihren hohen Pumps über das nasse Kopfsteinpflaster zu stöckeln. An der Garderobe nahm er ihr den Mantel ab und reichte ihn an die Garderobiere weiter, dann griff er nach ihrer Hand. „Bringen wir es hinter uns.“ Seine Züge wirkten angespannt.

Was Stephanie betraf, so hätte sie auch nur zum Vergnügen mit ihm Händchen halten können, nicht, um anderen etwas vorzuspielen. Dazu sollte sie in den nächsten anderthalb Stunden reichlich Gelegenheit haben, denn Michael hielt fast die ganze Zeit über seine Finger in den ihren verschränkt. Sein Daumen streichelte unablässig über ihren Handrücken, und sie hätte gerne gewusst, ob aus Zärtlichkeit oder nur aus Nervosität. Es jagte ihr wohlige Schauer über den Rücken.

Sie schlängelten sich durch die vielen elegant zurechtgemachten Leute. So manches Gespräch brach ab, wenn sie vorbeigingen, und Stephanie fragte sich, ob das wohl an Michaels exotischem Popstar-Outfit liegen mochte. Immerhin trug er keine weißen Socken zu seinem Anzug und hatte den Hut an der Garderobe abgegeben. Stephanie erhaschte einen Blick auf sie beide in einem riesigen goldgerahmten Spiegel und stellte fest, dass sie als Paar gar nicht schlecht aussahen. Und im Auge eines wohlgesonnenen Betrachters ging sie sicher noch für Mitte Dreißig durch.

„Da ist sie – eine von den beiden“, murmelte Michael ihr ins Ohr, als sich ihnen eine etwa dreißigjährige Frau näherte. Sie hatte das weißblonde Haar zu einem strengen Knoten aufgesteckt und trug einen schlicht-teuren Abendanzug, der geschickt einige überflüssige Pfunde kaschierte.

„Michael!“, rief sie mit übertriebener Freude und umarmte ihn.

„Hallo Amber, schön, dich zu sehen“, heuchelte er. „Darf ich dir meine Freundin Stephanie vorstellen?“

„Oh!“ Sie gab sich keine Mühe, ihre Überraschung zu verbergen und musterte sie prüfend aus ihren runden eisblauen Augen, als sie einander höflich die Hände gaben. Stephanie konnte nicht erkennen, ob sie enttäuscht war oder nur erstaunt, dass Michael plötzlich eine Freundin vorstellte, wo er ihr doch als möglicher Ehemann suggeriert worden war.

„Wie läuft es im Job?“, erkundigte sich Michael höflich. „Bist du schon Leiterin eures Londoner Hotels?“

„Nein, Egerton klebt förmlich an seinem Sessel und Vater schwört auf ihn. Mir traut er den Posten nicht zu. Aber ich schaffe es schon, Egerton rauszuekeln. Vater wird einsehen müssen, dass ich die Bessere bin“, sagte sie verächtlich und mit entschlossenem Zug um den blassen Mund. „Und wenn nicht, werde ich zu anderen Mitteln greifen.“

Was für eine rücksichtslose, hochnäsige Zicke, dachte Stephanie. Die würde den feinfühligen Michael an ihrer Seite glatt zerquetschen. Da würde sie selbst doch viel besser zu ihm passen.

Als habe er ihre Gedanken gelesen, legte Michael demonstrativ den Arm um sie.

Amber lächelte gefasst, jedoch lag etwas Lauerndes in ihrem Blick. „Dann wünsche ich euch noch einen schönen Abend.“

„Puh“, machte er, als sie außer Hörweite war. „Das war der erste Streich. Oh, da stehen ihre Eltern, denen muss ich auch Guten Tag sagen. Sie sind ja die Gastgeber.“

Er stellte Stephanie den Lyndhursts vor. Das distinguiert wirkende Paar in den Sechzigern ließ sich nicht anmerken, ob es enttäuscht oder vielleicht sogar erleichtert war, dass der potentielle Schwiegersohn mit den kajalumrandeten Augen und den schulterlangen Locken im Moment nicht zu haben war.

Michael hatte seine Hand zu Stephanies Taille rutschen lassen und hielt sie dort fest.

„Ich könnte schwören, dass er schwul ist!“, hörte sie die Frau ihrem Mann zutuscheln, als sie sich nach einem kurzen Gespräch abwandten.

Auch Michael hatte es gehört und runzelte die Stirn.

Stephanie drehte sich noch einmal kurz um. „Ist er nicht“, versicherte sie Mrs Lyndhurst. „Noch dazu ist er ein fantastischer Lover.“

Michael gluckste amüsiert, als sie Hand in Hand weiterschlenderten. „Danke! – Da hinten sehe ich Nummer zwei, Kate. Sie ist bestimmt zu schüchtern, um auf mich zuzugehen, also wollen wir sie mal begrüßen."

Die junge Brünette schien Stephanie weniger verschüchtert als vielmehr desinteressiert. Sie fing den Blick auf, mit dem Kate Michaels Look befremdet musterte.

„Wie geht es dir, Michael?", fragte sie höflich.

„Bestens, danke. Das ist meine Freundin Stephanie." Wieder spürte sie seine schlanken, aber kräftigen Finger durch den dünnen Stoff, diesmal auf ihren Hüften. Es kribbelte jedes Mal, wenn er sie berührte, und ihr Körper begann nach mehr zu schreien.

Kate lächelte sie freundlich an und wirkte erleichtert. Sieh mal an, dachte Stephanie, die will ihn genauso wenig wie er sie. Traut sich wahrscheinlich auch nicht, den Eltern das klarzumachen.

„Oh, meine Eltern würden dich bestimmt gerne wiedersehen", sagt Kate. „Da hinten sind sie, kommt mit."

Sie standen auch hier einige Minuten Konversation gepaart mit missbilligenden Blicken durch.

„Wo sind denn Ihre Eltern, Michael?", fragte der Hotelier.

„Sie hatten heute Abend noch eine andere Einladung, wollten aber danach auf einen Sprung vorbeikommen. Sie können jeden Moment eintreffen."

„Ich freue mich schon darauf, mich mit Ihrem Vater zu unterhalten. Guten Abend."

„Ein Thema habt ihr dann ja schon. Die Freude wird ganz auf seiner Seite sein", murmelte Michael, als sie sich abwandten.

Die Erwähnung seines Vaters schien ihn nervös zu machen. Mit seiner Hand fuhr er unruhig Stephanies

Rücken hinauf und hinunter und löste wohlige Schauer bei ihr aus. Unwillkürlich stöhnte sie leise auf.

Michael blieb stehen. „Was ist? Du siehst komisch aus."

„Nichts ist. Alles bestens." *Ich werde nur verrückt, wenn ich nicht in den nächsten fünf Minuten mit dir schlafen kann*, dachte sie und versuchte, die Samba tanzenden Schmetterlinge in ihrem Unterleib zu ignorieren.

„Wirklich?" Er sah sie mit so liebevoller Besorgnis an, dass sie ihm spontan eine Hand auf die Schulter legte und ihn schnell küsste.

In seinen Augen blitzte es auf. Er schob sie in eine kleine Nische, zog sie an sich und küsste sie noch einmal länger. Als sie seinen Nacken streichelte, seufzte er genussvoll. Sein Griff um ihre Taille wurde fester.

„Ich störe so viel Glück ja nur ungern", tönte da eine kalte Stimme an Stephanies Ohren, „aber ich glaube, wir sind uns noch nicht vorgestellt worden, junge Frau."

Sie fuhren auseinander. Stephanie erkannte Andrew Silverstone, der sich vor ihnen aufgebaut hatte, sofort wieder.

Es lag ihr auf der Zunge, ihn daran zu erinnern, dass sie sich ihm vor zehn Tagen in der Hotelhalle vorgestellt hatte, doch Michael kam ihr zuvor.

„Dad, das ist Stephanie Wellington, meine Freundin."

„Oh, du hast eine Freundin! Das ist ja ganz was Neues!", gab er höhnisch zurück. „Wie kommst du dazu, eine Begleitung mitzubringen, Michael? Wie dreist ist das den Lyndhursts gegenüber! Du weißt doch, warum du hier bist!"

„Ich bin gekommen, weil Mutter mich darum gebeten hat, Vater, aber mit wem ich meine private Zeit verbringe, geht dich nichts an. Mein Liebesleben schon gar nicht“, antwortete Michael beherrscht.

„Wenn du mal eines hättest! Wenn du uns wenigstens Enkelkinder schenken würdest! Aber so wird das natürlich nichts, wenn du mit Frauen, die ...“ Er unterbrach sich und blickte Stephanie missbilligend an.

„Lass sie in Ruhe! Für dich zählen nur die Vorteile, die ein Mensch dir bringen kann und was er auf dem Bankkonto hat, aber für mich gibt es auch noch andere Werte. – Komm, wir gehen.“ Michael zog Stephanie in Richtung Foyer.

Doch Silverstone war noch nicht fertig mit ihnen und folgte ihnen zur Garderobe.

„Vergiss nicht, Michael, dass es Leute gibt, denen der Betrag auf dem Bankkonto genauso wichtig ist wie mir. Und die sich nur zu gerne einen reichen Erben angeln würden. Du solltest vorsichtig sein, mein Sohn.“

„Das ist eine gemeine Unterstellung“, sagte Stephanie wütend.

„Das war nur ganz allgemein gesagt – haben Sie sich angesprochen gefühlt?“ Er rang sich ein falsches Lächeln ab.

Sie hasste solche Menschen. „Nein, habe ich nicht. Ihr Sohn ist auch ohne Erbe liebenswert genug, um mit ihm zusammen sein zu wollen – weiß der Kuckuck, wo er das her hat ...“ Diese Spitze konnte sie sich nicht verkneifen.

Nach einem vernichtenden Blick wandte sich Silverstone wieder an seinen Sohn. „Jedenfalls hast du alles vermasselt!“, fuhr er ihn an. „Und wie du wieder aussiehst! Du bist hier nicht als Jackson-Imitator engagiert! Du blamierst deine Mutter und mich!"

„Auch mein Aussehen in meiner Freizeit geht dich nichts an", konterte Michael und setzte seinen Hut auf. „Ich bin dem Dresscode entsprechend angezogen!" Er half Stephanie in den Mantel.

Silverstone musterte sie spöttisch. „Und Sie, Mrs Wellington – besitzen Sie keinen Mantel, dass Sie den von meinem Sohn anziehen müssen?"

„Mein Butler hat vergessen, meinen Chinchilla rechtzeitig aus der Reinigung zu holen", gab sie trocken zurück.

Michael kicherte. „Der war gut."

„Dir wird das Lachen schon noch vergehen", knurrte sein Vater. „Wir sprechen uns Montag im Büro!"

Hinter Silverstone war eine atemberaubend schöne Frau aufgetaucht, deren Haare in ihrem Nacken zu einem kunstvollen Chignon geschlungen waren. Ihr samtig-bräunlicher Teint wurde vorteilhaft vom Erdbeerrot ihres Abendkleides betont, das ihre Sanduhr-Figur wie eine zweite Haut umschmeichelte. An ihren Ohrläppchen und auf ihrem Dekolletee funkelten Gold und Brillanten. Sie legte Silverstone beruhigend eine Hand auf die Schulter, während der Blick ihrer dunklen Augen abschätzend zwischen Michael und Stephanie hin- und herwanderte.

Stephanie starrte sie beeindruckt an und vergaß beinahe ihren Unmut über Silverstones unhöfliches Benehmen. Sie fragte sich, ob das Michaels Schwester war, da sie ihm so ähnelte, bis ihr einfiel, dass Claudia erst dreißig war. Ganz so jung sah die Dame dann doch nicht aus.

„Das ist meine Mutter“, stellte Michael vor, und Stephanie riss überrascht die Augen auf.

„Mama, vermutlich hast du es ja mitgehört – bei Vaters lauter Stimme hat man es sicher bis nach Schottland gehört – das ist meine Freundin Stephanie.“

„Es freut mich, Sie kennenzulernen, Mrs Silverstone“, sagte Stephanie freundlich.

„Ganz meinerseits“, antworte Michaels Mutter höflich, doch der abfällige Ausdruck ihrer lieblichen Gesichtszüge ließ keinen Zweifel daran aufkommen, dass es nicht der Wahrheit entsprach.

„Komm.“ Silverstone nahm seine Frau am Arm und wandte sich ab. „Wir müssen sehen, wie wir das bei den Wisemans und den Lyndhursts wieder in Ordnung bringen.“

Als sie ins Auto gestiegen waren, warf Stephanie Michael einen scheuen Blick zu. „Dein Plan scheint funktioniert zu haben. Die beiden Erbinnen bist du bestimmt los.“

Er wandte ihr langsam das Gesicht zu. „Es tut mir leid, dass du diese Szene miterleben musstest. Und dass mein Vater dich beleidigt hat. Bitte nimm es nicht persönlich.“

„Tue ich nicht. Ich war ja gewarnt. Bin nur froh, dass er nicht mein Chef ist – da würde ich mich vor Montag graulen!“

„Ich bin das gewöhnt“, murmelte Michael. „Und du warst klasse. Ich danke dir.“ Er hob die Hand und streichelte ihr zärtlich über die Wange. „Du hast plötzlich so nervös gewirkt, kurz bevor mein Vater aufgetaucht ist. Warum? Wegen der Leute?“

„Nein. Deine Nähe macht mich nervös“, gestand sie.

„Wieso?“

„Wieso? Du bist ein Mann, ich bin eine Frau ... Fällt dir dazu irgendwas ein?“

„Ach so“, flüsterte Michael und zog sie in die Arme.

Ihre Lippen fanden sich zu einem hungrigen Kuss. Stephanie schlang die Arme um seinen Hals. Einen Moment lang erwiderte er ihren Zungenkuss und presste sie an sich.

„Kommst du mit zu mir?“, flüsterte er.

Sie nickte. Mal abgesehen von ihrem Verlangen nach ihm sollte der Abend keinesfalls mit dieser hässlichen Szene mit Andrew Silverstone enden. „Du kannst auch zu mir ...?“

„Nicht, dass deine Tochter plötzlich wieder in der Tür steht. Ich bin traumatisiert.“

Sie lachten leise. Michael ließ den Motor an, und sie fuhren zurück in Richtung Küste.

„Sag, wann hat dich deine Mutter bekommen?“, wollte Stephanie wissen. „Als sie acht war?“

Er lachte auf. „Sie war neunzehn.“

„Das ist natürlich auch recht jung. Wie Anfang Fünfzig sieht sie trotzdem nicht aus.“

„Ein Hoch auf Anti-Aging und Medical Beauty.“

„Ach so ... Es ist gut gelungen. Du siehst deiner Mutter übrigens sehr ähnlich.“

„Kein Wunder. Wir haben denselben Schönheit-schirurgen.“

Sie starrte ihn entgeistert an und er lachte. „Nur ein Scherz. Ich habe mir lediglich Aknenarben entfernen und die Kurzsichtigkeit weglasern lassen. Letzteres natürlich in einer speziellen Augenklinik, nicht bei Mamas prominentem brasilianischem Stamm-chirurgen."

Stephanie warf einen raschen Blick auf die glatte Haut seiner Wangen. Dieser Chirurg schien sein Geld wert zu sein.

„Hatte deine Mutter das denn nötig?"

„Überhaupt nicht. Weder früher noch heute. Aber in Brasilien geht man zum Schönheitschirurgen wie hier zur Kosmetik", erklärte Michael.

„Davon habe ich gelesen. Die lassen sich dort für die perfekte Strandfigur sogar den Popo operieren, stimmt's?"

„Ja. In gewissen Kreisen sind in halb Lateinamerika künstlich geformte Busen oder Hintern völlig normal. Mein Po ist aber echt", versicherte er schalkhaft.

Sie lachten. „Davon werde ich mich gleich persönlich überzeugen", raunte sie und ließ ihre Hand auf seinem Oberschenkel höher wandern.

Er stöhnte wollüstig auf. „Mach das bitte nicht, während ich Auto fahre."

Folgsam nahm sie ihre Hand weg und konnte es kaum erwarten, dass sie das Hotel erreichten.

Sobald sie die Tür von Michaels Suite hinter sich geschlossen hatten, lagen sie einander in den Armen.

„Endlich", murmelte er, streifte ihr den Mantel von den Schultern und ließ ihn achtlos zu Boden fallen, während Stephanie das Gleiche mit seinem Jackett tat.

Hungrig küssten sie einander, und er schob sie dabei sachte in Richtung seines Bettes.

„Warte kurz", flüsterte er und ging zur Stereoanlage, die auf dem Sideboard stand. Nachdem er eine CD eingelegt hatte, erklang sanfte brasilianische Musik, die wie geschaffen war als Untermalung für ein sinnliches Liebesspiel.

Stephanie trat hinter ihn und schmiegte sich gegen seinen Rücken. Er drehte sich zu ihr um und ließ seine Finger zärtlich über ihre Schultern gleiten. Sie nestelte an den Knöpfen seines Hemdes, die so fest saßen, dass sie sie nicht gleich öffnen konnte und ungeschickt daran herumfummelte.

„Das geht so." Michael riss das schwarze Oberhemd mit einem Ruck auf. Die kleinen Perlmuttknöpfe sprangen ab und rollten über den Boden, das Hemd folgte.

„Was für ein Feuer." Sie berührte genussvoll seine glatte, leicht muskulöse Brust. „Das machst du mit meinem schönen Kleid bitte nicht."

„Wenn der Reißverschluss klemmt, kann ich für nichts garantieren", murmelte er, zog den Verschluss behutsam nach unten und ließ das Kleid an ihr hinuntergleiten. Schnell nahm Michael ein Kondom aus der Nachttischschublade, bevor sie sich in enger Umarmung in die weichen Daunenkissen fallen ließen.

Seine Erregung wuchs mit jeder Sekunde. Das spürte sie an seinem Kuss, der immer intensiver wurde, und an seinem Bein, das sich fordernd zwischen ihre schob. Schließlich löste er ungeduldig ihren BH, zog Stephanie an der Taille noch enger an sich und liebkoste ihre Brüste mit seinen Lippen und seiner Zunge. Sie stöhnte auf und öffnete seinen Gürtel. Hastig befreite sich Michael von seinen restlichen Kleidungsstücken, und sie genoss die wunderbare Wärme und Weichheit seiner nackten Haut auf ihrer. Nichts zählte mehr außer dem Gefühl seines Körpers, der ihren zärtlich in Besitz nahm. Lustvoll entdeckten und erforschten sie einander, bis sich ihre Leidenschaft zum Höhepunkt steigerte und sie schwer atmend in die Kissen sanken. Stephanie seufzte noch einmal wohlig auf und kuschelte sich mit dem Kopf an seine Brust. Michael legte den Arm um sie und sie lauschten schweigend den Atemzügen des jeweils anderen.

„Bleibst du bis zum Frühstück?“, fragte er schließlich.

„Ich würde gerne, aber ich habe nichts zum Übernachten dabei.“

„Das haben wir gleich.“ Er rollte sich zum Nachttisch, griff zum Telefon und wählte eine zweistellige Nummer. „Guten Abend, Susan. Können Sie mir bitte ein Übernachtungs-Set für eine Dame nach oben schicken lassen? Und einen Bademantel in Größe S. Danke!“ Er legte auf. „Geregelt. Du bekommst eine Zahnbürste, einen Kamm sowie Proben von Reinigungsmilch, Creme und sowas – reicht das?“

„Ja. Wie praktisch. Wenn du mir morgen früh auch noch deinen Kajalstift borgen kannst, bin ich wunschlos glücklich.“ Stephanie zwinkerte ihm zu.

Sie lachten und kuschelten sich wieder unter die Decke.

9

Michael rollte in unruhigem Halbschlaf seinen Kopf auf dem Kissen hin und her. Als er erneut ins Reich der Träume glitt, rannte er wieder einmal atemlos und in Panik durch eine nächtliche Favela.

Diesmal legte sich kein nebelartiger Schleier über das Geschehen, nachdem er in den vollen Bus eingestiegen war. Er reckte sich auf die Zehenspitzen, konnte jedoch durch die vielen dicht gedrängt stehenden Menschen kaum etwas von der Umgebung erkennen.

Er zupfte eine Frau am Rock, um ihre Aufmerksamkeit zu erringen.

„Wo ist der Zuckerhut?", fragte er.

„Da fährt der Bus nicht hin, Kleiner. Der endet am Theatro Municipal."

Sie wandte sich gleich wieder ab, zu sehr mit ihren eigenen Angelegenheiten beschäftigt, um die Angst in seinen Augen zu lesen.

An der Endhaltestelle verließ Micael den Bus und betrachtete mit schiefgelegtem Kopf das Gebäude des prächtigen Stadttheaters. Hier war er bereits gewesen, aber das half ihm nicht weiter. Unschlüssig schlenderte er zu einem älteren Pärchen, denen Fotoapparate von der Brust baumelten, und bat sie auf Englisch um Hilfe. Offenbar verstanden sie nicht, was er von ihnen wollte, sondern schienen ihn für ein bettelndes Straßenkind zu halten. Schnell bildete sich eine kleine Menschentraube um sie herum. Schließlich kamen zwei Polizisten, denen er sich in seiner Muttersprache anvertrauen konnte. Die Fahrt im Streifenwagen fand er spannend und bedauerte, dass die Uniformierten nicht Sirene und Blaulicht einschalteten. Ein bisschen hatte er auch Angst, sie würden ihn erneut entführen und einsperren. Mit großen Augen blickte er sich kurz darauf im Revier um, während er hörte, wie ein Polizist im Ipanema Palace anrief. Danach brachten sie ihn unverzüglich dorthin. Seine Eltern und sein Onkel warteten bereits in der Lobby auf ihn.

Erleichtert rannte Micael auf seine Mutter zu, die ihn mit tränenüberströmtem Gesicht an sich drückte. „Gott sei Dank bist du wieder da, *querido*. Wir haben uns solche Sorgen gemacht. Wo ist Rafael?“ Die Weichheit ihres Kleides und das Gefühl von Geborgenheit taten unglaublich gut.

„Wo ist Rafael?“, fragte auch sein Vater.

„Ich konnte mich befreien, aber Rafael nicht“, sprudelte Micael hervor.

Bevor er wusste, wie ihm geschah, hatte sein Vater ihm einen harten Klaps auf den Hinterkopf gegeben.

„Andrew!“, rief Mariana entsetzt und legte schützend die Hände auf Micaels Schultern.

„Du und dein Bruder solltet immer aufeinander aufpassen!“, tadelte Andrew scharf, und Micael brach in Tränen aus.

„Andrew, der Junge hat genug durchgemacht“, protestierte Mariana.

Er nahm sie am Arm. „Wir müssen mit den Polizisten sprechen, sie warten auf uns. Jorge, bring bitte Micael auf sein Zimmer."

„Mama soll mitkommen", begehrte Micael schluchzend auf.

„Ich komme gleich zu dir, *querido*", versprach Mariana und schob ihn sanft auf ihren Bruder zu, der neben ihnen stand. Onkel Jorge nahm ihn auf die Arme und sprach beruhigend auf ihn ein, während er mit ihm in Richtung der Aufzüge ging. Micael warf einen Blick zurück. Auf einmal verwandelte sich Andrews damals noch recht schlanke Gestalt in einen massigen schwarzen Stier, der brüllend auf ihn losging.

Mit einem Schrei fuhr Michael hoch.

„Michael, was ist los?", fragte eine Frauenstimme neben ihm besorgt. „Du hast schrecklich unruhig geschlafen. Hattest du einen Alptraum?"

Er brauchte etliche Sekunden, bevor er die Orientierung wiederfand. „Nicht direkt – ich habe Erinnerungen, von denen ich hin und wieder träume", murmelte er. „Aber sonst hören sie früher auf. Das hier war neu."

„Magst du mir davon erzählen?", fragte Stephanie sanft.

Er ließ sich wieder in die Kissen sinken und legte den Kopf an Stephanies Brust. Während sie zärtlich mit seinen Locken spielte, erzählte er ihr erst stockend, dann immer flüssiger von dem Tag, an dem sich sein Leben für immer verändert hatte. Als ein Dieb nicht weit vom Hotel entfernt der Nanny die Handtasche entrissen hatte und sie ihm einige Meter hinterhergerannt war. In dem Moment hatte ein Lieferwagen neben ihm und seinem Bruder gehalten, und von kräftigen Armen wurde erst er, dann Rafael gepackt und ins Innere des Wagens gezerrt. Bevor sie auch nur schreien konnten, hatten sich die Schiebetüren bereits hinter ihnen geschlossen. Man hatte die Jungs geknebelt, ihnen die Augen verbunden und erst wieder davon erlöst, als sie sich in einer ärmlichen Hütte befanden. Michael erinnerte sich nur sehr undeutlich an alles. Er wusste noch, dass man ihnen etwas zu trinken eingeflößt hatte, das er gleich darauf wieder erbrochen hatte. Dann war er eingeschlafen.

Nachts war er aufgewacht und hatte seine kleine Hand aus der Schlinge befreien können, die ihn an das Feldbett fesselte.

Rafael lag auf der anderen Seite der Hütte, ebenfalls gefesselt. Micael hatte gesehen, dass der Entführer schlaftorkelnd die Hütte verließ, vermutlich um zu urinieren, und die Tür nicht von außen verschloss. Sofort hatte er seine Chance gewittert. Er war zu Rafael gerannt, hatte ihn angestupst und an der Schulter gerüttelt. Doch sein Bruder schlief fest, und es gelang Micael nicht, seine Fessel zu lösen, als er daran herumzerrte. Der Mann würde sicher jeden Moment zurückkommen oder die Frau, die im selben Raum schlief, würde aufwachen. Er musste Hilfe holen, bevor die Chance vorbei war. So war er zur Tür gerannt, durch den Spalt geschlüpft und auf die Straße gelaufen. Genauer gesagt waren es schlammige Wege zwischen Wellblechhütten. Es war dunkel, nur der Mond schien, und einige nackte Glühbirnen, die an Stromkabeln baumelten, wiesen ihm den Weg.

„Das ist ja furchtbar.“ Stephanie hatte geschockt innegehalten, eine seiner Locken um ihren Zeigefinger zu wickeln. „Wie hast du nach Hause gefunden?“

Michael erzählte ihr nun auch den Rest, bis zu seiner Ankunft im Hotel.

„Dein Vater hat dich geschlagen?“, wiederholte sie empört. „Ich hoffe, das hast du nur geträumt?“

„Nein, das war Wirklichkeit. Er war so sauer, weil ich Rafael nicht habe retten können.“

„Oh mein Gott, du warst ein fünfjähriger Junge! Und wie du gesagt hast: Wenn du nicht sofort gehandelt hättest, würdest du jetzt nicht neben mir liegen. Dann hätten sie euch beide nie wiedergesehen.“

„In der Realität hat sich mein Vater natürlich nicht in einen Stier verwandelt“, versuchte er zu scherzen. „Keine Ahnung, was das sollte.“

Sie dachte kurz nach. „In der Traumdeutung ist der Stier ein Symbol für aggressive Männlichkeit und unbeherrschte animalische Triebkraft – aber was das für deinen Traum bedeutet, kann ich dir nicht sagen.“

Michael zuckte kaum merklich zusammen und presste die Lippen aufeinander. Das ergab Sinn. Auch wenn Letzteres wohl nicht für seinen Vater galt, sondern für Onkel Jorge, der ihn in seinen Armen weggetragen hatte.

„Bist du sicher?“, fragte er dennoch. „Woher weißt du so etwas?“

Stephanie machte eine vage Handbewegung. „Traumdeutung hat mich immer fasziniert, ich habe viel darüber gelesen und einen Kurs an der Uni dazu besucht. Aber ich kann mich irren. Das kann bei dir auch ganz was anderes bedeuten.“

„Nein, passt schon. Viel zu gut“, murmelte er.

„Hat die Polizei danach denn keine Suchaktion gestartet?“, kehrte sie zum Ausgangsthema zurück.

„Doch, selbstverständlich. Allerdings habe ich nicht zu jener Hütte zurückgefunden. Und selbst wenn – es war klar, dass die Entführer durch mein Verschwinden gewarnt waren und Rafael woanders hingebracht haben.“

„Gab es eine Lösegeldforderung?“

„Ja. Die Entführer hatten natürlich verboten, die Polizei einzuschalten, aber die war nun meinetwegen informiert. Sie haben das wohl mitgekriegt, denn sie sind nicht zur Lösegeldübergabe gekommen. Vater bekam noch einen entsprechenden Anruf, dass sie Rafael umbringen würden, weil er sich nicht an die Regeln gehalten habe.“

„Das ist so schrecklich.“ Stephanie verzog schmerzlich das Gesicht. „Du fühlst dich aber hoffentlich nicht schuldig, weil deinetwegen die Polizei mit im Boot war?“

„Nein. Doch.“ Er ließ das Gesicht in die Hände sinken.

Sie strich ihm zart über die nackte Schulter. „Michael, hattest du danach psychologische Betreuung?“

„Ein Kinderpsychologe hat sich nach der Entführung einige Male mit mir unterhalten, aber Dad hatte beschlossen, dass sein Sohn keinen Seelenklempner braucht. Ich glaube auch nicht, dass ich richtig traumatisiert war. Doch da war ständig diese Leere, die Rafaels Verschwinden hinterlassen hat. Sie hat sich bis heute nicht gefüllt. Und diese Ungewissheit. Es gab nie einen Beweis dafür, dass er tatsächlich ermordet wurde.“

„Hat die Polizei nicht nach ihm gesucht?“

„Doch, schon, aber bei der Größe Brasiliens ist es einfach unmöglich, einen kleinen Jungen wiederzufinden – ob tot oder lebendig –, den man hat verschwinden lassen. Zur Sicherheit haben meine Eltern auch noch Privatdetektive engagiert, die ein halbes Jahr lang nach ihm gesucht haben – ohne Erfolg."

Stephanie stieß einen tiefen mitfühlenden Seufzer aus. „Es tut mir so leid."

Langsam hob Michael den Kopf und blickte sie an. „Ich spüre nicht, dass er tot ist. Mir ist, als ob er mir durch diese Träume zurufen würde, dass ich mich an ihn erinnern soll. Was meinst du dazu? Du hast doch Psychologie studiert."

„Nicht lange genug, um dir so etwas qualifiziert beantworten zu können. Außerdem geht das, was du meinst, schon eher in die Parapsychologie. Dass du jetzt noch von ihm träumst, könnte lediglich Ausdruck deiner weiterhin bestehenden Schuldgefühle sein. Auch wenn dein Verstand weiß, dass sie unberechtigt sind, dein Unterbewusstsein fühlt sie noch."

„Mag sein. Aber da ist einfach dieses Gefühl, dass ich es gespürt hätte, wenn Rafael wirklich tot wäre. Nur glaubt mir das niemand."

„Vielleicht würden dir andere Zwillinge, die voneinander getrennt wurden, glauben. Hast du mal Kontakt zu solchen Personen gesucht?"

„Nein. Wozu denn? Es würde mir Rafael ja nicht herbeizaubern."

Sie strich sich nachdenklich über den Nasenrücken. „Es gibt in manchen Ländern Fernsehsendungen, mit denen vermisste Personen gesucht werden."

„Die gibt es auch in Brasilien. Ich habe in der Zeit, als ich mein Praktikum im Ipanema Palace gemacht habe, tatsächlich an so einer Sendung teilgenommen. Meinen Eltern habe ich davon nichts gesagt – ich wollte nicht, dass sie enttäuscht würden. Und tatsächlich hat sich auch keine der Infos, die der Sender danach bekommen hat, als Treffer herausgestellt. Wohlweislich hatte ich nicht gesagt, wer unsere Familie ist, sonst hätten wir uns vor falschen Rafaels nicht retten können. So wie damals, als sein Bild nach seinem Verschwinden durch die Presse ging." Er lachte bitter auf. „Ich war so hoffnungsvoll, dass irgendwer in Brasilien feststellt, dass sein Nachbar oder Kollege oder Freund genauso aussieht wie der Typ in der Sendung – also wie ich … Das war eine herbe Enttäuschung. Ich bin froh, dass Mutter nie davon erfahren hat."

„Es muss sehr schlimm für sie gewesen sein. Für deinen Vater natürlich genauso. Sicher macht er sich insgeheim Vorwürfe, weil die Lösegeldübergabe danebengegangen ist. Ist er deswegen so hart geworden?"

„Kann schon sein."

„Dein Kindermädchen hat sich bestimmt ebenfalls Vorwürfe gemacht – auch wenn sie nichts dafür konnte, weil sie gezielt abgelenkt wurde. Der Handtaschendiebstahl war mit Sicherheit inszeniert."

„Ja, das war kein Zufall. Meine Eltern haben es trotzdem vorgezogen, ihr zu kündigen, weil sie ihr nicht mehr vertraut haben. Das war schlimm für mich. Ich hatte sie sehr gern. Ihre Nachfolgerin war viel strenger und ich habe lange gebraucht, bis ich mit ihr warm geworden bin."

„Wie unfair. Aber als Mutter kann ich deine Eltern da schon irgendwie verstehen."

Michael griff nach seinem iPhone und blickte auf die Uhr im Display. „Oh, wir haben lange geschlafen. Hast du Hunger?"

„Bärenhunger!"

Er reichte ihr die Frühstückskarte vom Room-Service. „Hier, such dir was aus."

„Ich nehme das Porridge-Frühstück", entschied sie nach Überfliegen der Karte. „Und du?"

„Nur ein Croissant. Mir vergeht der Appetit, wenn ich an diese Zeit zurückdenke." Er griff zum Telefon und bestellte.

Danach zog er Stephanie in die Arme. „Was hältst du von einer gemeinsamen Dusche? Das würde mir helfen, auf schönere Gedanken zu kommen."

Sie lächelte erwartungsvoll. „Dabei helfe ich dir nur zu gerne."

Genussvoll ließen sie unter der Regenwalddusche des Badezimmers das warme Wasser über ihre Körper prasseln, seiften sich gegenseitig ein und verwöhnten sich lustvoll mit Händen und Lippen.

Anschließend rasierte sich Michael und schlüpfte in Jeans und einen dunkelblauen Kaschmirpullover, während sich Stephanie in den Bademantel hüllte, der das eingestickte Emblem des Hotels trug, ein silberfarbenes S in einem verschnörkelten Oval.

Kaum waren sie fertig, wurde ihr Frühstück auf einem Servierwagen gebracht, der von den Zimmerkellnern als Esstisch hergerichtet wurde.

Stephanie verspeiste mit Appetit das mit exotischen Früchten garnierte Porridge und einen Sesam-Bagel, während Michael an seinem Croissant nur knabberte und viel Kaffee trank. Die Erinnerung an den unangenehmen Traum drückte sich wie eine Faust in seinen Magen. Damit hatte sich eine Tür zu anderen Ereignissen geöffnet, die er lange mehr recht als schlecht verdrängt hatte. Eine wahre Falltür, unter der ein bedrohliches dunkles Loch lag. Doch daran wollte er jetzt nicht denken, sondern sich lieber auf das intensive Wohlbefinden durch den leidenschaftlichen und gleichzeitig gefühlvollen Sex mit Stephanie konzentrieren.

„Demnächst muss ich für ein Wochenende nach Devon", erzählte er und naschte eine Himbeere von ihrem Teller. „Meine Großeltern besitzen dort ein Landhaus. Nachdem meine Großmutter vor einigen Wochen gestorben ist–"

„Das hast du ja noch gar nicht erwähnt", unterbrach sie ihn mitfühlend. „Tut mir leid."

„Wir hatten kein so enges Verhältnis. Sie war neunzig und hat seit einem Jahr in einem Pflegeheim gelebt. Mein Opa ist bereits vorher gestorben. Jedenfalls gehört meinem Vater nun auch dieses Landhaus und er will – wen wundert's – ein Hotel daraus machen. So eine Art Boutique-Hotel, klein aber exklusiv. Ich muss mich vor Ort um einiges kümmern. Möchtest du mitkommen? Wir könnten am nächsten Wochenende hinfahren. Aber da kommt wahrscheinlich deine Tochter, oder?"

„Nächstes Wochenende?" Sie dachte kurz nach. „Geht nicht, da bin ich auf einer Hochzeit in London. Brittany ist auch eingeladen und ich sehe sie dort. Aber am Wochenende darauf hätte ich Zeit. Wo in Devon liegt das Haus?"

„An der English Riviera, in Torquay. Als Krimiautorin kennst du den Ort ja bestimmt." Er zwinkerte ihr zu.

„Den früheren Wohnort von Agatha Christie, logisch. Ich habe dort sogar mal das Museum besichtigt, das ihr einen Raum gewidmet hat, und die Sammlung von Giften, die in ihren Büchern vorkommen." Stephanie schenkte sich Tee nach. „Sag mal, willst du am Samstag vielleicht mitkommen zur Hochzeit?"

„Wer heiratet denn?"

„Freunde von mir. Jandoo ist mein ehemaliger Tanztrainer. Kurz bevor ich in der Hip-Hop-Gruppe aufgehört habe, ist Brittany dazugekommen, und nun trainiert er sie. Er heiratet Șenay, die auch seit langem mit uns tanzt. Es wird bestimmt ein lustiger Abend, mit viel orientalischer Musik und Tanz. Jandoo stammt aus Indien, Șenay aus der Türkei."

„Das klingt gut. Wird es die beiden nicht stören, wenn du jemanden mitbringst, den sie nicht kennen?"

„Überhaupt nicht. Sie sind sehr gastfreundlich und werden sich freuen, dich kennenzulernen."

„Und was ist mit deiner Tochter? Wie wird sie das finden?"

„Da ihr euch nun schon zufällig in einer etwas peinlichen Situation kennengelernt habt, sollte es vielleicht noch einmal in einem offizielleren Rahmen geschehen", erwiderte Stephanie gelassen.

„Sind wir schon so weit?", fragte er, auf einmal etwas beunruhigt.

„Mach dir keinen Kopf. Sowohl für Brittany als auch für meine Freunde bist du eben ein Freund, den ich als Begleitung mitbringe – ich denke nicht, dass sich da jemand viele Gedanken darüber machen oder Fragen stellen wird. Auch meine Tochter wird es auf sich zukommen lassen, wie es sich zwischen uns entwickelt. Wir daten einander, Punkt."

Michael atmete auf, dass sie es so locker sah. Plötzlich kam ihm eine Idee. „Dann werde ich mich um eine Übernachtungsgelegenheit für uns beide kümmern, wenn es dir recht ist."

„Sehr sogar. Hast du was Bestimmtes im Sinn?"

„Lass dich überraschen." Er lächelte spitzbübisch.

10

Michael parkte den Wagen vor einem weitläufigen Landhaus in dem ruhigen, grünen Vorort von London. „Wir sind da. Dies ist das Royal Greenwich House."

„Das ist wunderhübsch", bemerkte Stephanie, als sie mit ihrem Wochenendgepäck auf den Eingang zugingen.

Die Lobby war mit Pflanzenkübeln und Blumenvasen, einer weichen Polstercouchgarnitur und einem Bücherregal sehr anheimelnd gestaltet. Das Boutique-Hotel besaß den Charme eines Cottage.

„Michael, wie schön, Sie wiederzusehen", begrüßte ihn der Empfangschef herzlich. „Ich habe das beste Zimmer für Sie und Ihre Begleiterin reserviert." Er reichte ihm den Schlüssel und lächelte auch Stephanie zu. „Lassen Sie das Gepäck ruhig stehen, ich schicke Ihnen sofort Eddie damit hoch. Soll ich Ihnen Obst oder eine Flasche Wein bringen lassen?"

„Nein, vielen Dank, wir müssen bald wieder los und werden erst spät zurückkehren."

„Du scheinst hier gut bekannt zu sein", stellte Stephanie fest, als sie Michael zur Treppe folgte. „Bringst du immer deine neuen Freundinnen her?", zog sie ihn auf.

„Natürlich, jeden Samstag eine andere." Er gab ihr einen kleinen Stups gegen den Arm. „Nein, du bist die erste. Ich bin hier nur bekannt, weil dieses Hotel früher meinen Großeltern gehört hat."

„Ach! Und jetzt gehört es deinem Vater?"

„Nein. Leider hat meine Oma es nach dem Tod meines Großvaters verkauft. Da litt sie wohl bereits an einer Form von Demenz, nur wusste das noch niemand. Meine Eltern waren entsetzt, doch der Verkauf war rechtsgültig. Da es immerhin einen exzellenten Preis dafür gab, hat Dad darauf verzichtet, es einzuklagen." Er öffnete die Zimmertür und ließ Stephanie eintreten.

„Sehr hübsch und gemütlich", fand sie. „Aber natürlich nicht mit dem Silverstone Brighton vergleichbar."

„Stimmt. Gegen unsere anderen Häuser ist dieses hier quasi ein Airbnb."

Sie lachten.

„Der Wellnessbereich mit Pool und Dampfbad ist toll", schwärmte Michael. „Ich habe veranlasst, dass wir morgen erst um sechzehn Uhr auschecken müssen – wir können es uns bis dahin noch ein bisschen gutgehen lassen."

Als ob man das im Silverstone nicht könnte, dachte Stephanie belustigt. Aber das Hotel war Alltag für Michael. Er schien sich auf den Ausflug nach London als angenehme Abwechselung gefreut zu haben.

Sie tauschten ihre Reisekleidung gegen etwas feinere Garderobe. Auf dem Weg zur Event-Location, in der die Hochzeit stattfinden sollte, holten sie Brittany von zu Hause ab.

Stephanie zuckte zurück, als ihre Tochter auf die Rückbank kletterte und sie sich zu ihr umdrehte. „Bitte sag mir, dass das eine Perücke ist."

„Nein." Brittany zupfte an einer ihrer nur noch kinnlangen Strähnen. „Magst du keine Bobs?"

„Der Schnitt ist prima, aber ... verdammt, sie sind blau!", sagte Stephanie entsetzt.

„Blaulila", korrigierte Brittany gelassen.

„Was hat dein Vater dazu gesagt?"

„Das möchtest du gar nicht wissen!" Sie lachte.

„Na, ich kann es mir vorstellen. Wäscht sich das aus?"

„Ich hoffe, nicht so bald. Sieht doch viel cooler aus als straßenköterblond, oder etwa nicht?"

Stephanie stöhnte auf und drehte sich wieder nach vorn. „Fahr bitte los, Michael." Angesichts des ersten offiziellen Zusammentreffens zwischen Michael und Brittany fühlte sie sich nun doch etwas angespannt und hoffte, dass sich ihre Tochter korrekt verhalten und nicht das Biest herauskehren würde.

Er grinste nur und enthielt sich jeglichem Kommentar.

„In dieser Gegend war ich noch nie, glaube ich", sagte er, als sie etwas später durch den Einwandererbezirk Brixton fuhren, und starrte angestrengt auf sein Navi.

Stephanie lächelte. „Es ist recht folkloristisch. Hier hast du die Karibik, Indien und alles, was dazwischenliegt, ohne England verlassen zu müssen."

Kurz darauf betraten sie die Event-Location, die in einem unansehnlichen Gebäude eines Gewerbegebiets lag. Innen erwartete sie jedoch eine märchenhaft bezaubernde Deko mit raffinierten Lichteffekten.

„Sieht aus wie die Kulisse eines Bollywoodfilms", stellte Brittany begeistert fest und ließ ihren Blick durch den liebevoll geschmückten Saal schweifen. Auf einem Podest am Ende der Tanzfläche stand vor dem farbenfrohen Gemälde einer Moschee ein mit Rosen geschmückter Tisch für das Brautpaar bereit.

Stephanie und Brittany entdeckten einige bekannte Gesichter, stellten Michael allen vor und setzten sich zu Freunden an einen der gedeckten Tische.

Nach und nach füllte sich der Raum mit indischen und türkischen Verwandten und Freunden des Brautpaares, das selbst noch auf sich warten ließ. Frauen in Saris und in islamischer Tracht standen zusammen und lachten miteinander. Einige trugen elegante Abendkleider und lang über den Rücken fließende Haare, andere verbargen ihre Haartracht unter Kopftüchern.

Fast zwei Stunden später erschien endlich das festlich gekleidete Brautpaar und schritt zu orientalischer Musik in den Raum. Auf der Tanzfläche angekommen begannen sie zu gefühlvoller türkischer Musik den Brauttanz.

Als Jandoo vor Şenay auf die Knie ging, musste sich Stephanie Tränen der Rührung aus den Augen wischen. „Das ist märchenhaft."

Michael, der dicht hinter ihr stand, schlang die Arme um ihre Schultern und zog sie an sich. „Das ist es."

Den ganzen Abend wurde getanzt, und sie setzten sich erst zum Essen. Es gab ein gut gewürztes Lammcurry mit Reis, dazu Fladenbrot und Dips aus Humus, Zaziki und anderen orientalischen Pasten.

Stephanie beobachtete verstohlen Michael, der sich in ein Gespräch mit Randy, einem Profitänzer mit karibischen Wurzeln, vertieft hatte. Davor hatte er sich mit dem aus Bangladesch stammenden Biju über seinen Job in einer Großwäscherei unterhalten, und der schüchterne Biju war unter seinem freundlichen Interesse regelrecht aufgeblüht. Sie freute sich, dass sich Michael so gut in ihren Freundeskreis einfügte und keine Spur von Überheblichkeit zeigte, obwohl die meisten aus der Tanzgruppe einfacher Herkunft waren.

Am meisten hatte sie gerührt, wie liebevoll er sich um den neunjährigen Aarun kümmerte, Jandoos Sohn aus erster Ehe, der in einem Anzug mit Krawatte allerliebst aussah. Er genoss sichtlich das Gespräch mit einem erwachsenen Mann und diskutierte mit Michael über Fußball und seine Berufswünsche.

Bestimmt würde Michael einmal einen sehr guten Vater abgeben und würde vermutlich auch Kinder wollen, dachte Stephanie. Sie selbst hingegen hatte eigentlich nicht die Absicht, noch einmal Mutter zu werden. Und ob er zur Familiengründung nicht eher eine reichgeborene junge Frau aus der Oberschicht bevorzugen würde? Bei der Vorstellung bohrte sich eine schmerzende Spitze in ihr Herz.

„Schmeckt klasse“, kommentierte Brittany, die an ihrer anderen Seite saß und sich genussvoll eine Gabel mit Lammcurry in den Mund schob. Dankbar für die Ablenkung strich Stephanie ihrer Tochter eine blau-lila Haarsträhne aus dem Gesicht.

„Blau steht dir“, sagte sie versöhnlich und lachte auf, als sie daran dachte, dass Michael das vor kurzem zu ihr gesagt hatte. „Passt prima zu deiner Augenfarbe. Und dein neues Tattoo ist eigentlich auch gar nicht so schlecht.“

Brittany grinste. „Michael scheint dir gut zu tun, Mum. Du wirkst viel gechillter.“

Stephanie hatte erleichtert festgestellt, dass die beiden sich gut zu verstehen schienen und schnell einen lockeren Umgangston miteinander gefunden hatten.

Nach dem Essen tauschte das Brautpaar in einer feierlichen Zeremonie die Ringe, die Aarun ihnen auf einem roten Kissen reichte. Dann wurde auf einem Rollwagen die Hochzeitstorte gebracht und ein Feuerwerk aus Wunderkerzen darauf entzündet.

Michaels und Stephanies Hände lagen so dicht nebeneinander auf der Tischplatte, dass sie sich zart berührten. Es zog wie ein elektrisches Prickeln ihren Arm hinauf. Er führte ihre Hand an seine Lippen und küsste sie. Sie tauschten einen langen innigen Blick, unter dem Stephanies Herz höher zu schlagen begann. Hatte sie letzten Samstag vor allem das Verlangen danach verspürt, mit seinem Körper zu verschmelzen, waren es nun ihre Seelen, die miteinander zu verschmelzen schienen. In diesem Moment wurde ihr bewusst, dass sie sich bis über beide Ohren in ihn verliebt hatte. Es löste ein Ziehen in ihr aus, das gleichzeitig süß und schmerzhaft war. Ob Michael etwas Ähnliches dachte? Nein, wahrscheinlich nicht, er wirkte vergnügt und aufgeräumt. Sie seufzte lautlos.

Er lächelte sie an. „Gehen wir tanzen?“

Stephanie nickte. Sie hatte schnell gemerkt, dass Michael ein fantastischer Tänzer war und es ihm offenbar großen Spaß machte.

„Hey, Kumpel, du beherrschst ja Capoeira“, stellte Randy anerkennend fest, als er Michael beobachtete.

Dieser nickte. „Ich habe das als Kind in Rio gelernt. Obwohl ich eigentlich gerade versucht habe, mich an diesen Orient-Pop anzupassen.“

Danach erklang ein langsameres Lied, und Michael zog Stephanie dicht an sich. Sie schlang ihre Arme um seinen Hals.

„Ich kann es nicht erwarten, mit dir allein zu sein“, flüsterte sie ihm ins Ohr.

„Ich auch nicht. Ich finde, das Royal Greenwich House ist das perfekte Liebesnest.“ Seine Hand strich aufreizend langsam an ihrer Wirbelsäule hinunter.

11

Der erste Samstag im März war sonnig und mild, ein Hauch von Frühling lag über der südenglischen Küste. Ein laues Lüftchen brachte frische Meeresluft, und auf den Wiesen blühten Narzissen und Krokusse. Je weiter Stephanie und Michael gen Westen gelangten, desto mehr war die Natur bereits erblüht. Sie waren nach dem Mittagessen in Brighton aufgebrochen und erreichten nach etwas über vier Stunden das elegante Seebad Torquay an der English Riviera in Devon.

Schließlich parkte Michael den Wagen vor einem verwinkelten Landhaus, das außerhalb der Stadt und halb versteckt in einem Park lag. Während sie durch einen leicht verwilderten Garten gingen, ließ Stephanie den Blick bewundernd über die Palmen, Rhododendren und Hortensienbüsche zum cremeweiß getünchten Haus schweifen.

„Sehr malerisch. Es erinnert mich an euer ehemaliges Hotel in Royal Greenwich."

„Mein Vater will etwas Ähnliches daraus machen. Ein anheimelndes Boutique-Hotel mit exzellentem Service."

„Wie viele Zimmer hat es?"

„Es könnten zehn Gästezimmer daraus gemacht werden. Es muss allerdings umgebaut werden, damit jedes sein eigenes Bad bekommt. Morgen habe ich einen Termin mit einem Architekten, der sich das ansehen wird."

Er führte Stephanie durch das geräumige Haus, das mit altmodischer Gemütlichkeit möbliert war.

„Wir werden das Ganze von einem angesagten Innenarchitekten neu einrichten lassen", erklärte er. „Erstmal muss natürlich alles ausgeräumt werden. Nächste Woche kommt die Entrümplungsfirma."

Stephanie ließ ihren Blick über die leeren Regale und die Lücken in der Einrichtung schweifen. „Sieht schon recht geleert aus."

„Mein Vater hat bereits geholt, was er behalten will, aber es gibt etlichen Kleinkram, den er vergessen hat. Claudia und ich haben auch noch Sachen im Haus. Sie hat mich gebeten, einige Dinge sicherzustellen, die sie aufheben möchte."

„Habt ihr eigene Zimmer?"

„Hatten wir als Teenager, als wir öfter die Ferien hier verbracht haben. Doch vor acht oder neun Jahren wurden die in Gästezimmer umgewandelt und unsere Sachen auf den Dachboden geschafft. Wir müssen da oben nachsehen."

Michael griff nach einer der stabilen Pappen, die an der Wand lehnten, und faltete sie zu einem Umzugskarton. Stephanie folgte ihm zu einer schmalen Holztreppe, die steil nach oben führte. Der Dachboden sah aus, als sei er schon lange nicht mehr betreten worden. Durch ein schräges Fenster fiel gedämpftes Licht und ließ filigrane Staubweben aufschimmern. Michael fand Bücher und einige andere Dinge, die er behalten wollte.

„Oh, und mein geliebter Segelflieger. Den hatte ich schon überall gesucht." Begeistert betrachtete er das Modellflugzeug und legte es dann behutsam in den Karton.

Er zog sein Smartphone aus der Hosentasche und rief die WhatsApp-Nachricht auf, in der seine Schwester ihre Wünsche mitgeteilt hatte. Er durchkämmte eine hölzerne Kommode, bis er auf eine Schublade mit Puppenkleidung stieß.

Hilfesuchend blickte er Stephanie an. „Würdest du sagen, das sind Partyklamotten für die Super-Barbie?"

Sie nickte mit Kennermiene. „Absolut."

Michael blickte stirnrunzelnd auf seine Liste. „Und was bitteschön ist Skipper?"

„Die jüngere Schwester von Barbie. Die hier." Sie griff nach einer kleinen Puppe.

„Na fein." Erleichtert legte er alles in den Karton. „Wie Monchhichis aussehen, weiß ich noch. Aber was zum Teufel ist eine Diddl Maus?"

Stephanie lachte. „Das sage ich dir, wenn ich eine sehe. Ich schätze mal, es sieht wie eine Maus aus."

„Ach, ich glaube, das ist eine Stoffmaus, die Mama mal bei einem Europatrip in Deutschland für Claudia gekauft hat", erinnerte sich Michael.

Vergeblich wühlten sie sich durch mehrere Kartons. „Wo können denn bloß diese blöden Monchhichis sein? Ich fasse es nicht, dass Claudia so nostalgisch ist, das passt gar nicht zu ihr." Er schüttelte den Kopf.

„Manches hat inzwischen Sammlerwert", erklärte Stephanie. „Brittany hat für solches Zeug einiges bekommen, als sie es bei eBay versteigert hat."

„Pff", machte er. „Das hat Claudia gerade nötig."

„Dort hast du noch nicht nachgesehen.“ Sie wies auf eine große Holztruhe mit schönen Schnitzereien, die in einer Ecke stand.

Michael klappte sie auf und wühlte sich durch den Krimskrams, mit dem sie bis zur Hälfte gefüllt war. Da er keine lose herumliegenden Stoffäffchen oder -mäuse entdecken konnte, nahm er eine Schachtel heraus, die etwas kleiner als ein Schuhkarton war, und öffnete sie. Stephanie spähte über seine Schulter.

„Das sind nur Briefe und Karten.“ Er wollte die Schachtel bereits wieder schließen, da fiel ihm ein Foto in die Hände. Er hielt es näher ans Licht und starrte es an.

„Was ist das?“ Stephanie trat neben ihn und warf einen Blick auf das Bild, das zwei kleine Jungen zeigte, die einander zum Verwechseln ähnlich sahen.

„Das waren Rafa und ich.“ Er schluckte.

„Wie süß.“ Sie musterte gerührt die hübschen dunkeläugigen Zwillinge.

Michael ließ die Schriftstücke durch die Finger gleiten. „Hier ist ein Jugendfoto meiner Mutter.“ Er zeigte ihr das Bild einer sehr jungen Frau, dann drehte er es um. Auf der Rückseite stand geschrieben *Meine Braut Mariana*.

„Das Foto muss mein Vater an seine Eltern geschickt haben. Auf den Umschlägen ist auch seine Handschrift, adressiert an meine Großeltern. Ach, ich nehme das einfach mit, vielleicht legen meine Eltern noch Wert darauf. Bevor es Fremde in die Hände bekommen oder es einfach weggeworfen wird ...“

Er legte die Schachtel in den Umzugskarton.

„Hier sind die Monchhichis“, meldete Stephanie triumphierend und zog ein weiches Stoffäffchen mit putzigem Babygesicht aus einer vollgestopften Leder-tasche. Zwei weitere folgten, sowie ein Stofftier mit Mäusekopf, das an eine Comicfigur erinnerte.

„Gott sei Dank. Dann machen wir für heute Schluss. Ich habe Hunger.“

In der großen Küche wärmten sie das indische Curry auf, das sie unterwegs gekauft hatten und erledigten danach zusammen den Abwasch. Michael spielte mit dem Schaum im Spülbecken.

„Sag mal, wäschst du zum ersten Mal das Geschirr ab, von dem du gegessen hast?“, zog Stephanie ihn auf.

Empört schnippte er eine Schaumflocke in ihr Gesicht. „Von wegen. Bei meinem Praktikum im Ipanema Palace haben sie mich drei Tage lang als Tellerwäscher arbeiten lassen.“

„Das ist ja nicht sehr sinnvoll für einen zukünftigen Hotelmanager.“

Er verzog grimmig den Mund. „War vermutlich ein persönlicher Racheakt meines Onkels.“

„Wieso das denn?“

Er runzelte die Stirn und winkte ab, ohne zu antworten.

Nach dem Essen zündete Michael ein Kaminfeuer an. Als Stephanie hereinkam, saß er auf dem dicken Baumstamm vor dem Kamin und legte noch ein paar Holzscheite nach. Sie blieb einen Moment stehen, um ihn zu betrachten, und fühlte wieder das Ziehen in ihrer Herzgegend. Sein eierschalfarbener Pullover mit dem dicken Zopfmuster machte eine breite Brust, die zum

Anschmiegen einlud. Sein Gesicht schimmerte im warmen Widerschein des Feuers, und seine Augen leuchteten, als er ihr entgegenlächelte.

Sie setzte sich neben ihn auf den Baumstamm. Er legte den Arm um sie und schaute in die Flammen. „Hm, das ist romantisch."

„Bist du romantisch?", fragte sie hoffnungsvoll.

„Nein", erwiderte er trocken.

Sie boxte ihn mit gespieltem Ärger.

Er knuffte zurück. Sie balgten herum, glitten vom Baumstamm auf das Lammfell, das vor dem Kamin lag, kitzelten sich und lachten.

„Ich liebe dich", sagte er auf einmal leise und noch immer ein bisschen lachend.

Stephanies Herz hüpfte, und das schmerzhafte Ziehen wich freudiger Leichtigkeit. „Ich liebe dich auch. Du machst mich glücklich, Michael."

„Lass uns nach oben gehen, dann werde ich dich noch glücklicher machen", versprach er und begann sie zu küssen.

„Du hast gerade erst den Kamin angemacht, es wäre schade drum."

„Ja, du hast recht." Er zog seinen Pullover aus, rollte ihn zum Kissen zusammen und bedeutete ihr, den Kopf darauf zu betten.

Und so liebten sie sich auf dem Boden im flackernden Schein des knisternden Kaminfeuers.

Am nächsten Morgen schliefen sie nach dem Aufwachen gleich noch einmal miteinander, langsam und überaus zärtlich. Danach dösten sie weiter.

„Ich möchte nicht aufstehen“, murmelte Michael gegen zehn. „Ich will den ganzen Tag mit dir im Bett bleiben.“

Stephanie lachte. „Dein Vater würde dir die Ohren langziehen! – *Du weißt doch, warum du hier bist!*“, imitierte sie Andrew Silverstone. „Jedenfalls bist du nicht hier, um mit einer Frau im Bett herumzuhängen, die zu alt ist, um ihm Enkelkinder zu schenken und die noch nicht mal eine Hotelerbin ist!“

„Der kann mich!“ Er vergrub den Kopf in den Kissen.

„Das sehe ich auch so. Ist doch dein Leben. Du lebst nicht, um seine Erwartungen zu erfüllen.“

Als sie beim Frühstück saßen, klingelte es an der Tür.

„Ob das schon der Architekt ist?“, wunderte sich Michael und ging öffnen.

Er kehrte mit einem schlanken älteren Herrn im dunkelgrauen Anzug zurück.

„Das ist unser Chauffeur Luiz“, stellte er vor. „Er arbeitet seit Ewigkeiten für meine Familie in Brasilien, und vor einigen Monaten hat meine Mutter ihn hierhergebracht. Luiz, das ist Stephanie.“

„Tut mir leid, wenn ich störe“, sagte der Brasilianer höflich zu Stephanie. „Micael, Ihre Eltern haben mich gebeten, Ihnen beim Packen zu helfen und einige Kartons mitzunehmen, falls nicht alles in Ihren Wagen passt.“

„Das wäre eigentlich nicht nötig gewesen. Dafür schicken die Sie extra vier Stunden über die Landstraße?“

„Nicht nur – Ihr Vater hat auch noch etwas vergessen, wonach ich suchen und das ich ihm bringen soll.“

„Warum hat er mich nicht angerufen?“, fragte Michael erstaunt, und der Chauffeur zuckte verlegen mit den Schultern. „Ich denke, er wollte, dass Sie am Wochenende auch ein bisschen Zeit zum Ausspannen haben."

„Das wäre ja ganz was Neues", brummelte Michael und schenkte Luiz einen Kaffee ein.

Dadurch, dass Luiz beim Packen half, fanden Michael und Stephanie Zeit, um zum Yachthafen von Torquay zu fahren und Mittag zu essen.

Anschließend machten sie einen Spaziergang über die palmengesäumte Uferpromenade und genossen den Sonnenschein. Zeitgleich mit dem Architekten trafen sie wieder im Landhaus ein, und Michael setzte sich eine gute Stunde mit ihm zusammen, um die Möglichkeiten für den Umbau zu erörtern. Sein Vater hatte ihm zuvor seine Wünsche erklärt und die Angelegenheit an ihn delegiert.

Am späten Nachmittag traten sie den Rückweg nach Brighton an.

„Ich wollte dir etwas geben", sagte Michael, als er Stephanie vor ihrer Haustür absetzte, und suchte in seinen Jackentaschen. Er zog eine kleine Plastikkarte hervor und drückte sie ihr in die Hand. „Ich möchte, dass du eine Keycard für meine Suite hast. Dann kannst du jederzeit hinein, falls ich mal noch nicht da bin."

„Oh, danke", meinte sie überrascht.

Innerlich frohlockte sie, dass Michael, der nach eigener Aussage keine Beziehung wollte, nun doch so langsam hineinglitt und es ihm zu gefallen schien. Ihr eine Keycard für seine Suite anzuvertrauen war im Prinzip gleichbedeutend damit, ihr die Wohnungsschlüssel zu geben – ein recht großer Schritt für ein Pärchen.

12

Einige Abende später wartete Stephanie in der Suite auf Michael, der noch im Büro war. Sie hatte es sich in Leggins und einem Longshirt mit einem Buch auf der Couch bequem gemacht. Als es an der Tür klopfte, dachte sie, es wäre Michael, und ging öffnen. Doch vor ihr stand seine umwerfend attraktive und scheinbar alterslose Mutter.

Sie zuckten beide zurück.

„Möchten Sie hereinkommen?“, fragte Stephanie dann höflich.

„Danke, sehr freundlich“, erwiderte Mariana Silverstone in ironischem Ton, der deutlich ausdrückte, dass sie die Ehefrau des Eigentümers dieses Hotels war und Stephanie ein unerwünschter Eindringling. Nicht einmal ein zahlender Gast, nur ein Parasit.

Geringschätzig ließ sie ihren dunklen Blick an ihr hinunterwandern.

„Wohnen Sie hier bei ihm?“ Sie sprach mit dem gleichen etwas nasalen weichen Akzent, wie ihn Michael hatte, wenn er müde war und sich weniger auf seine Aussprache konzentrierte.

„Nein." Da sie so wenig entgegenkommend war, beschloss Stephanie, es auch nicht zu sein und keine weitere Erklärung abzugeben.

„Wo ist Michael?", fragte Mariana ungehalten.

„Noch im Büro, denke ich."

„Nein, ist er nicht, da war ich eben. Mein Mann sagte mir, Michael wäre gerade gegangen."

Stephanie zuckte mit den Schultern. „Dann wird er sicher gleich kommen."

„Rufen Sie ihn auf dem Handy an und sagen Sie ihm, dass ich ihn sprechen will", verlangte Mariana.

Stephanie lag die Bemerkung auf der Zunge, dass sie nicht ihre Sekretärin war und sie ihn selbst anrufen solle, aber sie wollte ihr Verhältnis nicht von Anfang an in noch schlechtere Bahnen lenken. Zum Glück blieb ihr die Schmach erspart, sich zu beugen, denn in diesem Moment summte der Türöffner, und Michael betrat den Raum. In der Hand balancierte er ein kleines Tablett, auf dem zwei fantasievoll dekorierte Cocktails standen.

„Zimmerservice!", rief er fröhlich, doch sein Lächeln erstarb, als er seine Mutter sah.

„Hallo, Mama." Er stellte das Tablett auf ein Sideboard, ging zu ihr und küsste sie flüchtig auf die Wange, um dann Stephanie in die Arme zu schließen und innig auf den Mund zu küssen. „Hallo, Darling."

Sie freute sich über den Beweis, dass er zu ihr stand, indem er Zärtlichkeiten im Beisein seiner Mutter mit ihr austauschte.

Er und Mariana begannen portugiesisch miteinander zu sprechen. Stephanie hörte Michael zum ersten Mal in seiner Muttersprache reden und lauschte fasziniert.

Mariana reichte Michael einen Umschlag, küsste ihn noch einmal auf die Wange, warf ein frostiges Goodbye in Stephanies Richtung und verschwand.

„Puh, ich habe mich beinahe erschreckt, als ich sie hier plötzlich gesehen habe“, meinte er und kam zu Stephanie, die sich wieder auf die Couch gesetzt hatte.

„War es was Unerfreuliches?“

„Nein, gar nicht. Es ging nur um eine private finanzielle Transaktion, und sie wollte mir die Unterlagen persönlich bringen und etwas dazu erklären.“ Michael wedelte mit dem Umschlag und warf ihn dann auf seinen Schreibtisch. Er nahm das Tablett und hielt es Stephanie hin. „Ich war noch kurz in der Bar, weil ich Appetit auf einen Caipirinha hatte. Dir habe ich einen alkoholfreien Cocktail mitgebracht.“ Inzwischen kannte er ihre Angewohnheit, nur selten Alkohol zu trinken, hatte aber nie nach dem Grund gefragt.

„Danke. Mir wäre jetzt sogar ausnahmsweise nach etwas Hochprozentigem“, grummelte sie.

„Meine Mutter?“, fragte er ahnungsvoll.

„Ja. Sie hat mich behandelt, als wäre ich eine Dienstbotin. Ich muss sagen, sie passt wirklich gut zu deinem Vater.“

„Deswegen ist ihre Ehe so glücklich!“ Er lachte sarkastisch auf.

„Ist sie das?“

„Ehrlich gesagt, ich habe keine Ahnung. Liegt vielleicht daran, dass ich nicht genau weiß, wie eine glückliche Ehe aussieht.“

„Ich auch nicht“, gab Stephanie zu.

„Sind deine Eltern nicht glücklich?“

Sie überlegte, ob sie ihm etwas gestehen sollte, wagte es jedoch nicht.

„Geht so", sagte sie nur. „Sag mal, wolltest du deiner Mutter nicht die alten Briefe geben?" Sie wies mit dem Kinn auf die bunt lackierte Schachtel, die auf Michaels Schreibtisch stand.

„Ach ja, das habe ich vergessen. Ich glaube, ich behalte sie noch ein Weilchen."

„Wieso?"

„Nach der Andeutung, die Luiz vorhin gemacht hat, habe ich die Intuition, dass der Inhalt eventuell noch nützlich sein könnte."

„Was für eine Andeutung hat er denn gemacht?"

Michael trank einen Schluck von seinem Caipirinha und streckte sich mit einem Aufseufzen auf der Couch aus.

„Du siehst ganz schön fertig aus", bemerkte Stephanie. „Harter Tag?"

„Ich hatte vorhin Krach mit Vater. Wir hatten am frühen Nachmittag einen Termin bei einem Reiseveranstalter, der nicht optimal gelaufen ist. Die Stimmung auf dem Rückweg – Luiz hat uns gefahren – war also bereits angespannt. Dad hat mir vorgeworfen, das Meeting nicht gut vorbereitet zu haben. Überhaupt ließe meine Konzentration im Moment zu wünschen übrig und ich hätte wohl nur eine gewisse Frau im Kopf. So ist er dann auf dich zu sprechen gekommen."

Sie schnitt eine Grimasse. „Nicht positiv, nehme ich an?"

„Nein. Er hat erfahren, dass du mit mir in Grandmas Haus warst und das hat ihm nicht gepasst."

Stephanie runzelte verärgert die Stirn. „Hat er Angst, ich könnte euch die goldenen Löffel aus der Schublade klauen?“

„Das wohl nicht. Aber ihm ist dadurch klargeworden, dass es mit uns nicht nur ein kurzes Abenteuer ist und du nicht nur irgendeine Bekannte oder Bettgeschichte für mich bist.“

Ihre Miene hellte sich wieder auf. „Bin ich das nicht?“, fragte sie spitzbübisch.

Er schob ihr zärtlich eine Haarsträhne aus der Stirn. „Ich habe ernst gemeint, was ich dir Samstagabend vor dem Kamin gesagt habe.“

„Ich auch.“

Sie küssten sich, dann nahm Michael den Gesprächsfaden wieder auf. „Ich habe Dad zum ersten Mal in aller Deutlichkeit gesagt, dass ich keine der Hotelerbinnen heiraten werde und auch keine andere, die er und Mutter mir vielleicht noch anschleppen werden. Ich habe ihm klargemacht, dass ich keine Ware im Austausch gegen ein weiteres Luxushotel bin und er sich eben eines kaufen soll, wenn er noch nicht genug davon hat. Ich bin ziemlich sauer geworden, und er hat sich verbeten, wie ich mit ihm rede. Natürlich kam der Spruch *Nach allem, was wir für dich getan haben!*“

Stephanie zuckte mit den Schultern. „Was sie für dich getan haben, tun auch Eltern, die weniger gut betucht sind. Und du arbeitest schließlich hart für alles, was du bekommst.“

„Genau das habe ich ihm auch gesagt.“

„Und was für eine Andeutung hat Luiz nun gemacht?“

„Das war interessant. Mein Vater hat sich in der Innenstadt absetzen lassen, weil er noch einen Termin bei der Bank hatte. Luiz hat mir danach gestanden, dass er es war, der Vater gesagt hat, dass du mit in Torquay warst. Vater habe ihn direkt danach gefragt, ob ich allein war. Ich hatte mir schon gedacht, dass er Luiz nicht geschickt hat, um mir zu helfen, sondern um mich auszuspionieren", sagte Michael bitter. „Ich habe Luiz versichert, dass er sich keine Sorgen machen und nicht für mich lügen soll. Dass ich kein Geheimnis aus meinem Privatleben zu machen bräuchte. Und da ist ihm die Bemerkung entschlüpft, dass meine Eltern auch das eine oder andere Geheimnis vor mir hätten. Natürlich habe ich nachgefragt, was er meint, doch mehr wollte er nicht sagen, weil er Angst hatte, seinen Job zu verlieren, wenn ich meine Eltern zur Rede stelle."

„Kannst du sie nicht zur Rede stellen, ohne zu sagen, dass es von Luiz kommt?"

„Er meinte, sie wüssten dann, dass nur er es mir verraten haben könnte. Und ich möchte nicht, dass er Ärger bekommt oder gar wirklich gefeuert wird."

„Dann nimmst du das Geheimnis nur zur Kenntnis, ohne deine Eltern damit zu konfrontieren", schlug Stephanie vor.

„Ich möchte Luiz nicht in Verlegenheit bringen. Wenn er nicht reden will, will er eben nicht. Ich weiß, dass er meiner Mutter recht treu ergeben ist. Und dass er meinen Vater zwar nicht besonders mag, ihn aber respektiert."

„Ob er dann überhaupt auf unserer Seite steht?"

Michael stöhnte auf. „Ich wusste bisher nicht, dass wir überhaupt auf gegensätzlichen Seiten stehen."

„Tut mir leid, das ist alles meinetwegen", murmelte sie betroffen.

„Nein, mach dir deswegen keine Gedanken. Das hat nicht direkt was mit dir zu tun. Sie haben nur noch nicht verinnerlicht, dass ich keine sechzehn mehr bin und mein Liebesleben sie nichts angeht." Er erhob sich, ging zu seinem Schreibtisch und nahm die Schachtel in die Hände, als wolle er ihr Gewicht schätzen.

Stephanie beugte sich gespannt vor. „Warum schaust du dir nicht mal einige der Briefe an?"

„Es erscheint mir indiskret. Wahrscheinlich steht sowieso nichts Interessantes drin." Er zuckte mit den Schultern und stellte die Schachtel in seinen Kleiderschrank.

13

Am darauffolgenden Wochenende war Brittany bei Stephanie, und Michael lud beide ein, den Samstagnachmittag im Spa des Hotels zu verbringen. Sie waren fast die Einzigen in dem prächtigen kleinen Hallenbad und plantschten vergnügt zwischen römischen Statuen, Fresken und Mosaiken herum. Es war angenehm ruhig, nur das Wasserplätschern und ihre gedämpften Stimmen waren zu hören.

Danach hüllten sie sich in die weißen Hotelbademäntel – seit Stephanie zum ersten Mal bei Michael übernachtet hatte, hing der Frotteemantel, den er ihr hatte bringen lassen, stets für sie in seinem Bad bereit – und legten sich auf die Liegen.

„Was liebst du an mir?“, fragte Michael unvermittelt, nachdem Brittany in der Sauna verschwunden war. „Du hast gesagt, dass du mich liebst – was liebst du an mir?“

Stephanie fuhr sich etwas gequält mit den Fingerspitzen über die Stirn. „Musst du in so einem entspannten Moment so anspruchsvolle Fragen stellen?“

„Sorry. Mein Vater hat bei unserem Krach behauptet, du wärst nur an unserem Geld interessiert. Ich weiß, dass es nicht so ist. Aber bitte denk darüber nach, damit du die richtige Antwort parat hast, falls er es dir mal um die Ohren schleudert."

„Okay, ich horche in mein Herz hinein", versprach sie und nahm seine Hand. „Wann ist dir eigentlich klar geworden, dass du dich in mich verliebt hast?"

Er krauste nachdenklich die Stirn. „Ich hatte Herzklopfen, als wir die ersten Worte miteinander gewechselt haben."

„Wirklich?"

„Hast du nicht gespürt, dass da von Anfang an etwas war? Jedes Mal, wenn wir uns aus Versehen berührt haben, ging es mir durch und durch."

Sie lachte. „Ja, das habe ich auch gespürt, aber das nennt man sexuelle Anziehungskraft, Darling, es ist nicht unbedingt Verliebtheit. Ich gebe zu, ich habe das auch schon verwechselt."

„Na schön, dann war es eben nur Anziehungskraft. Aber an dem Abend der Cocktailparty hat es mich wirklich voll erwischt. Da habe ich mich in dich verliebt. Du sahst so sexy aus!" Er führte ihre Hand an seine Lippen und küsste sie. „Und es hat mir imponiert, wie cool du meinem Vater geantwortet hast."

„Ich bin zum Glück nicht auf den Mund gefallen." Stephanie zögerte kurz und beschloss, ein Thema anzuschneiden, das ihr am Herzen lag. „Da ist noch etwas, das ich dir sagen wollte ..."

Michael blickte sie erwartungsvoll an.

„Mir ist Treue sehr wichtig. Ich weiß nicht, wie du dazu stehst, aber ich könnte keine offene Beziehung führen."

„Das sehe ich genauso", erwiderte er spontan.

„Da bin ich aber froh", sagte sie erleichtert und küsste ihn.

Als sie aus dem Spa kamen, trafen sie auf Andrew Silverstone, der durch den Flur hastete.

Stephanie war ihm seit ihrer Rückkehr aus Devon einmal in der Hotelhalle begegnet, und ein anderes Mal war er durch das Restaurant gerauscht, in dem sie mit Michael beim Frühstück saß. Beide Male hatte er sich nur zu einem knappen hoheitsvollen Kopfnicken herabgelassen.

Diesmal blieb er stehen und sein kühler Blick durchbohrte sie.

„Darf ich Ihnen meine Tochter vorstellen, Mr Silverstone", sagte Stephanie mit sanfter Stimme. „Brittany, das ist Michaels Vater Andrew, der Hoteleigentümer."

„Ach, Sie sind das. Hab schon von Ihnen gehört." Brittanys spöttischer Ton verriet, dass es nichts Gutes gewesen war, und Silverstone schnaufte empört.

Verächtlich musterte er Brittanys blau-lila Haare, ihre modisch zerrissenen Jeans und das Tattoo auf ihrem nackten Unterarm.

„Stephanie Wellingtons Tochter, ja?" Seine herablassende Miene verriet, dass ihn das nicht wunderte. „Der Apfel fällt nicht weit vom Stamm", brummelte er.

„Was soll das denn heißen?", entrüstete sich Stephanie, doch Brittany grinste nur.

„Sie sind putzig, Andrew. Ich mag Ihren Humor."

Michael musste sich ein Lachen verbeißen. Es war seinem Vater sicher noch nicht passiert, so vertraulich von einer Fremden angesprochen und putzig genannt zu werden.

„Habe ich Ihnen angeboten, mich beim Vornamen zu nennen, junge Frau?“

„Ah, da spricht der Seniorchef ...“ Brittany kaute geräuschvoll auf ihrem Kaugummi herum. „Na, macht nichts, ich mag grantige alte Männer.“

„Michael, ich mache mir wirklich Sorgen um deinen Umgang“, warf Silverstone seinem Sohn zu und wandte sich ab.

Dieser lachte lautlos in die vor den Mund gehaltene Hand.

14

„Ich bin nervös", murmelte Stephanie, als Michael seinen Wagen vor der weißen Villa im nobelsten Viertel von Brighton parkte.

Ihre mehrmaligen unfreiwilligen Begegnungen mit Andrew und Mariana Silverstone schienen etwas in Bewegung gesetzt zu haben. Offenbar hielten sie es nun für erforderlich, sie näher unter die Lupe zu nehmen, und so hatten sie für diesen Samstag eine Einladung zum Tee bei den Silverstones zu Hause erhalten.

„Du hast es doch mit jedem von ihnen schon einmal aufgenommen; du wirst es auch heute schaffen", versuchte Michael ihr Mut zu machen.

„Ich fühle mich wie vor einer Prüfung."

„Sowas in der Art wird es auch werden. Nur hängt nichts davon ab. Ob meine Eltern dich mögen oder nicht, spielt keine Rolle. Mir ist es schon lange egal, was sie denken."

„Na dann, auf in den Kampf." Sie küsste ihn und öffnete die Wagentür.

Der Empfang war nicht überschwänglich herzlich, aber zumindest freundlich. Stephanie überreichte Mariana einen Blumenstrauß, und Michael drückte seinem Vater eine hübsch verpackte Flasche Cognac in die Hand.

Die brasilianische Haushälterin und Köchin Giovana eilte herbei und nahm ihnen die Jacken und Mariana die Blumen ab.

„Wir freuen uns, dass wir endlich die Frau kennenlernen können, mit der unser Michael so viel Zeit verbringt“, sagte Mariana angestrengt lächelnd, als sie Stephanie in das geräumige Wohnzimmer geleitete, das in strenger Eleganz eingerichtet war.

Giovana servierte den Tee, dazu frische Scones mit Clotted Cream und köstlich duftenden Toast. Weiteres Kleingebäck stand bereits auf dem Tisch.

Michael zog Stephanie neben sich auf die schwarze Ledercouch, während seine Eltern sich ihnen gegenüber in den Sesseln niederließen.

Nach einigen Minuten Smalltalk über das Wetter und das Leben in Brighton tasteten sich Andrew und Mariana, die Stephanie immerhin angeboten hatten, sie beim Vornamen zu nennen, behutsam zu dem Thema vor, das sie wirklich interessierte.

„Wie haben Sie und Michael sich kennengelernt?“, forschte Mariana. „Wo Sie doch in so verschiedenen Welten leben …“

„Ihr werdet lachen – in unserem Hotel.“ Michael erzählte die Anekdote, doch seine Eltern schienen vom Lachen weit entfernt.

Schließlich setzte Andrew ein gezwungenes Lächeln auf. „Jedenfalls sind wir froh, dass Michael endlich auch mal ein Abenteuer hat. Wir hatten uns schon Sorgen gemacht, weil er so wenig Interesse am schönen Geschlecht hat.“

„Du glaubst doch nicht, dass ich euch alles erzählt habe?“, konterte Michael. „Mit Steph ist es nicht nur ein

Abenteuer", betonte er. „Und das wisst ihr, sonst hättet ihr sie nicht eingeladen."

Sein Vater runzelte die Stirn. „Dann habt ihr also Zukunftspläne?"

„Vielleicht ist es dafür noch ein bisschen zu früh", erwiderte Stephanie. „Wir kennen uns ja erst seit knapp zwei Monaten."

„Ich wusste, Sie sind vernünftig", schmeichelte Andrew. „Da Sie eine kluge Frau sind und sicher lebenserfahrener als unser Sohn, ist Ihnen natürlich bewusst, dass eine Beziehung zwischen Ihnen beiden nicht viel Zukunft haben kann."

„Und warum nicht, bitteschön?", fragte Michael schneidend.

„Michael! Stephanie ist zweifellos eine wunderbare Frau, aber du bist eben ein bisschen zu jung für sie, und ... euer Hintergrund ist so ganz anders ..."

„Du hast recht, dass Stephanie eine wunderbare Frau ist – und dass sie einige Jahre älter ist als ich und keine Millionenerbin, ändert daran nichts."

Stephanie merkte, wie Michael innerlich zu kochen begann.

Mariana seufzte und sah sie verständnisheischend an. „Michael wird mal für ein kleines Hotelimperium verantwortlich sein. Er braucht eine Frau, die ihn tatkräftig dabei unterstützen kann, weil sie sich damit auskennt. Und die ihm Kinder schenkt."

„Damit die Thronfolge für das Imperium gesichert ist, schon klar", gab Stephanie spöttisch zurück.

„Sie haben ihn gern, da wollen Sie ihm sicher nicht die Zukunft verbauen", erwiderte Mariana sanft.

Michael schlug mit der Handfläche auf den Tisch. „Mutter, ich kann selbst entscheiden, welche Frau gut für mich und meine Zukunft ist!"

„Seien Sie versichert, wenn Michael eines Tages mit mir unglücklich ist, werde ich ihn freigeben." Stephanie legte den Zitronen-Cupcake auf den Teller zurück. Ihr war der Appetit vergangen. „Im Übrigen bin ich durchaus noch nicht zu alt, um Kinder zu bekommen."

„Die Frage ist nur: Wären Sie eine gute Mutter? Sie waren ja nicht mal in der Lage, sich korrekt um Ihre Tochter zu kümmern, sodass sie zum Vater ziehen musste", warf Andrew ein.

„Sie musste nicht, sie wollte es so", verteidigte sich Stephanie gepresst.

„Das lässt doch tief blicken, oder?"

„Du kennst doch die Umstände gar nicht, wie kannst du das sofort verurteilen?", ging Michael verärgert dazwischen.

„Es ist nicht Ihre Schuld", räumte Andrew ein. „Vermutlich hatten Sie kein gutes Rollenvorbild. Kein Wunder, wenn die Mutter Alkoholikerin ist."

Stephanie stockte der Atem. „Woher wissen Sie das?" Darüber hatte sie nie mit Michael gesprochen, also konnte Andrew es nicht von ihm haben. Sie warf Michael einen scheuen Blick zu und stellte fest, dass er etwas irritiert aussah, sich aber schnell fasste.

„Hast du etwa einen Privatdetektiv beauftragt, in Stephanies Leben herumzuschnüffeln?", fragte er seinen Vater erbost.

„Da dich die Liebe offenbar blind macht, hielt ich es für besser, genau hinzusehen." Andrew verschränkte mit beinahe zufriedener Miene die Arme vor der Brust. „Du wusstest es nicht, oder?“

„Ich hör wohl nicht recht!“ Michael sprang auf. „Du spionierst meine Freundin aus, lädst sie dann scheinheilig zu euch ein, um sie bloßzustellen – jetzt hast du selbst für deine Verhältnisse einen Tiefpunkt erreicht, Vater!“

„Bitte setz dich, Micael“, bat Mariana. „Die Einladung war meine Idee – ich dachte, wir sollten einander besser kennenlernen.“

„Es gefällt mir richtig gut, was ich da kennenlerne“, sagte Stephanie heiser vor zurückgehaltenen Emotionen. Sie spürte, wie ihre Wangen vor Scham und Wut brannten. Michael setzte sich dichter als zuvor neben sie und legte demonstrativ den Arm um sie.

„Diplomatie ist nicht die Stärke meines Ehemannes“, meinte Mariana entschuldigend und streifte Andrew mit einem ärgerlichen Seitenblick. „Wir wollten uns einfach vergewissern, dass Michael eine gute Wahl trifft.“

„Nun kriegen Sie mal keine Panik!“, fauchte Stephanie. „Hat hier etwa jemand von Hochzeit geredet?“

„Können wir jetzt aufhören mit dem Theater?“, rief Michael wütend. „Ich liebe Stephanie, sie macht mich glücklich, und solange wir miteinander glücklich sind, werden wir zusammenbleiben, und daran werdet ihr nichts ändern, damit das klar ist!“

Einige Sekunden war es still. Dann erklärte Stephanie mit äußerlicher Ruhe, während es in ihr brodelte: „Es stimmt, meine Mutter hatte jahrelang ein Alkoholproblem, und das hat meine Kindheit überschattet. Sie ist inzwischen aber seit vielen Jahren trocken. Ich habe für mich die Konsequenzen daraus gezogen und trinke nur selten Alkohol. Außerdem habe ich keine Tendenz zu Süchten." Sie wollte einen Schluck von ihrem Tee nehmen, um Ruhe zu demonstrieren, ließ es jedoch schnell bleiben, als sie merkte, dass ihre Hand zitterte.

Andrew schien sich noch immer nicht geschlagen geben zu wollen. „Nein, nur eine Tendenz zum Herumbummeln. Sie hüpfen ohne Ehrgeiz von einem schlechtbezahlten Teilzeitjob zum nächsten. Jetzt, da Ihre Tochter nicht mehr bei Ihnen lebt, welche Ausrede haben Sie dafür noch? Karriereallergie?"

Stephanie hätte sich nicht gewundert, wenn Rauchwölkchen aus ihren Nasenlöchern gekommen wären. Sie musste sich zusammenreißen, um Andrew nicht anzubrüllen. Langsam atmete sie ein und aus, wie sie es bei einem Yogakurs gelernt hatte.

„Denkst du, der britische Arbeitsmarkt wäre ein Wunschkonzert? Nicht jeder hat das Privileg, das eigene Hotel zu leiten", kam Michael ihr zur Hilfe. „Noch dazu ist Stephanie Künstlerin. Sie schreibt an ihrem zweiten Krimi und malt wundervolle Bilder."

Andrew drehte kurz die Augen zur Decke. „Brotlose Künste wie Malen und Schreiben, fabelhaft."

„Na und?" Stephanie schnaubte. „Ich bewundere Michaels Zielstrebigkeit und Ehrgeiz, aber das ist wohl auch etwas anderes, wenn man Erbe eines eigenen Unternehmens oder Hotels ist."

„Nun, Sie sollten wissen, dass Michael nicht zwangsläufig ein wohlhabender Hotelerbe bleiben wird. Es ist schon passiert, dass Eltern ihre Kinder enterbt haben, wenn sie sie enttäuscht haben." Messerscharf durchschnitt der Satz die Luft und verursachte für einige

Sekunden tödliche Stille im Raum. Selbst Mariana saß da wie erstarrt.

„Dann braucht er wenigstens keine Hotelerbin im gebärfähigen Alter mehr zu seiner Unterstützung“, konterte Stephanie schließlich.

„Eins zu null für Sie“, gab er gönnerhaft zurück.

Sie holte tief Luft. „Es wäre sicher nicht schön für Michael, wenn Sie ihn enterbten. Mal abgesehen davon, dass ihm ohnehin ein Pflichtanteil zustünde. Aber für mich persönlich spielt das keine Rolle. Ich liebe ihn für das, was er als Mensch ist, und nicht für das, was er besitzt oder mal besitzen könnte. Und Sie sollten wissen, dass mir der Lebensstandard, den ich mir selbst ermöglichen kann, völlig genügt. Dazu brauche ich keinen reichen Ehemann.“

Andrew legte den Kopf schief. „Und was lieben Sie so an Michael, wenn ich fragen darf?“

„Zum Beispiel seine Bescheidenheit und das Fehlen jeglicher Arroganz, trotz der luxuriösen Verhältnisse, in denen er groß geworden ist. Ich liebe seine Großzügigkeit, die von Herzen kommt und die er auch noch hätte, wenn er arm wäre. Seine Lebensfreude, seine Herzlichkeit, seine Toleranz.“ Gut, dass Michael ihr kürzlich geraten hatte, darüber nachzudenken. „Sein Mitgefühl und Verständnis, seine Zärtlichkeit. Reicht Ihnen das oder soll ich weitermachen?“

Sie fing einen beinahe liebevollen Blick von Mariana auf. Für Andrew war es offenbar nicht genug, um ihn zu rühren.

„Das ist ja alles gut und schön, aber Menschen können sich mit den Jahren ändern. Und unser Michael ist auch nicht gerade ein Engel. Wahrscheinlich sind Sie noch nicht zu seinen dunklen Seiten vorgedrungen."

„Wir sind alle keine Engel. Und materielle Werte können sich auch ändern", erwiderte Stephanie sarkastisch. „Eine Wirtschaftskrise oder ein Börsencrash und viele reiche Firmenbesitzer sind plötzlich pleite."

„Für nichts gibt es eine Garantie." Er lächelte mit falscher Freundlichkeit. „Es gibt ja auch keine gesicherten Arbeitsplätze mehr. Ich könnte Michael aus der Suite werfen, ihn entlassen und dafür sorgen, dass kein seriöses Hotel ihn einstellen würde."

Stephanies Herz trommelte vor Wut. „So sehr lieben Sie ihn? Sie würden lieber sein Leben ruinieren, als zu akzeptieren, dass er mit einer Frau glücklich ist, die Ihnen nicht passt?"

Andrew musterte sie prüfend. „Würden Sie ihn dann wirklich noch haben wollen?"

„Ja! Wissen Sie was, er kann schon morgen bei mir einziehen, und ich habe genug Geld, um ihn mit durchzufüttern, wenn er keinen Job mehr hat!" Was natürlich gelogen war, aber sein Detektiv hatte hoffentlich keinen Zugriff auf ihren Kontostand.

„Ihre Selbstlosigkeit ist beeindruckend. Wäre es da nicht umso schlimmer, wenn Michael in ein paar Jahren eine jüngere Frau und Kinder haben wollen würde? Wäre das nicht schrecklich für Sie, dann ausgemustert zu werden? Wollen Sie sich den Kummer nicht lieber ersparen?" Fast schien es, als spräche echte Anteilnahme aus seiner milder klingenden Stimme.

„Vater, könntest du jetzt endlich aufhören, so zu reden, als ob ich gar nicht da wäre? Interessiert es euch eigentlich, wie es mir geht?", warf Michael heftig ein.

„Du bist glücklich mit einer reiferen Frau, die Sekretärin ist und ein Faible für Kleidung von H&M hat, das haben wir schon begriffen. Herzlichen Glückwunsch, mein Junge“, sagte Andrew herablassend.

„Als ob *du* wüsstest, was es bei H&M gibt! Im Gegensatz zu euch beurteile ich Menschen nicht nach dem Wert ihrer Kleidung oder sonstigen Statussymbolen.“

Mariana räusperte sich. „Das spricht für dich, *querido.* Trotzdem solltest du deine Herkunft nicht vergessen.“

„Ihr seid sowas von elitär!“ Michael starrte seine Eltern mit böse funkelnden Augen an. „Stephanie wäre immer für mich da, da bin ich sicher. Ihr dagegen ... Euch hat es nicht mal interessiert, als ich euch mit sechs Jahren erzählt habe, was Onkel Jorge bei mir versucht hat.“

„Wir waren uns doch einig, dass das Hirngespinste waren!“, gab Andrew verärgert zurück.

Mariana war zurückgezuckt. „Aber Michael, du hast dir das doch bloß eingebildet! Seine Zuneigung für dich falsch interpretiert.“

„Wie hätte ich das tun können? Ich war ja noch nicht mal aufgeklärt! Woher hätte ich wissen sollen, was dreckige perverse Männer mit kleinen Jungs machen können, bevor Jorge mich befummelt hat? Und weiß Gott was noch alles, wenn ich mich nicht gewehrt hätte“, fügte er kaum hörbar hinzu.

„Du wirst es irgendwo aufgeschnappt haben“, antwortete Andrew ungerührt.

„Das genügt!“ Michael warf seine Serviette auf den Tisch und sprang auf. „Komm, wir gehen.“ Er reichte

Stephanie die Hand, und sie erhob sich ebenfalls. Ohne ein weiteres Wort verließen sie das Haus.

Michael öffnete ihr die Wagentür, ließ sie einsteigen und knallte sie hinter ihr zu. Als er neben ihr saß, blickte er sie bekümmert an. „Ich entschuldige mich für all die schrecklichen Dinge, die meine Eltern zu dir gesagt haben."

„Es ist mir egal, was sie von mir halten, für mich zählt nur, was du denkst." Zerknirscht sah Stephanie ihn an. „Denkst du auch, ich bin eine schlechte Mutter?"

„Natürlich nicht, das habe ich dir doch schon gesagt."

„Brittany war in der Pubertät, sie wurde sehr schwierig, fing an sich herumzutreiben und ich habe es nicht geschafft, ihr den Kopf zurechtzurücken. Ich bin mit ihr nicht fertiggeworden, das gebe ich zu. Ich hatte gerade einen anstrengenden Job, war überfordert. Und wenn ich versucht habe, streng mit Brittany zu sein, hat sie mich gehasst ..."

„Schsch." Er strich ihr liebevoll über die Wange. „Ich sehe doch, wie gut ihr euch jetzt versteht. Du musst dich nicht rechtfertigen."

„Ich will aber, dass du es verstehst und weißt, warum die Dinge so sind. Nachdem wir mal wieder einen Streit hatten – ich gebe zu, ich war in dieser Zeit auch ziemlich reizbar – hat Brittany beschlossen, dass sie lieber bei ihrem Vater wohnen will. Er lebte seit einiger Zeit mit einer Frau zusammen, die offenbar besser mit ihr umgehen konnte."

„Oftmals verstehen sich Kinder oder Teenies in solchen Situationen besser mit Außenstehenden als mit ihren Eltern. Ich spreche da aus Erfahrung. Also, aus der Erfahrung eines ehemaligen, als schwierig geltenden Kindes und Teenagers", fügte er lächelnd hinzu.

„Du hast als schwierig gegolten?", fragte sie verwundert.

„In den Augen meiner Eltern auf jeden Fall."

„Bist du sauer, weil ich dir nie etwas von der Alkoholkrankheit meiner Mutter erzählt habe?"

„Aber nein. Und du? Bist du nicht darüber gestolpert, was ich über meinen Onkel gesagt habe?"

„Oh doch. Möchtest du mir mehr darüber erzählen?"

„Später. Nicht jetzt im Wagen." Er wirkte gequält, und sie wollte ihn nicht bedrängen.

„Okay. Wollen wir ein Eis essen oder einen Aperitif trinken gehen?"

„Gute Idee."

„Ich lade dich ein – nur für den Fall, dass du morgen keinen Job mehr hast." Sie blinzelte ihm zu.

Michael lachte auf. „Danke. Aber es ist Quatsch, was er gesagt hat – dass mich kein Hotel mehr einstellen würde. So viel Einfluss hat er nicht, und die Konkurrenz würde mich mit Kusshand nehmen."

„Sicher wollte er mich nur auf die Probe stellen."

„Auf jeden Fall war es sehr süß von dir zu sagen, dass du mich aufnehmen und durchfüttern würdest, wenn er mich rausschmeißt." Er küsste sie.

„Das habe ich ernst gemeint!"

„Ich weiß. Deswegen ist es ja so süß. Genau wie all die netten Dinge, die du über mich gesagt hast." Er ließ den Motor an. „Und weißt du, was wir machen, wenn wir nach Hause kommen?"

„Na?" Erwartungsvoll blickte sie ihn an. „Whirlpool? Massagen im Spa?"

„Nein. Ich mache diese Schachtel mit den Briefen auf! Wenn meine Eltern etwas vor mir verbergen, ist jetzt der Moment, mich auch endlich mal in ihr Leben einzumischen und *sie* unter Druck zu setzen, wenn es sein muss."

***

„Jetzt bist du zu weit gegangen", sagte Mariana, nachdem Michael und Stephanie aus dem Haus gestürmt waren. „Das war nicht fein von dir. Ich habe dir gleich gesagt, die Sache mit dem Detektiv war ein Fehler. Wie konntest du die Frau so bloßstellen?" Sie schüttelte missbilligend den Kopf.

Andrew ging zur Hausbar und schenkte sich einen Sherry ein. „Möchtest du auch einen?", fragte er ungerührt statt einer Antwort, und sie nickte. „Einen doppelten, das kann ich jetzt gebrauchen."

„Hat dich unser kleines Wortgefecht so mitgenommen, Liebes?"

„Allerdings. Du würdest Michael doch nicht wirklich rausschmeißen und enterben?", fragte Mariana empört. „Da habe ich ja wohl auch noch ein Wörtchen mitzureden." Als Michael wortlos aus dem Haus gestürmt war, war ihr klargeworden, dass ihr sein Glück im Zweifelsfall wichtiger war als neue Hotels. Ob das daher kam, dass sie immer häufiger an den lebenslustigen Mann denken musste, der wegen seiner Mittellosigkeit für ihre Eltern damals auch kein akzeptabler Partner gewesen war? Andererseits hatten diese vielleicht recht gehabt, denn Gabriel hatte sie so enttäuscht ... Sie seufzte tief auf, doch die Beklemmung in ihrer Brust wollte sich nicht lösen.

„Natürlich habe ich geblufft“, gab Andrew zu. „Ich wollte sie testen.“

„Ich habe nicht den Eindruck, dass Stephanie hinter unserem Geld her ist. Sie scheint ihn wirklich zu lieben. Und er sie auch. Dennoch halte ich sie nicht für eine geeignete Partnerin für ihn, sie sind einfach zu verschieden. Nur ... je mehr wir gegen sie reden werden, desto trotziger wird Michael sich an sie binden wollen.“

„Da hast du recht. So kommen wir nicht weiter. Aber ich werde die Sache nicht auf sich beruhen lassen.“ Nachdenklich starrte er aus dem Fenster auf den gepflegten Garten der Villa.

„Ach, Andrew.“ Mariana strich sich über die Stirn. Manchmal fühlte sie sich unendlich müde und überdrüssig. „Und dann das, was Michael über Jorge gesagt hat. Ob da nicht doch etwas dran sein könnte, wenn er nach so vielen Jahren wieder davon anfängt?“

„Ich bitte dich. Du müsstest deinen Bruder besser kennen.“

„Deswegen habe ich es ja damals auch für blühende Fantasie von Michael gehalten und dachte, er wollte sich interessant machen, damit wir ihm wieder mehr Beachtung schenken. Ich gebe zu, ich habe mich nach Rafaels Verschwinden nicht mehr genug um ihn gekümmert. Aber Claudia war noch so klein und brauchte meine volle Aufmerksamkeit ...“ Sie seufzte erneut.

„Natürlich wollte Michael sich einfach nur interessant machen. Oder Jorge eins auswischen, aus welchem Grund auch immer. Herrgott, er war einfach ein schwieriges Kind. Und genau so schwierig ist er auch jetzt noch“, grummelte Andrew.

Sie schwiegen kurz. Plötzlich schnippte er mit den Fingern und sah Mariana triumphierend an.

„Mir ist gerade eine Idee gekommen, wie wir ihn auf elegante Weise von dieser Stephanie trennen können, ohne dass er uns dafür verantwortlich machen kann." Zufrieden blickte er in sein Glas, nickte bekräftigend und leerte es dann in einem Zug.

15

Michael und Stephanie hatten es eilig, die alten Briefe unter die Lupe zu nehmen, sodass sie darauf verzichteten, noch irgendwo einzukehren.

Er stellte die Schachtel auf den Couchtisch, öffnete sie so vorsichtig, als könne eine Kobra herausschnellen und griff zögernd hinein.

Als Erstes fiel ihm eine Postkarte vom Zuckerhut in die Hand und er drehte sie herum. Auf der Rückseite teilte Andrew seinen Eltern mit, dass er gut in Rio angekommen war und einige Zeit zu bleiben gedachte.

Ich habe ein Auge auf die Tochter von Pedro Donatangelo geworfen. Sie wird das Ipanema Palace zusammen mit ihrem Bruder erben. Mariana ist bezaubernd und gefällt mir nicht nur wegen ihres Erbes.

Michael verzog den Mund. „Ob er wirklich ein Auge auf Mama geworfen hat oder doch in erster Linie auf das Hotel?"

„Wärst du überrascht?"

„Nein", sagte er verächtlich und schüttete den gesamten Inhalt der Schachtel auf den Tisch.

„Obwohl deine Mutter eine total süße junge Frau war." Stephanie betrachtete ein Hochzeitsfoto der

Silverstones, das obenauf lag. „Und ehrlich gesagt finde ich deinen Vater zu dieser Zeit optisch auch recht ansprechend. Es erscheint mir plausibel, dass es zwischen ihnen gefunkt hat."

Michael antwortete nicht, sondern betrachtete mit gerunzelter Stirn den verschmierten Poststempel der Karte.

„Was ist? Stimmt was nicht?"

„Das Datum. Der Monat ist unleserlich, aber das Jahr 1983 ist deutlich zu erkennen."

„Ja, und?"

Er kaute nachdenklich auf seiner Unterlippe herum. „Sie haben am 15. Januar 1983 geheiratet – selbst wenn diese Karte vom 1. Januar wäre, wäre es ein bisschen knapp, wenn mein Vater seinen Eltern erst zwei Wochen vor der Hochzeit mitteilt, dass er ein Auge auf Mama geworfen hat, findest du nicht?"

„Vielleicht wollte Andrew seinen Eltern verheimlichen, dass er, als er die Karte geschrieben hat, bereits mehr als ein Auge auf sie geworfen hatte? Rafael und du seid am 3. Juli geboren, richtig?"

„Ja. Ich verstehe, worauf du hinauswillst, aber du machst einen Denkfehler. Wenn Vater seinen Eltern im Januar 83 verheimlichen wollte, dass er Mama vor der Eheschließung geschwängert hat, wären wir bei unserer Geburt im Juli 1984 so ungefähr Zwanzigmonats-Kinder."

„Stimmt." Stephanie schlug sich die Hand vor die Stirn. „Also, laut Poststempel hat dein Vater diese Karte irgendwann im Jahr 1983 geschrieben, um zu berichten, dass er Absichten auf deine Mutter hat, als die beiden eigentlich bereits verheiratet waren. Wollte er seine

Eltern vor vollendete Tatsachen stellen, falls sie mit Mariana als Ehefrau nicht einverstanden gewesen wären?"

Michael schüttelte den Kopf. „Meine Großeltern werden doch gewusst haben, wann er nach Südamerika gereist ist. Zwar ist er nicht direkt aus England hingeflogen, sondern war vorher noch einige Wochen in New York, aber auch darüber dürfte er mit Oma und Opa im Austausch gewesen sein, da er dort ja ein Hotel erwerben wollte."

„Dann gehen wir mal davon aus, dass diese Karte so stimmt. Andrew hat Mariana irgendwann im Laufe des Jahres 1983 kennengelernt und kann sie demnach nicht schon am 15. Januar 1983 geheiratet haben", fasste Stephanie zusammen. „Dann bleibt nur die Möglichkeit, dass sie über ihr Hochzeitsdatum gelogen haben – vielleicht nicht deinen Großeltern gegenüber, aber offiziell und euch Kindern gegenüber."

„Sie feiern ihren Hochzeitstag immer am 15. Januar. Aber vielleicht haben sie erst am 15. Januar 1984 geheiratet? Somit wäre deine Theorie wieder möglich und Mutter bei der Hochzeit bereits etwa im dritten Monat. Und da sie das im Nachhinein vertuschen wollten, haben sie alle glauben lassen, sie hätten schon ein Jahr früher geheiratet", folgerte er nachdenklich.

„Nur warum?" Sie kratzte sich am Kinn. „In den Achtzigerjahren waren voreheliche Schwangerschaften doch eigentlich kein Tabu mehr."

„In unserer Familie vielleicht schon noch. Meine Großeltern in Rio sind streng katholisch. Und die väterlicherseits legten viel Wert darauf, was *die Leute sagen*. Könnte durchaus sein, dass Dad Mama schon vor der

Heirat geschwängert hat, und meine Großeltern auf beiden Seiten des Atlantiks wollten das geheim halten", überlegte Michael. „Ob Luiz das meinte, als er mir gesagt hat, dass meine Eltern Geheimnisse vor mir hätten? Er hat damals schon für meine Familie in Rio gearbeitet, da wird er zweifellos mitbekommen haben, in welchem Jahr meine Eltern geheiratet haben."

„Frag sie doch einfach, ob sie wirklich 1983 geheiratet haben oder doch erst ein Jahr später."

„Und du meinst, sie würden mir die Wahrheit sagen, nachdem sie mehr als drei Jahrzehnte darüber gelogen haben? Ich müsste versuchen, bei ihnen zu Hause an den Trauschein oder etwas Ähnliches heranzukommen." Er ließ seinen Blick unruhig durch das Wohnzimmer seiner Suite schweifen. „Wenn ich bloß wüsste, wo sie so etwas aufbewahren."

„Warum ist dir das überhaupt so wichtig?"

„Ich fühle, dass noch mehr dahintersteckt." Michael tippte auf seine Herzgegend.

„Vielleicht findest du eine Antwort in den Briefen."

Er seufzte. „Ich habe immer gelernt, dass man anderer Leute Briefe nicht liest."

„Und ich habe gelernt, dass man ein glückliches Pärchen nicht durch hinterhältiges Verhalten trennen sollte", sagte Stephanie resolut. „Deine Eltern haben das Feuer auf uns eröffnet, da wirst du ja wohl ein paar alte Briefe lesen können, die herrenlos auf einem Speicher herumgelegen haben." Aufs Geratewohl zog sie eine Weihnachtsgrußkarte ohne Umschlag hervor, aus der ein gefalteter Briefbogen glitt. Stephanie stellte fest, dass er die gleiche zügige Männerschrift wie die Postkarte trug und reichte ihn Michael.

Dieser faltete bedächtig und mit leicht zitternden Fingern das Blatt Papier auseinander. Es trug das Datum des 18. Dezember, jedoch ohne Angabe des Jahres.

Ich kann nicht verstehen, dass ihr das Telefonat einfach abgebrochen habt,

stand da nach wenigen einleitenden Worten an Andrews Eltern.

Ich kann mir vorstellen, dass ihr Schwierigkeiten mit der Sachlage habt, aber sie ist, wie sie ist, und wenn ich dadurch bald in Besitz von 51% des Ipanema Palace komme, kann euch das doch nur recht sein. Die Hochzeit wird am 15. Januar in Rio stattfinden – mit oder ohne eure Anwesenheit. Mariana und ich werden vorerst hierbleiben und ich werde mich in die Leitung des Hotels einarbeiten. Eigentlich sollte die Leitung an ihren Bruder Jorge übertragen werden, doch in Anbetracht der Umstände hat mein Schwiegervater in spe sich entschlossen, mich mit dem Posten des Hoteldirektors zu betrauen.

„Ohne Angabe des Jahres ist das nicht aufschlussreich“, meinte Michael. „Da er ihn aber kaum vor der Postkarte geschrieben haben wird, wird er wohl vom Dezember 1983 sein.“

Stephanie runzelte die Stirn. „Bleibt die Frage, warum deine Großeltern das Telefonat abgebrochen haben.“

Er schnitt eine Grimasse. „Ich glaube, über eine Brasilianerin als Schwiegertochter waren sie nicht begeistert. Sie haben sicher von einer britischen Adligen geträumt."

„Weißt du, wann und wie er die Donatangelos kennengelernt hat?"

„Pedro Donatangelo und mein Großvater Walter waren seit etlichen Jahren miteinander bekannt, und so haben die Donatangelos meinen Vater eingeladen, sie mal in Rio zu besuchen." Michael spielte unruhig mit seinen Fingern. „Als Dad in New York mit dem Erwerb eines Hotels nicht weiterkam beziehungsweise auf eine Entscheidung warten musste, hat er sich entschlossen, die Wartezeit in Rio zu verbringen. Er sagte mal, er habe sich nicht nur sofort in meine Mutter, sondern auch in Rio de Janeiro verliebt. Wobei ich mir das nicht erklären kann, bei dem Mentalitätsunterschied zwischen ihm und den Cariocas."

„Manchmal fühlt man sich eben gerade von Eigenschaften angezogen, die man bei sich selbst vermisst. In seinem Fall tippe ich auf Lebensfreude und Leichtigkeit." Stephanie verzog geringschätzig den Mund.

Michael überflog einen zweiten kurzen Brief, der auf April 1989 datiert war, und mit dem Andrew seinen Eltern einige Familienfotos von einem Karibikurlaub schickte.

„Er hat ein P.S. hinzugefügt, das interessant ist:
Ich habe endlich eine Idee, wie ich das Problem aus der Welt schaffen kann. Mariana darf davon auf keinen Fall etwas erfahren. Mehr dazu demnächst telefonisch." Er hob die Augenbrauen. „Wonach klingt das?"

Sie zuckte mit den Schultern. „Das kann alles Mögliche sein. Ob dein Vater eine Geliebte hatte, die zu aufdringlich geworden ist? Die er vielleicht geschwängert hat?“

Michael machte große Augen. „Spontan hatte ich an etwas Geschäftliches gedacht, das mit dem Ipanema Palace zu tun hat. Wer weiß, was er ausgeheckt hat.“

„Vielleicht lohnt es sich, der Sache auf den Grund zu gehen. Wenn er Dreck am Stecken hat, hättest du notfalls ein Druckmittel gegen ihn, falls er nochmal mit Entlassung und Enterbung droht“, meinte Stephanie. „Ein falsches Hochzeitsdatum erscheint mir etwas dürftig.“

„Das ist so lange her ... Entweder weiß meine Mutter inzwischen Bescheid oder es ist ohnehin nicht mehr wichtig.“ Er seufzte.

„Mehr steht da nicht?“

„Nein, nichts zu irgendeinem heiklen Thema.“

Michael sah die restlichen Briefe und Karten in der Schachtel durch, doch sie waren unverfänglich.

„Und wie geht es jetzt weiter?“, wollte Stephanie wissen.

„Jetzt brauche ich erst einmal Gewissheit darüber, was es mit dem Hochzeitsdatum auf sich hat. Vorher werde ich keine Ruhe finden. Und ich habe schon einen Plan.“ Er klopfte bestätigend auf die Armlehne der Couch. „Aber nun lass uns wieder zu dir fahren, es tut mir gut, mich am Wochenende woanders aufzuhalten.“

16

„Guten Morgen, Darling. Hast du gut geschlafen?“, fragte Stephanie, als sie Michael am nächsten Morgen eine Tasse Tee ans Bett brachte. Sie war noch im Nachthemd, die Haare verwuschelt.

Er schüttelte den Kopf und fuhr sich mit den Fingern durch die Locken, als könne er seine quälenden Gedanken abstreifen. „Ich habe von Onkel Jorge geträumt. Das war an sich schon mal unangenehm. Und dann hat er sich in meinen Vater verwandelt, der mich geschlagen hat.“

Sie setzte sich auf die Bettkante und schlug ein Bein unter. „Das kommt sicher von dem Gespräch mit deinen Eltern gestern. Und weiter?“

„Dann habe ich ihn umgebracht!“, stieß Michael hervor.

„Oh. Und wie?“

„Da war plötzlich ein großes Messer, das in seiner Brust steckte, und er war tot. Und ich wusste, dass ich es hineingestoßen habe.“ Er legte die Hände vors Gesicht. „Weiß Gott, ich hasse ihn manchmal, aber ich würde ihn doch nicht umbringen!“

„Du brauchst dich nicht schuldig zu fühlen, Michael. Vom Tod einer Person zu träumen oder sie im Traum umzubringen, heißt nicht unbedingt, dass wir ihr tatsächlich den Tod wünschen oder sie sogar umbringen wollen, sondern nur, dass wir uns von dieser Person lösen wollen, habe ich gelesen."

„Nichts lieber als das! Du hast ja gestern gesehen, was für ein Mensch er ist." Er trank vorsichtig einen Schluck von dem heißen Tee und stellte die Tasse dann auf den Nachttisch.

Stephanie lehnte sich leicht gegen ihn. „Was hindert dich daran, dir einen anderen Job zu suchen, bevor er dir kündigt?"

„Wenn ich mich bei der Konkurrenz bewerbe, bin ich aus dem Testament gestrichen. Und die Hotels bedeuten mir sehr viel. Nicht nur wegen des Geldes, sondern vor allem, weil ich sie liebe. Ich möchte mich darum kümmern, es ist mein Leben! Ich werde so stolz sein, wenn sie eines Tages wirklich mir gehören! Zusammen mit Claudia natürlich."

„Umso wirkungsvoller seine Drohung, dich zu enterben, wenn du dich nicht von mir trennst." Stephanie seufzte tief auf.

„Ja, er kennt mich. Aber dich liebe ich auch und will dich nicht verlieren." Er zog sie in die Arme und drückte sie fest an sich.

„Ich dürfte eben nicht mehr ins Hotel kommen. Wir könnten uns notfalls weiter heimlich sehen. Allerdings könnte er einen Privatdetektiv beauftragen, der dich beschattet, dann wüsste er es sehr schnell."

„Er kann mich doch nicht für den Rest meines Lebens beobachten lassen!"

Sie zuckte mit den Schultern. „Eine Stichprobe für ein paar Tage im Monat würde ja genügen."

„Hör auf, ich will gar nicht daran denken!“, sagte Michael verzweifelt. „So gemein kann nicht mal er sein. Außerdem will ich dich nicht verstecken müssen wie eine heimliche Geliebte, das ist unter deiner Würde, Steph.“

Sie kratzte sich nachdenklich an der Nase. „Dein Vater weiß, wie viel dir die Hotels bedeuten, und das ist ein zweischneidiges Schwert. Einerseits macht es dich erpressbar, andererseits weiß er auch, dass du dich immer voll und ganz dafür einsetzen würdest. Warum sollte er das Risiko eingehen, sein Lebenswerk nach seiner Pensionierung in die Hände von Geschäftsführern zu legen, für die das nur ein Job ist und die in die eigene Tasche arbeiten oder die Hotels herunterwirtschaften könnten?“

„Da hast du recht. Schließlich hat er eine Menge in meine Ausbildung investiert, damit ich die Hotels mal übernehmen kann und will sicher nicht, dass ich mit meinem Wissen zur Konkurrenz gehe.“

„Theoretisch könnte er dich auch enterben, ohne dich deswegen zu entlassen“, gab sie zu bedenken.

Michael hob die Augenbrauen. „Und dann das Risiko eingehen, dass ich meinen Job nicht mehr ordentlich mache oder sonst was mit den Firmenkonten anstelle, um mich zu rächen? Ich habe Prokura für fast alles.“

„Er muss es dir ja nicht auf die Nase binden. Du würdest es erst vom Notar erfahren, nach seinem Tod.“

Er stöhnte auf. „Womit wir wieder beim Ausgangsthema wären.“

„Wir sollten aufhören mit diesen Spekulationen“, entschied Stephanie. „Tut mir leid, dass ich damit angefangen habe. Ich hatte bloß Angst, dass…“ Sie verstummte.

„Dass ich auf seine Erpressung eingehe?", fragte Michael leise.

„Ja."

„Niemals", flüsterte er und streichelte ihren Rücken.

„Ich will es nicht auf dem Gewissen haben, dass du meinetwegen deine Hotels oder auch nur deinen Job verlierst. Bevor es hart auf hart kommt und er dir ein Ultimatum stellt, versuche nochmal vernünftig mit ihm zu reden."

„Erstmal versuche ich hinter seine dunklen Geheimnisse zu kommen. Jemand wie er muss doch welche haben." Es war auch ein verlockender Gedanke, seinem Vater eins auswischen zu können, so schäbig, wie er sich Stephanie gegenüber verhalten hatte. Entschlossen schwang Michael die Beine aus dem Bett und erhob sich.

***

Am nächsten Morgen ging Michael in das Büro seiner Mutter, schickte ihre Assistentin unter einem Vorwand zum Kopierer und warf einen Blick auf Marianas Kalender. Dort war für diese Uhrzeit ein externer Termin eingetragen, ausgezeichnet. Er vergewisserte sich, dass sein Vater ebenfalls in einem längeren Meeting saß und fuhr zur Villa seiner Eltern. Dort wartete er im Wagen, bis Giovana herauskam und in ihr Auto stieg, um einkaufen zu fahren.

Dann öffnete er mit seinem Schlüssel die Haustür und schlich sich in die Villa. Das Problem war, dass er keine Ahnung hatte, wo seine Eltern Unterlagen wie eine Heiratsurkunde aufbewahrten. Auf gut Glück öffnete er die Schränke ihres häuslichen Arbeitszimmers, in dem sie alle möglichen administrativen Dokumente ablegten, und durchblätterte einige Ordner ohne Erfolg.

Plötzlich fiel ihm etwas ein. Er verließ das Arbeitszimmer, stieg in den ersten Stock und betrat beinahe auf Zehenspitzen das Schlafzimmer seiner Eltern. Hoffentlich bewahrte seine Mutter den Ring nicht im Safe auf. Er öffnete ihre Schmuckschatulle, die zum Glück unverschlossen war. Michael wusste, wie ihr Verlobungsring aussah, den sie in letzter Zeit nur noch selten trug. War in solche Ringe nicht meistens ein Datum eingraviert? Das würde hoffentlich das echte sein.

Er fand den Brillantring und linste in die Innenseite. In der Tat, dort war neben „In Liebe, Andrew" auch ein Datum eingraviert:

6.12.1983.

Michael atmete tief durch. Sie würden sich kaum erst elf Monate nach ihrer angeblichen Eheschließung verlobt haben, also konnte man davon ausgehen, dass dies das tatsächliche Datum ihrer Verlobung war.

„Was tust du da, Micael?", vernahm er da die Stimme seiner Mutter und fuhr herum, den Ring noch in der Hand.

„Und was machst du hier? Solltest du nicht im Meeting mit dem Tourismusverband sein?", gab er zurück.

„Das hast du ja gründlich ausspioniert", sagte sie ärgerlich. „Es wurde kurzfristig abgesagt. Wolltest du etwa meinen Ring stehlen, um ihn deiner Freundin zu schenken?"

„Was?“, fragte er verdattert. „Wie kommst du auf so eine Idee? Hältst du mich für einen Dieb?“

„Nein. Aber nach dem, was dein Vater vorgestern von sich gegeben hat, hätte es ja sein können, du …“ Sie brach ab und schüttelte den Kopf. „Vergiss es. Ich kenne dich besser.“

„Oh, du meinst, mit der Perspektive einer Enterbung stehle ich vorsichtshalber schon mal eure Wertsachen, angefangen mit deinem Schmuck?“ Er lachte, doch es klang alles andere als heiter.

„Was soll das also?“ Mariana wies in einer theatralischen Geste auf den Ring in seiner Hand.

Flüchtig überlegte er, ob er behaupten sollte, er wollte nur ihre Ringgröße feststellen, um ihr zum nächsten Geburtstag einen zu schenken, doch das hätte sicher unglaubwürdig geklungen. Stephanie hatte recht, er musste geradeheraus fragen.

„Mama, warum gebt ihr vor, ihr hättet im Januar 1983 geheiratet? Es war ein Jahr später, oder?“ Sie starrte ihn verständnislos an und so redete er gleich weiter: „Deswegen wollte ich mir deinen Verlobungsring ansehen. Das ist doch das echte Datum, oder?“

„Ja“, gab sie nach kurzem Zögern zu. „Wie kommst du so plötzlich darauf?“

Michael holte die Postkarte von Rio aus der Innentasche seines Jacketts und zeigte sie ihr. „Die habe ich in Großmutters Sachen gefunden. Schau dir mal den Poststempel an.“

Mariana überflog die Karte und ließ sich dann auf ihr Bett sinken, als würden die Beine unter ihr nachgeben. Sie stieß einen Seufzer aus. „Du hast recht. Wir haben erst im Januar 1984 geheiratet“, erklärte sie widerstrebend. „Dein Vater ist im September 1983 in Rio angekommen und war bei meinen Eltern zu Gast. Es war Liebe auf den ersten Blick. Wir waren so heiß aufeinander, dass es beim dritten Date passiert ist und ich sofort schwanger geworden bin.“ Sie lachte gekünstelt und vermied es, Michael in die Augen zu sehen.

Er schüttelte ungläubig den Kopf. Es fiel ihm schwer, die beiden mit dem Wort heiß in Verbindung zu bringen und er mochte es sich auch nicht bildlich vorstellen. „Danach habe ich eigentlich nicht gefragt“, brummelte er.

„Für meine Eltern war es eine Schande, und so musste die Hochzeit ganz schnell stattfinden“, ergänzte sie. „Zweifellos hätten wir aber auch so geheiratet.“

„Warum habt ihr uns immer glauben lassen, ihr hättet bereits ein Jahr zuvor geheiratet?“

„Wir wollten nicht, dass der Eindruck entsteht, wir hätten euretwegen geheiratet. Sowas kann enormen Druck auf Kinder ausüben. Hättest du wirklich wissen wollen, dass du und Rafael nicht direkt Wunschkinder wart?“, fragte sie sanft.

„Das hat mich Vater ohnehin oft spüren lassen“, erwiderte er verbittert.

„Ich bin sicher, er wäre genauso streng mit dir gewesen, wenn ihr erst nach einigen Jahren Ehe zur Welt gekommen wärt. Er hat sich über zwei Söhne gefreut, auch wenn alles viel früher als geplant gekommen ist.“

„War Vater nicht eher scharf auf euer Hotel?“

„Sei nicht so hart mit ihm. Dem Ipanema Palace ging es damals finanziell nicht so gut, es war seit einiger Zeit in einer wirtschaftlichen Schieflage. Deswegen war es meinen Eltern wichtig, für mich einen reichen Ehemann zu finden, der in das Hotel investieren konnte. Und Andrew war dazu bereit – aus Liebe zu mir."

„Für einundfünfzig Prozent", murmelte Michael. „Das muss Dad gemeint haben, als er an Oma und Opa geschrieben hat, dass er sich ihre Schwierigkeiten mit der Sachlage vorstellen kann."

„Wie bitte?"

Er reichte ihr den Brief. Mariana überflog ihn und presste kurz die Lippen zusammen. „Ja, so war es. Sie haben es nicht für einen guten Deal gehalten. Und sie wollten lieber eine Engländerin als Schwiegertochter. Hatten Angst vor den kulturellen Unterschieden, und sogar meine Hautfarbe war wohl ein Thema." Sie verdrehte mit säuerlicher Miene die Augen. „Du weißt, dass ich mit deinen Großeltern nie so recht warm geworden bin."

„Ich ja auch nicht. Vielleicht, weil ich dir zu sehr ähnele." Michael atmete geräuschvoll aus.

So wie seine Mutter es darstellte, klang die Erklärung tatsächlich recht simpel und nachvollziehbar. Dennoch wurde er das Gefühl nicht los, dass sich mehr dahinter verbarg. Schließlich hatten sich seine Eltern nie darum gekümmert, die Gefühle ihrer Kinder zu respektieren, wieso sollte ihnen also etwas daran gelegen haben, vor ihnen zu verheimlichen, dass sie keine Wunschkinder gewesen waren?

„Und es gab auch noch diesen Brief." Er reichte ihr das Schreiben, aus dem hervorging, dass Andrew ein Problem zu lösen gedachte, von dem Mariana nichts erfahren sollte.

Sie überflog die Zeilen und schüttelte den Kopf. „Ich habe keine Ahnung. Vielleicht hat er irgendeinen Deal mit Jorge gemacht, der nur halb legal war oder meinen Eltern nicht gepasst hat, wer weiß."

„Ich will dich nicht kränken, Mama, aber hatte er vielleicht eine Affäre und die Dame ist schwanger geworden? Könnte das das Problem sein, das er aus der Welt schaffen wollte?"

Mariana starrte ins Leere. „Ich habe nie etwas bemerkt. Allerdings war ich mit drei Kindern, den Hotels und den gesellschaftlichen Verpflichtungen auch ziemlich beschäftigt. Ich habe deinen Vater immer für einen treuen Ehemann gehalten. Ich kann ihn fragen, wenn du willst."

„Nein, lass. Er würde uns bestimmt nicht die Wahrheit sagen." Michael steckte die Briefe und die Postkarte wieder ein.

Ihm wurde klar, dass er in Brasilien recherchieren musste, wenn er mehr herausfinden und dadurch im Idealfall ein Druckmittel gegen seine Eltern erlangen wollte. Vermutlich saß der Ursprung in seiner Heimat. Michael atmete tief durch. Er musste demnächst sowieso geschäftlich nach Rio. Diesmal würde er sich den Dämonen seiner Vergangenheit stellen.

***

„Und das ist alles?", fragte Stephanie enttäuscht, als Michael ihr am Abend vor dem Schlafengehen von dem Gespräch mit seiner Mutter erzählte. Sie hatten sich vom Zimmerservice heiße Schokolade bringen lassen, saßen bei heruntergedimmtem Licht der Nachttischlämpchen in die Kissen des Bettes gelehnt und hörten sanften Bossa Nova.

„Sieht so aus.“ Er stellte seine geleerte Tasse auf den Nachttisch und wischte sich den Schokoladenrand von den Lippen.

„Das ist nichts, womit du deinen Vater notfalls unter Druck setzen könntest.“

„Es gibt einen, der vielleicht ein bisschen mehr wissen könnte. Mein geliebter Onkel Jorge.“ Er schnitt eine Grimasse.

Stephanie berührte seinen Arm. „Was war mit deinem Onkel, Michael? Möchtest du darüber reden?“

„Wollen nicht, aber ich glaube, du solltest es wissen“, sagte er widerstrebend.

„Er hat dich missbraucht, oder?“, fragte sie leise.

„Ich weiß nicht, ob man das so nennen kann.“ Michael runzelte die Stirn. „Er hat mich so angefasst, wie ein Kind nicht angefasst werden sollte, und wollte, dass ich dasselbe bei ihm tue. Aber er hat mich nicht vergewaltigt, wenn du das meinst.“

„Was du schildest, ist bereits Missbrauch. Deine Eltern hätten ihn anzeigen sollen“, sagte sie empört.

„Die haben mir gar nicht geglaubt, das hast du am Samstag ja gehört. Nach Rafaels Verschwinden war meine Mutter zu sehr mit ihrer Trauer und mit Claudia beschäftigt. Vater hat sich sowieso selten im Guten um mich gekümmert und war nach der Entführung noch verschlossener als zuvor. Aber Onkel Jorge war immer nett zu mir, hat viel mit mir gespielt und mich oft in sein Haus eingeladen. Er war ein bisschen ein Vaterersatz für mich und ich hatte Angst, seine Zuneigung zu verlieren, wenn ich es abgelehnt hätte, ihn zu sehen. Es hat mich durcheinandergebracht, weil ich nicht wusste, wie ich diese Art von *Zärtlichkeit*“, Michael spuckte das Wort verächtlich aus, „einordnen sollte. Ich dachte anfangs, das wäre vielleicht okay. Und natürlich hat er mir das auch eingeredet. Ich habe geglaubt, es würde an der Gefühlskälte meines Vaters liegen, dass er mich nicht auf diese Art berührt. Als ich acht war, hat Jorge versucht, mich zu echtem Sex zu überreden. Da war ich allerdings seit einem Jahr Mitglied in einem Capoeira-Club für Kinder und habe diesen Tanz-Kampfsport erlernt. Ich hatte meinen Trainer gebeten, mir Tricks zur Selbstverteidigung beizubringen, und damit habe ich mich bei Jorge heftig zur Wehr gesetzt, als er ... zur Sache kommen wollte." Er atmete schwer, und Stephanie legte die Hand beruhigend auf sein heftig klopfendes Herz. „Natürlich wäre er im Zweifelsfall stärker gewesen, aber er durfte ja nicht riskieren, mich zu verletzen. Und war wohl auch zu überrascht. Nachdem ich ihm einen Finger gebrochen habe, hat er endgültig von seinem Vorhaben abgelassen. Allerdings war ich dann bei ihm untendurch und er war eiskalt zu mir. Darunter habe ich ziemlich gelitten. Ich hatte ja sonst niemanden." Er presste ihre Hand gegen seine Brust.

„Was war eigentlich mit den Eltern deiner Mutter?"

„Von meinem Großvater habe ich mir eine eingefangen, als ich dem das berichtet habe. Das würde mich lehren, nicht mehr solche Lügen über ihren Sohn zu erzählen. Und auch Großmutter hat sich von mir distanziert. Nur hatten die beiden eh immer viel mit dem Hotel zu tun und waren nie so enge Bezugspersonen für mich."

„Unfassbar", murmelte Stephanie mit vor Wut bebenden Nasenflügeln. „Opfer-Täter-Umkehr vom Feinsten."

„Kurz darauf sind wir sowieso nach Boston gezogen. In den Jahren danach haben wir die Vorfälle totgeschwiegen, wenn ich mal in Rio war, aber unser Verhältnis war und ist extrem angespannt. Deswegen auch die Schikane, mich tagelang als Tellerwäscher zu beschäftigen. Während meines Praktikums im Ipanema Palace habe ich versucht, Jorge zu meiden, wo es ging. Ich fühle mich in seiner Gegenwart immer mies, auch jetzt noch. Ich weiß, dass es nicht an mir ist, mich für die Vorfälle zu schämen, aber ..." Er brach ab und boxte in das Kissen.

Stephanie blutete das Herz bei der Vorstellung an den kleinen Jungen, der erst seinen Zwillingsbruder verloren hatte, von den Eltern und Großeltern links liegen gelassen wurde und schließlich Opfer eines pädophilen Onkels geworden war. „Es tut mir so leid, was du alles durchmachen musstest", flüsterte sie und schlang die Arme um seinen Hals.

„Bitte nicht." Sie sah Tränen in seinen Augen glitzern, als er sich hastig von ihr löste. „Ich ertrage kein Mitleid wegen dieser Geschichte."

Sie nickte betreten. „Ist dein Onkel eigentlich selbst Familienvater?"

„Nein, er hat keine Kinder – zum Glück, muss man wohl sagen. Geheiratet hat er schon, allerdings keine Hotelerbin, sondern die Tochter eines wohlhabenden Fabrikanten. Da haben wir bereits in den USA gelebt." Michael nahm ihre Hand und küsste sie. „Hast du zufällig Lust auf Urlaub in Brasilien?", wechselte er entschlossen das Thema.

Stephanies Augen begannen vor freudiger Überraschung zu leuchten. „Ist das dein Ernst?"

„Ich muss im Juni geschäftlich hin, das ist schon seit einiger Zeit geplant. Ich werde die Gelegenheit nutzen, mehr über eventuelle dunkle Geheimnisse meiner Eltern herauszubekommen. Es wäre so schön, wenn du bei mir wärst. Du könntest dir Rio ansehen, während ich arbeite. Danach könnten wir bis zu zwei Wochen Urlaub dranhängen und ich zeige dir was von meiner Heimat."

„Das wäre total super!"

„Kannst du dich freimachen?"

Sie dachte kurz nach. „Mein Vertrag mit der Uni endet sowieso Ende Mai, dann mache ich Urlaub, bevor ich mir einen neuen Job suche. An meinem Manuskript kann ich auch von Rio aus weiterschreiben, während du arbeitest. Und Eves Mietangelegenheiten laufen sowieso alle virtuell. Ich werde meinen Laptop mitnehmen."

„Fabelhaft. Das ist also abgemacht", sagte er zufrieden.

„Da gibt es nur ein Problem ...", begann sie zögernd.

„Brittany?"

„Nein, sie wird schon zwei oder drei Wochen ohne mich auskommen." Sie runzelte sorgenvoll die Stirn.

„Oh, du meinst die Kosten. Ich lade dich natürlich zu allem ein. Für deinen Flug löse ich meine Bonusmeilen ein, im Ipanema Palace wohnst du ohnehin gratis in meiner Suite und die anderen Hotels werde ich auch übernehmen."

Stephanie freute sich über seine Großzügigkeit, aber sie war es nicht gewöhnt, sich aushalten zu lassen. „Du verwöhnst mich zu sehr, Michael, das kann ich doch nicht annehmen."

„Ich hatte schon sehr lange niemanden mehr zum Verwöhnen, also genieße es einfach. Was du mir gibst, ist mit Geld nicht aufzuwiegen." Er vergrub das Gesicht in ihren Haaren, küsste dann ihre Halsbeuge, schob die Hand unter ihr Nachthemd und ließ sie über die warme Rundung ihrer Brust gleiten.

Mit aufkommender Leidenschaft drängten sie sich aneinander und ließen sich in die Kissen zurücksinken.

17

Der sonnige März ging in einen launischen April mit häufigen Regenschauern über. Stephanie und Michael störte das nicht. Sie verbrachten so viel Zeit wie möglich miteinander, gingen hin und wieder ins Kino oder ins Konzert, machten sonntags Ausflüge in andere Grafschaften, mal mit, mal ohne Brittany. Michael nahm Stephanie mit, wenn er zu einer Vernissage oder einem Empfang eingeladen war.

Ihre Beziehung festigte sich weiter. Längst besaß Stephanie ein großes Fach in Michaels begehbarem Kleiderschrank und hatte ihre Toilettenartikel in seinem Bad deponiert, damit sie nicht immer mit einer Reisetasche durch die Gegend fahren musste.

Andrews Drohungen waren in den Hintergrund gerückt. Er hatte sie nicht wiederholt, und Michael fand ihn sogar regelrecht zahm. Er konnte sich jedoch nicht des Eindrucks erwehren, dass etwas Lauerndes in den graublauen Augen seines Vaters lag, wenn er ihn anblickte. Aber solange er ihn in Ruhe ließ und Stephanie höflich behandelte, wenn sie sich über den Weg liefen, war es ihm recht. Sie hatten eine sorglose, vergnügliche Zeit, und auch Stephanie verschwendete kaum noch einen Gedanken an Andrew und Mariana.

Am Ostersonntag waren sie zusammen mit Eve bei Stephanies Eltern eingeladen. Brittany war mit ihrem Vater über die Feiertage verreist.

Erleichtert stellte Stephanie fest, dass die erste Begegnung zwischen Michael und ihrer Familie harmonisch verlief. Ihre lockeren, humorvollen und etwas chaotischen Eltern waren ein ziemlicher Kontrast zu den unterkühlten, ernsten und so perfekt wirkenden Silverstones, doch genau das schien Michael zu gefallen.

„Deine Familie ist sehr sympathisch und herzlich", sagte er am späten Nachmittag auf dem Rückweg nach Brighton. Eve war mit dem eigenen Wagen gekommen, da sie sich unmittelbar zuvor in London aufgehalten hatte. „Bist du in diesem Haus aufgewachsen?"

Stephanie nickte.

„Es muss schön sein, wenn man so regelmäßig an den Ort zurückkehren kann, an dem man groß geworden ist", meinte er nachdenklich. „Es ist ein hübsches Haus."

„Ach, komm, gegen die Orte, an denen du gewohnt hast, ist es doch eher bescheiden."

„Es strahlt Geborgenheit aus und Liebe", beharrte er. „Glaubst du, die Villa meiner Eltern tut das? Meine Suite im Silverstone? Klar, sie ist elegant, aber es gibt ein Dutzend davon, die genauso aussehen."

„Armer reicher Junge", zog Stephanie ihn lachend auf.

„Du hältst das für ein Luxusproblem?", fragte er gekränkt.

„Nein, natürlich nicht, tut mir leid." Sie legte schnell die Hand auf seine, die auf dem Schalthebel lag. „Ein Mangel an Geborgenheit und Liebe ist wohl das Schlimmste, was es für ein Kind gibt."

„Du hattest als Kind sicher auch dein Päckchen zu tragen“, sagte Michael vorsichtig. „Wie war das für dich mit der Krankheit deiner Mutter? Und wie ist es dazu gekommen?“

„Wie sie süchtig wurde? Ich weiß es nicht genau. Als ich klein war, haben meine Eltern oft gefeiert, Party gemacht. Dabei wurde immer eine Menge getrunken. Sie hatten eine leidenschaftliche Beziehung. Viel Liebe, aber auch viel Streit. Auch mein Vater hat getrunken, aber er ist nicht abhängig geworden. Meine Mutter ist da so langsam reingerutscht, dass ich nicht sagen kann, wann es tatsächlich angefangen hat.“ Stephanie starrte aus dem Seitenfenster auf die idyllische Frühlingslandschaft. „Ich war sieben oder acht, als sie das erste Mal eine Entziehungskur gemacht hat. Eve hat sich in dieser Zeit um Vater und mich gekümmert. Danach war Mum eine Weile trocken. Eve hat eine Lehre als Bankkauffrau gemacht, hat einen Job gefunden und ist ausgezogen. Ich war knapp dreizehn, als es wieder soweit war, dass Mum betrunken im Bett oder auf der Couch lag, wenn ich von der Schule kam.“ Sie schluckte. „Es wurde schlimmer, Daddy war verzweifelt und überfordert mit der Situation, Eve nicht mehr da, um einen Teil davon aufzufangen ... Es war keine schöne Zeit und ich war oft mir selbst überlassen. Die Großeltern wohnten zu weit weg. Vielleicht hat dein Vater recht damit, dass mir ein Vorbild für die Mutterrolle gefehlt hat.“

Michael schnaubte verächtlich. „Ich glaube kaum, dass der qualifiziert ist, sowas zu beurteilen. Aber ausnahmsweise mag er recht haben. Sein Vorbild für die Vaterrolle ließ offensichtlich auch zu wünschen übrig.“

Stephanie hob langsam die Schultern und ließ sie wieder sinken. „Jedenfalls ist Mum jetzt seit fünfzehn Jahren trocken. Wir sind alle sehr froh, dass sie durchhält."

Er drückte kurz ihre Hand. „Gut, dass du wenigstens eine ältere Schwester hast. Das hat euch bestimmt zusammengeschweißt?"

Sie wandte den Blick von der Landstraße ab und richtete ihn endlich wieder auf Michael. „Nicht so sehr, nein. Wir haben ein gutes Verhältnis, aber ein wenig distanziert. Eve hatte früh das Bedürfnis nach Autonomie."

„Verständlich." Er nickte. „Sie hat keine Kinder, oder?"

„Nein. Dabei wäre sie bestimmt eine fabelhafte Mutter. Aber es hat nicht geklappt und war ihr auch nicht so wichtig. Sie hat viel gearbeitet, hat sich mit ihrem Mann etwas aufgebaut. Nachdem sie sich von ihm getrennt hat, ist ihr aufgefallen, dass sie all die Jahre zu kurz gekommen ist. Seitdem genießt sie ihr Leben und reist oft. In Dubai war sie übrigens auch schon." Sie lächelte ihn an.

Michael hob die Augenbrauen. „Nicht zufällig im Silverstone Jumeirah?"

„Nein, für sie musste es das Atlantis The Palm sein."

„Wow, nicht übel."

„In Abu Dhabi ist sie im Emirates Palace abgestiegen. Und wenn sie in Florida ist, wohnt sie am liebsten im Ritz." Ein gewisser Stolz auf ihre Schwester schwang in Stephanies Stimme mit.

„Toll. Ich sollte Eve meinen Eltern vorstellen", scherzte er.

Stephanie verzog den Mund. „Sie würden sie zumindest nicht für eine Mitgiftjägerin halten."

***

Der Mai schüttete verschwenderisch seine Blütenpracht über Südengland aus. Michael hatte am Wochenende mit Stephanie einen Ausflug nach Dorset gemacht und hatte Mühe, sich auf die vor ihm liegende Arbeitswoche einzustimmen. Sein Terminkalender war wie immer gut gefüllt, und noch dazu stand ihm gegen Ende der Woche eine Dienstreise bevor.

„Michael, kommst du bitte mal?", rief Andrew zur offenen Tür herein, legte eine Unterschriftenmappe auf den Tisch seiner Sekretärin und verschwand wieder in seinem Büro.

Michael sah zur Uhr und erhob sich. In zehn Minuten begann die montägliche Abteilungsleiterbesprechung, aber da sein Vater ebenfalls daran teilnahm, hatte er die Zeit sicher im Blick. Er folgte der Aufforderung, durchquerte das Vorzimmer, das sich ihre beiden Sekretärinnen teilten, und setzte sich in den Besuchersessel vor dem Schreibtisch.

Andrew wirkte ungewohnt aufgeräumt, beinahe heiter für einen Montag.

„Es gibt interessante Neuigkeiten. Ich habe gerade mit Edward Blackford telefoniert. Er hat mich gebeten, schon ein Jahr früher in den Ruhestand gehen zu können als geplant." Blackford war der Leiter des Hotels in Dubai.

„Ach? Hat er einen Grund genannt?"

„Seine Frau kränkelt seit einiger Zeit und kann auf keinen Fall noch einen heißen Sommer in Dubai durchstehen. Sie wird im Juni nach England zurückkehren und Edward will ihr so schnell wie möglich folgen, um für sie da zu sein. Wir haben uns auf den 31. Juli als Ausstiegsdatum geeinigt."

Michael setzte sich unwillkürlich etwas aufrechter.

„Das würde bedeuten, dass du ab dem 1. August offiziell der neue Leiter des Silverstone Jumeirah wirst", verkündete Andrew so stolz, als würde er seinem Sohn ein besonders kostbares Geschenk überreichen. Und das war es auch.

Michaels Gesicht begann zu leuchten, und ein erwartungsvolles Prickeln zog durch seine Brust bei der Vorstellung, dass er bald General Manager des Fünfsternehotels am Jumeirah Beach sein würde. Darauf hatte er all die Jahre hingearbeitet. Und als Extrabonus wäre dann auch noch sein Vater Tausende von Meilen entfernt. Allerdings ... Seine Mundwinkel sanken nach unten, als ihm einfiel, dass auch Stephanie Tausende von Meilen entfernt sein würde.

„Na, was sagst du?", drängte Andrew.

Er schluckte, hin- und hergerissen. „Das ist super, Dad, ehrlich."

Andrew warf einen Blick zur Uhr. „Wir müssen gleich ins Meeting, wir reden ein anderes Mal über die Details. Ich wollte es dir nur schnell mitteilen."

Michael hatte das Gefühl, auf Wolken zu schweben, als er in sein Büro zurückkehrte und mechanisch die Unterlagen für die Besprechung zusammensuchte. In seinem Kopf jagten sich die Gedanken. Einer davon nahm schnell Form an: Er würde Stephanie bitten, mit ihm zu gehen. Als Autorin und Lektorin konnte sie schließlich von überall aus arbeiten, und sicher würde sie auch einen Job als Angestellte in Dubai finden, wenn sie Lust dazu hatte. Viele Unternehmen suchten englischsprachige Kräfte aller Art. Und wenn nicht, würde er eben für ihren Unterhalt sorgen. Allerdings gab es da noch das Problem, dass Stephanie ihre Familie wichtig zu sein schien, allen voran natürlich Brittany, und die lebte nun einmal in England. Doch auch dafür ließ sich bestimmt eine Lösung finden.

***

Nach Feierabend ging Michael an der Hotelbar vorbei und holte eine Miniflasche Champagner.

Stephanie war bereits in seiner Suite. Nachdem sie sich zur Begrüßung geküsst hatten, strahlten sie einander voller Vorfreude an.

„Champagner? Gibt es was zu feiern?“, fragte sie.

„Ja. Ich habe eine tolle Neuigkeit.“ Er stellte die Flasche auf den Couchtisch und lockerte seine Krawatte.

„Und ich sogar zwei“, verkündete Stephanie mit leuchtenden Augen.

„Dann lohnt sich der Champagner ja.“ Er lachte und warf sein Jackett über den Sessel. „Du zuerst.“

„Brittany hat sich entschieden, zu mir zu ziehen. Das hat sie mir gestern Abend am Telefon gesagt.“ Sie nahm zwei Sektflöten, die auf der Minibar standen, und stellte sie auf den Tisch.

„Oh“, machte er und kräuselte die Stirn.

„Stört dich das?“, fragte sie überrascht.

„Nein, natürlich nicht. Und die zweite Neuigkeit?“ Unwillkürlich hielt er inne, das Stanniolpapier vom Korken zu wickeln.

„Professor Travis hat mir heute gesagt, dass er meinen Arbeitsvertrag um ein weiteres Jahr verlängern wird.“

„Ach.“ Nun musste Michael sich setzen. „Hast du schon unterschrieben?“

„Nein, er hat es mir nur mündlich angekündigt. Aber ich zweifle nicht an seinem Wort.“ Stephanie musterte ihn ungehalten. „Das scheint dich alles gar nicht für mich zu freuen.“

„Doch, Darling, aber ...“ Er atmete tief durch. „Nein, du hast recht. Es kommt beides zum falschen Zeitpunkt. Meine gute Neuigkeit ist nämlich, dass ich ab dem 1. August, also schon in knapp drei Monaten, Direktor unseres Hotels in Dubai werde. Vierzehn Monate früher als geplant. Mitte Juli gehe ich bereits zur Übergabe runter.“

„Oh.“ Sie ließ sich neben ihn auf die Couch sinken. „Hat dein Vater das arrangiert?“

„Nein, gar nicht, der jetzige General Manager hat ihn darum gebeten, weil ...“ Michael brach ab. Vielleicht hatte sein Vater die Begründung nur erfunden und in Wirklichkeit Blackford Geld angeboten, um früher in den Ruhestand zu gehen. Ob er so weit gegangen war, sogar für Stephanies Vertragsverlängerung an der Uni zu sorgen? Es wäre nicht überraschend, da er den Dekan gut kannte. Sie spielten seit Jahren miteinander Golf. Ein Anruf würde vermutlich genügen.

„Offiziell nicht, aber möglich wäre es“, gab er zu. „Das werde ich herausfinden.“

„Könnt ihr nicht einen Interimsmanager einstellen?“, fragte sie zaghaft.

„Es ist nicht leicht, jemand Verlässliches zu finden, der bereit ist, so einen verantwortungsvollen Posten nur für vierzehn Monate zu bekleiden. Denn nächstes Jahr im Oktober wäre ich ja sowieso regulär nach Dubai gezogen. Sonst lohnt es sich nicht mehr, bis Vater in den Ruhestand geht und ich das Hotel in Brighton übernehme. Oder willst du etwa, dass ich auf Dubai verzichte?“

„Natürlich nicht. Ich kann dich ja immer im Urlaub dort besuchen“, sagte sie tapfer.

Er schüttelte entschlossen den Kopf. „Nein, das möchte ich nicht.“

Stephanie starrte ihn entsetzt an, Tränen schossen in ihre Augen. „Heißt das, dein Vater hat sein Ziel erreicht?“

„Um Himmels willen, so habe ich das nicht gemeint!“, sagte Michael erschrocken und griff nach ihrer Hand. „Ich möchte, dass du mit mir nach Dubai kommst und dort mit mir lebst.“

„Wow.“ Sie starrte ihn erneut an, diesmal verblüfft. „Für wie lange?“

Er hob die Schultern. „So lange, wie ich dort bin. So lange, wie du bleiben willst.“

Sie runzelte die Stirn. „Wenn ich es richtig verstanden habe, wirst du drei oder vier Jahre dortbleiben. Ich kann doch hier nicht Knall auf Fall alles aufgeben. Und was ist mit Brittany? Jetzt haben wir uns einander endlich wieder angenähert, sie will zu mir zurück und da sage ich ihr, sorry, ich ziehe mal eben für einige Jahre nach Dubai?“

„Genau darauf hat Vater sicher spekuliert“, murmelte Michael. Er zog Stephanie in die Arme. „Brittany kann uns jederzeit besuchen. Sie bekommt ein schönes Zimmer im Hotel und ich zahle ihre Flugtickets. Und du wohnst natürlich mit mir zusammen.“

„Wir haben nie zusammengelebt, Michael, wir wissen gar nicht, ob wir uns da immer noch so gut verstehen würden. Wenn es nicht klappt und ich zurück möchte, stehe ich da. Ohne Job, ohne Wohnung und mit einer Tochter, die dann wahrscheinlich gar nichts mehr von mir wissen will.“

„Sag mal, hat Brittany nicht in einem Jahr ihre A-Level-Prüfung? Will sie wirklich kurz vorher die Schule wechseln?“

„So genau haben wir das noch nicht überlegt. Auf jeden Fall möchte sie in Brighton studieren oder eine Ausbildung machen. Sie überlegt seit Neuestem übrigens, das Hotelfach zu erlernen.“ Sie löste sich aus seinen Armen.

In Michael keimte wieder Hoffnung auf. „Das wäre doch fabelhaft! Ich könnte sie coachen, und den praktischen Teil kann sie im Silverstone Jumeirah absolvieren. Die Miete für deine Wohnung würde ich zahlen. Wie überhaupt alle deine laufenden Kosten, falls du es von deinen Einkünften nicht kannst. Und auch die Flugtickets, wenn du zwischendurch nach England willst, um deine Familie zu besuchen.“

Stephanie stöhnte auf, stützte die Ellenbogen auf die Schenkel und vergrub das Gesicht in den Händen. „Das ist alles lieb und großzügig von dir, aber das kann ich nicht annehmen.“

„Warum nicht, wenn du es mir zuliebe tust? Ich werde richtig gut verdienen."

„Trotzdem. Und überhaupt: Dubai ... Ich kann nicht mit Hitze. Und Wolkenkratzer finde ich erdrückend. Diese Stadt in der Wüste wirkt total ungastlich auf mich."

„Ich fliege bald für eine Woche hin – komm mit und schaue es dir wenigstens an."

„Wir werden sehen. Ich muss das alles erst mal verdauen."

Michael atmete ganz flach vor Enttäuschung. Nun hatte er sich endlich dazu durchgerungen, allen Widerständen zum Trotz eine feste Beziehung zu Stephanie einzugehen, servierte ihr ein gemeinsames Leben auf dem Silbertablett und sie war alles andere als begeistert. Er fühlte sich zurückgestoßen. Den Posten in Dubai abzulehnen, kam allerdings auch nicht in Frage. Es war alles, worauf er in den letzten Jahren hingearbeitet hatte, wovon er träumte.

„Also kein Champagner." Michael gab der ungeöffneten Flasche einen wütenden kleinen Schubs, sodass sie über die Tischplatte schlitterte.

Stephanie erhob sich. „Ich brauche Bedenkzeit. Ich glaube, ich fahre jetzt lieber wieder nach Hause." Sie beugte sich zu ihm hinunter und küsste ihn zärtlich, aber etwas flüchtiger als sonst.

18

„Hast du dich schon entschieden?“, fragte Eve am Freitagnachmittag, als sie Stephanie frisch gebackene Muffins brachte. Vorsichtig schob sie auf dem Küchentisch benutztes Geschirr zur Seite, um das Tablett mit dem Gebäck abzusetzen.

„Nein.“ Das Porzellan klirrte, als Stephanie es unsanft in der Spüle abstellte. „Und Michael ist sauer, dass ich nicht sofort *Ja* geschrien habe. Er hat mich am Dienstag angerufen und mich gebeten, es mir gut zu überlegen. Seitdem habe ich nichts mehr von ihm gehört. Ich habe mich bei ihm allerdings auch nicht gemeldet, weil ich nicht weiß, was ich ihm sagen soll.“ Sie ging zum Tisch, nahm sich einen der Muffins und biss hinein, ohne wie sonst bis zur Teatime zu warten. Seit es zwischen ihr und Michael kriselte, hatte sie ständig Appetit auf Süßes.

„Flieg doch erstmal mit ihm nach Dubai, wie er es vorgeschlagen hat, und entscheide dich dort.“

„Was soll das ändern?“, nuschelte sie mit vollem Mund. „Wenn ich Dubai schrecklich finde, macht das die Situation nicht besser. Und falls ich die Stadt wider Erwarten bezaubernd finde, ändert das nichts daran, dass ich hier alles aufgeben müsste und dass es wegen Brittany nicht geht.“

„Ich verstehe dich. So ein Schritt will gut überlegt sein." Eve nickte bedächtig. „Du solltest dich nicht von Michael abhängig machen. Aber es ist natürlich schade, da es so gut zwischen euch läuft. Und du kannst nicht von ihm verlangen, dass er für dich darauf verzichtet. Das ist ein riesiger Karrieresprung für ihn. Und auch eine Chance, sich von seinen Eltern zu emanzipieren."

„Ich weiß. Es kommt natürlich nicht in Frage, dass er meinetwegen darauf verzichtet. Ich will ihm keine Steine in den Weg legen. Ach, verdammt, warum muss immer alles so kompliziert sein?" Stephanie stöhnte leise auf.

Ihre Schwester lehnte sich gegen die Arbeitsplatte und legte den Kopf schief. „Manchmal ist es das im Grunde gar nicht. Vielleicht legst du dir selbst Steine in den Weg. Sichere dich ab, aber hör auf dein Herz. Sprich mit Brittany."

„Ach, ich will sie damit nicht unter Druck setzen. Sie soll nicht das Gefühl haben, schuld am Ende meiner Lovestory zu sein. Ich werde ihr gar nichts davon erzählen."

„Sie wird doch sowieso mitbekommen, wenn Michael plötzlich nicht mehr da ist. Ich würde mit ihr darüber reden", riet Eve sanft, aber mit eindringlichem Blick. „Sie ist stark, sie wird bestimmt keine Schuldgefühle bekommen. Und muss es denn das Ende eurer Lovestory bedeuten? Ihr könntet auch eine Fernbeziehung führen. Es gibt Schlimmeres, als regelmäßig nach Dubai zu fliegen und dort gratis in einem Luxushotel zu wohnen."

Heftig öffnete Stephanie die Kühlschranktür, um eine Flasche mit Brittanys Lieblingslimonade kaltzustellen, und räumte unnötig lange herum, um Eves forschendem Blick zu entgehen.

„Eine richtige Beziehung ist das aber nicht, da verbauen wir uns doch nur gegenseitig etwas. Und ich habe das Vorgefühl, Michael würde mir nicht verzeihen, wenn ich mich nicht für ein gemeinsames Leben mit ihm entscheide." Sie lachte bitter auf und knallte die Kühlschranktür zu. „Dabei war er es, der anfangs keine feste Beziehung wollte."

„Das ist dann eine Sache des Egos." Eve lächelte. „Bist du nicht auch ein bisschen gekränkt, dass er den Job nicht ablehnt, damit sich zwischen euch nichts ändert?"

„Quatsch! Hm, na ja, doch", gab Stephanie widerstrebend zu. „Er hätte die Möglichkeit wenigstens zur Sprache bringen können, damit ich ihm hätte zureden können, ihn anzunehmen. Sag mal, wer hat hier Psychologie studiert, du oder ich?" Sie knuffte ihre Schwester liebevoll in den Arm.

Eve grinste. „Schuster haben bekanntlich die am schlechtesten besohlten Schuhe. Was die Wohnung betrifft, könnten wir beide uns sicher arrangieren. Du kannst den Großteil meiner Mietangelegenheiten auch von Dubai aus regeln. Und wenn du sicher bist, dass du tatsächlich für einige Jahre fort sein wirst, kann ich mich immer noch nach einem neuen Mieter umsehen, vielleicht befristet für die entsprechende Dauer."

„Das würdest du machen?"

„Natürlich, Schwesterherz."

„Ach, Eve, ich hab dich lieb.“ Stephanie fiel ihr um den Hals.

***

Brittany traf kurz darauf ein und brauchte nicht lange, um zu merken, dass etwas nicht stimmte. „Was hast du, Mum? Du siehst so angespannt aus. Ist was mit Michael?“ Sie ließ sich in den Sessel fallen.

„Kann man so sagen.“ Stephanie stellte eine Kanne mit frisch gebrühtem Earl Grey auf den Couchtisch.

„Habt ihr euch gestritten?“

„Nein, aber ... Wir haben gerade einen ziemlich großen Interessenkonflikt“, erklärte Stephanie und setzte sich auf die Couch. Sie hatte beschlossen, Eves Rat zu befolgen.

„Erzähl mal.“ Brittany griff nach einem von Eves Muffins, die auf dem gedeckten Tisch standen.

„Michael wird schon viel früher als geplant Direktor des Hotels in Dubai werden. Mitte Juli zieht er dort hin – für einige Jahre.“ Sie merkte, wie aufsteigende Tränen in ihrer Nasenwurzel kribbelten.

„Und er nimmt das zum Anlass, sich von dir zu trennen?“, fragte Brittany empört. „So ein Mistkerl!“

„Nein, so ist es gar nicht“, verteidigte Stephanie ihn sofort. „Er will, dass ich mit ihm gehe und mit ihm dort lebe.“

„Das ist doch super. Dubai soll bombastisch sein. Sag bloß, du willst das nicht?“

„Wir beide könnten uns dann nicht mehr so regelmäßig sehen, Süße. Obwohl Michael versprochen hat, dir die Flugtickets zu bezahlen, und du würdest natürlich im Hotel wohnen. Aber-"

„Aaargh, das wäre ja megacool!" Brittany strahlte begeistert. „Wo liegt dein Problem?"

„Schatz, das sind sieben Stunden Flug, plus die Fahrt nach Heathrow und die vom Dubaier Flughafen zum Hotel – das ist zu viel für ein Wochenende. Das kannst du nur in den Ferien machen."

Ihre Tochter zuckte mit den Schultern. „Reicht doch."

„Ach? Vor fünf Tagen hast du noch gesagt, du würdest zu mir ziehen wollen."

„Hm. Vielleicht ist Eve einverstanden, dass ich deine Wohnung übernehme?"

„So ist das also. Du willst gar nicht zu mir ziehen, sondern in erster Linie nach Brighton", sagte Stephanie enttäuscht. „Du bist minderjährig, meine Liebe, ich lasse dich sicher nicht allein in meiner Wohnung wohnen. Und wovon willst du die Miete zahlen? Ich glaube nicht, dass du mit Eves Bürokram klarkommen würdest oder überhaupt Lust darauf hättest."

Brittany legte den Muffin auf den Teller zurück, setzte sich neben ihre Mutter und umarmte sie. „Natürlich will ich auch deinetwegen nach Brighton. Aber du bist ja nicht aus der Welt. Und ich bin jetzt in einem Alter, in dem man überhaupt keine Lust mehr hat, ständig mit seinen Erziehungsberechtigten zusammenzuhocken. Du solltest dir gar nicht erst angewöhnen, nur für mich zu leben."

Stephanie stemmte die Hände in die Taille. „Ist ja toll, dass ich in deinem Leben so verzichtbar bin."

„Du weißt schon, wie ich es meine. Ich will nicht, dass du dich meinetwegen aufopferst."

„Kannst du dir nicht vorstellen, dass *du* mir fehlen könntest?“

„Wenn ich im Ausland studieren wollte, würdest du mir auch nicht davon abraten, oder?“

„Darüber müsste ich nachdenken. Kommt drauf an, welches Ausland. Außerdem bin ich nicht sicher, ob mir Dubai gefallen wird. Du magst es ja *bombastisch* nennen, aber ich finde solche Wolkenkratzer-Städte seelenlos.“

„London ist auch eine Großstadt, und du hast da jahrelang gelebt“, erinnerte Brittany.

„Das kann man ja nun überhaupt nicht vergleichen!“

„Ehrlich, Mum, das klingt nach Ausflüchten. Lohnt es sich nicht, dich für deine Liebe zu Michael mit der Umgebung zu arrangieren? Das Meer hast du in Dubai auch, genau wie hier.“

„Aber die Hitze dort im Sommer ...“ Stephanie merkte selbst, dass ihre Einwände immer schwächer klangen.

„Ist doch überall klimatisiert. Und du hast keine Gesundheitsprobleme, wegen derer du Hitze meiden sollst, oder? Du magst sie nur nicht so gern, das ist alles.“ Brittany blickte sie vorwurfsvoll an.

Stephanie streckte ihren Zeigefinger in die Höhe, als sie ihren letzten Trumpf ausspielte. „Last but not least hat Professor Travis sich entschieden, meinen Vertrag zu verlängern, auch deswegen zögere ich.“

„Ach komm, der Job ist dir doch nicht wichtig. Bisher war es dir völlig egal, dass er ausläuft. Michael hingegen ... Du liebst ihn, das merkt man. Genau wie er dich. So eine Chance auf eine Beziehung mit einem tollen Mann bekommst du in deinem Alter nie wieder.“

„Vielen Dank auch!“ Stephanie musste lachen, nicht nur über die Kessheit ihrer Tochter, sondern auch vor Erleichterung. Eve hatte recht gehabt, vielleicht legte sie sich selbst Steine in den Weg.

„Lass mich raten: Du und Michael, ihr habt schon seit Tagen nicht mehr miteinander gesprochen, weil du zögerst und er eingeschnappt darüber ist?“

„Genauso ist es.“ Sie seufzte auf.

Brittany griff nach Stephanies Handy, das auf dem Tisch lag und drückte es ihr in die Hand. „Dann rufst du ihn jetzt an.“

Sie fügte sich und wählte mit klopfendem Herzen Michaels Nummer. Nach einigen Freizeichen, als sie schon glaubte, die Mailbox würde jeden Moment anspringen, meldete er sich mit einem fragenden *Hallo*. Obwohl er doch auf dem Display sehen musste, wer dran war.

„Hi, Darling. Geht es dir gut?“, fragte sie betont munter.

„Ja.“

„Störe ich dich?“

„Nein.“

Herrje, er war wohl wirklich sauer. Falls sie ihn im falschen Moment erwischt hatte, könnte er das ja sagen.

„Ich würde gern mit dir reden, Michael.“

„Tust du doch.“ Er klang kühl, fast ablehnend, was sie ein wenig aus dem Konzept brachte.

„Ich meine, ich möchte dich sehen. Kannst du vielleicht nach Feierabend vorbeikommen?“

„Das dürfte schwierig werden. Ich bin in Lissabon.“

„Lissabon?“, echote sie bestürzt.

„Im Hotel von Claudias Mann. Ich habe damit meine Tournee durch unsere Hotels eröffnet – Ende des Monats kommt das Silverstone Jumeirah, im Juni das Ipanema Palace. Aber das weißt du ja.“

Richtig. Sie hatten bereits Zeit damit verbracht, Pläne für ihren ersten gemeinsamen Urlaub zu schmieden, und Michael hatte schon die Flugtickets nach Rio de Janeiro gebucht.

Stephanie seufzte. „Schade, ich wollte mich in Ruhe mit dir unterhalten ...“

„Worum geht es?“, fragte er angespannt.

„Ich denke, ich werde mit dir nach Dubai gehen.“

„Wirklich?“ Seine Stimme gewann sofort an Wärme und Lebendigkeit. Fast konnte sie ihn durch den Hörer strahlen sehen und atmete erleichtert auf.

„Wirklich. Natürlich muss ich mir die Stadt trotzdem erst einmal ansehen, bevor ich mich endgültig entscheide“, schränkte sie vorsichtshalber ein, obwohl ihr bewusst geworden war, dass Brittany recht hatte mit ihren Gegenargumenten. „Sag mir, wann du genau hinfliegst, dann reiche ich Urlaub ein.“

„Oh, darüber bin ich sehr froh.“ Michael seufzte hörbar auf. Gott sei Dank, er klang nun wieder so liebevoll wie eh und je. „Ich dachte, du wolltest mit mir reden, um mir zu sagen, dass du Schluss machen willst.“

„Damit dein Vater gewonnen hat? Schon deswegen nicht!“

„Nur deswegen?“, fragte er mit gespielter Empörung.

„Nein, natürlich vor allem deinetwegen.“

„Aber es wäre ein guter Grund“, räumte er mit einem Lachen ein. „Dubai ist eine total spannende Stadt, ich bin sicher, dass es dir gefallen wird. An die Hitze gewöhnt man sich, denke ich. Es ist ja auch nicht das ganze Jahr über heiß. Das Leben in einem Luxushotel kann natürlich oft erdrückend sein: Du hast keine Möglichkeit, selbst zu kochen oder den Haushalt zu machen, musst ständig der Fülle von Delikatessen am Büfett widerstehen, mit der Armee von Angestellten klarkommen, die dich bedienen, hinter dir herräumen und darauf drängen, der Lebensgefährtin des General Managers jeden Wunsch von den Augen abzulesen ..."

Obwohl Stephanie ihn nicht sehen konnte, ahnte sie, dass er grinste.

Sie lachte auf. „Das klingt in der Tat furchtbar anstrengend. Und ich werde vermissen, dass ich deinem Vater im Hotel nicht mehr über den Weg laufen werde."

„Ja, das Beste an diesem Posten wird sein, dass ich meinen Vater nicht mehr sehen muss", stimmte er inbrünstig zu. „Höchstens noch bei Videokonferenzen. Aber da kann ich einfach ausschalten, wenn er mich zu sehr nervt, und es auf die Technik schieben."

„Ich vermisse dich, Darling. Wann kommst du wieder?"

„Am Mittwoch. Ach, weißt du was, ich werde versuchen, einen Tag früher wiederzukommen. Ich vermisse dich auch so sehr. Und ich bin sehr froh, dass du dich für mich entschieden hast. Ich will nicht ohne dich in die Wüste ziehen."

Sie lächelte und merkte, wie befreit sie sich fühlte. „Kommt gar nicht infrage, dass du ohne mich irgendwohin ziehst. Wenn du wiederkommst, köpfen wir diese Flasche Champagner und trinken auf deine Beförderung."

„Nur wenn ich Champagner aus deinem Bauchnabel trinken darf", sagte er übermütig.

„Du darfst alles, mein Schatz. Ich freue mich so für dich!"

„Ich werde Direktor des Silverstone Jumeirah Resort & Spa – stell dir das nur mal vor!", sagte er stolz und noch ein wenig ungläubig.

***

Mit verkniffener Miene beobachtete Claudia, wie ihr Bruder zu strahlen begann, während er telefonierte und verliebt herumsäuselte. Sie hatte sich darüber gefreut, dass er für einige Tage im Hotel ihres Mannes weilte und sie Michael beweisen konnte, dass es dem Silverstone Brighton ebenbürtig war. Dass er bald Direktor des Dubaier Hotels werden würde, hatte sie mit gemischten Gefühlen zur Kenntnis genommen. Sie wusste, wie hart er für diese Beförderung gearbeitet hatte und war stolz auf ihn – aber auch ein wenig neidisch.

„Warum sagst du so was über Vater?", fragte sie gekränkt, als er das Telefonat mit in die Luft geschmatzten Küssen und Liebesbeteuerungen beendet hatte. „Dass du froh bist, ihn nicht mehr sehen zu müssen und dass er dich nervt."

„Weil es so ist. Du kannst das natürlich nicht nachvollziehen, du bist ja seine verwöhnte Prinzessin", gab Michael zurück, und sie stellte fest, dass er eifersüchtig klang. Andrew hatte nie einen Hehl daraus gemacht, dass Claudia immer sein Lieblingskind gewesen war. Vielleicht lag es daran, dass sie ein Mädchen war und er sich leichter tat, sie zu verhätscheln. Einen für sie ausgesuchten Ehemann zu akzeptieren, war der einzige Anspruch, den er je an sie gestellt hatte. Die Ansprüche an seinen Thronfolger, wie Claudia es spöttisch nannte, waren erheblich höher, er war von jeher weitaus strenger mit ihm gewesen. Dafür erhielt Michael auch erhöhte Aufmerksamkeit.

„Hab dich nicht so. Ist ja nicht so, als ob du stiefmütterlich behandelt würdest, oder?“, fragte sie unwirsch. „Mercedes S-Klasse zum letzten Geburtstag, eine Rolex zu Weihnachten und das neueste iPhone zu Ostern ... Was willst du eigentlich?“

Sein Gesicht verdüsterte sich. „Ich würde lieber eine Swatch tragen, einen gebrauchten Kleinwagen fahren und ein altes Nokia benutzen, wenn ich dafür von Vater einmal gehört hätte, dass er mich liebt oder wenn er sich wenigstens so verhalten würde.“

„Mein Gott, er hat dich gerade zum General Manager seines teuersten und größten Hotels ernannt – wenn das kein Liebesbeweis ist, weiß ich auch nicht.“ Unzufrieden nahm sie noch ein Stück Gebäck von dem vor ihr stehenden Silberteller und biss hinein. „Mir hat er auch nie eine echte Liebeserklärung gemacht. Ich zähle doch gar nicht für ihn. Er mag ja etwas netter zu mir sein, aber eines Tages wird er all seine Geschäfte, alles, was er aufgebaut hat, in *deine* Hände legen.“

Bisher hatte sie sich über die Ungerechtigkeit der väterlichen Gunst damit hinweggetröstet, dass Michaels Privatleben gähnende Leere aufwies. Fast hatte sie ihn bemitleidet. Aber nun wirkte er verliebt und glücklich, wohingegen ihre Ehe immer langweiliger wurde. Die kleinen Abenteuer, die sie sich hin und wieder gönnte, befriedigten sie stets nur kurz und hinterließen einen immer schlechteren Nachgeschmack. Sicher wäre ihr Leben sehr viel ausgefüllter, wenn João und sie Kinder hätten, doch Untersuchungen hatten ergeben, dass Claudia unfruchtbar war. Zu einer Adoption oder gar Leihmutterschaft hatten sie sich nie durchringen können.

Michael zuckte mit den Schultern. „Du hast ja auch nie Interesse an den Hotels gezeigt. Außer dass der Gewinn, den sie abwerfen, dir süßes Nichtstun im Luxus ermöglicht. Ich nenne sie nicht gerne als Beispiel, aber schau dir Amber Lyndhurst an. Wenn du so tüchtig wärst wie sie, würdest du vielleicht General Manager im Jumeirah werden und nicht ich."

Claudia schnaubte. Amber Lyndhurst. Das war auch so eine Sache, die ihr schlechte Laune bereitete. Seit kurzem trafen hin und wieder WhatsApp-Nachrichten von Amber ein, in denen sie Anspielungen darauf machte, sie solle bei Michael ein gutes Wort für sie einlegen.

Nach einigen verpatzten Dates mit Typen aus der Londoner High Society in den letzten Monaten erschien Michael ihr nun auf einmal als idealer Kandidat – vermutlich versprach sie sich von ihm, dass sie ihn leicht manipulieren und über ihn bestimmen könnte. Wenn sie sich da mal nicht täuschte. Michael mochte sanft wirken, konnte allerdings sehr stur sein. Er war gefühlvoll, aber das führte auch manchmal zu emotionalen Ausbrüchen. Wie würde eine kühle, beherrschte Frau wie Amber damit wohl klarkommen? Nun, das sollte nicht ihre Sorge sein. Und überhaupt sollte sich Amber doch selbst drum kümmern, wie sie einen Platz in Michaels Herz erobern konnte. Claudia beschloss, ihre Nachrichten künftig nicht mehr zu beantworten.

Michael leerte seine Kaffeetasse und erhob sich. „Ich werde noch eine Runde arbeiten. Ich habe beschlossen, einen Tag früher zurückzufliegen."

„Habe ich mitbekommen. Gehst du morgen Abend trotzdem noch mit mir aus oder wirst du durch-arbeiten, um wieder früher bei deiner ... was auch immer ... zu sein?", fragte sie missgelaunt.

„Sie heißt Stephanie, und nenne sie einfach meine Freundin. Wenn du in die gleiche Kerbe wie Vater schlägst, gehe ich nicht mit dir aus", erwiderte er kühl.

Sie legte den Kopf schief. „Unsere Eltern sind gegen deine neue Freundin?"

„Natürlich, was denkst du denn? Sie hat wenig Geld, ist sieben Jahre älter als ich, geschieden und hat eine Tochter."

„So viel Imperfektion ist ja beinahe wieder sympathisch", murmelte Claudia. Das wird nicht lange halten, dachte sie zufrieden, und ihre Laune besserte sich etwas. Ach, sie würde Amber doch noch einmal kontaktieren und ihr unter die Nase reiben, dass Michael ihr eine ältere, mittellose Alleinerziehende vorzog, womöglich aus der Unterschicht. Am besten bei einem Videotelefonat, damit sie ihr Gesicht sehen konnte. Das würde ein Spaß werden.

19

Zwei Wochen später kamen Stephanie und Michael nachmittags in Dubai an. Als sie das Flughafengebäude verließen, schlug ihnen extrem warme und schwüle Luft entgegen.

Stephanie stöhnte auf. „Ich dachte, im Mai ist es noch nicht so heiß hier?"

„Es gilt noch als kühle Saison", bestätigte er lächelnd.

„Wer in Rio aufgewachsen ist, ist hier vermutlich im Vorteil", brummelte sie.

„Das stimmt. Mir ist aber auch heiß, falls dich das tröstet." Er tupfte sich mit einem Taschentuch über die Stirn.

Sie fächelte sich mit einer Zeitschrift Luft zu, während sie warteten, dass ihr Fahrer den Wagen vom Parkplatz holte. Dankbar ließen sie sich in die Polster der goldfarbenen Limousine sinken, die gut klimatisiert war und frisch duftete.

Zunächst einmal standen sie im Stau und hatten Zeit, ausgiebig die Wolkenkratzer um sie herum zu betrachten, in deren Fenstern und Chromverkleidungen sich Himmel und Meer spiegelten. Manche hatten eine ausgefallene Architektur, bauchig oder dreieckig oder gar in sich gedreht wie ein Korkenzieher. Als sie sich dem Jumeirah Beach näherten, glitzerten das segelförmige

Burj Al Arab und das wellenförmige Jumeirah Beach Hotel in der Sonne. Dahinter erschienen die schlanken Türme zahlloser anderer Luxushotels, die sich in die Skyline von Dubai einreihten. In der flirrenden dunstigen Hitze zerflossen die Konturen wie bei einer Fata Morgana.

„Das ist Manhattan mit Palmen", staunte Stephanie, wider Willen angenehm überrascht von den architektonischen Glanzleistungen, die sie umgaben.

Endlich bog das Taxi von der breiten Sheik Zayed Road ab und hielt vor dem Portal des Silverstone Jumeirah Resort & Spa. Ein Page öffnete ihnen die Wagentüren, während ein zweiter das Gepäck auslud.

Hinter der hypermodernen Front aus Chrom und Glas entpuppte sich die riesige Eingangshalle zu Stephanies Entzücken als Palast aus 1001 Nacht mit Palmen in Kübeln und Sitzecken aus sandfarbenem Leder mit orientalischen Bodenleuchten. Die geschwungene Marmortreppe besaß eine fein geschmiedete Balustrade.

Als sie auf die Rezeption zusteuerten, eilte ein mitteleuropäisch aussehender Mann herbei und streckte Michael strahlend die Hand hin. „Herzlich willkommen, Michael! Hatten Sie eine gute Reise?"

„Ja, danke sehr, wir sind allerdings in die Rushhour geraten."

„Leider haben wir hier manchmal fast ganztägig Rushhour", sagte der junge Mann mit unverkennbar deutschem Akzent und lächelte Stephanie an.

Michael legte die Hand in ihren Rücken. „Das ist Thomas Krüger, der stellvertretende Hotelleiter. – Stephanie Wellington, meine Freundin."

„Freut mich, Sie kennenzulernen, Mrs Wellington." Krüger deutete eine kleine Verneigung an und trat einen Schritt zurück, um dem Angestellten Platz zu machen, der Michael und Stephanie Fruchtsaft in edel geschliffenen Gläsern anbot. Ein zweiter brachte auf einem kleinen Silbertablett zusammengerollte feuchte Waschlappen, die er ihnen mit einer silbernen Zange reichte. Dankbar griffen sie zu und wischten sich den Reisestaub aus den verschwitzten Gesichtern.

Während die Männer einige Worte wechselten, sah sich Stephanie weiter staunend und bewundernd um. Diese Hotelhalle wirkte wie die Kulisse eines morgenländischen Märchens.

Auch wenn Stephanie Andrew Silverstone menschlich gesehen verachtete, konnte sie nicht umhin, eine gewisse Hochachtung vor ihm zu empfinden, weil er es geschafft hatte, so prachtvolle Hotels in seinen Besitz zu bringen.

„Ich begleite Sie in Ihre Suite", sagte Krüger. „Ihr Gepäck wird sofort gebracht."

Die Suite mit Meerblick war mit erlesenen arabischen Möbeln eingerichtet und besaß Türen und Schränke aus geschnitztem Holz. Auch die Lämpchen, die farbenfrohen Seidenkissen auf dem Sofa, die Rahmen der Spiegel und Gemälde waren orientalisch geprägt. Auf dem Glastisch vor der Couch lagen Hochglanzmagazine bereit.

Im Schlafzimmer waren die beiden Queen-Size-Betten mit allerlei Kissen und schweren Decken aus rubinrot-goldenem Stoff dekoriert. Vor dem einen stand eine hölzerne Truhe, die aussah wie eine Schatztruhe.

„Gefällt dir die Suite?", fragte Michael strahlend.

„Sie ist traumhaft! Ich liebe diesen Stil!“, sagte Stephanie hingerissen. „Aber warum haben wir getrennte Betten? Na, egal, sie sind ja breit genug, dass wir zusammen in einem schlafen können.“

„Das ist wegen der Gesetze in den Vereinigten Arabischen Emiraten. Da wir nicht verheiratet sind, dürften wir eigentlich gar nicht im selben Raum übernachten, aber in westlich geführten Hotels drückt man beide Augen zu. Um die Form zu wahren, gibt es wenigstens getrennte Betten“, erklärte er.

„Was ist denn das für ein Unsinn?“, fragte sie bestürzt.

„Es erscheint in unserer Welt arg antiquiert“, schaltete sich Krüger zustimmend ein. „Bei all der Modernität und Fortschrittlichkeit, die Dubai inzwischen ausstrahlt, vergisst man leicht, dass es immer noch eine archaische islamische Gesellschaftsform ist, die von alter Stammeskultur geprägt ist.“

Stephanie nickte betroffen und zugleich fasziniert.

„Ist alles zu Ihrer Zufriedenheit, Michael?“, erkundigte sich der stellvertretende Hotelleiter.

Michael hatte seinen Blick bereits durch den Wohnraum schweifen lassen, um routiniert Obstkorb, Blumen, Weinflasche, Teesortiment, Magazine und Sauberkeit zu checken. „Alles bestens, vielen Dank.“

„Gut. Dann lasse ich Sie jetzt allein. Möchten Sie noch ins Büro kommen?“

„Ist Mr Blackford da?“

„Nein, er musste heute früher weg. Er wird morgen früh wieder da sein.“

„Sie brauchen nicht auf mich zu warten, Thomas – lassen Sie uns morgen loslegen.“

„Gut. Dann wünsche ich Ihnen einen schönen Abend. Michael, Mrs Wellington." Er nickte ihnen freundlich zu und zog sich zurück.

Als er die Tür hinter sich geschlossen hatte, schlüpfte Stephanie aus ihren Sandalen, ging ins Schlafzimmer und warf sich wohlig aufseufzend auf eines der Betten. Sie betrachtete die gekonnt bemalte Zimmerdecke aus fein geschnitztem Holz und streckte die Arme nach Michael aus, der ihr gefolgt war. „Komm her, *querido*. Damit sie was zu gucken haben, wenn sie kontrollieren, ob wir das Bett teilen."

„Mach dir keine Sorgen, das wird nicht passieren. Es sei denn, es zeigt uns jemand an. Aber die Angestellten werden sich hüten, das zu tun." Er zog seine Schuhe aus und legte sich neben sie.

„Vielleicht dein Vater."

Michael ließ sich die Möglichkeit kurz durch den Kopf gehen und schüttelte ihn dann. „Nein. Ich bin fast sicher, dass er dieses emiratische Gesetz überhaupt nicht auf dem Schirm hat. Und selbst wenn, würde er nie etwas tun, das einen Skandal provozieren und dem Ruf des Hotels schaden könnte oder vielmehr seinem Ansehen bei den Emiratis."

„Falls es dennoch herauskommt, was würde passieren?"

„Ich glaube, den Touristen, wenn sie Nicht-Muslime sind, passiert nicht viel. Schlimmstenfalls müssen sie früher abreisen und eine Geldstrafe zahlen."

„Das reicht ja schon, um einem den Urlaub zu versauen." Sie kuschelte sich an seine Seite, und er legte den Arm um sie.

„Klar, aber bei den Expats, wie die Ausländer genannt werden, die hier leben und arbeiten, ist es viel schlimmer, wenn sie ohne Trauschein bei einer Liebesnacht erwischt werden."

„Wieso, was passiert da?"

„Sie verlieren ihren Job und werden des Landes verwiesen, manchmal bekommen sie lebenslanges Einreiseverbot. Schon deswegen würde mein Vater uns nicht anzeigen, das könnte er nicht gebrauchen. Diese Regelung gilt nicht nur für außerehelichen Sex, sondern auch für andere kleinere oder größere Vergehen. Eine Nacht im Gefängnis soll schon mal vorkommen können."

„Wow. Gibt es da noch etwas, was ich wissen sollte?", fragte Stephanie unbehaglich. Diese Informationen trugen nicht gerade dazu bei, sie für Dubai einzunehmen.

Er lächelte. „Wenn du nicht gerade vorhast, einen Diebstahl zu begehen oder in Hotpants oder sturzbetrunken durch die Straßen zu ziehen, musst du nichts beachten. Du kannst dich hier auch als Frau alleine und völlig frei in der Stadt bewegen – das ist sicherer als in gewissen Vierteln von London."

„Ja, das hat mir Eve schon erzählt."

Michael schloss müde die Augen. „Wenn ich nicht sofort wieder aufstehe, werde ich einschlafen", murmelte er.

Ihr ging es nicht anders, aber sie richtete sich auf und zog ihn hoch. „Zeig mir jetzt lieber das Hotel, danach essen wir gleich und gehen früh schlafen, einverstanden?"

„Na gut, dann komm."

Stephanie hatte noch nie Urlaub in einem so luxuriösen Hotel gemacht und war gespannt darauf, die Örtlichkeiten zu erkunden. Vom künftigen Direktor und Besitzer herumgeführt zu werden, mit dem man noch dazu eine Liaison hatte, hatte natürlich einen ganz besonderen Charme. Michael nutzte den Rundgang gleichzeitig zu einer kleinen Inspektion und prüfte, ob alles in Ordnung war.

Sie betrachteten die exquisiten Auslagen der Geschäfte unter den Arkaden der Hotelhalle, besichtigten das Spa, das mit prächtigen Mosaiken verziert war, warfen einen Blick in die Bar und in drei der sieben Restaurants.

Das arabische und das mexikanische Spezialitätenlokal lagen in der weitläufigen Gartenanlage, in der zierliche Holzbrücken über schmale Bäche führten und es neben zwei Pools auch einen Wasserfall gab. Die Dämmerung senkte sich gerade über den Jumeirah Beach, und im Hotelgarten flammten Hunderte von winzigen Lämpchen auf.

„Mein Gott, ist das schön!“, rief Stephanie begeistert.

„Wo möchtest du essen?“, erkundigte sich Michael.

„Egal, es schmeckt sicher überall ausgezeichnet.“

„Das stimmt. Dann lass uns ins Hauptrestaurant gehen, da gibt es ein riesiges Büfett mit einer enormen Auswahl an Köstlichkeiten.“

Michael hatte nicht zu viel versprochen. Die vielfältigen Speisen waren genauso exzellent, wie sie aussahen. Entgegen ihrer Gewohnheit aß Stephanie weiter, als sie längst satt war.

Aufmerksames und liebenswürdiges Personal schwirrte um sie herum; es war ein diskretes, aber unaufhörliches Kommen und Gehen von devoten Kellnern, die sich immer wieder danach erkundigten, ob alles zu ihrer Zufriedenheit war, Wasser nachschenkten, wenn sie an den Gläsern genippt hatten, ihre Servietten neu falteten, sobald sie den Tisch verließen, um zum Büfett zu gehen und ihnen die Stühle zurechtschoben, wenn sie zurückkehrten.

Michael lächelte in sich hinein.

„Es amüsiert dich, wenn du so hofiert wirst", stellte Stephanie fest.

„Ja, weil ich es nicht als selbstverständlich hinnehme. Mir ist bewusst, dass man nur meine Stellung hofiert, nicht meine Person. Ganz allgemein gesagt, denn in diesem Hotel werden alle Gäste so zuvorkommend bedient – das ist keine Sonderbehandlung für den Sohn des Chefs."

„Wie viele Angestellte arbeiten hier eigentlich?"

„Rund fünfhundert. Luxushotels sind sehr personalintensiv – besonders in Dubai", ergänzte er ob ihrer perplexen Miene. „Es gibt hier zum Beispiel eine eigene Abteilung für die V.I.P. Gästebetreuung, das macht in Brighton meine Mutter allein mit ihrer Assistentin. Und es gibt so ausgefallene Jobs wie den des Protokollchefs – da fühlt man sich wie bei unseren Royals, oder?"

Stephanie nickte lachend und widmete sich mit Genuss ihrem Desertteller.

20

Am nächsten Morgen stand Stephanie früh auf, um mit Michael frühstücken zu können. Sie traten auf die Terrasse, wo die Luft bereits sehr warm und feucht war.

„Willst du lieber drinnen sitzen?“ Michael sah Stephanie fragend an.

„Nein, geht schon - es ist so schön hier“, sagte sie mit Blick auf die Gartenanlage mit ihren unzähligen Palmen, blühenden Büschen und sattgrünen Rasenflächen, die der sengenden Sonne trotzten.

Das Frühstücksbüfett war dem vom Abendessen ebenbürtig, und Stephanie schlemmte sich durch ausgefallene Köstlichkeiten, während Michael nur wenig aß und sich geistig auf den vor ihm liegenden Arbeitstag vorzubereiten schien.

„Tut mir leid, ich muss los“, sagte er, als sie gerade mit frischen Waffeln, Dattelmus und Obst an den Tisch zurückkehrte. „Ich wollte auf dich warten, aber ...“

Stephanie winkte lächelnd ab. „Lieber nicht, ich bin sicher noch eine Weile mit meinem Frühstück beschäftigt. Wann hast du Mittagspause?“

„Es tut mir leid, die haben meinen Terminplan vollgestopft, und ich werde keine Pause machen können.“ Er naschte ein Stück Mango von ihrem Teller.

„Macht nichts. Nach diesem Frühstück brauche ich bis heute Abend auch nichts zu essen."

„Willst du in die Stadt fahren?" Michael erhob sich, beugte sich über den Tisch und küsste sie schnell.

„Nein, ich denke, ich werde mich erst einmal akklimatisieren. Die letzten Tage im Büro waren heftig, und ich bin froh, wenn ich heute faulenzen kann."

Und das tat sie.

Sie verbrachte den Tag größtenteils am Privatstrand des Hotels und badete im türkisblauen Wasser des Persischen Golfs. Wegen der Mittagshitze kehrte sie für einige Stunden in die Suite zurück, bis es sie erneut ins Freie zog.

Am späten Nachmittag widmete sich Stephanie in dem exquisit ausgestatteten Bad der Schönheitspflege und zog ein Sommerkleid an.

Dann saß sie da und wartete. Michael hatte morgens noch nicht gewusst, wann er Feierabend machen würde. Sie bekam Hunger und aß eine Banane aus dem Obstkorb, der jeden Tag frisch aufgefüllt wurde. Nachdenklich starrte sie vor sich hin.

Faulenzen am ersten Urlaubstag war ja ganz schön, aber wie würde es weitergehen? Wenn es nicht mehr Urlaub, sondern Alltag war? Wenn es im Winter zu kalt war, um an den Strand zu gehen und im Hochsommer bei 50°C zu heiß, um draußen auch nur irgendetwas zu tun? Wie schnell würde ihr diese herrlich verzierte Decke auf den Kopf fallen? Wie einsam würde sie sich fühlen, während sie Abend für Abend auf Michael wartete?

Sie blätterte durch die Dubaier Tageszeitung in englischer Sprache, die man ihr gebracht hatte, überflog die Stellenanzeigen und musste feststellen, dass nur hochqualifiziertes Personal mit internationalen Abschlüssen und viel Erfahrung gesucht wurde. Ob sie auf diesem Arbeitsmarkt eine Chance haben würde? Auch die beklemmend strengen emiratischen Gesetze gingen ihr durch den Kopf.

Als Michael zehn Minuten später die Suite betrat, fand er sie in Grübeleien versunken vor.

„Was hast du? Du siehst geknickt aus." Er setzte sich zu ihr auf die Couch.

„Ich mache mir nur gerade ein bisschen Sorgen", gestand Stephanie.

„Worüber? Sag's mir!" Er legte den Arm um sie.

„Ob ich hier einen Job finden werde. Ich kann ja nicht den ganzen Tag am Strand liegen oder shoppen. Ich denke, ich werde die Kontakte vermissen, wenn ich ständig alleine auf dem Zimmer hocke und am PC arbeite. Du wirst sehr viel zu tun haben und wir werden uns kaum sehen, oder? Werde ich ohne Arbeit überhaupt eine Aufenthaltsgenehmigung für die V.A.E. bekommen? Wird es Probleme geben, wenn wir offiziell gar nicht zusammenleben dürfen? Und was ist eigentlich mit meiner Kranken- und Rentenversicherung?"

Michaels Gesicht verdüsterte sich. „Versuchst du mir zu beichten, dass du lieber in Brighton bleiben willst?"

„Nein, das wollte ich damit nicht sagen!" Sie erinnerte sich an ihre Krise vom Monatsanfang und umarmte ihn schnell. „Ich will nicht von dir getrennt sein, das würde ich nicht aushalten."

Er drückte sie an sich und strich ihr zärtlich übers Haar, bevor er ihr fest ins Gesicht sah. „Wir werden eine Suite mit zwei Schlafzimmern beziehen, dafür habe ich bereits gesorgt. Dann haben wir im Prinzip nichts zu befürchten, und Brittany könnte das zweite Schlafzimmer nehmen, wenn sie uns besucht. So riskieren wir nicht, dass alles ausgebucht ist, wenn sie mal etwas spontaner vorbeischauen möchte, und du hast sie unauffällig im Blick." Er zwinkerte ihr zu. „Für deine Aufenthaltsgenehmigung lässt sich sicherlich etwas über das Hotel arrangieren und ich werde mich erkundigen, ob du über mich krankenversichert werden kannst. Freundinnen wirst du bestimmt finden, es gibt viele europäische und nordamerikanische Ehefrauen von Expats, die in Dubai leben, ohne berufstätig zu sein. Die organisieren jede Menge Charity-Veranstaltungen, bei denen du unter Menschen kommen kannst."

Stephanie war gerührt, wie sehr er sich bemühte, für alles eine Lösung zu finden und dabei stets auch Brittany einbezog. „Eigentlich finde ich die Aussicht spannend, hier eine Weile zu bleiben. Du hast mich nur im falschen Moment erwischt. Ich hatte gerade gedacht, dass irgendwas für mich nicht stimmt." Verlegen hob sie die Schultern.

Michael sah sie nachdenklich an. „Du solltest dich hier erst einmal umsehen. Es gibt seit einigen Jahren ein überraschend vielfältiges kulturelles Angebot. Zum Beispiel Galerien mit zeitgenössischer Kunst, das müsste dich doch interessieren. Im Frühjahr findet sogar ein Literaturfestival statt, zu dem Autoren aus aller Welt kommen."

„Das klingt gut."

Er erhob sich und reichte ihr die Hand. „Komm, fahren wir schnell noch in die Stadt, bevor es dunkel wird."

„Ich habe Hunger."

„Ich auch. Wir können in einem der Food Courts im Shoppingcenter essen."

Sie nahmen ein Taxi zur Dubai Mall. Als sie dieses überaus elegante Einkaufszentrum betraten, das eine wahre Stadt aus Geschäften mit spiegelnden Marmorböden und einem Wasserfall mit Skulpturen war, kam sich Stephanie vor wie Alice im Wunderland. Es duftete nach Weihrauch und nach Popcorn – das erschien ihr sehr symbolisch für die harmonische Verschmelzung von Orient und Okzident in Dubai.

Auf einer Eislaufbahn kurvten arabische Männer herum, und Frauen mit verhüllten Haaren versuchten, sich nicht mit den Schlittschuhen in ihren Abayas, den traditionellen schwarzen Mänteln, zu verheddern. Stephanie und Michael blieben kurz stehen, um ihnen zuzuschauen.

Im Food Court kehrten sie in ein kleines Restaurant ein und aßen Burger mit Lammfleisch und würziger Joghurtsauce. Danach ließen sie sich durch die Mall treiben und betrachteten im Vorbeigehen die Schaufenster der Geschäfte und die anderen Passanten. Die flanierenden einheimischen Männer trugen Anzüge oder ihre blütenweißen Dishdashas, die zugehörigen Frauen Abayas, unter denen beim Gehen kristallbesetzte Stilettos oder andere raffinierte Designer-Schuhkreationen hervorblitzten. Die riesigen Sonnenbrillen, die manche lässig auf den mit schwarzen Sheilas verhüllten Haaren trugen, wirkten ebenfalls, als wären sie von französischen oder italienischen Couturiers, genau wie die Handtaschen.

In der ersten Etage zog Michael Stephanie in den Gold Souk, der mit seinen reich verzierten Arkaden und den

Kronleuchtern wie das Innere einer prunkvollen Moschee aussah. Unter einer Kuppel, die alle paar Minuten die Farbe wechselte, konnte man eine Ausstellung arabischer Gemälde bewundern, die Michael ihr hatte zeigen wollen. Rings um den Säulengang lagen Dutzende von Juwelierläden, in deren Schaufenstern es von Gold und Edelsteinen funkelte.

Stephanie kam aus dem Staunen nicht heraus. Nun fühlte sie sich eher wie Aschenputtel als wie Alice im Wunderland. Sie entschied, dass sie dringend neue Kleidung benötigte, um neben Michael nicht ärmlich auszusehen. Entgegen seiner sonstigen Gewohnheit trug er keinen lässigen Freizeitlook, sondern Anzughose und Hemd, weil das in den Emiraten für einen Mann der Dresscode war, wie er ihr erklärt hatte. Bei den hiesigen Geschäftsleuten wurde viel Wert auf ein niveauvolles Erscheinungsbild gelegt. Nur Touristen hatten einen Freibrief für schlabbrige T-Shirts, Sportschuhe und Cargohosen, wurden dafür von den Einheimischen jedoch insgeheim mitleidig belächelt.

Michael nickte, als sie ihm ihre Gedanken mitteilte. „Kauf dir morgen einige Sommersachen und außerdem ein Kleid zum Ausgehen." Er zog seine Kreditkarte aus der Brusttasche seines Hemdes und drückte sie ihr in die Hand.

„Na, du hast ja Vertrauen!", sagte sie belustigt.

„Das habe ich wirklich", erwiderte er ernsthaft und blickte ihr so tief in die Augen, dass es in ihrem Nacken zu prickeln begann. „Das passiert mir nicht so oft."

„Ich werde es nicht missbrauchen", versicherte sie und blinzelte ihm zu. „Eve sagte, es gäbe auch Filialen von Zara und H&M, danach werde ich Ausschau halten, damit deine Eltern wieder was zu lästern haben", scherzte sie. Es verstand sich von selbst, dass Fast Fashion von nun an Geschichte für sie sein würde.

„Lass sie lästern. Wenn ich ein Luxuspüppchen wollte, wäre ich mit einem zusammen. Ich habe mich so in dich verliebt, wie du bist und wie du angezogen bist", sagte er mit Nachdruck.

„Abgesehen davon, dass es bei dir erst an dem Abend richtig gefunkt hat, als du mich in einem teuren Kleid gesehen hast", erinnerte sie ihn.

Michael lachte. „Ich habe das Kleid überhaupt nicht zur Kenntnis genommen. Ich bin nur auf deine ungewohnt nackten Arme und Beine geflogen!"

Nachdem sie den Gold Souk verlassen hatten und wieder an Geschäften vorbeischlenderten, kommentierte Stephanie die Kleider, die ihr in den Schaufenstern ins Auge fielen, wohingegen Michael auffallend schweigsam war.

„Alles okay bei dir?", fragte sie ihn schließlich verwundert.

Er sah sie lange an, nickte und schob ihr zärtlich eine Haarsträhne aus der Stirn, immer noch mit diesem nachdenklichen, tiefgründigen Blick.

Sie reckte sich und wollte ihn küssen, doch er wich zurück. „Tut mir leid, das ist hier in der Öffentlichkeit streng verboten und kann mit Gefängnis geahndet werden. Mehr als Händchenhalten geht nicht", sagte er bedauernd.

Stephanie stöhnte auf. Sie liebte es, Arm in Arm mit Michael durch die Straßen zu gehen und ihn zu küssen, wenn ihr gerade danach war. Andererseits würden sie zu Spaziergängen in Dubai vermutlich sowieso nicht oft Gelegenheit haben, und im Silverstone Hotel waren die Regeln sehr viel lockerer.

Er lächelte. „Wir holen es in unserer Suite nach – doppelt und dreifach, das verspreche ich dir."

21

„Ist mein Konto schon leergeräumt?“, erkundigte sich Michael gutgelaunt, als er am nächsten Abend die Suite betrat.

Stephanie, die am Laptop saß und in ihr Manuskript vertieft gewesen war, zuckte erschreckt zusammen und kehrte mühevoll in die Realität zurück. Die letzten Stunden waren wie im Flug vergangen, wie immer, wenn sie geistig in eine andere Welt abtauchte und diese zu Papier brachte. „Wie bitte?“, fragte sie verwirrt und drehte sich zu ihm um.

„Wie viele Kleider hast du?“ Er warf sein Jackett auf die Couch.

„Ach so. Gar keines“, gestand sie. „Aber dafür neun Seiten in meinem Krimi – das war mir ehrlich gesagt wichtiger.“

Michael lachte. „Ich wusste, dass ich dir meine Mastercard anvertrauen kann. Es ist aber ein bisschen schade, weil ich dich heute Abend schick ausführen wollte.“

„Ich habe das Cocktailkleid dabei, das du mir in Brighton gekauft hast.“

„Das geht natürlich auch.“ Er löste seine Krawatte. „Wie kommt es, dass du nicht shoppen warst?“

„Ich war nach meinem üppigen Frühstück zu träge, um gleich in die Mall zu fahren und wollte noch kurz an den Strand, bevor es zu heiß werden würde. Dort ist mir eine geniale Idee für einen Plot-Twist des Romans gekommen.“ Sie verschränkte die Hände hinter dem Kopf und streckte sich. „Und da ich mein Manuskript in letzter Zeit sträflich vernachlässigt habe und mich langsam ranhalten muss, wollte ich meine Einfälle lieber gleich aufschreiben.“

„Toll, dass du so inspiriert warst.“ Michael legte Stephanie die Hände auf die Schultern und linste an ihr vorbei auf den Bildschirm. „Wer stellt sich denn nun als Mörder heraus? Der junge Hoteldirektor?“, scherzte er.

„Nein, sein Vater.“ Sie drehte sich zu ihm um, blinzelte ihm zu und küsste ihn. „Wenn wir deinem Vater einen Mord nachweisen könnten, würde das unsere Probleme lösen.“

Er starrte sie so befremdet an, dass sie auflachte. „Keine Sorge, ich habe nicht vor, einen Mord zu begehen und ihn Andrew in die Schuhe zu schieben.“

„Da bin ich aber beruhigt!“

„Würdest du ihm einen Mord zutrauen?“

Michael schüttelte den Kopf. „Nein. Jetzt geht deine Fantasie mit dir durch.“

„Mag sein. Ist eine Berufskrankheit.“ Sie lächelte entschuldigend.

„In deinem Roman ist der Senior-Hotelleiter also der Mörder?“

„War nur ein Witz. Das verrate ich dir nicht – schließlich will ich nicht spoilern, falls du den Krimi mal lesen möchtest.“

„Das werde ich auf jeden Fall“, versicherte er. Er hatte bereits ihren ersten Krimi als Bettlektüre auf dem Nachttisch liegen, kam aber so selten zum Lesen, dass er noch nicht fertig war. „Warst du den ganzen Tag auf dem Zimmer?“

„Abgesehen davon, dass ich mir zwischendurch eine Hot-Stone-Massage im Spa gegönnt habe – ja. War ein Genuss!“

Er stöhnte wohlig auf. „Das könnte ich auch gebrauchen. Mein Nacken ist total verspannt.“

„Vielleicht kann ich später was für dich tun“, bot sie an. „Übrigens, hast du mal daran gedacht, dass es vielleicht nicht dein Vater, sondern deine Mutter ist, die sich was hat zuschulden kommen lassen? Das würde sowohl die Ablehnung durch die alten Silverstones erklären als auch Andrews Satz in dem Brief, dass die Situation ist, wie sie ist.“ Stephanie erhob sich. „Es passiert ja nicht selten, dass die Kinder von wohlhabenden Leuten über die Stränge schlagen.“

Michael runzelte die Stirn. „Meinst du Drogen oder sowas?“

„Denk mal drüber nach“, riet sie ihm. Sie hatte da einen Verdacht, fand es jedoch heikel, mehr als eine kleine Andeutung zu machen. Michael musste es von selbst in Betracht ziehen.

„Vielleicht ist sie als junge Frau mal ohne Führerschein gefahren und hat einen folgenschweren Unfall gebaut“, überlegte er. „Das würde erklären, warum sie nie selbst einen Wagen steuern wollte. Sie hat bis heute keinen Führerschein.“

Stephanie seufzte innerlich. Das war nicht, woran sie gedacht hatte.

Sie machten sich ausgehfertig. Michael ließ die obersten Knöpfe seines Hemds lässig offen, denn außerhalb von klimatisierten Räumen war es selbst abends noch zu heiß und schwül für eine Krawatte.

Inzwischen war es dunkel geworden.

„Wo werden wir essen?“, erkundigte sich Stephanie gespannt, als er sie nach draußen führte.

„Eine Überraschung“, sagte er geheimnisvoll.

Sie durchquerten den von zahllosen Lämpchen und Laternen erhellten Hotelgarten und bogen in den Pfad ein, der zum Strand führte.

„Wohin gehen wir?“, fragte sie verblüfft.

„Du wirst schon sehen.“ Er lachte in sich hinein.

In den Sand gerammte Fackeln wiesen ihnen den Weg zu einem kleinen Beduinenzelt, das am Strand aufgebaut worden war, umgeben von prachtvollen Blumengestecken. Auf die letzten Meter davor waren Rosenblüten gestreut. Nur wenige Meter entfernt rauschte das Meer. Fernab spielte leise Tanzmusik.

Stephanie schlug vor Begeisterung die Hände zusammen. „Oh, ist das hübsch. Ist das für uns?“

„Ja – nur für dich und mich. Im Food Court und im Hotelrestaurant sind nach meinem Geschmack immer zu viele Leute um uns herum.“

„Eine wunderbare Idee!“ Gerührt über die romantische Aufmerksamkeit blieb sie stehen, um ihn zu küssen.

In dem zum Meer hin offenen Zelt war ein kleiner Tisch für zwei festlich gedeckt. Kristallgläser und feinstes Porzellan glitzerten im Kerzenlicht. Ein Ober wartete bereits auf sie und schenkte Champagner in zwei Sektkelche ein.

„Gibt es einen speziellen Anlass für dieses besondere Ambiente?", fragte Stephanie verwundert, als sie miteinander anstießen.

„Ich fand, wir sollten es feiern, dass wir bald zusammen nach Dubai ziehen werden."

In gespielter Empörung verschränkte sie die Arme vor der Brust. „Ich habe überhaupt noch nicht offiziell zugestimmt."

Er hob die Augenbrauen, und ein Funken Panik lag in seinem Blick. „Das hatte ich so interpretiert, nach dem, was du mir letzte Nacht gesagt hast. Oder war das nur Bettgeflüster?"

Stephanie erinnerte sich, wie ihr unter den heißen Küssen und Umarmungen tatsächlich entschlüpft war, dass sie mit ihm nach Dubai gehen wolle.

Sie erwiderte sein Lächeln herzlich. „Nein, das war ehrlich gemeint. Ein schöner Gedanke, es zu feiern. Du bist wirklich zuvorkommend, Darling."

„Bevor wir in die Mall gefahren sind, hast du gestern gesagt, dass etwas für dich nicht stimmt", begann Michael und nahm hastig einen langen Schluck aus seinem Glas, als müsse er sich Mut antrinken.

„Ach." Sie machte eine wegwerfende Handbewegung. „Das war nur so dahingesagt."

„Du hattest vollkommen recht damit. Ich bitte dich darum, alles aufzugeben, ohne dir etwas zurückzugeben, das ist unfair."

„Michael, du gibst mir so viel. Mal abgesehen von deiner Liebe – bestimmt würden sich nicht viele darüber beschweren, künftig in einem Luxushotel zu leben."

„Nun unterbrich mich nicht andauernd, das hier ist schwierig für mich“, meinte er ungehalten, aber mit einem zärtlichen Lachen. „Ich weiß, wir kennen uns noch nicht so lange und wollten noch gar nicht an eine gemeinsame Zukunft denken. Doch in der kurzen Zeit hast du etwas in mir umgekrempelt, hast mich mehr berührt als jemals eine Frau zuvor.“

Stephanie schluckte. Ihr klopfte das Herz bis zum Hals, während sie ihm zuhörte.

„Mein Vater hat mit meiner Versetzung vermutlich das Gegenteil von dem erreicht, was er damit bezweckt hat. Mir ist klargeworden, dass ich nicht mehr ohne dich sein will. Ich habe den Eindruck, dass du meine Gefühle erwiderst und kann nur hoffen, dass du mit meinem zurzeit etwas unsteten Leben klarkommst und es trotzdem langfristig mit mir teilen möchtest.“ Er gab dem Ober einen kaum merklichen Wink, und dieser trug die Vorspeisen auf.

Höflich ignorierte Stephanie das Horsd'oeuvre, das unter einem fein ziselierten Silberdeckel verborgen lag, und blickte Michael abwartend an. „Ich unterbreche dich nicht mehr, versprochen.“

„Essen wir erst mal“, sagte er lächelnd.

„Wie du willst.“ Verwirrt hob sie den kleinen Deckel, gespannt, was für eine Köstlichkeit sich darunter verbergen mochte. Statt einer Vorspeise fand sie ein rotes Samtkissen auf dem Teller, in dem ein weißgoldener Ring mit einem kunstvoll geschliffenen quadratischen Brillanten steckte.

„Oh mein Gott!“ Stephanie zuckte zurück, als würde sich eine Kobra vor ihr auf dem Teller erheben.

„Gefällt er dir nicht?“, fragte er besorgt.

„Doch, er ist bildschön." Sie starrte Michael an, dessen Augen im Kerzenlicht mit dem Brillanten um die Wette glitzerten, und fühlte erneut ihr Herz so stark klopfen, dass es fast in den Ohren dröhnte. „Es kommt nur etwas plötzlich ... Ist das etwa ein Verlobungsring?"

„Ich weiß nicht. Wenn dich der Gedanke daran erschreckt, sieh es einfach nur als eine Art Freundschaftsring. Als kleines Mitbringsel aus dem Gold Souk, wo ich heute in meiner Mittagspause war", erklärte er verlegen. „Ich fand, du solltest etwas Besonderes von mir haben, da du bereit bist, so viel für mich aufzugeben. Vielleicht wären Ohrringe passender gewesen?"

„Nein." Sie legte die Hand rasch auf seine und streichelte sie. „Allein ein Ring hat in dieser Situation Klasse ... Ich habe allerdings nicht damit gerechnet, weil wir nie ... Ich finde es aber ..." Stephanie rang damit, einen kohärenten Satz zu bilden und das passende Adjektiv zu finden. Sie atmete tief durch, um sich zu sammeln. „Als kleines Mitbringsel ist es zu großzügig, sofern das da kein Glasstein ist."

Er schüttelte schmunzelnd den Kopf. „Ist es nicht."

„Das dachte ich mir. Und ein Freundschaftsring träfe die Art unserer Beziehung wohl nicht so richtig. Ein Verlobungsring hingegen ist perfekt, eine wunderbare Geste. Wenn auch sehr mutig und herausfordernd für uns beide." Sie lachte und spürte, wie ihre Wangen glühten. Und das kam nicht nur vom Champagner.

„Wir müssen ja nicht sofort einen Hochzeitstermin festlegen", meinte er mit mildem Lächeln.

Bei dem Wort Hochzeit kribbelte es in Stephanies Nacken. Ja, üblicherweise mündete eine Verlobung in eine Heirat. War sie bereit dafür? War er es? Oder trat er nur die Flucht nach vorn an, wegen seiner familiären Zwänge? Doch sie wollte sich den Abend und diesen besonderen Moment nicht mit solchen Gedanken kaputtmachen. Sie liebten einander und alles weitere würde sich finden.

„Im Grunde laufen wir beide vor festen Beziehungen davon", sagte Michael nachdenklich. „Du betonst zwar, dass du eine willst – aber gib es zu, im Grunde hast du genauso viel Angst davor wie ich."

Stephanie wollte erst protestieren, erkannte dann jedoch, dass er recht hatte. „Wir haben beide Angst vor dem Verlassenwerden, so wie wir uns von unseren Eltern verlassen gefühlt haben", sinnierte sie. „Oder wie du von Rafael, den man dir weggenommen hat. Genau wie dein geliebtes Kindermädchen."

„Das mag sein. Zurzeit habe ich wirklich Angst, dass du mich verlässt", gestand er leise. „Ich möchte dich nicht verlieren. Deswegen war ich gestern in der Mall so still – ich habe darüber nachgedacht, dir einen Ring zu kaufen."

Stephanie ahnte, wie viel Überwindung ihn das Geständnis gekostet haben musste. Zwar hatte er ihr schon mehrmals gesagt, dass er sie liebte, doch war es immer eher unverbindlich und spielerisch gewesen.

„Ich will dich auch nicht verlieren", versicherte sie. „Ich habe nur nicht mit so etwas gerechnet und war überrascht."

„Ich hätte nicht derart mit der Tür ins Haus fallen sollen. Ich wollte dich nicht in Verlegenheit bringen, falls dir das zu schnell geht", sagte er zerknirscht. „Was machen wir nun?"

Stephanie brauchte nicht mehr lange nachzudenken. „Lass es uns riskieren, mit allem Drum und Dran." Sie hielt Michael den Ring hin und streckte ihm die Finger entgegen. „Ich fühle das Gleiche für dich. Wenn wir beide jetzt nicht miteinander glücklich werden, werden wir es nie und mit niemandem mehr werden."

Er nahm ihre Hand und küsste sie. Langsam und behutsam streifte er den Ring auf ihren Finger. Er passte perfekt.

Schließlich erhob er sich, zog Stephanie hoch, und sie schlossen einander in die Arme.

„Dann sind wir jetzt also verlobt?", vergewisserte sie sich.

„Wenn du das willst, wäre ich sehr stolz darauf."

„Und ob ich das will." Sie küsste ihn.

Schon für seine leuchtenden Augen und sein glückliches Lächeln würde ich ihn heiraten, dachte sie verliebt.

Während des exzellenten Menüs bei Meeresrauschen, Kerzenschein und leiser Musik redeten sie nicht mehr viel, beschränkten sich darauf, einander tief in die Augen zu blicken und zwischen den einzelnen Gängen Händchen zu halten.

Bevor sie nach dem Essen das Beduinenzelt verließen, umarmte Michael Stephanie noch einmal. „Was für ein Gefühl, verlobt zu sein."

„Es fühlt sich gut an", flüsterte sie zurück.

Während er über ihre Hüften streichelte, stellte sie sich vor, wie sie in ihre Suite gehen, vielleicht noch ein gemeinsames Bad im Whirlpool nehmen würden und sie ihm liebevoll den verspannten Rücken massieren würde. Und dann ...

„Und jetzt“, sagte Michael und löste sich von ihr, „gehen wir tanzen und feiern unsere Verlobung in einem Nachtclub.“

„Eigentlich dachte ich, wir würden uns in unsere Suite zurückziehen und den Rest der Nacht Sex haben. Aber deine Idee ist auch gut“, erwiderte sie amüsiert.

Er lachte. „Das können wir immer noch, wenn wir zurück sind.“

„Wohin willst du mich entführen?“

„Ich dachte an einen der Clubs im Hotel The One & Only, das ist ganz in der Nähe.“

„Gibt es Downtown eigentlich auch Clubs?“

„Es gibt einige gute Loungebars und Ähnliches. Allerdings wird dort kein Alkohol ausgeschenkt – nur die internationalen Hotels haben in Dubai die Lizenz dafür – und da viele Einheimische hingehen, kann in den wenigsten Bars getanzt werden.“

„Dürfen die etwa nicht tanzen?“

„Dürfen sie schon. Aber da Tanzen ein Kontaktsport ist, ist das zwischen emiratischen Frauen und Männern nicht so ungezwungen.“

Die Taxifahrt zum Hotel One & Only Royal Mirage, einem der schönsten und größten Hotels am Jumeirah Beach, dauerte keine fünf Minuten. Es lag in einer Parkanlage mit von Palmen und Blumenrabatten gesäumten Wasserbecken, in denen sich die Lichter der Gebäude spiegelten.

Durch einen separaten Eingang gelangten sie in den Nachtclub, dessen Ambiente einer Londoner Nobeldisko glich. Der Donnerstag war wegen des arbeitsfreien Freitags der klassische Ausgeh-Abend, daher war der Club nicht nur von westlichen Touristen besucht, sondern vor allem von in Dubai lebenden Ausländern. Auch Wochenendbesucher aus Saudi-Arabien und Katar feierten gerne in westlichen Clubs, in denen Alkohol stets verfügbar und Frauen aufgeschlossen waren.

Stephanie und Michael tanzten ausgelassen zur Musik aus aller Welt und tranken köstliche Cocktails. Es war fast zwei Uhr nachts, als sie wieder in ihrer Suite eintrudelten. Weil sie verschwitzt waren, duschten sie zusammen, wobei Stephanie aus dem Lachen nicht herauskam.

„Ich bin betrunken", verkündete sie kichernd und ließ sich in die Kissen plumpsen. Das Zimmer drehte sich um sie. Eigentlich hatte sie gar nicht so viel getrunken, aber da sie normalerweise fast abstinent lebte, stieg es ihr schnell zu Kopf. Und vermutlich hatte es die Alkohol-Mischung in den Cocktails in sich gehabt.

„Und ich bin todmüde." Michael warf sich erschöpft neben sie. „Ich fürchte, mit dem Sex für den Rest der Nacht wird es nichts."

Sie rollte sich herum und legte den Oberkörper auf seine Brust. „Macht nichts, dafür hatten wir heute Abend auf andere Art richtig Spaß!"

22

„Was ist passiert?“, murmelte Stephanie, als Michael am nächsten Vormittag frisch geduscht und rasiert ans Bett trat. „Wo bin ich? Wer sind Sie? – Haben wir ...?“

„Nein.“ Er schüttelte bedauernd den Kopf und lachte.

„Und haben wir ...?“ Sie warf einen schnellen Blick auf ihre Hand. Der Ring war noch da. „Oh ja, das haben wir“, sagte sie erleichtert.

„Du bereust es also nicht?“ Er schob ihr zärtlich eine Haarsträhne aus dem Gesicht.

„Natürlich nicht. Schon für die Party danach hat es sich gelohnt.“ Sie griff sich stöhnend an die Stirn. „Sitzt da ein Kater auf meinem Kopf oder warum ist der so schwer?“

Michael grinste. „Du bist wirklich niedlich, wenn du zu viel getrunken hast, weißt du das?“

„Danke, gleichfalls. Ich fürchte nur, heute Morgen bin ich nicht sehr niedlich. Mach bloß nicht die Vorhänge auf! Ich brauche jetzt unbedingt sofort schwarzen Tee.“

„Ich setze dir gleich Teewasser auf, damit du es überhaupt ins Bad schaffst“, sagte er amüsiert und ging zum Wasserkocher, der auf der Minibar stand. „Freitags gibt es im Hotelrestaurant immer Brunch, wir können also noch in aller Ruhe essen, obwohl es schon elf ist.“

Sie brunchten ausgiebig, und Michael merkte, wie er sich zum ersten Mal, seit er ins Flugzeug nach Dubai gestiegen war, wirklich entspannte. Er hatte über seinen Schatten springen müssen, doch nun war ihm, als hätte er eine Mutprobe erfolgreich bestanden. Noch nie war er so weit gewesen, ernsthaft mit einer Frau in die Zukunft zu blicken. Während des Studiums hatte er eine Beziehung mit seiner Kommilitonin Diana gehabt, doch zum Schluss war deutlich geworden, dass sie in erster Linie auf einen Führungsposten in einem der Silverstone-Hotels spekuliert hatte. Andrew hatte dies abgelehnt, und als Diana ein guter Job in einem Hotel in der Schweiz angeboten worden war, hatte sie Michael in unschöner Form den Laufpass gegeben.

Er hatte sich mit der Brasilianerin Elisa getröstet, der eine eigene Karriere zwar nicht wichtig war, die dafür aber nur zu gern seinen Ring am Finger gehabt hätte. Nach anderthalb Jahren hatte er Anlass, sich zu fragen, ob sie wirklich ihn liebte oder nur den Wohlstand, den er ihr bieten konnte. Da er generell Zweifel hatte, ob sie überhaupt zueinander passten, hatte er es vorgezogen, sich von ihr zu trennen.

Mit den Frauen, die er danach kennengelernt hatte, war es nach kurzer Zeit immer entweder langweilig oder kompliziert geworden, und so war es stets vorbei gewesen, bevor sich eine Beziehung entwickeln konnte. Seine Pendelei zwischen Brighton, Rio, Boston und Dubai war auch nicht gerade hilfreich gewesen, um eine Partnerschaft aufzubauen.

Stephanie war die Erste, die nicht den Eindruck erweckte, im Grunde die Hotelkette heiraten zu wollen. Die Erste, von der er sich verstanden fühlte und die ihm im Alltag nicht schon bald zu viel wurde. Er merkte, dass ihre bloße Anwesenheit ihm guttat und Kraft spendete. Sein Entschluss, ihr den Ring und damit etwas mehr Verbindlichkeit als bisher zu schenken, fühlte sich richtig an. Stephanie passte perfekt in sein Leben. Jetzt müsste nur noch Rafael wieder auftauchen und sein Glück wäre vollkommen. Doch das würde wohl einem Wunder gleichen nach so vielen Jahren.

Michael konnte nicht der Versuchung widerstehen, die Galerie seines iPhones zu öffnen und einen Blick auf das Foto von Rafael und sich als Kinder zu werfen, das er in der Schachtel gefunden und abfotografiert hatte, um es stets bei sich zu haben. *Wo immer du auch bist, Rafa, wenn du noch am Leben bist, gib mir bitte ein Zeichen*, dachte er inbrünstig, bevor er das Display mit einem Seufzen ausschaltete.

Nach dem Brunch fuhren sie mit einem Taxi in die Altstadt und gingen am flussähnlichen Creek spazieren. Es machte Michael Spaß, Stephanie herumzuführen.

„Dieser Creek ist das Herz Dubais und teilt gleichzeitig die beiden ältesten Stadtviertel", erklärte er ihr. „Und jetzt sind wir im historischen Viertel Bastakiya. So sahen die Wohnhäuser früher aus – das hier sind aber bloß Nachbauten."

Sie betrachtete die Häuser aus Lehm und Korallensteinen. „Sehr urig."

Nach einem kurzen Blick auf die Moschee und den Bur Dubai Souk kehrten sie zum Ausruhen ins Arabian Tea House ein, tranken Tee und aßen süßes Dattelgebäck. Schließlich setzten sie mit einem der alten

Holzboote auf die andere Seite des Creeks über, nach Deira. Dort schlenderten sie durch den größten Basar der Stadt, schnupperten den betörenden Duft der exotischen Gewürze und ließen sich vom Gold in den vielen Schmuckgeschäften blenden.

„Der Gold Souk in Deira ist der größte der Welt. Es gehen Gerüchte, dass hier zehn Tonnen Gold liegen", erzählte Michael. Er freute sich, dass Stephanie die Altstadt gefiel.

„Wahnsinn. Gut, dass ich mir meinen Verlobungsring nicht hier aussuchen sollte, damit wäre ich völlig überfordert gewesen", erwiderte sie lachend.

„Frag mich mal, wie es mir im Gold Souk in der Mall gegangen ist! Immerhin hatte ich den Eindruck, dass du Silber oder Weißgold bevorzugst. Da war das Angebot gleich ein wenig übersichtlicher."

„Das stimmt, es steht mir besser als Gelbgold. Wie hast du es eigentlich geschafft, meine Ringgröße perfekt zu treffen?"

„Ich habe mir einen deiner herumliegenden Ringe ausgeliehen."

Sie lächelte amüsiert, doch ihm fiel auf, wie mitgenommen sie plötzlich aussah. Auch ihn ermüdeten die Nachmittagshitze und das Menschengewimmel nach der kurzen durchzechten Nacht.

„Wollen wir zurückfahren?"

Sie nickte erleichtert, und Michael winkte ein Taxi herbei.

Als sie die Halle des Silverstone Hotels betraten, blieb Stephanie einen Moment stehen und blickte sich so ehrfürchtig um, als sähe sie die Pracht aus Marmor, Blattgold und Kristalllüstern zum ersten Mal. „Was für ein Gefühl ist das, bald der Direktor eines solchen Hotels zu sein?“

Michael zuckte mit den Schultern. „Mal großartig, mal beängstigend. Deswegen schlafe ich so schlecht, seit ich hier bin. Im Traum fällt manchmal der Kronleuchter von der Decke und begräbt mich unter sich. Was bedeutet das wohl, Mrs Freud?“, zog er sie auf.

„Dass du die Halterung überprüfen lassen solltest“, antwortete sie trocken. „Manchmal hat man im Traum einen sechsten Sinn.“

Er lachte. „Ich wünschte, es wäre so einfach.“

„Machst du dir Sorgen, ob du der Aufgabe gewachsen bist?“

Michael deutete ein Nicken an. So sehr er sich auch über seine Beförderung gefreut hatte und immer noch freute, fragte er sich dennoch, ob seine Erfahrung für diese verantwortungsvolle Position in einem der luxuriösesten Urlaubsressorts der Welt ausreichen würde.

„Du wirst es schaffen“, sagte sie zuversichtlich. „Dein Vater hätte dir diesen Posten nicht gegeben, wenn er Zweifel an deinen Fähigkeiten gehabt hätte. Er würde nicht riskieren, dass sein Hotel bankrottgeht oder auch nur seinen guten Ruf verliert. Die Anfänge sind für niemanden leicht, doch du hast mit Sicherheit das Zeug dazu, ein sehr erfolgreicher und beliebter General Manager zu werden.“

Gerührt über ihre Worte zog er sie an sich. „Mit dir an meiner Seite kann ich alles schaffen.“

Stephanie lächelte geschmeichelt.

„Was machen wir bis zum Abendessen?“, erkundigte sie sich, während sie Arm in Arm zu den Aufzügen gingen. „Hast du noch etwas zu tun?“

„Arbeit habe ich massenhaft, aber viel lieber möchte ich eine Stunde am Strand liegen und im Meer baden. Und das werde ich jetzt tun“, sagte er entschlossen. „Es ist vielleicht meine einzige Gelegenheit, bevor wir zurückfliegen.“

„Sag bloß, du schaffst es wirklich, mal einen kompletten Tag überhaupt nicht zu arbeiten? Ich scheine einen schlechten Einfluss auf dich zu haben“, meinte sie lachend.

„Deswegen bin ich so gern mit dir zusammen: Du bewahrst mich davor, ein kompletter Workaholic zu werden und alle schönen Seiten des Lebens zu ignorieren.“ Er stieß einen wohligen Seufzer aus.

Sie zogen sich schnell um, packten ein paar Dinge in Stephanies große Strandtasche und machten sich auf den kurzen Weg ans Meer.

„Hast du eigentlich herausbekommen, ob dein Vater Edward Blackford bestochen hat, früher aufzuhören?“, fragte sie, als sie nebeneinander auf Liegestühlen unter einem riesigen Sonnenschirm lagen.

„Blackford hat bestätigt, dass seine Frau kränkelt und nach England zurückkehren möchte. Er will sie natürlich in dieser Situation nicht allein lassen und überhaupt mehr Zeit mit ihr verbringen. Er schien wirklich besorgt um sie. Allerdings hat er erwähnt, dass Vater ihm zugeredet hat. Letztlich würde es nichts Wichtigeres geben als die Familie, soll er gesagt haben.“

Stephanie lachte auf. „Na, das sagt mir ja der Richtige!“

„So wie er sich ausgedrückt hat, hatte ich durchaus den Eindruck, die Initiative ging von Vater aus. Ich denke, von selbst hätte Blackford nicht um eine frühere Pensionierung gebeten."

„Übrigens, meinst du nicht, dein Vater erfährt demnächst von Krüger oder Blackford, dass ich mit dir hier einziehe?"

„Nur Krüger hat mitbekommen, dass du mit mir nach Dubai ziehen wirst, und ich habe ihm eingeschärft, es für sich zu behalten. Sollte Vater mich direkt fragen, was ab Mitte Juli aus uns wird, werde ich ihm sagen, dass wir vorerst eine Fernbeziehung führen wollen. Dann haben wir unsere Ruhe, bis wir aus Brighton verschwunden sind."

Sie betrachtete ihn prüfend über den Rand ihrer Sonnenbrille hinweg. „Wirst du deinen Eltern nicht von unserer Verlobung erzählen?"

„Damit sie sofort einen Anwalt beauftragen, schon mal einen monströsen Ehevertrag vorzubereiten oder sich neue Gemeinheiten ausdenken, um einen Keil zwischen uns zu treiben? Glaub mir, es ist besser, wenn sie es vorerst nicht erfahren", sagte Michael grimmig.

***

Viel zu schnell verging die restliche Zeit, und Stephanie ließ die Bedenken des ersten Tages nicht mehr aufkommen. Sie kamen ihr nun beinahe dumm vor. Michael hatte recht: Sie würde sicher Zerstreuung und Kontakte finden, wenn sie erst einmal hier leben würde. Sie gewöhnte sich langsam an das Klima und spazierte allein in der Stadt herum. Niemand belästigte sie, allenfalls riefen ihr geschäftstüchtige Händler etwas zu, doch auch diese waren stets freundlich und respektvoll. Bei ihren Streifzügen entdeckte sie bezaubernde Orte und verliebte sich geradezu in die Architektur der Gebäude, die Buntheit der Basare, die leuchtenden Blumenarrangements und die verspielten Details der Dekorationen. Für die Künstlerin in ihr war das alles ausgesprochen inspirierend. In den Malls kaufte sie einige Kleider, deren Eleganz zu ihrem neuen Ring passte.

Stephanie verließ Dubai nicht nur mit neuen Kleidern im Gepäck und einem Verlobungsring am Finger, sondern auch mit dem guten Gefühl, über ihren eigenen Schatten gesprungen zu sein und die richtige Entscheidung getroffen zu haben. Und voller Freude auf die Zukunft, die aufregend und bunt erschien.

23

Gleichmäßig flog der Airbus über den Atlantik und nahm Kurs auf Südamerika. Stephanie klappte ihren portugiesischen Sprachführer zu, blickte aus dem Fenster und betrachtete die Wolken, die sich wie Watte unter ihnen auftürmten. Michael neben ihr arbeitete bereits seit dem Abflug von Heathrow an seinem Laptop.

In den letzten beiden Wochen hatte sie von ihm nicht viel gesehen, da er zusätzlich zu seinen eigentlichen Aufgaben die Hotelleitung hatte übernehmen müssen. Andrew und Mariana waren im Urlaub gewesen.

Stephanie war froh, dass ihr Arbeitsvertrag bei ihrer Rückkehr aus Dubai bereits beendet gewesen war, so hatte sie sich ganz auf ihr Manuskript und die Vorbereitung der Brasilienreise konzentrieren können. Und natürlich hatte sie so viel Zeit wie möglich mit Brittany verbracht, die an beiden Wochenenden nach Brighton gekommen war.

Außerdem versuchte sie, sich Grundkenntnisse in Portugiesisch anzueignen, doch im Selbststudium fiel es ihr nicht leicht.

„Freust du dich auf Brasilien?", fragte Stephanie, als Michael endlich seinen Laptop zuklappte.

Er lehnte sich mit einem Aufseufzen in seinen Sitz zurück. „Natürlich. Aber abgesehen von Rio kenne ich Brasilien gar nicht so gut. Als ich Kind war, haben wir meistens im Ausland Urlaub gemacht."

„Du wärst sicher lieber Direktor des Ipanema Palace geworden, oder? Ich meine, anstelle deines Onkels."

„Eigentlich nicht. Ich liebe Rio, aber ich möchte da nicht leben. Das ist dort schwierig mit all dem Chaos, der Armut und der Kriminalität. Das einheimische Hotelpersonal ist viel schwerer zu motivieren als das asiatische in Dubai. Außerdem müsste das Ipanema Palace unbedingt modernisiert werden, das würde eine Menge zusätzlicher Arbeit machen. Und für dich wäre es nicht so schön in Rio. Du müsstest Portugiesisch lernen – richtig, nicht nur ein paar Brocken. Mit Englisch kommt man nicht weit. Es ist schon schwierig, Hotelpersonal zu finden, das wenigstens einigermaßen Englisch spricht." Er runzelte gedankenvoll die Stirn. „Rio ist die einzige Stadt, die ich wirklich als meine Heimat betrachte. Und gleichzeitig die einzige, vor der es mir irgendwie graut."

Verwundert blickte sie ihn an. „So schlimm?"

„Das liegt wohl vor allem an den schlechten Erinnerungen", gab er zu. „Trotzdem, sei bitte vorsichtig, wenn du unterwegs bist. Es gibt sogar tagsüber und selbst in guten Vierteln immer mehr bewaffnete Raubüberfälle und viele Trickdiebe. Für Rio gilt das Gegenteil wie für Dubai: Unauffällig kleiden und wertvollen Schmuck und teure Uhren zu Hause lassen. Aber immer ein bisschen Geld in der Hosentasche haben, das kann dir im Fall eines bewaffneten Raubüberfalls das Leben retten."

Stephanie schluckte. „Klingt ja sehr ermutigend. Liegt euer Hotel wenigstens direkt am Strand?"

„Ja, aber es ist kein Privatstrand und es wimmelt dort ebenfalls von Dieben. Außerdem gibt es gefährliche Strömungen und gewaltige Wellen, das Baden ist manchmal riskant. Das Wort Ipanema bedeutet übrigens *schlechtes, gefährliches Gewässer* – so viel dazu. Auch wenn Strand und Wasser sauberer sind als an der Copacabana."

„Soll ich etwa in den vier oder fünf Tagen, während du arbeitest, nur in unserem Zimmer herumhängen?", fragte sie enttäuscht.

Michael dachte kurz nach. „Ich könnte dir für morgen eine organisierte Touristen-Stadtrundfahrt buchen lassen. Einer der Hotelchauffeure soll dich zum Abfahrtsort bringen und danach wieder abholen. Und heute Abend werde ich meine Cousine Bianca anrufen, vielleicht hat die Zeit, sich mit dir zu treffen und dich ein bisschen herumzuführen."

„Deine Cousine? Ist sie die Tochter von deinem geliebten Onkel Jorge?" Stephanie rümpfte die Nase. „Ach nein, du sagtest ja, er hat keine Kinder."

„Bianca ist die Tochter von Isabel, der Halbschwester meiner Mutter. Isabel ist die uneheliche Tochter meines Großvaters."

„Ach, hoppla! Ist sie ebenfalls Miteigentümerin des Hotels?"

„Nein, er hat sie nie offiziell anerkannt und sie wurde im Testament nicht bedacht." Er hob bedauernd die Schultern. „Ich mag Isabel sehr, sie ist herzlich und gütig. – So, und jetzt sag mir mal, wie man auf

Portugiesisch fragt: *Wie komme ich zurück zum Hotel Ipanema Palace?*"

Sie stöhnte auf. „Gib mir lieber eine Visitenkarte des Hotels, dann schaffe ich das auch so!"

Der Anflug auf Rio war überwältigend. Stephanie presste sich fast die Nase an der Scheibe platt, um nichts zu verpassen. Die Sonne war gerade untergegangen und hatte am Himmel einen orangefarbenen Schein zurückgelassen, vor dem sich die Berge, die kurvenreiche Küstenlinie und die Skyline aus Wolkenkratzern scharf abhoben. Die Stadt war ein Meer aus Tausenden von bunten Lichtern.

Ihre ersten Eindrücke von Rio, als sie im Wagen des Hotels saßen, waren chaotisch und grandios zugleich. Da der Flughafen im Norden der Metropole lag und der vornehme Stadtteil Ipanema im Süden, hatten sie einen weiten Weg. Gebannt spähte sie aus dem Wagenfenster, während sich Michael auf Portugiesisch mit dem Fahrer unterhielt. Hin und wieder unterbrach er sein Gespräch, um sie auf eine Sehenswürdigkeit aufmerksam zu machen.

Der Straßenverkehr war hektisch und laut, Leuchtreklamen flammten und flackerten. Zwischen geschäftig durch die Gegend eilenden Einwohnern, den *Cariocas*, lungerten dunkle Gestalten am Straßenrand herum, darunter auch viele Kinder.

„Ich hoffe, die kehren nachher in ihr Zuhause zurück?", fragte Stephanie Michael besorgt.

Er schüttelte bedrückt den Kopf. „Es gibt hier unzählige Straßenkinder, die keine Eltern und kein Zuhause haben und von der Hand in den Mund leben."

„Wie schrecklich." Voller Mitleid blickte sie auf die kleinen Silhouetten an der Straßenecke.

Als sie endlich in der großen Eingangshalle des Ipanema Palace standen, umarmte der Empfangschef Michael und klopfte ihm auf die Schulter, während sie freudestrahlend aufeinander einredeten. Michael wirkte glücklich, seine Muttersprache sprechen zu können und war viel lebhafter als sonst.

„Vitór kennt mich schon, seit ich Kind war", erklärte er Stephanie und legte den Arm um sie. „Vitór, das ist meine Verlobte."

Der ältliche Brasilianer begrüßte sie ebenfalls herzlich in stark akzentgefärbtem Englisch.

„Wir bekommen die Flitterwochen-Suite", sagte Michael und blinzelte ihr zu. „Sie heißt nicht wirklich so, aber wir nehmen sie meistens für Flitterwöchner, wenn wir welche haben. Sie hat die schönste Aussicht. Wenn du mich tagsüber nicht sehen kannst, sollst du wenigstens eine andere schöne Aussicht haben." Er lachte. „Außerdem ist das Bett nicht so breit wie in den anderen Suiten, nur ein Queen-Size-Bett, und den frisch Verheirateten macht das am wenigsten aus."

Sie zwinkerte ihm zu. „Wie erfreulich, dass wir hier auch als Unverheiratete offiziell in einem Bett schlafen dürfen."

Im Gegensatz zu den anderen Hotels der Familie Silverstone war die Eleganz des Ipanema Palace etwas verstaubt und leicht altmodisch.

„Hier müssen mal neue Möbel rein", stellte Michael fest, als sie sich in ihrer Suite umsahen. „Das ganze Gebäude müsste modernisiert werden." Er grinste. „Da siehst du es! Kaum bin ich hier, wird mir klar, dass ich wie ein Brite denke. Für südamerikanische Verhältnisse ist alles völlig okay, auch für ein Fünfsternehaus."

„Es ist in der Tat ein bisschen plüschig", stimmte sie zu. „Wir sind wahrscheinlich schrecklich verwöhnt durch eure Hotels in Brighton und Dubai."

„Mag sein, aber auf jeden Fall wird dieses Hotel nachlässig geführt." Michael strich prüfend mit seinem Finger über eine Möbelleiste, auf der Suche nach Staubkörnchen. „Ich werde meinem Onkel auf die Füße treten müssen."

„Woran siehst du das nach fünf Minuten?", fragte sie verblüfft.

„In der Lobby wurde eine liegengelassene Zeitung auf einem Sessel nicht weggeräumt, im Kronleuchter sind zwei durchgebrannte Birnen nicht ersetzt worden, in der Sandurne an den Aufzügen häufen sich ein Dutzend Zigarettenstummel, und an der Uniformjacke des Bellboys fehlt ein Knopf. Das geht überhaupt nicht, auch nicht in Südamerika."

„Donnerwetter", sagte Stephanie beeindruckt und gluckste dann. „Und das von einem Mann, der es nicht schafft, seine Jacketts auf einen Bügel in den Schrank zu hängen ..."

Entrüstet warf Michael sein Jackett, das er gerade ausgezogen hatte, nach ihr.

Sie warf es lachend zurück. „Ich habe Bügel gesagt!"

„Kaum ist man verlobt, geht es los", murrte er scherzhaft und ging zum Schrank.

24

Während sich Stephanie am nächsten Morgen für ihre Stadtrundfahrt rüstete, begann für Michael der Arbeitsalltag. Ein Tag voller Meetings mit den Abteilungsleitern des Hotels erwartete ihn.

Zwar hatte er nicht sein Vorhaben vergessen, in Rio dunkle Punkte in der Vergangenheit seiner Eltern aufzuspüren, aber seit er hier war, kam es ihm albern vor. Sollte er etwa wie in einem Kinderkrimi in der Wandtäfelung der früheren Penthouse-Suite der Familie nach geheimen Briefen oder Tagebüchern suchen? Er musste über sich selbst lachen. Seine Eltern hatten über ihr Hochzeitsdatum gelogen, um zu verschleiern, dass Mariana bereits schwanger gewesen war, als sie geheiratet hatten. Na und?

Er hatte genug damit zu tun, die Aufgaben zu erledigen, wegen der er offiziell im Ipanema Palace war, und wollte auch Stephanie nicht vernachlässigen. Mal abgesehen davon, dass die Penthouse-Wohnung, in der seine Familie einige Jahre gelebt hatte, gar nicht mehr existierte. Nachdem die Silverstones sich entschieden hatten, in eine Villa mit Garten umzuziehen, war die Wohnung im Hotel in zwei getrennte Suiten umgebaut worden. Und ihre Villa hatten sie verkauft, als sie in die USA ausgewandert waren.

Am Nachmittag stand Michael das Treffen bevor, vor dem er sich am meisten graulte: Ein Tête-à-Tête mit seinem Onkel.

Jorge, ein mittelgroßer, leicht untersetzter Mann, der im Gegensatz zu Mariana nicht die Schönheit der Mutter, sondern die vorspringende Nase und das fliehende Kinn des Vaters geerbt hatte, machte Anstalten, ihn zur Begrüßung zu umarmen, doch Michael wich zurück. Seit jenen Vorfällen in seiner Kindheit vermied er Körperkontakt mit seinem Onkel so gut es ging.

Jorge quittierte die unausgesprochene Zurückweisung mit einem pikierten Zucken seines gutgeschnittenen Mundes und fuhr sich über das kurze grau-melierte Haar.

„Komm rein, Micael. Wie geht's?“

„Bestens. Und deiner Frau?“, fragte er höflich zurück.

„Auch gut.

Jorges Assistentin brachte ihnen Kaffee.

Wie immer in Gegenwart seines Onkels fühlte Michael sich fast körperlich unwohl. Aber er hatte beschlossen, diesmal einer etwaigen Konfrontation nicht mehr auszuweichen, wie er es sonst immer getan hatte.

Sie gingen die Umsätze des letzten halben Jahres durch, die nach Michaels Meinung hätten besser sein können. Dann kam er auf seine Beobachtungen der Nachlässigkeit im Service zu sprechen und machte konstruktive Verbesserungsvorschläge. Jorge reagierte zunehmend gereizt und aggressiv, doch Michael stellte fest, dass es ihm nichts ausmachte. Er war nicht mehr der einsame kleine Junge, der sich nach der Zuneigung seines Onkels sehnte und ihn nicht durch Widerworte verärgern wollte.

„Wenn du keine Zeit hast, dein Personal zu kontrollieren, schlage ich vor, du stellst bei Vater einen Antrag auf ein Budget für einen entsprechenden Posten", äußerte er sachlich.

„Sag mir nicht, wie ich mein Hotel zu führen habe!", fuhr Jorge ihn an.

„Dein Hotel?" Michael hob die Augenbrauen. „Du kennst den Deal, Jorge. Es ist nur zu zwanzig Prozent deines, der Rest gehört seit Opas Tod meinen Eltern."

„Oh, und sie sorgen ja auch oft genug dafür, dass ich das nicht vergesse! Schicken mir sogar meinen Neffen, der mir auf die Finger sieht und sich aufspielt."

„Du wirtschaftest das Hotel herunter, Jorge. Es ist Vaters Recht, dir auf die Finger zu sehen und es ist mein Job, Unterstützung zu leisten, falls du nicht klarkommst. Ich agiere hier als sein Stellvertreter in der Geschäftsführung der Hotelkette, falls du das vergessen hast."

Jorges Nasenflügel bebten vor zurückgehaltener Wut. „Darauf brauchst du dir nichts einzubilden! Der feine Herr Hotelier ist ja nicht mal dein Vater!"

Michael zuckte zurück und starrte ihn fassungslos an. „Wie bitte?"

„Weißt du das immer noch nicht?" Jorge lachte höhnisch auf. „Was meinst du, warum er schon zu Lebzeiten meiner Eltern die Mehrheit am Hotel bekommen hat?"

„Weil er darin investiert hat, als es vor dem Ruin stand."

„Das auch. Aber er ist überhaupt nur an diesen Deal gekommen, weil er bereit war, mein Schwesterlein zu heiraten, obwohl sie sich gerade von einem dahergelaufenen Taugenichts hat schwängern lassen. Das Ergebnis sitzt vor mir."

Michael spürte, wie das Blut aus seinem Gesicht wich. „Das ist doch nicht wahr. Hast du Beweise für diese ungeheuerliche Behauptung?" Ihm fiel das falsche Hochzeitsdatum ein. Und Luiz' Andeutung über das Geheimnis, das seine Eltern vor ihm verbargen. Am Ende sagte sein Onkel die Wahrheit? Er schluckte.

Jorge zuckte mit den Schultern. „Deine Mutter war diskret mit ihrer unpassenden Affäre – ich habe keine Fotos oder so etwas. Was ja auch noch nichts beweisen würde. Aber natürlich habe ich mitbekommen, dass sie schwanger war und unsere Eltern entsetzt waren. Und dass Andrew in doppelter Hinsicht als Retter in der Not zur Stelle war: Erstens, um in das Hotel zu investieren, und zweitens, um Mariana sehr schnell zu heiraten und ihr Kind – vielmehr ihre Zwillinge, wie sich bald darauf herausstellte – als seine anzuerkennen und somit keinen Skandal aufkommen zu lassen. Mit euch beiden am Rockzipfel hätte sie es wohl vergessen können, danach noch eine gute Partie zu machen."

Michael starrte an ihm vorbei ins Leere. Wenn das stimmte, würde es auch das oft lieblose Verhalten Andrews ihm gegenüber erklären, das in so krassem Gegensatz dazu stand, wie fürsorglich er Mariana und Claudia gegenüber auftrat.

„Und Claudia?", fragte er sicherheitshalber.

„Claudia ist seine Tochter, hundertprozentig. Als sie geboren wurde, waren sie schon zwei oder drei Jahre verheiratet."

Michael atmete tief durch. Diese Neuigkeit war so ungeheuerlich, dass ihm flau im Magen wurde. „Warum sagst du mir das jetzt, nach all den Jahren?", fragte er heiser.

Jorge räusperte sich. Seine Wut schien verraucht. „Ist mir so rausgerutscht. Ich musste Andrew versprechen, nie etwas darüber zu sagen, sonst würde er mich feuern."

Michael legte den Kopf schief. „Dann habe ich dich jetzt also in der Hand?"

Die Lippen seines Onkels wurden schmal. „Untersteh dich, mich erpressen zu wollen! Du hast dir viel von deinem Ziehvater angewöhnt."

„Wäre es nicht ein bisschen übertrieben, dich wegen etwas zu feuern, das auch durch jemand anderen hätte herauskommen können? Du bist sicher nicht der Einzige, der das damals mitbekommen hat."

Jorge zuckte mit den Schultern und schwieg.

„Da ist doch noch mehr. Du verschweigst mir was", sagte Michael misstrauisch. Er stützte die Unterarme auf die Tischplatte und beugte sich dicht zu Jorge. „Na los, sag es mir. Um der alten Zeiten willen. Schließlich haben wir uns mal sehr nahegestanden, nicht – Onkel?" Er blickte ihm verächtlich in die Augen und bemerkte befriedigt, dass Jorge zurückwich.

„Natürlich hatte ich dich und Rafael als Kinder sehr gern – was soll das?"

Michael lehnte sich wieder zurück. Allein das süßliche Parfüm seines Onkels, das ihm in die Nase gestiegen war, löste Übelkeit bei ihm aus. Er schien den Duft in all den Jahren nicht gewechselt zu haben. „Jedenfalls verstehe ich jetzt besser, warum es Vater glatt am Arsch vorbeigegangen ist, dass du mich als Kind unsittlich angefasst hast. Wenn es nicht um sein eigenes Fleisch und Blut ging ..."

Jorge sog hörbar Luft durch die Nase. „Aber Michael, da war doch nichts, das hast du –"

Michael schlug die flache Hand so heftig auf den Tisch, dass der kleine Löffel auf der Untertasse klirrte. „Hör auf, mich für dumm zu verkaufen! Wir wissen beide, was passiert ist, und ich werde nicht länger zulassen, dass das in dieser Familie heruntergespielt oder als Kinderfantasie abgetan wird."

„Deine haltlosen Anschuldigungen waren deinen Eltern durchaus nicht egal", knurrte Jorge.

Michael betrachtete seine unangenehm berührte Miene und plötzlich ging ihm ein Licht auf. „Oh, ich verstehe: Ihr Schweigen über diese Sache gegen dein Schweigen in der Sache meines leiblichen Vaters. War es so?"

„Quatsch. Deine Mutter hätte das sicher nicht hingenommen. Wäre sie davon überzeugt gewesen, dass ich mich an dir vergriffen hätte, wäre sie bestimmt das Risiko eingegangen, dass die Wahrheit über deinen und Rafaels leiblichen Vater herauskommt. Aber sie hat mir eben vertraut."

Michael lachte zynisch auf. „Klar. Ihr bewunderter großer Bruder, ein Pädophiler, das wäre in dieser Zeit bestimmt zu viel für sie gewesen."

„Hey, Micael, sie wusste genau, dass ich nie etwas getan hätte, das du nicht auch wolltest."

„Hör auf, gleich muss ich kotzen!“ Michael sprang so schnell auf, dass sein Stuhl umfiel. „Glaubst du wirklich, ein Sechsjähriger will solche Sachen? Ich hätte dir den Finger wohl schon beim ersten Mal brechen sollen, wenn es das ist, was du als klare Ablehnung gebraucht hast, um zu kapieren.“ Ihm war, als schnüre ihm etwas die Kehle zu, er hatte Mühe, Luft zu bekommen. Ohne ein weiteres Wort verließ er den Raum und knallte die Tür hinter sich zu. Er hätte es keine Sekunde länger ertragen, ohne sich übergeben zu müssen. Wie erschlagen von der Neuigkeit ging er auf seine Suite. Seine Beine fühlten sich wie Gummi an.

Stephanie lag auf dem Bett und las.

„Da bist du ja schon“, sagte sie erfreut und richtete sich auf. „Ich komme gerade von der Stadtrundfahrt und wollte mich kurz ausruhen, bevor ich am Strand spazieren gehe.“

„Lass uns zusammen gehen. Ich habe für heute Feierabend gemacht.“

Sie musterte bestürzt sein Gesicht. „Was ist los? Du wirkst total aufgewühlt.“

„Ich hatte gerade eine Konfrontation mit meinem Onkel. Dabei hat er sich verplappert und ... Ach, ich erzähle dir das draußen. Ich muss aus diesem Hotel raus. Ich ersticke hier!“ Wie zu Bestätigung riss er sich hektisch die Krawatte vom Hals und warf sie in Richtung Stuhl.

Verwundert musterte sie ihn.

„Wie war deine Sightseeing-Tour?“, fragte er mehr aus Höflichkeit, während er seine Anzughosen mit Jeans vertauschte. „Hat es dir gefallen?“

„Die Aussicht vom Zuckerhut ist wirklich grandios“, schwärmte Stephanie. „Danach haben wir das Zentrum mit dem ehemaligen kaiserlichen Stadtpalast, der größten Kirche Rios und dem Theatro Municipal besichtigt. Aber das weißt du ja, du hast schließlich die Rundfahrt für mich ausgesucht.“ Sie blinzelte ihm zu, doch er war damit beschäftigt, seine Rolex und sein iPhone in den Safe einzuschließen.

Sie stemmte die Hände in die Taille. „Sag mal, hörst du mir überhaupt zu?“

„Verzeih.“ Er ging zu ihr und küsste sie. „Was ich gerade erfahren habe, ist einfach unglaublich, da können Zuckerhut und Rios Zentrum nicht mithalten.“

„Da bin ich gespannt.“ Stephanie ließ sich von ihm vom Bett ziehen.

Sie überquerten die breite baumbestandene Straße vor dem Hotel und schlenderten an der Strandpromenade entlang. Der Strand war von Cariocas bevölkert, die nach Feierabend die letzten Strahlen der Abendsonne nutzten, um die Bräune ihrer geschmeidigen Körper zu intensivieren.

„Nun sag schon, was los ist“, drängte sie.

„Setzen wir uns kurz.“ Er zog sie zu einer freien Bank an der Promenade. Dann atmete er tief durch und berichtete ihr, was er von Jorge erfahren hatte.

Stephanie wirkte weniger überrascht, als er es sich vorgestellt hatte.

„Und wie geht es dir damit?“, fragte sie nur.

„Ich fühle mich, als hätte man mir den Boden unter den Füßen weggerissen. Von einer Minute auf die andere bin ich nicht mehr der, der ich zu sein glaubte.“ Er starrte vor sich hin und wirkte verloren.

„Unsinn“, sagte sie sanft. „Du bist du, egal ob Andrew dich gezeugt oder nur adoptiert hat. Und du bist ein wundervoller Mensch, egal, wer dein biologischer Vater ist."

„Es würde immerhin einiges erklären. Ich hatte nie ein richtig inniges Verhältnis zu ihm. Claudia hat ihm immer nähergestanden. Auch das Verhalten meiner Großeltern väterlicherseits mir gegenüber wäre plausibler. Sie waren von jeher recht distanziert – viel kühler als zu Claudia. Früher hat mich das gekränkt und ich habe versucht, mir einzureden, dass ich es nur so empfinde, weil ich von Brasilianern mehr Herzlichkeit und Temperament gewöhnt bin. Oder dass sie ein Mädchen lieber mögen. Aber was, wenn sie mich weniger mochten, weil ich nicht ihr leiblicher Enkel war?"

„Das mag sein. Wenigstens musst du es auf diese Weise nicht so persönlich nehmen. Es hatte nichts mit dir und deinem Wesen zu tun – nur damit, dass ihr keine Blutsverwandte seid."

„Die Sache mit dem falschen Hochzeitsdatum ... Das war doch so offensichtlich. Wieso bin ich nicht gleich darauf gekommen?" Er schüttelte verwundert den Kopf.

„Ich habe so etwas vermutet", gestand Stephanie.

„Warum hast du nichts gesagt?"

„Ich habe in Dubai eine Anspielung gemacht, weißt du noch?"

Michael dachte kurz nach. „Ach, das ... Konntest du nicht deutlicher werden?"

„Hätte ich dir meinen Verdacht an den Kopf knallen sollen? Ich wollte dir nicht weh tun. Und vielleicht hätte ich mich geirrt. Hat sich eigentlich nie jemand darüber gewundert, dass du Andrew nicht ähnlich siehst?"

„Ich komme eben voll und ganz nach meiner Mutter. Nur meine Haut ist etwas heller als ihre, was für mich immer dafür gesprochen hat, dass mein Vater weiß ist. Und als Andrew jünger war, hatte er eine ähnliche Statur wie ich, nur ein bisschen größer."

„Hat Jorge etwas über deinen leiblichen Vater gesagt?"

„Ich hatte es so eilig, von ihm wegzukommen, dass ich ihn gar nicht mehr ausgequetscht habe, ob er was über meinem leiblichen Vater weiß. Aber er schien sowieso keine Ahnung zu haben, wer es war. Er nannte ihn lediglich einen dahergelaufenen Taugenichts." Michael fixierte mit düsterer Miene den Horizont des Atlantiks.

Stephanie legte die Hand auf seine. „Das war er bestimmt nicht. Jorge wollte dir sicher absichtlich wehtun. Die Einzige, die dir mehr über all das erzählen kann, ist wohl deine Mutter. Wirst du sie anrufen?"

Er dachte nach und schüttelte dann den Kopf. „Ich will das nicht am Telefon besprechen oder in einer WhatsApp-Nachricht. Ich will ihr und Vater dabei in die Augen sehen. Ich werde sie mir erst nach unserer Rückkehr vorknöpfen. Und zwar einzeln und unmittelbar nacheinander, damit sie sich nicht absprechen können, falls sie wieder alles leugnen wollen. Wie bei einem Verhör", sagte er grimmig und seufzte so tief, dass es wie ein Stöhnen klang.

Stephanie schlang die Arme um seinen Hals und schmiegte die Wange gegen seine.

Er legte den Arm um ihre Taille und drückte sie an sich. „Ich bin so froh, dass du da bist", murmelte er. „Sonst würde ich mich gerade sehr allein fühlen."

„Ich werde immer für dich da sein", erwiderte sie fest. „Hast du deinen Onkel auch auf … das leidige Thema angesprochen?"

„Ja. Zum ersten Mal, seit das alles unter den Teppich gekehrt wurde. Selbstverständlich hat er wieder geleugnet, aber er hat sich merklich unwohl in seiner Haut gefühlt."

„Mir will nicht in den Kopf, wieso dein Onkel damals dieses Risiko auf sich genommen hat. Er musste doch damit rechnen, dass du es deinen Eltern erzählst."

„Dazu habe ich drei Theorien. Erstens hat er mir natürlich eingeschärft, das wäre unser Geheimnis und meine Eltern wären furchtbar wütend auf mich, wenn sie davon wüssten. Irgendwann bin ich das Risiko trotzdem eingegangen, aber das Resultat kennst du ja. Zweitens habe ich gelesen, dass viele Sexualverbrecher wollen, dass ihrem Treiben ein Ende bereitet wird. Da sie es nicht schaffen, sich selbst zu stellen, gehen sie bei ihren Taten immer größere Risiken ein. Genau genommen habe ich es über Serienmörder gelesen", räumte er ein, „aber das trifft auf Pädophile vielleicht genauso zu."

Stephanie nickte. „Könnte auch sein, dass sie einfach zu krank sind, um sich kontrollieren zu können. Obwohl dein Onkel das wohl noch einigermaßen geschafft hat, wenn es nie zum Äußersten gekommen ist."

Michael ballte die Hände zu Fäusten. „Wenn ich mich dank meines Capoeira-Trainers nicht immer heftiger zur Wehr gesetzt hätte, wäre es vermutlich wesentlich unangenehmer für mich geworden."

Sie legte besänftigend die Hand über seine. „Und die dritte Theorie?"

„Vielleicht hatte Onkel Jorge was gegen meine Eltern in der Hand. Etwas noch Bedeutenderes als die Lüge über meinen biologischen Vater. Vermutlich irgendwas im Zusammenhang mit dem Ipanema Palace. Wenn ich in den nächsten Tagen Zeit finde, werde ich in die Archive des Hotels gehen und mir die Akten von Mitte bis Ende der Achtzigerjahre ansehen, vielleicht finde ich etwas Verdächtiges."

„Wenn etwas faul war, wird es kaum in der offiziellen Ablage sein", gab Stephanie zu bedenken.

„Ja, das stimmt. Es ist auch nur so eine Idee. Mein Vater mag ein harter Geschäftsmann sein, aber ich kann mir nicht vorstellen, dass er je etwas Illegales gemacht hätte. Er ist immer sehr korrekt."

„Wahrscheinlich gab es da nichts und Onkel Jorge ist einer dieser Typen, die glauben, sie können mit allem ungestraft davonkommen. Ist er ja leider auch."

„Das letzte Wort darüber ist noch nicht gesprochen", sagte Michael mit fester Stimme und atmete tief durch, um die Wut in seinem Bauch zu besänftigen.

Sie schwiegen eine Weile und beobachteten die Cariocas, die Fußball und Beachvolleyball spielten, miteinander plauderten, sich in die hohen Wellen warfen oder einfach dalagen und sich die Sonne auf Bäuche und Rücken brennen ließen.

Michael stellte auf einmal fest, dass er hungrig war. Wenigstens sein Magen hatte sich schnell von dem Schreck erholt. „Wollen wir essen gehen oder ist es dir zu früh?"

„Nein, ich habe Hunger, ich hatte mittags nur ein Sandwich."

„Dann los." Er griff nach ihrer Hand und erhob sich.

Die Dämmerung senkte sich über Ipanema und läutete das muntere Nachtleben Rios ein. Die Straße zwischen Hotel und Strand wurde von Cafés, Restaurants und Bars gesäumt, aus denen Samba und Reggae erklangen.

Michael führte Stephanie in ein Lokal, das traditionelle brasilianische Küche anbot und überwiegend von Einheimischen besucht wurde. Obwohl seine Landsleute Wert auf gute Tischmanieren legten, ging es wie in den meisten Restaurants familiär zu, und sie bedienten sich beide von einem großen, gut gefüllten Teller. Zum gegrillten Fleisch gab es aromatisch gekochten Reis mit Bohnen, geröstetes Gemüse und gebratenen Maniok.

„Hm, köstlich!“ Er fühlte sich, als habe er wochenlang gehungert und hatte Mühe, seine gute Erziehung nicht zu vergessen und erst mit leerem Mund zu sprechen. „Erinnert mich an meine Kindheit. Meine Großmutter konnte hervorragend kochen. Sie war Chefköchin im Ipanema Palace.“

„Wirst du sie in ihrem Pflegeheim besuchen?“

„Ja, auch wenn sie sich vermutlich nicht daran erinnert, wer ich bin.“ Er seufzte mit resignierter Miene. „Falls sie hingegen einen guten Tag hat, kann ich sie vielleicht sogar zu meinem leiblichen Vater befragen.“

25

Am nächsten Vormittag erhielt Stephanie einen Anruf von der Rezeption, dass Bianca Brandão eingetroffen war. Als sie in die Lobby hinunterkam, war Michael gerade aus seinem Büro gekommen, um seine Cousine zu begrüßen. Sie umarmten sich, redeten lebhaft auf Portugiesisch aufeinander ein, und wechselten dann ins Englische. Stephanie bemerkte stolz und gerührt, wie er es zu genießen schien, sie als seine Verlobte vorzustellen. Dann küsste er sie zum Abschied und überließ sie Bianca, einer blonden grünäugigen Schönheit mit üppigen Kurven. Sie war Hausfrau und hatte sich kurzfristig Zeit nehmen können. Ihre beiden Kinder wurden währenddessen von der Nachbarin betreut.

„Du musst mir unbedingt alles über dich erzählen, meine Liebe! Ich freue mich so, mein Englisch trainieren zu können“, sagte sie munter in einem Kauderwelsch aus Englisch und Portugiesisch. „Und mal jemanden aus Europa kennenzulernen.“

„Habt ihr euch oft gesehen, als ihr Kinder wart, Michael und du?“, erkundigte sich Stephanie, als sie loszogen.

„Ja, obwohl – meine Mutter war nicht willkommen in der Familie. Micaels Großmutter Fernanda

Donatangelo wollte keinen Kontakt, nachdem sie von der Affäre ihres Mannes mit meiner Oma erfahren hat."

„Und wie habt ihr euch dann doch kennengelernt?"

„Als Jorge und Mariana Teenager waren, waren sie neugierig auf ihre Halbschwester und hatten hin und wieder Kontakt zu meiner Mutter, ohne Fernanda davon zu erzählen. Mama hat sich mit Tante Mariana gut verstanden. Mit Onkel Jorge konnte sie nicht so. Sie fand ihn irgendwie seltsam. Aber zu mir war er nett."

„Er mochte wohl Kinder, sagt Michael", kommentierte Stephanie mit steifen Lippen.

Bianca sah sie erstaunt an. „Das hat er gesagt? Ich dachte immer, Micael konnte ihn nicht leiden. Er schien ihn beinahe zu hassen und wollte nicht mal darüber reden, warum eigentlich", meinte sie arglos.

„Und deine Mutter und Mariana sind in Kontakt geblieben?" lenkte Stephanie von dem heiklen Thema ab.

„Hin und wieder. Und sie waren zur gleichen Zeit zum ersten Mal schwanger – meine Mutter mit mir und Tante Mariana mit den Zwillingen. Das hat sie einander nähergebracht, und sie fanden es gut, wenn ihre Kinder sich öfters sehen würden. So habe ich Micael und Rafael regelmäßig getroffen, und später kamen noch Claudia und mein jüngerer Bruder Sergio dazu – dann leider ohne Rafael." Sie blickte Stephanie bekümmert an. „Das war ein furchtbarer Schlag für die Familie. Ich kann mich an Rafael nicht mehr richtig erinnern, ich war ja auch erst fünf, als es passierte, aber Micael leidet immer noch darunter, oder?"

Stephanie nickte. „Er hat seitdem das Gefühl, nicht mehr vollständig zu sein."

„Nachdem Micael in die USA und anschließend nach Europa gezogen ist, waren wir uns etwas fremd, wenn er als Teenager mal auf Besuch war. Aber als er das eine Jahr im Ipanema Palace gearbeitet hat, haben wir uns wieder häufiger gesehen. Er kannte sonst kaum noch jemanden hier. Und ich glaube, er schließt nicht so schnell Freundschaften, oder?“

Während sie plauderte und Stephanie ihr konzentriert zuhörte, war sie neben ihr hergelaufen, ohne darauf zu achten, wohin sie sie führte. Plötzlich stiegen sie in einen überfüllten Bus, und Bianca bezahlte das Fahrgeld.

„Nein, Bianca!“, rief Stephanie erschreckt. „Michael hat gesagt, Busse sind nicht sicher, wir sollen ein Taxi nehmen!“

„Am hellichten Tag? Was für eine Geldverschwendung! Pass nur schön auf deine Handtasche auf und auf deine Hosentaschen, falls du da was drin hast.“

„Wohin fahren wir überhaupt?“, fragte Stephanie, während sie interessiert aus dem Fenster spähte und versuchte, sich festzuhalten und gleichzeitig auf ihre Taschen achtzugeben.

„Zur Copacabana natürlich! Ist ja schön, dass Ipanema Beach vor eurer Tür liegt, aber du willst sicher nicht aus Rio zurückkommen, ohne an der Copacabana gewesen zu sein, oder?“

„Nein, das geht natürlich nicht“, stimmte Stephanie mit einem Lachen zu. „Meine Tochter würde mich einen Kopf kürzer machen, wenn ich kein Selfie mit der Copacabana im Hintergrund vorweisen kann.“

Nach wenigen Stationen lag Rios schönster Strand in einer langgestreckten Kurve vor ihnen, eingerahmt von Bergen und Meer und gesäumt von Art-Déco-Gebäuden, in denen sich Strandhotels und Restaurants befanden.

„Wenigstens einmal muss ich hier ins Wasser – vielleicht morgen“, beschloss Stephanie.

„Hier an der Copa hat Onkel Andrew Micael mal mit Gewalt ins Meer geschleppt und reingeschmissen, weil er Angst vor den Wellen hatte“, erzählte Bianca mit bekümmerter Miene. „Ich war dabei, wir haben alle herumgeplantscht, und eigentlich sollte es ein schöner Sonntagsausflug werden. Armer Micael, es war furchtbar für ihn; er hatte solche Angst. Kurz nach seiner Entführung war er sehr schreckhaft. Und dann hat ihm Onkel Andrew hinterher auch noch den Hintern versohlt. Die Ausflugsstimmung war im Eimer, das kannst du mir glauben.“

Stephanies Gesicht verdüsterte sich. „Das hat Michael nie erwähnt. Sein Vater ist nicht gerade ein feinfühliger Mensch.“

„Er wollte nicht, dass sein Sohn ein Feigling wird. Micael war, glaube ich, nicht die Art von Sohn, die er sich gewünscht hat – er wollte einen, der so ist wie er.“

„Ein unsensibler geldgieriger Macho ohne eine Spur von Mitgefühl für andere?“

Bianca lachte. „In seinen Augen einfach ein ganzer Kerl.“

„Michael wird auch seinen Mann stehen und erfolgreich sein – aber auf seine Weise. Eine sehr viel menschlichere Weise“, sagte Stephanie überzeugt. „Er ist ein wunderbarer Mensch und ich bin stolz darauf, mit ihm zusammen zu sein.“

„Zeig mal deinen Verlobungsring.“ Bianca griff nach Stephanies Hand. „Warum trägst du keinen?“, wollte sie erstaunt wissen.

„Michael meint, es sei besser, alle Wertsachen im Hotelsafe zu lassen. Den Ring sollte ich auf diese Reise gar nicht mitnehmen.“

„Oh, er übertreibt! Wenn du nicht gerade spätabends unterwegs bist oder in den Favelas …“ Sie dachte kurz nach. „Na ja, besser ist besser – es passiert schon sehr viel. Für mich ist das Alltag, ich denke kaum noch dran, dass ich an jeder Ecke überfallen werden kann. Allerdings sieht man sofort, dass du Touristin bist. Und dein Verlobungsring hat bestimmt ein Vermögen gekostet!“

Stephanie fragte sich, wie es wohl für Bianca war, dass ihr Teil der Familie keinen Anteil am Ipanema Palace bekommen hatte, obwohl ihre Mutter und Mariana denselben Vater hatten. Aber es war keine Spur von Neid in ihrem fröhlichen Gesicht. Sie wirkte nicht gerade ärmlich, und schließlich hatte sie mit den Silverstones das beste Beispiel vor Augen, dass Geld nicht glücklich machte.

Bianca wollte nach Sommerkleidung gucken und sie durchkämmten einige Boutiquen in Copacabana. Stephanie fiel ein, dass es nicht schaden konnte, sich ein paar Strandkleider für Dubai zuzulegen, und beteiligte sich an der Suche. Als sie hungrig und durstig waren, lud sie Bianca in ein Restaurant ein.

„Was möchtest du nach dem Essen machen?“, erkundigte sich diese. „Was könnte ich dir noch zeigen? Santa Teresa ist hübsch, das ist ein Künstler-Viertel auf einem Hügel mit schönen alten Häusern und einer grandiosen Aussicht, das würde dir sicher gefallen. Aber es ist recht weit weg von hier, das wird zeitlich knapp für mich. Vielleicht machst du das lieber mit Micael, falls ihr ein Auto habt."

Stephanie nickte. „Sobald er Urlaub hat, werden wir uns einen Mietwagen nehmen."

„Morgen Abend sind wir übrigens alle bei meinen Eltern zum Essen eingeladen", kündigte Bianca an. „Sie möchten gern Micael wiedersehen und dich kennenlernen."

„Oh, das ist ja eine nette Überraschung. Darauf freue ich mich." Stephanie war sicher, dass die Begegnung mit Michaels brasilianischen Verwandten angenehmer verlaufen würde als mit seinen Eltern.

26

Den Abend des Folgetages verbrachten sie bei Michaels Tante Isabel und ihrem Mann Paulo. Bianca kam mit Mann und Kindern dazu, genau wie ihr Bruder Sergio mit Frau und Kind. Sie waren eine muntere Runde, die sich am Esstisch des kleinen Hauses zusammenquetschte. Isabel und Paulo sprachen nur wenig Englisch, doch sie gaben Stephanie durch Mimik und Gestik immer wieder zu verstehen, wie sehr sie sich über ihre Anwesenheit freuten.

„Was hast du heute Schönes gemacht?“, wollte Isabel von Stephanie wissen und tat ihr fürsorglich noch eine der gut gewürzten Hühnerkeulen auf.

„Ich brauchte einen Ruhetag“, gab Stephanie wahrheitsgemäß zu, und Michael übersetzte. „Ich hatte so viele neue Eindrücke in den letzten beiden Tagen, dass ich etwas abgekämpft bin.“

Isabel tätschelte ihre Hand. „Ist normal. Rio ist eine so hektische Stadt, das muss ermüdend sein, wenn man es nicht gewöhnt ist.“

„Ich habe lange in London gelebt, das ist auch eine ziemlich lebhafte Stadt.“ Stephanie legte reflexartig die Hand über ihr halb geleertes Weinglas, als Paulo ihr nachschenken wollte. Seit einiger Zeit trank sie viel zu häufig Alkohol, das sollte besser keine Gewohnheit werden.

„London!“ Isabel schlug begeistert die Hände zusammen. „Ein Traum. Davon musst du mir unbedingt mehr erzählen.“

„Isabel, ich habe dir schon oft von London erzählt“, antwortete Michael lachend an Stephanies Stelle.

„Ich will es eben von deiner Verlobten wissen – sie hatte als Künstlerin doch bestimmt einen anderen Blick auf die Stadt als du. Hach, ich finde es fabelhaft, dass wir nun eine Schriftstellerin und Malerin in der Familie haben!“ Isabel drückte Stephanie einen Kuss auf die Wange.

„War es nicht zu langweilig für dich?“, erkundigte sich Michael besorgt, als er gegen Mitternacht mit Stephanie in dem vorbestellten Taxi saß, das sie von Flamengo zurück nach Ipanema fuhr.

„Nein, es war nett. Mir hat zwar der Kopf geschwirrt von all den neuen Gesichtern und Namen und dem vielen Portugiesisch um mich herum, aber die herzliche Aufnahme in den Familienkreis war eine Wohltat. Deine Familie hier ist so liebevoll und fröhlich. Ich wundere mich ...“ Sie biss sich auf die Lippen.

Er erriet sofort, was sie hatte sagen wollen. „Warum meine Mutter nichts von diesem Gen abgekriegt hat? Genauso wenig wie ihr Bruder? Tja, möglicherweise liegt es eben doch am Geld, vielleicht verdirbt das wirklich den Charakter, wie es immer heißt.“

„Deinen aber nicht.“

„Ich habe ja auch noch nicht so viel eigenes“, sagte er lächelnd.

„Bestimmt war deine Mutter früher anders?“, meinte sie vorsichtig. „Wahrscheinlich ist sie verbittert geworden, nachdem das mit Rafael passiert ist. Vielleicht hat dein Vater darauf angespielt, als er gesagt hat, dass sich Menschen mit den Jahren ändern können.“

„Der hat auch nichts Besseres verdient“, knurrte Michael.

„Vielleicht hat Andrew ebenfalls unter Rafaels Verlust gelitten, auch wenn er nicht sein leiblicher Sohn ist. Immerhin war er sehr aufgebracht, weil du allein zurückgekehrt bist.“

„Mag sein. Aber sie hätten nicht vergessen dürfen, dass sie noch zwei andere Kinder hatten.“

„Wahrscheinlich hatten sie damals zu viel mit ihrem eigenen Schmerz zu tun. Sie sind eben auch nur Menschen.“

„Auf welcher Seite stehst du eigentlich?“, grummelte er.

„Die Frage ist ja wohl selten dämlich!“

Er musste grinsen. „Du hast recht. Entschuldige.“

„Du würdest dich sicher besser fühlen, wenn du es schaffst, dich innerlich mit deinen Eltern auszusöhnen. So dass du nicht mehr den Eindruck haben musst, auf der anderen Seite zu stehen. Sie scheinen nicht dazu in der Lage, vielleicht brauchen sie deine Hilfe“, gab Stephanie zu bedenken, und Michael nickte nachdenklich.

***

Am Tag darauf war Michaels letzter Arbeitstag in Rio. Stephanie hatte am Vormittag einen Schaufensterbummel in Ipanema gemacht und am Nachmittag am

Strand gesessen, an einem ausgedruckten Teil ihres Manuskripts gearbeitet und überlegt, ob sie dem Spannungsbogen zuliebe einige Kapitel kürzen sollte. Danach war sie in die Suite zurückgekehrt und wartete nun, dass Michael Feierabend machte, während sie weiter Lücken im Text auffüllte und darüber nachgrübelte, wie sie eine Szene, die ihr nicht von der Hand ging, lebendiger gestalten konnte. Und ihr fehlte noch eine Information zur Spurensicherung am Tatort. Als sie gerade eine Nachricht an den Detective Inspector von Scotland Yard tippte, der ihr bei kriminalistischen Recherchefragen behilflich war, öffnete sich die Tür, doch Michael steckte nur die Nasenspitze hinein.

„Was ist?", fragte sie verwundert, als er nicht hereinkam.

„Ich habe eine Überraschung für dich."

„Warum so schüchtern?" Rasch schickte sie die Nachricht ab und legte ihr Smartphone zur Seite.

„Ich weiß nicht, ob du sie magst oder nicht." Er schob sich endlich in die Suite und Stephanie schlug sich die Hand vor den Mund.

„Michael, deine Haare!", rief sie ungläubig und ein wenig erschrocken.

Er lachte. „Um die Ecke ist ein guter Friseur, da habe ich die Gelegenheit genutzt. In Dubai werden im Juli fast fünfzig Grad sein, das ist einfach zu heiß für so eine Mähne."

Stephanie betrachtete seine Haare. Etwa noch so lang wie ihr kleiner Finger wellten sie sich um seinen Kopf, doch es gab keine Strähnen mehr, die sein Gesicht umfächelten und mit denen sie so gern gespielt hatte.

„Gefällt es dir nicht?", fragte er enttäuscht.

„Doch, das tut es“, versicherte sie. Er sah weniger jungenhaft aus als mit fast schulterlangen Locken und nicht so streng wie mit straff zum Pferdeschwanz oder Bun gebürsteten Haaren. Und er wirkte etwas älter mit dieser Frisur, das sollte ihr nur recht sein.

„Es ist ungewohnt, aber es steht dir gut.“

„Danke. Weißt du was, ich habe Lust, heute Abend tanzen zu gehen“, verkündete er. „Ich will dir das Nachtleben von Rio zeigen. Morgen kann ich schließlich endlich mal ausschlafen.“

Sie ruhten eine Stunde aus, zogen sich um, aßen im Hotel zu Abend und ließen sich dann von dem Hotelchauffeur Antonio nach Lapa bringen, ins Zentrum des Nachtlebens von Rio, in dessen Straßen sich Dutzende von Musikclubs und Bars befanden und die Klänge von Livesamba in der Luft lagen.

Michael wählte einen Sambaclub aus, in dem ein bunt gemischtes Publikum zur Livemusik der Band tanzte.

Als gebürtiger Brasilianer hatte Michael die Samba im Blut, auch wenn er nicht alle Figuren korrekt beherrschte. Stephanie konnte weder die Schritte noch hatte sie es im Blut, also improvisierte sie, und es wurde eher eine Mischung aus Disco, Hip-Hop und Bollywood-Tanz. Michael verzweifelte in seinem Bemühen, sie zu führen, doch sie hatten viel Spaß.

Antonio saß am Nebentisch und trank alkoholfreie Drinks oder tanzte ebenfalls.

„Warum nehmen wir eigentlich kein Taxi?“, wollte sie wissen.

„Das ist spätabends nicht ungefährlich. Funktaxis per Vorbestellung so wie gestern gehen noch, aber ich weiß nicht, ob wir hier nachher spontan eines bestellen können. Und ich bezahle Antonio fürstlich für den Abend, er freut sich darüber."

„Aber Michael, wir sind zu zweit und haben keine Wertsachen dabei, wie kann das so gefährlich sein?"

„*Querida*, in Rio werden manchmal Leute per Taxi entführt. Wie du weißt, bin ich ein gebranntes Kind. Ich glaube nicht, dass Vater begeistert wäre, wenn er erneut eine Lösegeldforderung bekäme."

„Für mich würde er sicher nicht zahlen", murmelte sie und prostete Antonio freundlich zu. „Langsam bin ich froh, dass wir nicht hierher, sondern nach Dubai ziehen." Da arrangierte sie sich doch lieber mit den strengen Sitten, wenn sie dafür gefahrlos durch die Straßen bummeln konnte. „Schade, Rio ist sonst eine so schöne Stadt."

27

Am nächsten Tag konnte ihr Urlaub endlich beginnen. Sie schliefen aus, frühstückten ausgiebig und stiegen dann in den reservierten Mietwagen, der zum Hotel gebracht worden war. Zunächst wollte Michael seine Großmutter besuchen und machte auf dem Weg zum Pflegeheim einen Umweg, um Stephanie die ehemalige Villa seiner Eltern zeigen zu können. Früher eine noble Wohngegend, war der Glanz inzwischen verblasst, doch verglichen mit anderen Vierteln war es immer noch recht ansehnlich. Die Häuser hatten außergewöhnlich schöne Fassaden aus vergangenen Stilepochen, und rechts und links der baumbestandenen Straßen gab es viele Einfamilienhäuser.

„Das war unser Haus.“ Er hielt am Straßenrand und deutete auf eine prachtvolle kleine Villa hinter einem hohen Eisenzaun.

„Sieht hübsch aus. Warum seid ihr eigentlich aus Rio weggegangen?“

„Es wurde in diesen Jahren immer krimineller. In den Favelas herrschte eine Art Krieg. Immer wieder hat es Unschuldige getroffen, weil sie zur falschen Zeit am falschen Ort waren. Tausende verschwanden oder wurden ermordet“, erzählte Michael leise. „Mama hatte Angst um Claudia und mich, und ihre permanente

Furcht vor einer erneuten Entführung hat sich auf uns Kinder übertragen. Das war für keinen von uns gut. Und Dad wollte endlich sein neues Hotel in Boston leiten."

Er starrte unverwandt auf das Haus und verspürte sofort ein beklemmendes Gefühl in der Brust. Es waren die dunklen Jahre gewesen – nicht nur für Rio de Janeiro, sondern auch für seine Familie. Mariana hatte weiterhin um Rafael getrauert und ständig zwischen Verzweiflung und der Hoffnung, dass er doch noch zurückkehren würde, geschwankt. Sie war emotional kaum für Michael verfügbar gewesen. Andrew, stets in die Arbeit vergraben, genauso wenig. Und Claudia war noch zu klein gewesen, um eine Kameradin sein zu können. Zuwendung gab es höchstens von der neuen Nanny, doch ihm war bewusst gewesen, dass diese nur ihren Job machte. Oder eben von Onkel Jorge ... Michael schüttelte sich und wandte den Blick ruckartig von dem Gebäude ab. Dieses Haus barg keine guten Erinnerungen und er sagte sich, dass er nun zum letzten Mal hier vorbeigeschaut hatte.

Er tippte die Adresse des Pflegeheims seiner Großmutter ins Navigationssystem und ließ den Motor wieder an.

Das Heim für betuchte Senioren war in einem alten, gut restaurierten Kolonialgebäude untergebracht und grenzte an einen idyllischen Park.

„Rafael!", rief Fernanda Donatangelo erfreut, als Michael und Stephanie nach dem Anklopfen das behaglich eingerichtete Zimmer betraten. „Was für eine Überraschung!"

„Oma!“ Michael kniete sich neben ihren Sessel und zog sie in die Arme, während Stephanie die Tür schloss. „Ich bin Micael, das weißt du doch.“

„Ach so. Ich habe euch verwechselt.“ Sie umarmte und küsste ihn. „Wie lieb, dass du mich schon wieder besuchst, du warst doch gerade erst da.“

„Das ist schon fast ein Jahr her, Oma. Da hast du noch in eurem Haus gelebt, nicht in diesem Heim.“ Er strich ihr zärtlich über das weiße Haar, das einen hübschen Kontrast zu ihrer hellbraunen Haut bot.

„Tatsächlich? Meine Güte, wie schnell die Zeit vergeht. Dabei ist hier ein Tag wie der andere ...“ Sie blickte an ihm vorbei zu Stephanie, die sich langsam genähert hatte. „Ist das deine Frau?“

„Noch nicht – sie ist meine Verlobte.“

„Ach, du hast dich verlobt?“ Sie strahlte vor Freude über die Neuigkeit.

„Komm her, Steph.“ Er streckte die Hand nach ihr aus und stellte sie seiner Großmutter vor, die sie sofort an ihren üppigen Busen drückte und etwas auf Portugiesisch murmelte.

Michael sah Stephanie grinsend an. „Sie sagt, dass meine Eltern sehr glücklich darüber sein müssen“, übersetzte er.

„Hast du ihr gesagt, dass sie noch nichts von ihrem Glück wissen?“

„Nein, ich will sie nicht mit unseren Differenzen belasten.“

Sie setzten sich auf die beiden Stühle an dem kleinen Tisch.

„Warum habt ihr eure Kinder nicht mitgebracht? Ich möchte sie mal sehen“, bat Fernanda.

„Wir haben noch keine Kinder. Wir haben uns gerade erst verlobt.“ Michael seufzte. Sie schien zwar einen ihrer besseren Tage zu haben, brachte aber einfach alles durcheinander. Dennoch wollte er es auf einen Versuch ankommen lassen.

„Oma, was weißt du über meinen Vater?“, fragte er.

Sie blickte ihn erstaunt an. „Andrew ist ein englischer Hotelier. Was soll die Frage?“

„Ich meinte meinen biologischen Vater. Jorge hat mir gesagt, dass Andrew es nicht ist.“

Deutlich nahm er den Schrecken im Gesicht der alten Dame wahr. Ihr dunkler Blick schweifte durchs Fenster, das auf die tropische Parkanlage hinausging. „Das darf nie jemand erfahren“, flüsterte sie.

Michael lief es kalt den Rücken hinunter. „So schlimm? War er ein Krimineller oder so etwas?“

„Das war eine Sünde. Gott hat sie bestraft.“ Sie begann leise ein Gebet zu murmeln und wirkte völlig geistesabwesend.

Er übersetzte Stephanie schnell das Gespräch.

Als Fernanda nach ihrem Gebet in die Gegenwart zurückzukehren schien, richtete sie den Blick auf Michael und es war, als ob sich ein Schalter umgelegt hätte. Von einer Sekunde auf die andere wusste sie nicht mehr, wer diese Fremden waren, die an ihrem Tisch saßen, und schrie erbost nach dem Personal.

Michael erhob sich mit bekümmertem Gesicht. „Wir werden gehen. Das bringt jetzt nichts mehr, es regt sie bloß auf.“ Er wollte seiner Großmutter einen Abschiedskuss geben, aber sie wehrte ihn ab.

„Schade“, seufzte er, als sie das Heim verließen. „Man weiß ja nie, ob es das letzte Mal war.“

„Wenigstens hat sie dich anfangs erkannt und ihr habt euch kurz unterhalten können", versuchte Stephanie ihn zu trösten.

„Mal abgesehen davon, dass sie mich zuerst mit Rafael angesprochen hat. Da sie so tief in der Vergangenheit zu stecken schien, dachte ich, es wäre ein guter Moment, sie nach meinem Vater zu fragen. Doch offenbar hat sie das so aufgeregt, dass sie von einem Moment zum anderen vergessen hat, wer ich bin. Immerhin hatte ich den Eindruck, dass sie sofort wusste, wovon ich geredet habe. Jorge hat also nicht gelogen."

„Wie alt ist sie?"

„Einundachtzig. Mutter hatte früher überlegt, ob sie sie nach England holt, aber sie fürchtet, die Entwurzelung würde sie umbringen. Sie könnte sich ja nicht mal mit dem Pflegepersonal verständigen. Hier gibt es wenigstens noch Jorge. Außerdem hat sie einen jüngeren Bruder und dessen Kinder und Enkelkinder, die sie manchmal besuchen." Er atmete tief durch. „So, nun habe ich alle Pflichtaufgaben erledigt, und wir können einen auf Tourismus machen! Jetzt geht es zum Corcovado."

Stephanie blickte sich fasziniert um, als sie nach der Fahrt mit einer Zahnradbahn auf der Aussichtsplattform nahe der Christus-Statue standen, die ihre Arme über Rio ausbreitete. „Hierhin wolltest du also nach deiner Flucht aus der Favela."

„Na ja, es war das Einzige, das ich erkannt habe. Ich dachte damals, der Zuckerhut läge unmittelbar hinter dem Corcovado und ich müsste nur an der Küste entlanglaufen, um zum Ipanema Palace zu gelangen."

Es war ein klarer Tag, und der Rundumblick auf den von weißen Stränden und grünen Bergen gesäumten Ozean war großartig. Inmitten des Häusermeeres lagen tropische Parks – und die Slums. Michael fand, dass aus über siebenhundert Meter Höhe sogar die Favelas malerisch wirkten. Die Baracken aus Abfall, Brettern und Wellblech an notdürftig angelegten Straßen ohne Namen verschmolzen zu verschwommenen Farbtupfern wie in einem impressionistischen Gemälde.

Ein kühler Wind wehte, und Stephanie fröstelte in ihrem leichten Kleid. Michael trat hinter sie und umschlang sie wärmend. „Ich war schon mehrmals hier oben, aber ich finde es immer wieder grandios."

„Das ist es", versicherte sie. „Rio ist wirklich eine der schönsten Städte der Welt."

„Ja, von hier oben betrachtet", erwiderte er sarkastisch. „Böse Zungen behaupten, die Christus-Statue breitet ihre Arme nicht schützend, sondern hilflos über Rio aus."

„Können wir im Anschluss nach Santa Teresa fahren?", bat sie. „Bianca hat mir Lust darauf gemacht, das Viertel zu sehen."

Sie fuhren nach Lapa, wo sie am Vorabend bereits zum Tanzen gewesen waren. Erst im Tageslicht bemerkte man, wie heruntergekommen die Gegend aussah.

Auf einmal standen sie vor einer hoch hinaufführenden Treppe, deren Stufen von farbenfrohen Mosaiken bedeckt waren.

„Oh, wie hübsch. Die kommt mir bekannt vor."

„Das ist die Escadaria Selarón, eines von Rios Wahrzeichen", erklärte Michael. „Die Treppe führt nach

Santa Teresa hinauf. Aber Achtung, das sind zweihundertfünfzehn Stufen."

„Gut, nach dem üppigen Mittagessen brauche ich sowieso ein bisschen Verdauungssport", sagte Stephanie lachend.

Oben angekommen, wurden sie von einer fantastischen Aussicht auf Rios Dächer und Küste belohnt.

„Ein Fotomotiv ist schöner als das andere", bemerkte sie hingerissen und aktivierte die Kamera ihres Smartphones. Er nickte bestätigend und ließ das Panorama auf sich wirken. Durch Stephanies Begeisterung sah er seine Heimat mit neuen Augen.

Auf einmal schrie sie erschreckt auf und taumelte gegen ihn. Ihr Smartphone, das sie nach dem Fotografieren hatte sinken lassen, fiel zu Boden. Unmittelbar bevor eine kleine braune Hand danach greifen wollte, setzte Michael reflexartig seinen Fuß auf das Handy. Gleichzeitig versuchte er, das dünne Ärmchen festzuhalten, doch die kindliche Gestalt entwischte ihm und rannte die Straße hinunter, Stephanies tabakbraune Wildledertasche fest unter die Achsel geklemmt.

Michael spurtete hinterher, aber der flinke Taschendieb war kaum dreißig Sekunden später außer Reichweite und im Gewirr der Gassen untergetaucht.

„Ach, verdammt", sagte Michael zerknirscht zu Stephanie, die ihm gefolgt war, als sie ihn eingeholt hatte. Er ärgerte sich, dass er nicht besser aufgepasst hatte. Schließlich war ihm bekannt, dass Santa Teresa von Favelas umgeben und daher recht kriminell war. „Tut mir leid, das ist so schnell gegangen ... Ist wenigstens dein Handy heil geblieben?"

„Ich denke schon. Zumindest ist das Display nicht gesplittert, dem Panzerglas sei Dank." Noch etwas atemlos vor Schreck und von dem Sprint hob sie hilflos die Hände. „Gut, dass ich gerade fotografiert habe und es nicht in meiner Tasche war. Du hattest echt gute Reflexe."

Michael nahm ihr das Smartphone ab und betrachtete es. Sein Schuh hatte einen staubigen Abdruck auf dem Display hinterlassen, doch ansonsten wirkte es unversehrt. „War etwas Wichtiges in der Tasche?"

Sie schüttelte den Kopf. „Nur ein bisschen Bargeld, Lippenstift, Haarbürste und so was – das kann ich verschmerzen. Pass und Kreditkarte habe ich zum Glück im Hotel gelassen. Aber die Tasche hatte ich gerade erst in Dubai gekauft und fand sie so schön", meinte sie betrübt.

„Wir schauen nächsten Monat, ob es sie dort noch gibt", tröstete er. „Es wird ja kein Unikat gewesen sein."

Stephanie winkte ab und lächelte schon wieder. „Allein in der Mall of the Emirates gab es mindestens zwei Dutzend Handtaschen, die mir gefallen haben, es wird also kein Problem sein, diese zu ersetzen."

„Wenn nichts Wertvolles in der Tasche war, können wir uns eine Anzeige und viele Stunden auf einem Kommissariat sparen, denke ich. Das bringt sowieso nichts."

Sie nickte resigniert. „Gehen wir weiter. Ich hoffe, der kleine Dieb kann sich mit dem Geld für ein paar Tage was zu essen kaufen."

Hand in Hand schlenderten sie durch die gewundenen Straßen, die von beeindruckenden Villen des neunzehnten Jahrhunderts gesäumt wurden, und bummelten durch Kunsthandwerksläden und Galerien.

„Danke für den Ausflug, das war alles sehr sehenswert“, sagte Stephanie begeistert, als sie am Spätnachmittag zum Hotel zurückfuhren. Erleichtert stellte Michael fest, dass ihr der Taschendiebstahl nicht die gute Laune verdorben hatte.

Sie machten einen letzten Spaziergang an der Strandpromenade von Ipanema, und Michael kaufte sich einen Caipirinha, die dort an vielen kleinen Getränkebuden ausgeschenkt wurden.

„Ich glaube, nun habe ich genug von Rio gesehen“, äußerte Stephanie erschöpft, als sie nach dem Abendessen in ihre Suite zurückkehrten und die Koffer packten. „Jetzt kann das restliche Brasilien drankommen!“

28

Acht Tage, um ein riesiges Land wie Brasilien zu erkunden, waren natürlich lächerlich wenig. Um ihre Reise nicht zu strapaziös zu machen, hatten sie beschlossen, sich auf ein Stück der Küste gen Süden zu beschränken und zum Schluss die Wasserfälle bei Iguaçu zu besichtigen.

„Es tut mir leid, wir müssen einen Abstecher nach São Paulo machen", sagte Michael, als sie Rio nach dem Frühstück verließen. „Es liegt aber auf dem Weg und ich kenne da ein schönes Hotel."

„Kein Problem, ich würde gerne einen Eindruck von der Stadt bekommen. Ist die größte Metropole Südamerikas, oder?"

„Ja. Das lohnt sich aber nicht. Das einzig Interessante an São Paulo sind die wirklich guten Restaurants."

„Warum willst du da hin, wenn dir die Stadt nicht gefällt?"

„Ich muss eine Adresse überprüfen. Vorgestern habe ich einen günstigen Moment genutzt, um in Onkel Jorges Büro herumzuschnüffeln", bekannte er mit verlegenem Lächeln. „Ich kenne die Kombination seines Safes, er hat sie seit Jahren nicht geändert. Dort habe ich einen Umschlag gefunden, auf dem in Jorges Schrift *Andrew* stand. Er war unverschlossen und drin war die

Kopie eines Zettels mit einer Adresse in São Paulo, geschrieben in der Handschrift meines Vaters."

„Mehr nicht?"

Michael schüttelte den Kopf.

„Und so etwas bewahrt er im Safe auf? Das ist ja merkwürdig."

„Eben. Deswegen wollte ich mir ansehen, was es an dieser Adresse gibt. Es scheint eine Privatadresse zu sein. Zuoberst stand der Name A. da Silva. Ich habe ihn gegoogelt, doch das ist ein Allerweltsname, und ohne ausgeschriebenen Vornamen bringt das 720 Millionen Einträge. Allen voran über den aus Rio stammenden Fußballspieler Antônio da Silva, aber die Adresse hat bestimmt nichts mit ihm zu tun. Auf Google Street View sieht es nach einem bescheidenen Wohnviertel aus. Ich wüsste nicht, was Dad mit Leuten, die dort leben, zu schaffen haben sollte."

„Bist du sicher, dass es seine Schrift war?"

„Ja. Noch dazu stand es auf seinem Notizblock mit seinem aufgedruckten Namen unter dem Hotellogo. Die hat nur er benutzt. Natürlich könnte jemand ein Blatt entwendet haben, doch es war hundertprozentig seine Schrift."

Als sie São Paulo am Nachmittag erreichten, tippte Michael die rätselhafte Adresse, die er mit seinem iPhone abfotografiert hatte, ins Navigationssystem ein.

„Ich möchte direkt hinfahren, bevor wir im Hotel einchecken", erklärte er. „Es ist besser, wir kreuzen dort bei Tageslicht auf – die Straße scheint am Rande eines Slums zu liegen."

„Oh, ausgerechnet."

„Das ist leider nichts Besonderes – die Hälfte der Einwohner von São Paulo lebt in Slums."

„War dieser Notizzettel datiert?", erkundigte sich Stephanie, als sie sich der Adresse näherten und durch ein Viertel mit schlichten, baufällig wirkenden Häusern fuhren. Auf den Bürgersteigen lag Unrat. Ärmlich gekleidete Menschen saßen vor den Hauseingängen und beobachteten interessiert ihren auf Hochglanz polierten Mittelklassewagen.

„Nein. Sicher hat Vater ihn geschrieben, als er noch das Ipanema Palace geleitet und diese Notizblöcke verwendet hat." Michael stoppte vor einem Gebäude, von dem Putz und Farbe blätterten. „Hier ist es."

Sie stiegen aus und schlenderten zu einem Grüppchen von Leuten, die vor dem Haus auf der Straße herumlungerten. Michael redete kurz mit ihnen, und seiner Miene konnte Stephanie entnehmen, dass ihn die Antworten nicht befriedigten. Einer der jungen Männer erhob sich und winkte ihnen, ihm zu folgen.

„Niemand von ihnen kennt einen A. da Silva in der Nachbarschaft", fasste Michael für Stephanie zusammen. „Vermutlich hat er oder sie vor langer Zeit hier gelebt, wohingegen diese Leute seit maximal fünfzehn Jahren hier wohnen, wie sie mir gesagt haben."

„Und wo gehen wir jetzt hin?"

„Er will mich in Kontakt mit einigen Bewohnern bringen, die schon länger hier leben."

Sie gelangten in einen Hinterhof, in dem einige alte Männer an einem Klapptisch vor einem Brettspiel saßen. Michael begann ein Gespräch mit ihnen. Dann mischte sich eine ältere Frau ein, die auf einem Klappstuhl saß und zugehört hatte. Auch mit ihr sprach

Michael eine Weile, und Stephanie versuchte, anhand seiner Mimik und den wenigen Brocken Portugiesisch, die sie inzwischen gelernt hatte, zu deuten, was sie ihm erzählte. Schließlich nickte er resigniert und bedankte sich.

„Der Mann, mit dem ich zuerst gesprochen habe, sagte, da Silva sei der Name einer Familie gewesen, die hier vor rund dreißig Jahren gelebt habe", erklärte Michael, als sie zum Auto zurückkehrten. „Die Frau hingegen meinte, Ana da Silva sei eine alleinerziehende Mutter mit einer kleinen Tochter gewesen. Denkst du, was ich denke?"

Sie nickte. „Dass dein Vater ein Verhältnis mit dieser Dame hatte und das Mädchen womöglich seine Tochter war?"

„Genau. Die Frau soll jung und hübsch gewesen sein, die Kleine ungefähr Ende der Achtzigerjahre geboren."

Stephanie kratzte sich nachdenklich am Kinn. „Falls sie die heimliche Geliebte deines Vaters war, warum bringt er sie in São Paulo unter? Warum nicht wenigstens in Rio?"

„Keine Ahnung. Aber es würde zu dem Brief von 1989 an seine Eltern passen, dass er eine Lösung für das Problem gefunden hat, oder? Die Frau ist unbequem geworden, hat ihn unter Druck gesetzt, hat gedroht, meiner Mutter alles zu verraten ... Vielleicht wollte er ja, dass sie weit genug weg ist." Er öffnete Stephanie die Beifahrertür und sie stieg ein.

„Möglich. Vielleicht war es aber auch völlig anders", meinte sie, als Michael ebenfalls im Wagen saß und sich anschnallte. „Vielleicht war das Kind gar nicht von ihm, sie ist aus anderen Gründen nach São Paulo gezogen und er hat lediglich Nachforschungen angestellt, um sie wiederzusehen."

„Oder wir verrennen uns gerade komplett in etwas. Der Mann hat von einer *Familie* da Silva gesprochen – wer hat nun recht?" Kopfschüttelnd ließ er den Motor an.

„Stell Andrew zur Rede. Ihn oder Jorge."

„Mit Dad muss ich sowieso reden, wenn ich zurückkomme, da ist das ein Abwasch. – So, und nun genug von diesen Familiengeheimnissen. Ich möchte meine Eltern und alles, was damit zu tun hat, mal für eine Woche aus dem Kopf bekommen!"

Stephanie schmunzelte. „Das wäre mir sehr recht."

***

Nach dem hektischen Rio und der Wolkenkratzerhölle von São Paulo waren die ruhigen Regionen, durch die sie in den nächsten Tagen fuhren, eine Wohltat. Sie kamen an malerischen Fischerdörfern, farbenprächtigen Kolonialstädtchen und sauberen Stränden vorbei, wo sie hin und wieder anhielten, um zu baden oder zumindest mit den Füßen ins Wasser zu laufen. Der Atlantik war kühl und brachte immer wieder eine frische Brise.

Stephanie fröstelte in ihrem Badeanzug und schlang sich hastig das Handtuch um den Körper.

Michael nahm sie in die Arme und rieb ihr kräftig über den Rücken, um sie zu wärmen. „Morgen leihe ich dir meinen Pullover", sagte er amüsiert.

„Je weiter wir jetzt nach Süden fahren, desto kälter wird es, richtig?"

„Ja. Aber wir fahren nicht bis nach Patagonien, du kannst Handschuhe und Pudelmütze im Koffer lassen“, neckte er sie.

Auf dem Weg zu den Wasserfällen machten sie einen Übernachtungsstopp in der Universitätsstadt Curitiba, die in die Berge der Serra do Mar eingebettet lag.

„Ob ich mal euer Nationalgericht probiere?“, überlegte Stephanie, als sie vor der Speisekarte eines rustikal eingerichteten Restaurants saß und versuchte, sie mit Hilfe der bisher aufgeschnappten Gastronomie-Vokabeln zu entziffern. „Warum isst du das eigentlich nie?“

Michael lachte auf. „Nur zu. Die *Feijoada completa* besteht unter anderem aus schwarzen Bohnen, Speck und Wurst, Rind- und Schweinefleisch, wobei oft Ohren, Schnauze und Ringelschwanz vom Schwein mitgekocht werden – soll den Geschmack verstärken. Beantwortet das deine Frage?“

„Iiiihhh ... Wenn ich es mir recht überlege, möchte ich was Vegetarisches.“ Stephanie hakte das Nationalgericht von ihrer gedanklichen To-do-Liste ab.

Am nächsten Morgen war es sehr frisch, und nun lieh sich Stephanie tatsächlich Michaels dunkelblauen Kaschmirpullover. Sie hielt ihn mit einem Gürtel zusammen und krempelte die Ärmel um.

Michael streichelte genussvoll über die flauschig zarte Wolle, die ihren Busen bedeckte. „Mhm, du kannst ihn behalten, das fühlt sich an dir viel besser an als an mir.“

„Komisch, aus dem gleichen Grund liebe ich es, wenn du ihn trägst!“ Sie lächelte und warf einen Blick hinüber zum Bett, auf dem die zerwühlten Laken noch davon zeugten, wie sie sich in der kühlen Nacht warmgehalten hatten.

***

Stephanie erwachte von einem gewaltigen Rauschen, das sie in den Schlaf gewiegt hatte und nun erneut in ihr Bewusstsein drang. Sie hatten Iguaçu erst am späten Abend erreicht und sich im besten Hotel der Gegend einquartiert. Es lag außerhalb der Stadt und dicht an den Wasserfällen.

Sie sprang aus dem Bett und zog die schweren Vorhänge zur Seite. Der Anblick der weiß schäumenden Kaskaden war überwältigend und wirkte so belebend, als würde sich die unglaubliche Energie dieser Wassermengen auf sie selbst übertragen.

„Guten Morgen", hörte sie Michaels verschlafene Stimme vom Bett her.

Stephanie wandte sich um und lief zu ihm. Sie setzte sich auf die Bettkante und küsste ihn zärtlich. „Alles Liebe zum Geburtstag, *querido*." Sie griff in ihre Handtasche und zog ein flaches quadratisches Päckchen hervor. „Ich hoffe, du hast sie noch nicht."

Gespannt riss er das Geschenkpapier auf.

„Oh, das ist ja meine brasilianische Lieblingsband. Ich wusste gar nicht, dass die was Neues herausgebracht haben."

„Bianca hat mir verraten, dass du diese Band magst."

„Das ist eine nette Überraschung, danke."

„Das Hauptgeschenk ist aber ein anderes." Sie holte ein weiteres Päckchen aus ihrer Tasche, dessen Form genauso verräterisch war wie die der CD.

„Oh!" Michael blickte sie an wie ein Kind, das vor einem Geschenkeberg unter dem Weihnachtsbaum stand und löste behutsam das blau-silberne Papier. Zum Vorschein kam ein Ring-Etui, das er beinahe andächtig öffnete.

Im blauen Samt steckte ein breiter silberner Männerring.

Ein Strahlen überzog sein Gesicht. „Ein Verlobungsring?"

„Ich wollte, dass du auch einen Ring von mir hast. Auch wenn er nicht besonders wertvoll ist", sagte Stephanie verlegen. „Den kannst du sogar in Rio tragen."

„Natürlich ist er wertvoll!" Michael küsste sie gerührt und streifte sich den Ring auf den Finger. „Passt. Woher kennst du meine Ringgröße? Nicht einmal ich kenne die."

„Als du geschlafen hast, habe ich dir ein Maßband um den Finger gewickelt."

Er lachte, zog sie in die Arme und ließ sich mit ihr in die Kissen zurücksinken. „Vielen Dank, Liebling."

Nach dem Frühstück machten sie einen Spaziergang an den Wasserfällen entlang, und nahmen am Nachmittag an einem organisierten Ausflug im tropischen Regenwald des Nationalparks teil. Bei einem Spaziergang bewunderten sie die wie Unkraut wuchernden Orchideen, die bunten Papageien in den Baumkronen und die in der Luft stehenden Kolibris. Dann fuhren sie mit Schlauchbooten auf dem Rio Iguaçu gegen eine reißende Strömung stromaufwärts. Der richtige Nervenkitzel für Michael, der das Rafting sichtlich genoss. Die Gischt benetzte sein begeistertes Gesicht. Stephanie machte es auch Spaß, aber noch mehr gefiel es ihr, ihn so gelöst und glücklich zu sehen.

Zum Glück überwanden die starken Außenborder mit Hilfe der geschickten Bootsführer alle Stromschnellen. Durchnässt, aber unversehrt erreichten sie ein Naturbecken, in welches die Kaskaden aus großer Höhe herabdonnerten.

Schade nur, dass Brittany nicht dabei war, damit wäre es perfekt gewesen, dachte Stephanie. Vielleicht bot sich später einmal die Gelegenheit, ihr die beeindruckenden Naturspektakel Brasiliens zu zeigen.

Andererseits hatte Brittany ihr im Mai unmissverständlich klargemacht, dass sie flügge werden und nicht mehr alles mit ihrer Mutter gemeinsam machen wollte. Was einige Zeit an Stephanie genagt hatte. Doch nun genoss sie auch, dass sie dadurch ohne schlechtes Gewissen ihre eigenen Bedürfnisse in den Vordergrund stellen durfte.

Am nächsten Vormittag machte sich Michael mit einem achtminütigen Helikopter-Rundflug selbst ein nachträgliches Geburtstagsgeschenk, zu dem er Stephanie natürlich ebenfalls einlud.

„Das war ein langjähriger Herzenswunsch“, erklärte er dem Piloten freudestrahlend, während sie die weißen Wassermassen im grünen Tropenwald bestaunten, die aus der Vogelperspektive noch überwältigender wirkten.

Danach gaben sie ihren Mietwagen in der nahegelegenen Stadt Foz do Iguaçu ab und flogen von dort nach Rio de Janeiro zurück.

„Schön, wieder zu Hause zu sein", scherzte Stephanie, als sie am Abend die Flitterwochen-Suite des Ipanema Palace betraten.

Michael trat auf sie zu und streichelte über ihre Wange. „Tut mir leid, dass ich dir im Moment noch kein richtiges Zuhause bieten kann."

„Michael, du bietest mir Suiten in den tollsten Hotels der Welt – was kann man sich Schöneres vorstellen?"

„Das ist nicht dasselbe. Ich habe es langsam satt, immer von einem Hotel zum anderen zu ziehen. Nur hat es nicht viel Sinn, dass wir uns in Dubai eine Wohnung suchen bei den exorbitanten Preisen und dem Verkehrschaos dort. Aber wenn wir irgendwann endgültig in Brighton leben, werden wir ein schönes Heim haben, das verspreche ich dir."

„Du bist süß. Ich bin da zu Hause, wo du bist." Sie umarmte ihn. „Danke für die Reise. Sie war wunderschön."

„Ja, das hat mir auch gutgetan." Er drückte sie an sich und löste sich dann wieder von ihr. „Ab übermorgen fängt der Ernst des Lebens an." Doch er lachte dabei.

Stephanie betrachtete ihn verliebt. Er sah verflixt gut aus, so entspannt und erholt, tief gebräunt und mit den kurzen Haaren, die ihn männlicher als vorher erscheinen ließen. Mit ihm an der Seite freute sie sich sogar auf den Ernst des Lebens.

29

Als Michael am Morgen seiner Rückkehr mit entschlossenen Schritten das Büro seiner Mutter betrat, saß sie gerade mit ihrer Assistentin zusammen und besprach den anstehenden Besuch eines Londoner Prominenten.

„Tanya, lassen Sie uns bitte einen Moment allein und stellen Sie keine Anrufe durch“, sagte er freundlich, aber bestimmt.

„Selbstverständlich.“ Sie erhob sich und verließ das Büro.

„Was soll das denn, Micael?“, fragte Mariana, sichtlich verwundert über sein ungewohnt dominantes Auftreten.

„Ich freue mich, dich wiederzusehen, Mama.“ Er ging zu ihr und küsste sie auf die Wange.

Sie schlang die Arme um seinen Hals. „Ich mich natürlich auch, aber hätte das nicht noch zehn Minuten Zeit gehabt? Hast du es so eilig, mir von deinen Erlebnissen in Brasilien zu erzählen?“

„So was in der Art.“ Michael setzte sich auf den frei gewordenen Besuchersessel und knetete nervös seine Hände.

„Oh, du hast dir die Haare abschneiden lassen“, bemerkte Mariana. „Ist ungewohnt, aber steht dir gut.“

„Danke.“

„Erst einmal herzlichen Glückwunsch zur Verlobung", sagte sie spitz und musterte den silbernen Ring an seinem Finger.

„Ich sehe schon, die Neuigkeiten haben den Atlantik schnell überquert", erwiderte er ironisch. Er hatte die Familie in Rio nicht darum bitten wollen, Mariana gegenüber die Verlobung nicht zu erwähnen, weil das sicher merkwürdig gewirkt hätte.

„Bianca hat mir in einer WhatsApp zu meiner wunderbaren Schwiegertochter in spe gratuliert." Mariana schürzte die Lippen.

„Sie und Stephanie sind prima miteinander ausgekommen, trotz der Verständigungsschwierigkeiten", betonte er.

„Vielleicht gerade deswegen?"

„Nun hör aber auf!"

Sie legte in einer melodramatischen Geste die Hand aufs Herz. „Es tut mir weh, dass du dich heimlich verlobst und mir nichts davon sagst."

Das war das perfekte Stichwort. „Du regst dich über Heimlichkeiten meinerseits auf, Mama? Dann reden wir doch mal über deine!"

Seine Mutter stöhnte genervt. „Willst du schon wieder darauf herumhacken, dass wir unser Hochzeitsdatum ein Jahr vorverlegt haben?"

„Ich kenne jetzt den Grund dafür. Den wahren Grund!"

Sie schluckte. „Wie bitte?"

„Ich habe mich mit Jorge gestritten. Er war wütend auf mich und hat mir unter die Nase gerieben, dass Dad gar nicht mein leiblicher Vater ist."

Marianas Gesicht erstarrte. Einige Sekunden herrschte Totenstille.

„Dazu hatte er kein Recht“, flüsterte sie schließlich.

„Das ist eine andere Sache, aber hattet ihr ein Recht, mir meinen biologischen Vater vorzuenthalten?“

„Ach, Micael, Andrew ist dein Vater, Jorge hat ... Er weiß nicht wirklich ...“ Ihre ebenmäßigen Züge wirkten gequält.

Michael runzelte die Stirn. „Willst du mir erzählen, dass Jorge gelogen hat?“

Mariana schwieg.

„Wirst du mir die Wahrheit sagen oder soll ich Dad für einen DNA-Abgleich ein Haar ausreißen?“

Sie lehnte sich in ihrem Chefsessel zurück und verschränkte die Arme vor der Brust. „Gut, ich erzähle dir alles.“

„Da bin ja mal gespannt.“

„Ich war achtzehn und zum ersten Mal so richtig verliebt. Er hieß Gabriel, war fünfundzwanzig und Musiker“, begann sie mit Überwindung.

„Musiker?“, wiederholte Michael überrascht.

„Ein Performer, Sänger und Tänzer. Dein tänzerisches Talent hast du von ihm geerbt.“

„Der war also mein Vater?“

„Unterbrich mich nicht andauernd, Micael! Ja, ich wurde ungewollt schwanger von Gabriel. Er versprach, mich zu heiraten und so vertraute ich mich meinen Eltern an, vor denen ich diese Beziehung bis dahin verheimlicht hatte. Sie waren entsetzt. Gabriel war nicht standesgemäß, hatte kein Geld und wollte mich sicher nur wegen meines Erbes heiraten, meinten sie. Und teilten mir mit, dass sie jemand anderen für mich im

Auge hatten. Einen wohlhabenden englischen Hotelerben, der sich für mich interessieren würde. Ich hatte ihn bereits kurz kennengelernt. Und natürlich interessierte er sich für das Ipanema Palace. Obwohl das Hotel, wie ich ebenfalls erst zu diesem Zeitpunkt erfahren habe, finanziell nicht mehr so gut dastand. Meinen Eltern fehlte das Geld für Investitionen. Andrew hatte es und war bereit, beides zu akzeptieren: meine Schwangerschaft und dass er Geld in das Hotel stecken müsste. Im Gegenzug sicherte er sich die Mehrheit am Hotel. Er hatte einen Deal mit meinem Vater geschlossen, und ich bin nicht einmal gefragt worden." Vehement trommelte sie mit den Fingerspitzen auf die Tischplatte. „Papa hat mich praktisch verkauft und es so hingestellt, als ob ich wegen meiner heiklen Situation noch froh darüber sein könne. Ich spielte mit dem Gedanken, mit Gabriel durchzubrennen." Sie starrte kurz aus dem Fenster und stieß einen Seufzer aus. „Doch da tat sich ein neues Problem auf: Es stellte sich heraus, dass Gabriel bereits verheiratet war."

„Ups", machte Michael. „Und das hattest du nicht mitgekriegt?"

„Seine Frau war Stewardess und viel unterwegs, daher hatte er mir das recht gut verheimlichen können. Unsere Treffen haben sich in der Wohnung eines Kumpels von ihm abgespielt, der einige Monate im Ausland war, und die er als seine ausgegeben hat", verteidigte sich Mariana, löste ihre verschränkten Arme und beugte sich vor. „Zwar war Gabriel gewillt, sich scheiden zu lassen, hat behauptet, seine Ehe sei sowieso am Ende, doch mein Vertrauen in ihn war erschüttert, und für meine Eltern war er endgültig unten durch. Noch dazu wäre das Kind dann unehelich geboren worden, weil die Scheidung bis zur Geburt nie und nimmer rechtskräftig gewesen wäre. Eine Abtreibung war inzwischen nicht mehr möglich – legal sowieso nicht, denn das ist in Brasilien ja verboten –, und wäre für meine Eltern als strenge Katholiken sowieso keine Option gewesen."

Michael verspürte einen Stich im Herzen. „Da hatte ich aber Glück", warf er sarkastisch ein.

Mariana blickte ihn erschrocken an. „Bitte entschuldige, das war taktlos von mir. Ich hätte damit beginnen sollen, dass eine Abtreibung für mich ohnehin auf keinen Fall in Frage gekommen wäre. Ich wollte euch unbedingt, das musst du mir glauben, *querido*. Keine Sekunde habe ich eine Abtreibung in Erwägung gezogen."

Sie sah ihn so flehend an, dass er besänftigt nickte. „Schon gut, ich glaube dir."

„Meine Eltern wollten, dass ich die Kinder – inzwischen wussten wir, dass ihr zu zweit wart – nach der Geburt zur Adoption freigebe. Aber das hätte mir das Herz gebrochen. Ich habe in die Ehe mit Andrew nur eingewilligt unter der Bedingung, dass er die Kinder als seine anerkennt und euch aufzieht, als wäret ihr seine leiblichen Söhne."

Michael hatte jedes Wort von ihr förmlich aufgesogen und blickte sie gebannt an. „Du hast Andrew also nie geliebt?"

„Ich weiß nicht. Er sah gut aus und war sehr nett zu mir. Und nachdem ich so enttäuscht von Gabriel war, habe ich mich nur zu gerne von Andrew trösten lassen. Er hat mir die breite Schulter zum Ausweinen geboten, die ich brauchte." Hilflos hob sie die Arme und räusperte sich. „Ich mochte ihn und dachte, die Liebe würde sicher mit der Zeit kommen. Und irgendwie war das auch so. Er hat mich angebetet und verwöhnt, hat immer versucht, euch als seine Söhne zu behandeln und hat unser Hotel aus der Schieflage geholt."

„Kurzum: Er war der Retter in der Not für die ganze Familie", fasste Michael ironisch zusammen. „Sag mal, wann hat er versucht, mich als seinen Sohn zu behandeln? Als er mir eine gescheuert hat, weil ich nach der Entführung ohne Rafa und mit Polizeibegleitung bei euch eingetrudelt bin? Oder als er mich ein Jahr später fast im Atlantik ertränkt hat, weil ich Angst davor hatte, ins Meer zu gehen, obwohl ich noch kaum schwimmen konnte? Oder all die anderen Male, bei denen ihm die Hand ausgerutscht ist?"

„Ach, Schatz." Mariana seufzte. „Ich weiß, er war oft hart zu dir, aber ich denke, das wäre genauso gewesen, wenn du sein leiblicher Sohn gewesen wärst. Vielleicht sogar schlimmer. Er duldet keine Schwächen, das ist wahr. Er wollte, dass sein Sohn tough und mutig wird."

„Ich hatte immer das Gefühl, er hat mich nicht geliebt, sondern mir allenfalls Anerkennung gezollt, wenn ich was geleistet habe", erwiderte er bitter.

„So sind viele Väter. Hätte er dich verzärtelt, wärst du jetzt vielleicht einer von diesen reichen Bubis, die nichts allein auf die Reihe bekommen."

Michael beugte sich vor. „Warum diese Lügen all die Jahre? Wäre es so schwer gewesen, mir zu sagen, dass Andrew mich nur adoptiert hat, weil mein leiblicher Vater offenbar ein verantwortungsloser Windhund war?"

„Eben aus diesem Grund, *querido*. Warum hätten wir dich damit belasten sollen? Und noch dazu hättest du womöglich eine schlechte Meinung von mir gehabt", meinte sie bekümmert.

„Mensch, Mama, eine voreheliche Affäre ist doch heutzutage nichts mehr, was eine Frau zum Flittchen macht. Du warst jung, verliebt und bist auf einen Typen hereingefallen, der vermutlich nur seinen Spaß haben wollte." In ihm wuchs der Groll gegen seinen unbekannten Vater, gegen den Andrew tatsächlich in weniger schlechtem Licht als zuvor erschien. Dennoch nahm er es ihm übel, dass er ihm nie die Wahrheit gesagt hatte. Vielleicht hätte er dann mit seiner Härte und der mangelnden väterlichen Liebe besser umgehen können.

Abrupt erhob er sich und verließ ohne ein weiteres Wort Marianas Büro, um direkt zu Andrews zu stürmen. Schwungvoll drückte er die Klinke hinunter, ohne anzuklopfen. Es wäre ihm egal gewesen, mitten in eine Besprechung zu platzen. Doch Andrew war allein und sah ihn eher erstaunt als verärgert an.

„Hast du in Brasilien deine guten Manieren verlernt, Michael? Oder färben deine Verlobte und ihr Umgang auf dich ab?"

„Meine Verlobte und ihr Umgang, wie du es zu nennen pflegst, sind erstens liebevolle und zweitens auch ehrliche Menschen. Was man beides von dir nicht behaupten kann!"

„Komm zur Sache", sagte Andrew unwirsch.

„Gut. Mein Aufenthalt im Ipanema Palace war sehr erkenntnisreich: Jorge hat mir eröffnet, dass du gar nicht mein Vater bist", platzte Michael heraus. „Und es war dir offenbar so wichtig, dieses Geheimnis zu wahren, dass du im Gegenzug darauf verzichtet hast, ihn wegen sexuellen Missbrauchs an deinem Stiefsohn zur Rechenschaft zu ziehen."

Andrew blickte ihn mit ernstem Gesicht an, in dem sich Ärger, Schreck und Erstaunen mischten.

„Setz dich, Michael", erwiderte er nur. „Möchtest du einen Tee? Zur Beruhigung?"

„Nein." Michael ließ sich in den Besuchersessel fallen.

Andrew drückte auf den Knopf der Gegensprechanlage. „Emily, bringen Sie uns bitte zwei Tee."

„Das ist typisch, Vater: Ich sage dir, was ich nicht möchte und du entscheidest über meinen Kopf hinweg, es mir dennoch aufzudrücken!"

Ausnahmsweise blieb Andrew gelassener als Michael. „Dann trinkst du den Tee eben nicht."

„Du weißt genau, dass es nicht darum geht."

„Worum geht es dir nun?", fragte Andrew kühl und sachlich.

„Um Ehrlichkeit. Und Gerechtigkeit. Ich bin also nicht dein leiblicher Sohn, da ist es irgendwie klar, dass du für mich nicht die gleichen Gefühle hast wie für Claudia. Du wolltest unbedingt das Ipanema Palace haben, und die Donatangelos haben es dir auf dem Silbertablett serviert, nur leider musstest du dafür Rafa und mich in Kauf nehmen – aber musstest du mich das ausbaden lassen? Kann ich was für eure blöden Deals?" Eine heiße Welle durchflutete Michael, und er hieb wütend auf den Tisch.

„Reiß dich zusammen, Michael. Du tust ja so, als wärst du für mich nur eine unangenehme Vertragsklausel in einem Deal gewesen."

„War es etwa nicht so?“

„Nein. Ich war sehr in deine Mutter verliebt, und um sie zu heiraten, habe ich eben hingenommen, dass sie bereits von einem anderen Mann schwanger war. Ich hätte mir zwar mehr Zeit allein mit Mariana gewünscht, fand es aber auch in Ordnung, gleich zwei kleine Söhne zu haben.“

Michel öffnete den Mund, um etwas zu sagen, aber Andrew brachte ihn mit einer Handbewegung zum Schweigen. „Hätte ich dich mehr geliebt, wenn du mein eigenes Fleisch und Blut wärst? Wahrscheinlich“, gab er zu. „Habe ich Claudia aus diesem Grund immer bevorzugt? Zweifellos. Aber habe ich dich nicht trotzdem wie einen Sohn erzogen? Und wenn ich Jorge wirklich im Verdacht gehabt hätte, dich angefasst zu haben, hätte ich ihn natürlich angezeigt.“ Er starrte aus dem Fenster, die Finger um seinen goldenen Kugelschreiber geklammert.

Michael war noch immer nicht überzeugt. „Kann es sein, dass dich Jorge erpresst hat? Oder warum bewahrt er das hier in seinem Safe auf?“ Er hielt Andrew sein iPhone hin, dessen Display die Adresse in São Paulo zeigte.

Sein Stiefvater bemühte sich um eine gleichgültige Miene, doch Michael fing den kurzen Schrecken in seinem Blick auf. „Kenne ich nicht.“

„Das ist deine Schrift! Auf deinem persönlichen Notizblock.“

Er zuckte mit den Schultern. „Den habe ich in den Achtzigerjahren in Rio benutzt. Das ist ewig her, wieso sollte ich mich an jede Adresse erinnern, die ich mal aus irgendeinem Grund notiert habe?“

„Es muss ja wichtig gewesen sein, wenn Jorge es im Safe aufbewahrt. Soll ich ihn danach fragen?"

„Nein!"

„War das die Adresse einer Dame, mit der du Mama mal betrogen hast? Habe ich gar einen Halbbruder oder eine Halbschwester?"

„Nicht, dass ich wüsste."

„Aha, du schließt es also nicht aus?"

„Das würde nur deine Mutter und mich etwas angehen." Langsam wurde Andrew ebenfalls ärgerlich und knallte den Kugelschreiber auf die Tischplatte. „Was willst du nun eigentlich, Michael? Ich finde, du bist extrem undankbar. Ich habe dich wie einen Sohn aufgezogen, dir die beste Ausbildung ermöglicht, dich gerade zum General Manager meines kostspieligsten Hotels gemacht. Und das, obwohl du dich gegen meinen Willen mit einer Frau verlobt hast, die ich für völlig unpassend halte."

„Ha! Du machst mich doch nur verfrüht zum General Manager in Dubai, weil du dachtest, du könntest Stephanie und mich dadurch trennen!", stieß Michael finster hervor.

„Ihr werdet also zusammenbleiben?" Andrews Kiefernmuskeln mahlten.

„Klingt eine Verlobung für dich nach Trennung?"

„Hätte ja sein können, es wäre nur eine Geste gewesen, um euch gegenseitig bei der bevorstehenden Fernbeziehung ein Gefühl von Verbindlichkeit zu geben."

„Nein. Stephanie geht mit mir nach Dubai." Zu spät fiel ihm ein, dass er dies seinen Eltern vorerst hatte verschweigen wollen.

Sein Vater musterte ihn prüfend aus schmalen Augen. „Wann wird die Hochzeit sein?"

„Wir haben noch kein Datum festgelegt. Du brauchst also keinen Fachanwalt für Eheverträge einzuschalten."

„Sei nicht so dumm, auf einen Ehevertrag zu verzichten, nur um mir eins auszuwischen, Michael!", beschwor ihn Andrew.

„Ich sagte dir doch, wir sind überhaupt noch nicht so weit."

Andrew atmete erleichtert auf. „Gut, vielleicht kommst du ja zur Vernunft, wenn du mit ihr lebst und siehst, wie langweilig der Alltag als Paar sein kann."

„Genau deswegen bin ich so gerne mit Stephanie zusammen, weil es mit ihr nie langweilig ist."

„Wie schön für euch. Oh, apropos ... denkst du dran, umgehend deine Sachen zu packen? Ich möchte deine Suite so bald wie möglich vermieten, wir sind ausgebucht. Du kannst ja bis zur Abreise bei deiner Braut einziehen. Oder hat sie keinen Platz?"

„Wenn sie keinen Platz hat, checken wir im Lyndhurst-Hotel ein!" Michael sprang wütend auf. Er ahnte, dass es seinem Vater nur darum ging, ihn vor die Tür setzen zu können, um sich für die heimliche Verlobung, seine Anschuldigung wegen Jorge und seinem Bohren wegen einer vermeintlichen Affäre zu rächen.

Michael ging zur Tür und stieß dort beinahe mit Emily zusammen, die auf einem Tablett zwei Tassen Tee balancierte.

30

Stephanie lag im Schatten einer Palme auf der Wiese des Hotelgartens. Einige Meter vor ihr begann der weiße Jumeirah Beach, dahinter lockte der türkisblaue Persische Golf. Auf ihren Knien lag ein Ordner mit ihrem ausgedruckten Manuskript.

Stephanie hatte in den heißen Monaten August und September viel Zeit in den klimatisierten Räumen des Hotels verbracht und sie dafür genutzt, die Rohfassung ihres Kriminalromans fertigzustellen. Nun musste sie ihn nur noch überarbeiten, bevor er an den Verlag gehen konnte – gerade noch fristgerecht. Es war Oktober geworden, das Thermometer war auf fünfunddreißig Grad gesunken, was ihr jetzt beinahe mild vorkam. Ihr Organismus hatte sich inzwischen an das Klima gewöhnt, und sie konnte sich nun auch tagsüber im Freien aufhalten.

„Machen Sie hier alleine Urlaub?“, fragte der Gast im Liegestuhl neben ihr, der ihr bereits zugelächelt hatte.

Sie lächelte zurück. „Ich mache eigentlich gar keinen Urlaub.“

Er hob erstaunt die Augenbrauen. Seine Verwirrung war verständlich, denn wonach sah es wohl aus, wenn eine Frau im Bikini mit einer Badetasche voller Strandutensilien faul in einem Liegestuhl lag? Der

Bleistift zwischen ihren Fingern war ein schwaches Alibi für Arbeit.

„Mein Mann arbeitet in diesem Hotel, wir leben hier", erklärte sie. Wegen der strengen Vorschriften in den Emiraten hatten sie sich darauf geeinigt, sich stets als Ehepaar auszugeben.

In diesem Moment stand Michael plötzlich neben ihr und wirkte mit seinen Anzughosen, schwarzen Lederschuhen und Krawatte wie ein Fremdkörper zwischen all den Leuten in Bade- und Freizeitkleidung.

„Warum gehst du nicht an dein Handy?", fragte er vorwurfsvoll und mit finster zusammengezogenen Augenbrauen. „Ich musste dich dringend erreichen und habe weiß Gott keine Zeit, überall herumzurennen, um dich zu suchen!"

„Oh, sorry, das habe ich in unserer Suite liegen gelassen. Was gibt es so Dringendes?"

„Ich muss heute Abend diese deutschen Reiseveranstalter-Leute zum Essen einladen."

„Wir haben doch schon gestern mit denen gegessen ...?", wandte Stephanie fragend ein.

„Es gab einen Zwischenfall." Michael verzog ärgerlich den Mund. „Wir essen auf einer Dhau. Bitte sei um halb sieben fertig, ich hole dich in der Suite ab." Er drehte sich um und ging ohne ein weiteres Wort eilig davon.

Sie presste die Lippen zusammen. Wie so oft in letzter Zeit hatte Michael sehr kurz angebunden mit ihr gesprochen. Allmählich begann es sie zu kränken, auch wenn sie wusste, dass es nichts mit ihr zu tun hatte, sondern seiner beruflichen Anspannung geschuldet war. Bisher hatte sie immer verständnisvoll reagiert, aber langsam war es genug. Sie würde ihn bei Gelegenheit darauf ansprechen.

Stephanie warf einen Blick zur Uhr. Es war kurz nach vier. Sie packte ihre Sachen und verabschiedete sich von dem Gast.

An der Rezeption standen rund zwanzig Reisende mit Koffern herum. Erst dachte sie sich nichts dabei, hielt es einfach für eine eincheckende Gruppe. Doch dann hörte sie ungehaltenes Palaver zwischen den Leuten und dem Empfangschef, der aus seinem Büro gekommen war, während der Rezeptionist mit schweißperlender Stirn telefonierte. Jemand verlangte lautstark nach dem Hoteldirektor.

Oh oh ... Das würde Michaels Laune nicht verbessern.

Sie ging hinauf in die prachtvolle orientalisch anmutende Suite, die seit fast drei Monaten ihr Zuhause war. Es war nicht schwer gewesen, sich in diese luxuriöse Umgebung mit dem hervorragend geschulten Personal, das einem jeden Wunsch von den Augen ablas, einzuleben.

Zum Ende der Sommerferien hatte Brittany eine Woche in Dubai verbracht, und sie hatten trotz der Hitze ein wenig die Stadt besichtigt. Tagsüber hatten sie sich hauptsächlich in den gut klimatisierten Shoppingmalls aufgehalten, die Brittany begeistert hatten, bevor sie ab fünf Uhr nachmittags an den Pool oder den Strand gingen. Und dreimal täglich exzellente Mahlzeiten genossen.

Stephanie besuchte mehrmals pro Woche das Fitnessstudio des Hotels, damit das vorzügliche Essen erst gar keine Chance hatte, sich auf ihren Hüften abzulagern, und schwamm fast täglich einige Runden im Pool oder im Meer. Hin und wieder besuchte sie eine kulturelle Veranstaltung und lernte immer wieder neue interessante Leute kennen.

Sie vermisste die Arbeit als Angestellte nicht. Vielleicht würde sie im Winter nach einem Job suchen. Nachdem sie nun mit ihrem Manuskript fast fertig war, wollte sie es sich gutgehen lassen, bis in Kürze ein neues Lektorat im Auftrag eines Verlags beginnen würde.

Michael dagegen musste hart arbeiten, um mit seinem neuen Posten zurechtzukommen. Außer wenigen Urlaubsvertretungen für seinen Vater besaß er keine Erfahrung darin, selbständig ein so großes Hotel zu leiten, in dem die Gäste absolute Perfektion erwarteten. Das Silverstone Brighton wäre sicher einfacher gewesen, es war ihm vertraut. Hier war er in einem neuen Hotel, mit Personal, das er noch nicht gut kannte, und in einem fremden Land mit fremden Sitten und Gebräuchen.

Und natürlich gab es einige Abteilungsleiter, denen es gar nicht passte, dass sie einen jüngeren Mann vor die Nase gesetzt bekamen, der den Posten nur erhalten hatte, weil er der Sohn des Eigentümers war. Sie wagten zwar nicht, ihn offen anzufeinden, aber sie gaben sich auch keine besondere Mühe, ihm das Leben leichter zu machen.

Erschwerend kam die immer stärker werdende Konkurrenz hinzu. In Dubai herrschte ein heftiger Wettbewerb bei Hotels und Gaststätten. Stets ging es darum, wer das Beste, Größte, Teuerste, Ausgefallenste zu bieten hatte – in welchem Bereich auch immer. Dieses Tempo musste man mithalten können, und Stephanie spürte, wie es Michael unter Druck setzte. Selbst wenn er die Leidenschaft für seinen Beruf mitbrachte, die man in Dubai als Hotelier benötigte.

Noch immer wurden in den Emiraten in rasanter Geschwindigkeit Hotels fertiggestellt, und viele Gäste zog es aus Neugier auf die künstlich angelegten Palmeninseln. Andere flüchteten vor der immer größer werdenden Betonwüste in die beschaulicheren Nachbaremirate Ajman, Fujairah und Ras-al-Khaimah, die nicht so zugebaut und etwas preisgünstiger waren. Zwar war das Silverstone-Hotel noch lange nicht von der Pleite bedroht, aber Stephanie konnte verstehen, dass Michael sich Sorgen machte, wenn es nicht ausgebucht war.

An diesem Nachmittag hatte er jedoch das gegenteilige Problem gehabt.

„Was war eigentlich vorhin an der Rezeption los?", wollte Stephanie wissen, als sie die Lobby betraten, in der sie mit den beiden Mitarbeitern des deutschen Reiseveranstalter-Konzerns verabredet waren.

„Wir haben überbucht. Ein paar Gäste haben spontan ihren Aufenthalt verlängert, irgendwer an der Rezeption hat gepennt, und wir hatten nicht die übliche einkalkulierte Stornorate", gab Michael verdrossen Auskunft. „Uns haben zwölf Zimmer gefehlt und die Lobby war voll mit wütenden Leuten, die dort über eine Stunde warten mussten, bis der Empfang jetzt in der Hochsaison ein gleichwertiges Hotel mit genügend freien Kapazitäten gefunden hat. Ich hasse es, die Leute zur Konkurrenz schicken zu müssen – in der Regel kommen sie nach so einem Vorfall nicht wieder."

„Und wahrscheinlich hast du dich von der wilden Meute zur Schnecke machen lassen müssen“, sagte sie mitfühlend.

„Wenn’s nur das gewesen wäre. Aber ich war gerade im Meeting mit dem Reiseveranstalter, als ich den Anruf vom Empfang gekriegt habe, und die haben das mitbekommen. Das macht keinen guten Eindruck. Deswegen habe ich sie schleunigst zum Dinner Cruise eingeladen, um sie abzulenken.“

In diesem Moment erschienen ihre beiden Gäste, und Michael knipste sein gewinnendstes geschäftliches Lächeln an. Sein echtes war in letzter Zeit selten geworden.

Nachdem Stephanie wusste, was vorgefallen war, nahm sie ihm seine schlechte Laune nicht mehr übel. Wie sie in den letzten Monaten ständig versuchte, es nicht persönlich zu nehmen, dass er in seiner knappen Freizeit oft nervös und leicht reizbar war.

Wenn Michael sie bat, ihn zu einem Geschäftsessen zu begleiten, hatte sie stets gemischte Gefühle. Einerseits mochte sie es, Leute zu treffen und eines ihrer neuen Kleider auszuführen, andererseits fühlte sie sich oft wie unnütze Dekoration bei diesen Treffen.

An diesem Abend lud Michael die Reiseveranstalter auf eine der schönen hölzernen Dhaus ein. Von außen traditionelle Frachtschiffe, waren einige von ihnen zu schwimmenden Restaurants umfunktioniert worden, die vor der eindrucksvoll angestrahlten Skyline Dubais den Creek hinauf- und hinunterfuhren, während sich die Passagiere am üppigen Büffet bedienten.

Stephanie fühlte sich trotz des hervorragenden Essens und des eindrucksvollen Panoramas recht melancholisch. Zum ersten Mal wurde ihr bewusst, dass Michael sich von ihr entfernt hatte. Nur ein wenig, aber würde das im Laufe der Zeit immer mehr geschehen?

Die drei sprachen fast nur über Geschäftliches, und da Stephanie nicht den Eindruck hatte, etwas Be-reicherndes dazu beitragen zu können, verstummte sie und hörte bald nicht einmal mehr richtig zu.

Nach dem Hauptgang entschuldigte sich der Geschäftspartner, um draußen eine Zigarette rauchen zu gehen, während seine Kollegin die Toilette aufsuchte.

Michael wandte sich Stephanie zu. „Was ist los mit dir? Könntest du nicht etwas verbindlicher sein? Dieses Treffen ist wichtig fürs Geschäft."

„Aber ich verstehe ja gar nichts von euren Geschäften."

Er sah sie verblüfft an. „Ich bin in Verhandlung mit diesen Leuten für die regelmäßige Abnahme eines großen Zimmerkontingents – das ist doch nicht schwer zu verstehen."

„Sag mal, bist du sauer, weil du so hart arbeiten musst und ich am Strand liegen kann?"

„Natürlich nicht. Du arbeitest schließlich nicht für mich."

„Genau. Also, was soll dieses Herumkritisieren an mir?", fragte sie ungehalten. „Du gibst mir den Eindruck, meinen Teil des Jobs nicht richtig zu erledigen. Ich habe dafür aber weder einen Arbeitsvertrag noch hatte ich eine Einarbeitung!"

„Entschuldige. Ich vergesse manchmal, dass du bestimmte Dinge nicht wissen kannst." Er blickte sie reumütig an und strich ihr zärtlich über die Wange, doch Stephanies Unbehagen blieb.

Nachdem sie später in ihre Suite zurückgekehrt waren und Stephanie dabei war, sich auszuziehen, nahm Michael sie in die Arme und begann sie zu küssen. Sie wusste, was das bedeutete und löste sich von ihm. „Tut mir leid, ich bin heute nicht in Stimmung."

Er zuckte zurück. Es war das erste Mal, dass sie ihn abwies.

„Ich bin sowieso zu müde", erwiderte er kühl und verschwand im Bad.

Sie biss sich auf die Lippen.

Als Stephanie aus dem Bad kam und ins Bett schlüpfte, schien Michael schon zu schlafen. Das Laken entblößte seine braungebrannte Brust. Sie betrachtete ihn einen Moment lang traurig, bevor sie das Licht löschte. Ein tiefer Seufzer entfuhr ihr.

„Was ist los?", murmelte er schläfrig.

„Ich vermisse dich, Michael."

„Ich bin doch hier. Und eben wolltest du nicht einmal, dass ich dir noch näherkomme", fügte er vorwurfsvoll hinzu.

„Das meine ich nicht."

„Sondern? Dass ich zu wenig Zeit für dich habe?"

„Auch, aber eigentlich ..." Sie vermisste den fröhlichen, stets liebevollen und zuvorkommenden Michael. Der toughe Manager, der er nun rund um die Uhr zu sein schien, war ihr fremd.

Allerdings waren sie für eine solche Diskussion beide zu müde und Michael zu angespannt. Vielleicht würde es die Spannung zwischen ihnen abbauen, wenn sie jetzt doch mit ihm schlief – auch wenn er sogar dabei in letzter Zeit irgendwie abwesend und zielgerichtet wirkte. Ein bisschen unschlüssig begann sie ihn zu streicheln. Sie hatte noch nie dem Gefühl seiner warmen seidigen Haut widerstehen können. Dann merkte sie, dass er bereits eingeschlafen war.

***

Eine Woche später hatte Stephanie Geburtstag. Michael stand wie üblich früher auf als sie. Im Halbschlaf spürte sie seine Lippen auf ihren, bevor sie wieder einschlief. Als sie später von einem Geräusch geweckt wurde, erblickte sie einen großen Strauß roter Rosen auf dem Nachttisch.

„Roomservice!“, hörte sie Michaels vergnügte Stimme.

Sie blinzelte verschlafen und bemerkte, dass ihr Kopfkissen und die Decke mit Rosenblütenblättern übersät waren.

„Oh, wie lieb von dir.“ Sie richtete sich halb auf und schlang die Arme um Michaels Hals.

Er schloss sie in die Arme. „Alles Liebe zum Geburtstag, Gesundheit und Glück ... Und bitte ertrage mich weiterhin, ja?“

„Ich werde mich bemühen.“ Stephanie grinste und sah über seine Schulter hinweg zwei Zimmerkellner durch das Wohnzimmer huschen. „Was machen die hier?“

„Ich habe uns das Frühstück heute mal aufs Zimmer bestellt. Ich wollte in trauter Zweisamkeit mit dir essen.“

„Sag bloß, dir ist für heute Abend was dazwischengekommen?“, fragte sie erschreckt.

„Nein, natürlich bleibt es dabei, dass ich dich zum Essen ausführe.“

„Wie schön.“ Sie atmete auf. „Ich habe schon befürchtet, ich muss meinen Geburtstag allein feiern. Wo gehen wir hin?“

„Das wird eine Überraschung. Komm.“ Er führte sie zum Tisch, auf dem alles stand, was sie morgens gerne aß, sowie ein kleiner Geburtstagskuchen mit einer Kerze.

„Oh, Michael, das ist süß von dir!“

Er lächelte sie herzlich an, und erleichtert stellte sie fest, dass es den alten Michael noch gab.

***

Für den Nachmittag hatte Stephanie eine Massage und eine Kosmetikbehandlung im Spa gebucht. Als sie am frühen Abend in die Suite zurückkehrte, lag dort ein azurblaues Seidenkleid auf dem Bett.

„Ich finde, du solltest unbedingt ein Kleid in Blau haben“, hatte Michael dazu auf eine Karte geschrieben.

Stephanie war gerührt, dass er trotz seines umfangreichen Arbeitspensums noch Zeit fand, heimlich ein Kleid für sie zu kaufen. Obwohl er vermutlich jemanden losgeschickt hatte, um es zu besorgen. Egal, die Absicht zählte.

Das kniekurze Kleid wurde in der Taille von einem verzierten Silbergürtel zusammengehalten. Der Ausschnitt und die kurzen Ärmel besaßen Bordüren aus Silbertropfen.

„Ich wusste, dass es dir stehen würde!“, bemerkte Michael zufrieden, als er sie abholte.

„Danke dir, es ist wunderschön!“ Sie küsste ihn.

„Das ist es erst recht, wenn du es trägst. *Du* bist wunderschön.“ Er zog sie in die Arme. „Das war aber noch nicht dein Geburtstagsgeschenk – höchstens ein Vorgeschmack darauf.“

Sie fuhren mit einem Taxi die Sheik Zayed Avenue am Jumeirah Beach entlang. Nach wenigen Minuten hielten sie vor dem segelförmigen Burj Al Arab auf seiner künstlichen Insel.

„Werden wir hier essen?“, fragte Stephanie entzückt, und Michael nickte.

Die Eingangshalle war ein unglaublicher Luxus aus Wasserspielen, feinstem Marmor, Kristalllüstern, Samt und Blattgold an jeder erdenklichen Stelle. Stephanie musste sich zusammenreißen, um sich nicht ständig um die eigene Achse zu drehen und sich mit offenem Mund umzublicken. Das Hotel durfte nur von seinen Gästen oder angemeldeten Restaurantbesuchern betreten werden, daher war sie noch nie drinnen gewesen.

„Seit wann hast du das geplant?“, wollte sie wissen, als sie mit einem gläsernen Lift in wenigen Sekunden zweihundert Meter in die Höhe schwebten.

„Seit letzter Woche.“

„Ich habe gehört, man muss wochenlang im Voraus reservieren, um hier zu essen.“

„Sie machen Ausnahmen. Man muss nur die richtigen Leute kennen“, verriet er verschmitzt.

Oder einfach dazugehören, dachte sie, als wenig später der Direktor des Burj Al Arab an ihren Tisch kam und Michael mit den Worten „Schön, Sie endlich persönlich kennenzulernen, Mr Silverstone“ die Hand drückte, bevor er Stephanie zum Geburtstag gratulierte.

Trotz des Konkurrenzdenkens bildeten die Hotelmanager Dubais eine Art Netzwerk. Auch hier würde sich Michael noch einen Platz erobern müssen, überlegte Stephanie. Sie merkte, wie geschmeichelt er war, dass sich der Leiter des weltberühmten Siebensternehotels extra ins Restaurant bemühte, um sie persönlich zu begrüßen.

„Wow“, machte Michael freudestrahlend, als sich der Manager nach ein paar freundlichen Worten und *schönen Grüßen an den Herrn Vater* wieder zurückgezogen hatte.

„Ich bin schwer beeindruckt. Ich hätte nie gedacht, dass ich mal meinen Geburtstag im Burj Al Arab feiern würde. Und ich weiß gar nicht, was ich essen soll, alles klingt so lecker.“ Ratlos studierte Stephanie erneut die Speisekarte.

Er lächelte sie an. „Die Küche des Fischrestaurants soll noch besser sein, aber ich glaube, mir würde der Appetit vergehen, wenn mir die Fische dabei zusehen, wie ich einen ihrer Artgenossen verspeise.“

„Das ist das Restaurant mit dem riesigen Aquarium in der Mitte?“, vergewisserte sie sich.

„Genau. Es reicht vom Fußboden bis zur Decke, und man hat den Eindruck, unter Fischen zu speisen.“

„Da würde es mir gehen wie dir, das hast du schon richtig entschieden. Und ich finde dieses Restaurant in luftiger Höhe spektakulär genug. Es sieht aus wie ein Raumschiff.“

Nachdem sie ihre Bestellung aufgegeben hatten, bewunderten sie die Aussicht aus dem Panoramafenster auf das tief unter ihnen liegende Lichtermeer Dubais. Die Stadt hatte bei Dunkelheit einen besonderen Charme. Die Wolkenkratzer in ihren ausgefallenen Formen sahen aus wie überdimensionale Glühwürmchen, die sich gen Himmel reckten.

„Es ist zauberhaft, wie alles funkelt", schwärmte Stephanie.

„Ach, apropos funkeln: Hier ist dein Geschenk!" Michael zog ein kleines ledernes Schmuckbehältnis aus der Innentasche seines Jacketts.

Gespannt klappte sie das Etui auf. Auf grauem Samt lagen längliche weißgoldene Ohrringe, die mit Saphiren und Brillanten besetzt waren und an orientalisches Kunsthandwerk erinnerten.

„Oh, Michael, die sind wunderschön! Ich komme heute aus dem Staunen und Beeindrucktsein gar nicht mehr heraus. Danke vielmals, mein Schatz. – Ich würde dich so gerne küssen, aber das ist hier so vornehm, dass ich mich nicht traue", flüsterte sie ihm zu.

Er lachte, nahm ihre Hand und küsste die Innenfläche. „Zu Hause kannst du deiner Begeisterung freien Lauf lassen."

„Ich werde mich gebührend bedanken", versprach sie und zwinkerte ihm zu.

Dann – vornehme Umgebung hin oder her – löste sie die Ohrringe, die sie trug und legte stattdessen die neuen an. „Wie sieht das aus?"

„Fantastisch. Deswegen wollte ich, dass du was Blaues trägst heute Abend, damit es passt."

„Du denkst auch an alles! – Und jetzt entschuldige mich: Bevor das Essen kommt, muss ich mich unbedingt noch im Ladies Room bewundern gehen!"

Selbstredend waren auch die Waschräume geräumig und elegant. Einen Moment starrte sich Stephanie im Spiegel an und fragte sich, ob die elegant gekleidete sonnengebräunte Dame mit dem kostbaren Schmuck an Ringfinger und Ohrläppchen tatsächlich sie war. Flüchtig fiel ihr ein, wie sie ihren letzten Geburtstag gefeiert hatte: in einem recht simplen indischen Lokal in London, mit Brittany und einigen Freunden.

Es war ein kleiner Wermutstropfen, dass Brittany nicht bei ihr sein konnte, doch es waren keine Schulferien, und nur für ein Wochenende war der Weg einfach zu weit. Am Nachmittag hatten sie geskypt, und Stephanie hatte halb erleichtert und halb betrübt festgestellt, dass ihre Tochter sie weniger zu vermissen schien als umgekehrt.

Als sie an den Tisch zurückkehrte, las Michael gerade eine WhatsApp-Nachricht. „Claudia will uns nächste Woche besuchen kommen", teilte er Stephanie mit.

„Ah, das ist schön, dass ich deine Schwester dann endlich mal kennenlerne."

Sie war gespannt auf Claudia. Ob sie wohl liebenswürdig war wie Michael und die Familie in Rio oder eher nach ihren Eltern schlug?

31

„Hallo, Bruderherz!“ Claudia umarmte Michael, als er sie zusammen mit Stephanie in der Suite besuchte, in die sie gerade eingecheckt hatte. „Oder sollte ich sagen: Halbbruderherz?“

„Unsinn, zwischen uns ändert sich dadurch doch nichts.“ Er küsste ihre Wange und löste sich von ihr, um nach Stephanies Hand zu greifen. „Das ist meine Verlobte Stephanie.“

„Es gab sehr viele Neuigkeiten bei dir – schade, dass ich nicht eine einzige von dir selbst erfahren habe“, sagte Claudia vorwurfsvoll, bevor sie Stephanie freundlich anlächelte. „Herzlich willkommen in der Familie.“

„Danke!“ Angenehm überrascht von der netten Begrüßung erwiderte Stephanie ihre Umarmung. „Was denn, Michael, hast du deiner Schwester überhaupt nichts von all dem erzählt?“

„Das hätte ich noch“, verteidigte er sich. „Aber Mama ist mir zuvorgekommen. Claudi, ich bin wirklich völlig Land unter, seit ich in Dubai bin.“

„Ja, das hast du erwähnt, als du mich am Telefon kurz abgefertigt hast“, antwortete sie kühl.

„Ich war in einer Besprechung!“

„Du hast aber nicht zurückgerufen.“

„Er ist wirklich immer im Stress“, nahm Stephanie Michael in Schutz.

„Dann wirst du gar keine Zeit für mich haben?“, folgerte Claudia enttäuscht.

Michael seufzte. „Wir können zusammen zu Abend essen, und vielleicht schaffe ich es, mal einen Vor- oder Nachmittag freizunehmen. Steph wird gerne was mit dir unternehmen – dann könnt ihr euch gleich besser kennenlernen.“

„Erzähle mir, was dich interessiert, und wir finden das passende Programm“, versprach Stephanie. „Michael sagte, du warst schon einige Male in Dubai, da entfällt das typische Touristenprogramm wohl. Wir könnten zum Beispiel die Kunstgalerien im International Finance Center ansehen.“

Claudia winkte ab. „Kunst ist nicht mein Ding. Eigentlich will ich nur shoppen und am Strand liegen. Ich möchte morgen in die Mall of the Emirates – kannst gerne mitkommen.“

So trafen sich die beiden Frauen am nächsten Tag nach dem gemeinsamen Frühstück in der Lobby wieder, um zusammen mit einem Taxi in die Mall of the Emirates zu fahren.

„Schick siehst du aus.“ Stephanie musterte Claudia bewundernd.

Sie trug enge Jeans, Plateausandalen und eine Tunika mit Flowerprint. An ihren Ohrläppchen baumelten riesige Kreolen, an den Handgelenken klimperten Armreifen. In ihr Haar hatte sie eine Sonnenbrille geschoben, auf dessen Bügel das Chanel-Logo prangte.

„Danke." Claudias Blick glitt über Stephanies Gestalt in Caprihosen, Segeltuchschuhen und Rucksackhandtasche. „Dein Look ist auch ganz nett. So sportlich."

Was sicher bedeutete, dass sie sie underdressed fand. Stephanie drehte kurz die Augen gen Himmel. „Wir machen doch nur einen Schaufensterbummel."

„Was willst du zum Director's Dinner anziehen?", erkundigte sich Claudia, als sie eine Viertelstunde später die Mall betraten.

In einigen Tagen würde ein besonderes Abendessen stattfinden, das Tradition im Silverstone-Hotel hatte und bei dem sich der General Manager und seine Frau stets unter die Gäste mischten. Im Anschluss gab es eine Tanzparty am Swimmingpool.

„Darüber habe ich noch gar nicht nachgedacht. Irgendeines der Kleider, die ich in letzter Zeit gekauft habe."

„Du darfst nicht *irgendein* Kleid anziehen", entgegnete Claudia entsetzt. „Du bist die Frau des Hoteldirektors, alle werden auf dich schauen und dich kritisch beäugen."

Stephanie zuckte mit den Schultern. „Ich habe Michael gefragt, was da das passende Kleid sei, und er sagte *irgendeines deiner neuen Kleider.*"

„Ach, davon hat er keine Ahnung!" Claudia griff nach Stephanies Hand. „Gut, dass ich hier bin! Ich werde dir helfen, etwas Passendes auszusuchen."

„Ich wollte eigentlich nicht schon wieder was Neues kaufen", murrte Stephanie und schwankte zwischen Dankbarkeit und Unbehagen, weil sie selbst es offenbar nicht einmal fertigbrachte, sich passend anzuziehen. War sie denn in Michaels Leben zu überhaupt nichts nütze?

Claudia hakte sie unter und zog sie in eine Boutique für Abendkleidung.

„Nach dem Dinner folgt die Poolparty – ich möchte nicht im Abendkleid am Pool herumstöckeln“, protestierte Stephanie angesichts der eleganten Kreationen. „Ein gutes Sommerkleid müsste doch reichen, oder?“

„Was will Michael anziehen?“

„Er hat was von seinem Armani-Anzug gemurmelt.“

„Okay, Sweetheart, mein Bruder trägt einen Abendanzug von Armani und du ein Sommerkleid? Vergiss es!“ Sie schob energisch die Bügel, auf denen die luxuriösen Roben hingen, auf der Stange herum und nahm dann zwei heraus. „Probiere die mal an. Du hast eine so schöne zierliche Figur, du kannst alles tragen, du Glückliche.“

„Zierlich? Na ja.“ Stephanie klopfte vielsagend auf ihren Po.

Claudia lachte. „Für brasilianische Verhältnisse ist das immer noch zierlich. Und ich wette, mein Bruder mag was zum Anfassen. Also, ab mit dir in die Umkleide.“

Es brauchte mehrere Boutiquen und ein halbes Dutzend Anproben, bis sie schließlich ein dunkelblaues Kleid mit einem metallicglänzenden Muster fanden, das Claudia zufriedenstellte. Es besaß einen knöchellangen Rock, einen runden Halsausschnitt und lange transparente Ärmel. Eigentlich war es nicht Stephanies Geschmack. Es erschien ihr altmodisch und sie fand, dass es sie um Jahre älter wirken ließ. Doch wenn es hier in Dubai verkauft wurde, war es sicher der neueste

Modetrend und sie mal wieder nicht auf dem Laufenden. Claudia und die Verkäuferin versicherten ihr begeistert, wie gut es ihr stünde und dass es perfekt für den Anlass wäre. So ließ sie sich dazu überreden, es zu kaufen.

Claudia erstand ebenfalls ein Kleid, einen Rock und mehrere Oberteile.

„Oh, meine Füße", stöhnte sie dann. „Ich brauche eine Pause. Da drüben ist ein Coffeeshop, den kenne ich noch vom letzten Mal, die haben tollen Camelccino."

„Einen was?", fragte Stephanie verdattert.

„Camelccino ist Cappuccino mit Kamelmilch."

„Wie originell. Aber ich nehme lieber Tee."

„Du weißt nicht, was du versäumst."

„Schmeckt Kamelmilch so fantastisch?"

„Das eigentlich nicht. Ach, bestell ihn einfach und lass dich überraschen."

Sie betraten das Café und ließen sich in einer Sitzecke nieder.

„Zwei Camelccino bitte", sagte Claudia zum Ober. „Und eine Auswahl kleiner Kuchenstücke. – Ich denke, das ersetzt uns das Mittagessen", meinte sie zu Stephanie. „Um wieviel Uhr essen wir mit Michael zu Abend?"

„Keine Ahnung. Manchmal arbeitet er bis um sieben Uhr abends oder noch länger und lässt sich nur schnell den Zimmerservice mit dem Essen kommen. Gedanklich ist er sowieso immer bei der Arbeit, daher ist es eigentlich egal, ob wir mit dem Essen auf ihn warten oder nicht." Stephanie verzog den Mund.

„Michael ist zurzeit nicht gut drauf, hm?"

„Er steht sehr unter Druck, ich finde es verständlich, wenn er nicht so fröhlich ist." Ein Schatten flog über

Stephanies Gesicht. Bei allem Verständnis für Michael merkte sie, wie seine Veränderung ihre Stimmung drückte.

Claudia musterte sie aufmerksam. „Hast du eigentlich noch was von ihm? Habt ihr ein Privatleben?"

„Nicht so häufig, nein." Stephanie zögerte, dann beschloss sie, sich ihrer Schwägerin in spe anzuvertrauen. Claudia war schließlich auch Frau eines Hoteliers. Und sie kannte Michael sicher am besten. „Darf ich dich um einen Rat bitten?"

Claudia blickte sie überrascht an. „Natürlich."

„Ich würde Michael gerne den Rücken freihalten und mich nützlich machen, um ihn zu unterstützen, aber ich weiß nicht wie. Wenn man in einem Hotel mit allen erdenklichen Serviceleistungen lebt, gibt es da nicht viel zu tun."

„Zum Glück! Genieße es doch einfach."

„Manchmal fühle ich mich unwohl, wenn er mich zu Geschäftsterminen mitnimmt." Sie erzählte ihr von dem Abend auf der Dhau. „Ich möchte nicht nur schmückendes Beiwerk sein. Viele seiner Geschäftspartner scheinen zu erwarten, dass ich mich mit diesen Dingen auskenne."

„Tja ... Ich sage es nicht gerne, aber aus diesen Gründen hätten es meine Eltern lieber gesehen, wenn Michael mit einer Frau liiert wäre, die sich in der Branche auskennt." Claudia schlug die wohlgeformten Beine übereinander.

„Das könnte ich doch lernen."

„Willst du etwa Hotelmanagement studieren? Am besten ist es, man wird da von Kindheit an hingeführt. Wenn du dich solchen Situationen nicht gewachsen fühlst, ist das ungünstig, ja sogar schlecht fürs Geschäft."

Stephanie runzelte die Stirn. „Was heißt ungünstig? Michael wusste das vorher und es schien nie ein Problem für ihn zu sein. Er ist der General Manager, nicht ich. Wenn es so ein Handicap wäre, hätte er sich nicht mit mir verlobt."

„Nun, wenn Michael sich mit dir verlobt hat, dann sicher, um unseren Eltern eins auszuwischen."

Stephanie presste die Lippen zusammen. Die Bemerkung hatte sie wie ein Peitschenhieb getroffen.

„Ups. Sorry. Es war taktlos, dir das zu sagen", meinte Claudia zerknirscht und legte ihr die Hand auf den Unterarm.

„Ich glaube nicht, dass er nur gegen seine Eltern rebellieren wollte. Er wollte es ihnen ja nicht einmal mitteilen", wandte Stephanie ein. „Ich zweifle nicht daran, dass er mich liebt und sich eine Zukunft mit mir wünscht. Doch seit wir in Dubai leben, ist er so reserviert, irgendwie anders als vorher."

„Ach, Michael ist ...", begann Claudia und verstummte abrupt.

„Was ist er?"

„Nein, ich will nicht noch einmal ins Fettnäpfchen treten."

„Nun sag schon. Bitte."

Claudia seufzte. „Michael hat schon immer schnell das Interesse an einer Frau verloren. Obwohl er sich vielleicht tatsächlich nach einer festen Beziehung sehnt. Aber sobald im Alltag die erste Verliebtheit erlahmt, wendet er sich nach und nach ab. Was meinst du denn, warum er, als attraktiver liebenswürdiger

Erbe, noch ungebunden gewesen ist, als ihr euch getroffen habt?“

Diesmal traf es Stephanie wie eine Ohrfeige.

In diesem Moment stellte der Ober zwei zierliche Porzellantassen mit Goldrändern vor ihnen auf das Tischchen. In den Milchschaum auf dem Kaffee war mit Dattelsirup ein Kamel gemalt. Auf der Untertasse lag eine Praline in Gestalt eines kleinen Kamels.

„Die Pralinen sind aus Kamelmilchschokolade. Mehr Kamel geht nicht bei einem Kaffee“, stellte Claudia amüsiert fest. „Habe ich zu viel versprochen?“

„Das ist toll“, erwiderte Stephanie mechanisch. Normalerweise hätte sie diese raffinierten Details gebührend bestaunt, doch nach Claudias Bemerkungen fühlte sie sich wie erstarrt.

Hatte Claudia recht? Beruhte Michaels Veränderung weniger auf Stress und Überarbeitung, sondern verlor er langsam das Interesse an ihr? Hatte ihm die Verlobung tatsächlich nur als Provokation für seine Eltern gedient? Er konnte sich ja denken, dass sie es früher oder später erfahren würden. Oder sah sie Gespenster? An ihrem Geburtstag hatte er sich schließlich genauso liebevoll und aufmerksam wie immer verhalten. Waren ihre Erwartungen an ihn zu hoch?

Mechanisch griff sie nach einem der winzigen Kuchenstücke, das mit Blattgold belegt war und nach Marzipan, Butter und Schokolade schmeckte. Es war köstlich, doch sie war in Gedanken zu sehr mit ihren sich plötzlich bedrohlich am Horizont zusammenballenden Beziehungsproblemen beschäftigt, um es genießen zu können.

32

Das Director's Dinner fand im mediterranen Spezialitäten-Restaurant statt, das ebenerdig lag und zum Pool hinausging. Später konnte auf der freien Fläche am Pool getanzt werden.

„Wir brauchen nicht die ganze Nacht zu bleiben, wenn wir nicht wollen", hatte Michael gesagt. „Es ist nur wichtig, dass wir uns wenigstens anfangs sehen lassen und uns mit den Gästen unterhalten."

So standen sie nun zusammen mit Claudia im Vorraum des Restaurants und hielten Smalltalk.

Claudias Blick glitt an Stephanie hinunter. „Was ist mit dem neuen Kleid?", tuschelte sie ihr zu.

„Habe ich am nächsten Tag zurückgebracht", gestand sie. „Tut mir leid, ich habe mich darin einfach nicht wohlgefühlt, und Michael hat es auch nicht gefallen."

Claudia zuckte etwas beleidigt mit den Schultern. „Wie du willst. Ich habe es ja nur gut gemeint. Dieses hier ist auch okay."

Stephanie hatte sich entschieden, das silbergraue Satinkleid anzuziehen, das Michael ihr zu Anfang ihrer Beziehung in Brighton gekauft hatte. So als könne sie damit auch die Flamme jenes Abends wiederbeleben und ihre Liebe auf Anfang zurücksetzen. Da Michael seinen schwarzen Anzug mit den roten Blazeraufschlägen trug, waren sie beide genauso angezogen wie vor acht Monaten, als sie zum ersten Mal zusammen zu einem Cocktail-Empfang gegangen waren. Diesmal brauchte Michael nicht Stephanies Hand zu umklammern. Er wirkte selbstsicher und schien sich wohl in seiner Haut zu fühlen, als er mit den Gästen plauderte.

„Das da sind Stammgäste von uns, die Komarovs. Steinreiche Russen", raunte er ihr zu und führte sie zu einem korpulenten Paar in mittleren Jahren und einer hübschen Frau Anfang zwanzig.

„Unsere Tochter Tatjana", stellte Komarov nach den einleitenden Begrüßungsworten vor und legte den Arm um die junge Blondine mit dem üppigen Dekolletee, das schier die Körbchen ihres königsblauen Kleides zu sprengen schien. „Sie ist zum ersten Mal hier."

„Schön, Sie kennenzulernen." Michael reichte ihr die Hand. „Ich hoffe, es gefällt Ihnen hier?"

„Es ist wunderbar!", schwärmte sie mit strahlendem Lächeln ihrer vollen rosa geglossten Lippen.

Während der nachfolgenden Konversation war sie zurückhaltend, doch es entging Stephanie nicht, wie sie Michael anschmachtete.

„Woher kommen Sie, Mr Silverstone?", fragte sie schließlich in eine kurze Gesprächspause hinein.

„Aus Südengland. Ursprünglich aber aus Brasilien."

„Ah, das wundert mich nicht. Deshalb sind Sie so männlich und attraktiv." Tatjana umfing ihn mit einem hingerissenen Blick unter dick getuschten Wimpern hervor.

„Oha." Michael lächelte verlegen, wirkte jedoch geschmeichelt.

„Bestimmt sind Sie ein guter Tänzer, oder?“

„Ja, mein Verlobter kann fantastisch tanzen“, antwortete Stephanie an seiner Stelle.

Kurz darauf entschuldigte sich Michael bei der russischen Familie, um sich den nächsten Gästen widmen zu können. Stephanie fand, dass er nach den Komplimenten von Tatjana ausgesprochen gut gelaunt wirkte. Sie beschloss, sich einfach darüber zu freuen und es nicht zu kommentieren.

Beim Essen saßen sie und Claudia an einem Tisch mit einem britischen und einem deutschen Pärchen und einer alleinreisenden Australierin.

„Entschuldige mich kurz, ich muss in der Küche was nachprüfen gehen“, sagte Michael zu Stephanie, als er mit dem Hauptgang fertig war, und verließ den Tisch.

Als sie ihren Teller mit den vielen kleinen Kostproben der verschiedenen Gerichte leer gegessen hatte, überlegte sie, ob sie mit dem Dessert auf Michael warten sollte, und sah sich suchend nach ihm um. Was machte er nur so lange in der Küche, verzierte er etwa selbst die letzten Torten?

Claudia war in ein Gespräch mit der Australierin vertieft, und Stephanie beschloss, sich schon mal eine Nachspeise zu holen; Michael nahm oft sowieso keine. Sie schlenderte am Büfett entlang und verlangsamte den Schritt, als sie Michael mit Tatjana neben dem langen Tisch mit den Desserts stehen sah. Sie plauderten und lachten. Tatjana hielt ein Glas mit Mousse au chocolat in der Hand, aus dem sie bereits im Stehen zu essen begonnen hatte. Gerade tauchte sie einen Löffel hinein und hielt ihn Michael vor die Lippen.

Stephanie runzelte die Stirn. Sie merkte, dass Michael zögerte. So wie sie ihn kannte, fand er sicher, dass sich das vor aller Augen nicht gehörte, aber schließlich ließ er sich doch füttern.

Danach zog Tatjana mit einem triumphierenden Ausdruck in ihrem puppenhaften Gesicht von dannen. Michael schnappte sich zwei Gläschen Mousse au chocolat und rannte fast in Stephanie hinein, als er sich schwungvoll umdrehte.

„Oh, Liebling, ich wollte dir was mitbringen ... Empfehlung vom Chef-Patissier."

„Ja, ich habe gesehen, du hast schon gekostet", erwiderte sie säuerlich.

„Hm, ja, diese neureichen Russen haben echt keine Manieren, da sieht man's mal wieder", murmelte er peinlich berührt.

Gegen halb elf verlagerte sich das Fest nach draußen, wo ein DJ am fantasievoll geschmückten Poolbereich begonnen hatte, Slowfox und etwas angestaubte Partyklassiker zu spielen.

„Ich hoffe, der spielt später auch was Moderneres?", meinte Stephanie, als sie sich neben Michael an einen Tisch setzte. „Oder Samba?"

„Du kannst dir ja was von ihm wünschen." Er scannte mit seinem Blick prüfend die Kellner, die Bar und das Dekor, um sich zu vergewissern, dass alles in Ordnung war.

„Sofern du Zeit zum Tanzen haben wirst?"

„Die nehme ich mir", versicherte er mit einem Lächeln und wandte sich ihr wieder zu.

Stephanie erinnerte sich an die vollbusige junge Konkurrenz und dachte, dass sie in ihrem Bemühen, Michael eine gute Partnerin zu sein, in letzter Zeit vielleicht das Flirten vernachlässigt hatte. Sie beugte sich dicht zu ihm. „Es sieht nämlich unglaublich sexy aus, wenn du Samba tanzt", raunte sie ihm ins Ohr und knabberte kurz an seinem Ohrläppchen.

Michael legte die Hand auf ihr Knie und sah sie lüstern an. „Ich glaube, wir sollten nicht zu lange nach Mitternacht bleiben."

„Wir können ja nachher einen kleinen nächtlichen Spaziergang am Strand machen", schlug sie vor. Mondschein, Sternenfunkeln, Meeresrauschen – es war Zeit, die Romantik in ihre Beziehung zurückzuholen.

„Ja, gute Idee, das machen wir."

Als der DJ einige Zeit später moderne Popmusik auflegte, mischten sich Michael und Stephanie unter die tanzenden Gäste.

Danach ging sie ins Hotelfoyer, um die Toilette zu benutzen. Als sie an den Pool zurückkehrte, spielte gerade ein etwas schmalziger Slow aus den Siebzigerjahren. Während sich Stephanie einen Weg durch die herumstehenden Gäste bahnte, entdeckte sie Michael auf der Tanzfläche. In seinen Armen hing Tatjana, die Hände hinter seinem Hals fest verschränkt, und himmelte ihn an. Vor Schreck blieb Stephanie wie angewurzelt stehen, bevor sie langsam weiterging und die beiden von ihrem Tisch aus im Auge behielt.

Michael lächelte die junge Russin zwar an, wirkte jedoch zurückhaltend. Dass sich ihr ausladender halbnackter Busen an seine Brust drückte, konnte ihn allerdings nicht kaltlassen.

Als das Lied aus war, brachte er sie wohlerzogen an ihren Tisch zurück, kam dann auf Stephanie zu und reichte ihr die Hand. „Komm, tanz mit mir."

Sie schluckte die Bemerkung hinunter, die ihr auf der Zunge lag und ließ sich von ihm auf die Tanzfläche führen.

„Sie hat mich aufgefordert, ich konnte nicht ablehnen", sagte er entschuldigend, als er sie in seine Arme zog.

„Das sehe ich ein." Stephanie schmiegte sich eng an ihn. Dabei spürte sie seine Erektion und fragte sich frustriert, ob das Miss Moskau gegolten hatte oder ihr selbst.

Später saß sie mit Claudia allein am Tisch. Michael war vor einer Viertelstunde mit einem Briten, der mit ihnen zusammengesessen hatte, in Richtung Terrasse geschlendert. Tatjana und ihre Eltern schienen gegangen zu sein.

Claudia gähnte. „Ich langweile mich. Wirst du noch lange bleiben?"

„Ich warte auf Michael – wir wollten eigentlich noch einen kleinen Strandspaziergang machen."

Wo blieb er so lange? Machte er den Spaziergang jetzt mit dem Briten? Ihr Landsmann schien sehr redselig zu sein, besonders nach einigen Drinks, wahrscheinlich konnte Michael sich nicht loseisen.

„Komm, gehen wir ihn suchen", schlug Claudia vor. „Offenbar kann er sich nicht von dem geschwätzigen Typen losreißen – vielleicht braucht er unsere Hilfe."

Auf der Terrasse fanden sie Michael nicht, und so liefen sie durch die Hotelanlage, die abseits der Party nur spärlich von einigen Lämpchen und kleinen Laternen erleuchtet war. Die Stille tat gut nach der lauten Musik. Über die verschlungenen Wege gelangten sie zum zweiten Swimmingpool, dessen gedämpfte Innen-beleuchtung ihn geheimnisvoll schillern ließ. Die Lichter der kleinen Poolbar waren gelöscht.

Zufällig blickte Stephanie im Vorbeigehen in die Nische hinter der Bar und bemerkte ein dicht beieinanderstehendes Pärchen. Die Frau umklammerte den Nacken des Mannes und presste ihre Lippen auf seine. Seine Hände lagen auf ihrer Taille.

Stephanie entfuhr ein entsetzter Laut.

Auch Claudia hatte die beiden erspäht. „So ein Schuft!"

Michael öffnete aufgeschreckt seine Augen und löste sich hastig von Tatjana. „Stephanie! Es ist nicht, wie du denkst ..."

Wortlos machte sie auf dem Absatz kehrt und lief in Richtung Hotel zurück.

Er hatte sie schnell eingeholt und packte sie am Arm. „*Querida,* bitte! Es ist nicht das, wonach es aussah!"

„Was denn sonst?", fauchte sie. „Hast du dich hier mit ihr verabredet, um euren Tanz fortsetzen zu können?"

„Quatsch. Ich habe mir mit Mr Harris die Beine vertreten, und da stand sie plötzlich im Weg und fragte, ob sie mich sprechen könnte."

„Und worum ging es?"

„Irgendwas, das auf ihrem Zimmer nicht funktioniert."

„Sicher wollte sie, dass du es ihr gleich persönlich besorgst – ich meine: reparierst."

Michael ignorierte ihren zynischen Einwurf. „Ich habe sie ans Housekeeping verwiesen. Wir sind einige

Schritte zusammen gelaufen und standen plötzlich hinter der Poolbar. Auf einmal hat sie sich an meinen Hals geworfen. Und dann kamst du."

In Stephanie kochte es. „Hör auf, mich für dumm zu verkaufen, Michael, diesen Mist nehme ich dir nicht ab! Es sah nicht so aus, als ob sie gerade in diesem Bruchteil der Sekunde angefangen hat, dich zu küssen."

Inzwischen hatten sie die Terrasse erreicht, auf der Leute mit Gläsern in der Hand standen. Einige blickten ihnen interessiert entgegen.

„Nicht vor den Gästen!", zischte Michael.

„Du hattest die Augen zu!", zischte sie zurück.

In eisigem Schweigen, das sich innerlich immer hitziger auflud, rauschten sie durch die Lobby und warteten zusammen mit einigen Gästen auf den Lift. Als sie in ihrer Etage ankamen und alleine ausstiegen, nahm Michael wieder Stephanies Arm.

„Lass mich los, ich bin nicht gehbehindert!"

Sie betraten ihre Suite, und Michael knallte die Tür ins Schloss. „Du glaubst mir also nicht?"

„Hältst du mich für blöd? Sie hat dich schon den ganzen Abend heißgemacht! Und du hast wenig getan, um ihr klarzumachen, dass du nicht zu haben bist!"

„Ich kann sie doch nicht vor den Kopf stoßen. Ihre Eltern sind Stammgäste."

„Tanzen ist eine Sache, aber Küssen ist eine andere! Es hat dir gefallen, dass sie sich an dich rangeschmissen hat, sonst hättest du dich mit ihr ja gar nicht erst in eine dunkle Ecke verzogen!"

„Du vertraust mir nicht!", beschwerte er sich.

„Jetzt dreh den Spieß nicht um!“, sagte sie wütend. „Ich finde dich mit der Zunge im Mund einer anderen Frau und du redest von Vertrauen?“

„Ich hatte meine Zunge nicht in ihrem Mund!“

„Aber sie in deinem, ich habe es gesehen!“

„Ich wollte sie in diesem Moment wegschieben!“

„Jaja, nur nicht zu brüsk, damit sie sich nicht bei ihren Stammgästen von Eltern beschwert!“

Michael packte sie an den Schultern. „Verdammt, ich lüge dich nicht an, nun glaub mir endlich. Du weißt, dass ich gar nicht auf diesen Typ Frau stehe.“

„Dann muss es ja ein echtes Opfer gewesen sein, dich von ihr küssen zu lassen, nur um den Eltern nicht zu missfallen! Du fällst in alte Muster zurück, Michael!“

Er ließ sie los, als habe er sich an ihr verbrannt. „Du bist gemein!“

Es klopfte energisch an der Tür. Halb erleichtert, halb ungehalten über die Unterbrechung ging er öffnen.

„Was willst du?“, fragte er ungnädig, als er seine Schwester sah.

„Bitte gehe in die Lobby, Michael. Tatjanas Vater möchte dich dort sprechen, jetzt gleich.“

„Was denn, will der sich etwa auch noch einmischen? Sie ist volljährig, oder?“

„Das hat nichts damit zu tun. Er hat sich gerade an der Rezeption die Abschlussrechnung geben lassen und hat eine Reklamation. Der Rezeptionist wirkte etwas überfordert mit der Situation.“

Michael stöhnte genervt. „Die bilden sich ein, man müsste ihnen rund um die Uhr zur Verfügung stehen wie ein Leibeigener.“ Mit stampfenden Schritten verließ er die Suite.

Stephanie starrte ihm nach und wischte sich eine Träne von der Wange.

Claudia zog sie in die Arme. „Das war ungeheuerlich. Allerdings sieht es Michael ähnlich. Sei ihm nicht böse, er ist nun mal Brasilianer, die flirten nur allzu gerne. Lass ihn nicht merken, wie sehr es dich trifft. Tu lieber so, als wäre es dir egal, und morgen suchen wir dir jemanden, mit dem du flirten kannst. Du wirst sehen, daraufhin wird er fürs Erste kuriert sein."

„Ich kann aber nicht so tun, als wäre es mir egal", sagte Stephanie erstickt.

„Dann ist es besser, du kommst jetzt mit zu mir. Lass ihn schmoren."

„Gut, wenn du meinst. Ich habe sowieso keine große Lust, heute Nacht das Bett mit ihm zu teilen. Ich bin so wütend auf ihn!" Stephanie nahm den kleinen Block mit dem Hotellogo, der neben dem Telefon lag und griff nach einem Kugelschreiber.

Claudia legte den Kopf schief. „Was wird das?"

„Ich schreibe Michael eine Nachricht, dass ich bei dir schlafe."

„Nein, du sagst ihm natürlich nicht, wo du hingehst. Soll er sich darüber heute Nacht ruhig den Kopf zerbrechen, wo du bist. Das wird ihm eine Lehre sein."

Stephanie dachte kurz nach. „Am Ende unterstellt er mir noch, ich hätte die Nacht bei einem anderen Mann verbracht. Das würde unsere Situation nicht verbessern. Und falls er sich bei mir entschuldigen möchte, weiß er wenigstens, wo er mich findet."

Claudia zuckte etwas pikiert mit den Schultern. „Das musst du wissen."

Stephanie krakelte mit fahriger Schrift so heftig einige Worte auf den Block, dass man den Abdruck sicher noch drei Blätter weiter unten lesen konnte, nahm ein Nachthemd aus dem Schrank, ging ins Bad und steckte ihre Zahnbürste in ihre Handtasche.

33

Stephanie erwachte mit leichtem Druck im Kopf und einem noch größeren Druck auf dem Herzen.

„Guten Morgen, Liebes." Claudia kam in einem Bademantel des Hotels auf sie zu. „Wollen wir uns das Frühstück aufs Zimmer kommen lassen? Du kannst gerne bei mir duschen, wenn du magst."

„Nein, ich werde rübergehen. Vielleicht erwische ich Michael noch. Ich will mit ihm reden." Sie war enttäuscht, dass Michael nicht versucht hatte, sich mit ihr auszusprechen. Ihr Handy hatte sie am Vorabend in ihrer Suite liegengelassen. Sie hatte es zu der Party nicht mitgenommen. Insgeheim hatte sie in der ersten Hälfte der Nacht gehofft, er würde an die Tür klopfen, um sie zu bitten, bei ihm zu schlafen.

Sie fragte sich, ob sie überreagiert hatte. Womöglich hatte die junge Frau ihn wirklich überrumpelt. Wenn sie sich die Szene in Erinnerung rief, hatten Michaels Hände so auf ihrer Taille gelegen, als habe er sie tatsächlich von sich schieben wollen. Doch es war schummrig gewesen und sehr schnell gegangen. Sie musste sich unbedingt möglichst sofort mit ihm aussprechen. Allerdings war es bereits halb zehn, da war Michael mit Sicherheit schon im Büro. Dennoch – es zog sie in ihre Suite zurück.

Stephanie vertauschte ihr Nachthemd mit dem Cocktailkleid und schlich zur Tür. Im Vorbeigehen fing sie das Bild auf, das ein Spiegel ihr zurückwarf. Sie sah grauenvoll aus nach der kurzen, schlechten Nacht. In ihrer Suite angekommen, streifte sie die Pumps von den Füßen und warf ihre Handtasche auf das ungemachte Bett. Als sie sich verrenkte, um an den Reißverschluss ihres Kleides zu gelangen, fiel ihr Blick auf ihr Kopfkissen. Was war das?

Sie näherte sich und betrachtete prüfend die sandfarbenen Flecken. War das etwa Make-up? Sie ging nie ins Bett, ohne sich vorher abzuschminken. Und da sie in dieser Nacht nicht hier geschlafen hatte, hätte der Roomservice den angeschmutzten Kopfkissenbezug längst ausgetauscht. Ein blumiger Duft stieg ihr in die Nase. Sie hob das Kissen hoch und schnupperte daran. Eindeutig Damenparfüm. Jedoch nicht ihr eigenes. Ihr stockte der Atem. Michael würde es doch nicht etwa gewagt haben ...? In ihrem gemeinsamen Bett? Ihre Seite wirkte ebenfalls benutzt. Doch vielleicht hatte Michael sich im Schlaf dorthin gerollt. Allerdings benutzte er kein Make-up, und dies war definitiv nicht der Geruch seines Aftershaves.

Stephanie schluckte schwer und ging ins Bad. Ihr Bademantel lag unordentlich über dem Wannenrand, obwohl sie ihn am Vorabend auf den Haken gehängt hatte. Als sie ihn aufhängen wollte, sah sie etwas Schwarzes aus der Tasche des weißen Frottees lugen. Mit einer unguten Vorahnung zog sie es hervor. Ihre Augen weiteten sich. Zwischen ihren Fingerspitzen baumelte ein Stringtanga. Nur besaß sie keinen. Ihr Blick fiel auf den Papierkorb unter dem Waschbecken und dessen Inhalt. Zwischen zerknüllten Kleenextüchern bemerkte sie die aufgerissene Hülle eines Kondoms. Sie ließ den Bademantel zu Boden fallen und presste die Hand vor den Mund, um nicht zu schreien. Kalte Finger schienen schmerzhaft ihr Herz zu umklammern. Er *hatte* es gewagt.

Stephanies Entsetzen wich unbändiger Wut. Sie stopfte den Tanga in eine der kleinen Hygienetüten, die an der Toilette bereitlagen, schlüpfte in ihre Pumps und machte sich mit knallenden Absätzen auf den Weg in Michaels Büro. Grußlos stürmte sie an seiner Sekretärin vorbei und betrat den Raum, ohne anzuklopfen.

Michael sah ihr befremdet entgegen. „Guten Morgen."

Sie schleuderte den Stringtanga auf seinen Schreibtisch. „Kannst du mir das hier erklären?"

Er starrte das Teil an, hob langsam den Blick und fixierte Stephanie aus umschatteten Augen. „Was ist das?" Er sah aus, als habe er die Nacht durchgefeiert, ging es ihr durch den Kopf. Ein Wunder, dass nicht auch noch eine leere Flasche Champagner auf dem Nachttisch gestanden hatte! Tatjana hatte ihn wohl nicht zum Schlafen kommen lassen.

„Tu nicht so, als ob du so etwas noch nie gesehen hättest!"

„Natürlich weiß ich, was das ist", erwiderte er gereizt. „Warum wirfst du deine Unterwäsche auf meinen Tisch? Wenn du ein freundlicheres Gesicht machen würdest, würde ich es als Verführungsversuch werten, aber so ..."

„Du redest dich um Kopf und Kragen, Michael! Wie zum Teufel kommt dieses Ding in die Tasche meines Bademantels?"

„Das weiß ich doch nicht! Du wirst ihn dort wohl reingetan haben. Leidest du unter Vergesslichkeit?“

„Leider nicht. Sonst hätte ich vielleicht schon vergessen, was ich gestern Abend an der Poolbar gesehen habe und müsste nun nicht die Schlussfolgerung daraus ziehen.“

Michael verschränkte die Arme vor der Brust. „Kannst du dich bitte mal deutlicher ausdrücken?“

„Dieser Tanga gehört mir nicht!“

„Mir gehört er auch nicht.“

„Sehr witzig! Aber vielleicht die leere Kondomhülle im Papierkorb?“

„Wie bitte?“

„Und da ich weiß, dass du weder Make-up noch Damenparfüm benutzt, die in meinem Kopfkissen Spuren hinterlassen haben, schließe ich daraus, dass du heute Nacht Damenbesuch hattest.“

Er funkelte sie verärgert an. „Spinnst du? Auf unserer Suite, ja? So ein Blödsinn!“

„Du wusstest ja von meiner Nachricht, dass du freie Bahn haben würdest!“

„Ich verbitte mir deine Unterstellungen, Stephanie!“

„Ach, Mann, gib doch einfach zu, dass die Pferde mit dir durchgegangen sind!“, fauchte sie.

Es klopfte kräftig an der Tür und zwei Sekunden später trat der Leiter der VIP-Gästebetreuung ins Zimmer. „Es tut mir leid, Sie zu stören, Mr Silverstone. – Mrs Silverstone ...“ Er nickte ihr flüchtig zu und hob kurz die Brauen, als wundere er sich über ihre Partygarderobe am Morgen. Sie war es inzwischen gewöhnt, als Mrs Silverstone angesprochen zu werden, und insgeheim machte es sie auch stolz, doch an diesem Morgen gab es ihr einen Stich. Sie war die betrogene Ehefrau und hatte den Eindruck, dass alle Welt das wusste. Wie demütigend.

„Es gibt ein Problem mit dem Scheich von Bahrain in der Präsidentensuite. Er will sich über den Service beschweren und verlangt, Sie unverzüglich zu sprechen, Mr Silverstone."

„Hat er Grund dazu?" Michael, der beim Eintreten des Abteilungsleiters hastig das Corpus Delicti aus schwarzer Spitze in seiner Schreibtischschublade hatte verschwinden lassen, erhob sich.

„Nicht wirklich – meiner Meinung nach übertreibt er maßlos. Ich würde es Ihnen gerne auf dem Weg in seine Suite erklären."

Michael warf Stephanie einen Blick zu. „Wir reden heute Abend weiter. Das ist absurd."

Sie machte auf dem Absatz kehrt und lief in die Suite zurück. Heute Abend wollte er reden? War sie ihm nicht einmal die Mittagspause wert? Da wollte er wohl ein Maximum an Zeit herausschinden, um sich eine möglichst glaubwürdige Ausrede auszudenken. Um die erzwungene Audienz beim Scheich von Bahrain beneidete sie ihn zwar nicht, aber es hatte ihn davor bewahrt, sofort Farbe bekennen zu müssen. Wenn er sich von Seiner Hoheit zusammenfalten lassen musste, war er am Abend bestimmt schlecht gelaunt. Wollte sie diesen Zirkus wirklich noch länger mitmachen?

Als sie in ihrer Suite stand, blickte sie sich um, als sähe sie sie zum ersten Mal. Oder als wäre es das letzte Mal. Ihr ging durch den Kopf, dass das orientalische Dekor der Räume Dubai symbolisierte und die Eleganz den Luxus, in dem sie lebte. Beides zusammen war eine faszinierende Welt, aber Stephanie fühlte sich in ihr nicht heimisch. Noch in Brasilien hatte sie zu Michael gesagt, dass sie dort zu Hause wäre, wo er war, doch wenn er sich so veränderte, traf das nicht mehr zu. Auf einmal hatte sie furchtbares Heimweh. Nach ihrer Familie, ihrer bescheidenen, aber gemütlichen Wohnung, der lieblichen Landschaft und dem milden Klima Südenglands.

Sie kletterte auf einen Stuhl und holte ihren Koffer aus dem obersten Fach des riesigen Wandschranks. Sie stellte ihn auf das Bett, nachdem sie das verräterische Kopfkissen in eine Zimmerecke gefeuert hatte, und begann zu packen. Als sie ihren Pass und ihre Kreditkarte in ihrer Handtasche verstaute, klopfte es leise an der Tür.

Eine Hoffnung durchzuckte sie, es möge Michael sein, der den Scheich kurz abgefertigt hatte, um sich mit ihr auszusprechen. Obwohl eine Versöhnung natürlich schwierig werden würde, bei dem, was er sich geleistet hatte. Sie hatte eigentlich noch darüber nachdenken wollen, wie sie sich verhalten sollte, falls er sie um Verzeihung bat. Konnte sie ihm diesen Fehltritt verzeihen? Nein, entschied sie, als sie die Tür öffnete. Sie konnte nicht bei ihm bleiben. Womöglich würde sich so etwas regelmäßig wiederholen.

Vor ihr stand Claudia. „Ihr habt euch nicht versöhnt“, vermutete sie sofort, als sie Stephanies Miene sah. „Darf ich reinkommen?“

Stephanie nickte und drehte sich ohne ein Wort um, um weiter Kleidung in den Koffer zu stopfen.

„Was machst du da?“, fragte Claudia erschreckt.

„Wonach sieht es denn aus?“

„Ich hoffe, Michael hat dich zu einem Wochenendtrip eingeladen, zur Wiedergutmachung?"

„Nein. Ich fliege nach Hause."

„Wegen eines Kusses? Ist das nicht etwas übertrieben? Zumal sie ihn vielleicht wirklich überrumpelt hat."

„Dann hat sie ihn heute Nacht wohl mit noch mehr überrumpelt." Stephanie erzählte ihr von den Entdeckungen auf dem Kissen und im Bad. Dabei löste sich die harte Schale der tiefen Enttäuschung und Wut, die bisher ihr Herz umschlossen hatte. Sie brach in Tränen aus, setzte sich aufs Bett und barg verzweifelt das Gesicht in den Händen.

„Das hätte ich nicht von Michael gedacht", sagte Claudia betroffen. Sie ging in die Ecke, in der das Kissen lag, hob es auf, betrachtete die Flecken und schnupperte prüfend. „So ein Schwein! Dieses Parfüm ähnelt tatsächlich dem, das diese Tatjana gestern getragen hat. Es ist mir gleich aufgefallen, weil es so billig riecht, obwohl es vermutlich ein Vermögen kostet."

Stephanie zuckte mit den Schultern und putzte sich die Nase. Claudia setzte sich neben sie und legte ihr die Hand auf den Rücken. „Willst du nicht doch noch heute Abend mit Michael reden?"

Stephanie schüttelte den Kopf. „Das bringt doch nichts. Entweder er gesteht oder er tischt mir eine unglaubwürdige Ausrede auf. Und selbst wenn er vor mir auf die Knie gehen und mich um Verzeihung bitten würde, kann ich nicht so einfach zur Tagesordnung übergehen. Ich will ihn nicht sehen. Ich will nach Hause. Zu meiner Tochter. Meiner Schwester, meinen Eltern. Sie fehlen mir. Ich gehöre nicht nach Dubai und nicht in eure Welt." Sie erhob sich schwerfällig, zog ihren Verlobungsring vom Finger, warf ihn auf Michaels Nachttisch und ging ins Bad, um einige Toilettenartikel einzupacken.

„Ich rufe dir einen Pagen fürs Gepäck", sagte Claudia bedrückt, als Stephanie kurz darauf den Deckel des Koffers schloss, und griff nach dem Telefonhörer. Dann begleitete sie sie in die Hotelhalle.

Wie betäubt ließ sich Stephanie von Claudia zum Abschied umarmen.

„Es wird bestimmt wieder alles in Ordnung kommen", tröstete diese.

„Dafür sehe ich kaum Möglichkeiten. Aber danke. Mach's gut." Stephanie verließ das Hotel und trat auf die Auffahrt, wo ein Page bereits ein Taxi herangewinkt hatte und dem Fahrer das Gepäck übergab.

Adieu Dubai, dachte sie, als sie zwischen den inzwischen vertrauten Wolkenkratzern die Sheik al Zayed Road hinunterfuhren. Adieu Michael. Sie begann erneut zu weinen.

34

„Du wolltest mich sehen?“ Mariana durchquerte das große Büro ihres Mannes und ließ sich am Besprechungstisch nieder, vor dem Andrew stand.

„Kannst du bitte diesen Vertrag unterschreiben?“ Er reichte ihr eine Unterschriftenmappe und ging schwerfällig zu seinem Schreibtisch zurück. Mit einem leisen Ächzen ließ er sich in seinen Chefsessel fallen und fingerte an seiner Krawatte herum, als würde sie ihm die Luft zum Atmen nehmen.

Mariana musterte ihn besorgt. „Geht es dir nicht gut? Du warst schon das ganze Wochenende so schlapp.“

Er winkte ab. „Es ist nur der Blutdruck. Mir ist ein bisschen schwindlig.“

„Bitte geh doch endlich mal wieder zu Dr. Evans. Du fühlst dich schon so lange unwohl. Eigentlich seit ...“ Sie verstummte. Seit Michael in Dubai war. Andrew hatte dem ersten Nachfolger von Michael in der Probezeit gekündigt, der zweite hatte nach drei Wochen von selbst das Handtuch geworfen und nun waren sie bei Nummer drei, mit dem Andrew ebenfalls nicht zufrieden war. Auf diese Weise blieb deutlich mehr Arbeit als zuvor an ihm hängen. Arbeit, die Michael früher effizient und diskret im Hintergrund erledigt hatte. Erst jetzt wurde Andrew vermutlich bewusst, was er an seinem Sohn hatte.

„Du bist völlig überarbeitet. Du musst unbedingt kürzertreten und mehr delegieren."

„An wen denn? Es gibt einfach keine fähigen Leute mehr", brummelte er und sah die Eingangspost durch, die Mary-Anne ihm auf den Schreibtisch gelegt hatte.

Ein Umschlag schien seine Aufmerksamkeit zu erregen, und Mariana konnte von ihrem Platz aus den dicken Vermerk *Persönlich* erkennen, weswegen Emily ihn nicht geöffnet hatte.

Andrew schlitzte ihn mit dem Brieföffner auf und zog ein Schreiben heraus.

Mariana wollte sich gerade in den Vertrag vertiefen, als sie ihren Mann japsen hörte. Alarmiert blickte sie auf. Andrew hatte sich erhoben, während er auf den Brief starrte. Auf einmal griff er sich röchelnd an die Brust und taumelte. Der Briefbogen entglitt seinen Händen, als er versuchte, sich am Schreibtisch festzuhalten.

„Andrew!" Sie sprang auf und lief zu ihm. Doch bevor sie ihn stützen konnte, stürzte er seitlich zu Boden, krümmte sich kurz und blieb dann reglos liegen.

„*Meu Deus*!" In Panik rannte Mariana zur Tür und riss sie auf. „Emily, rufen Sie einen Krankenwagen! Mein Mann ist zusammengebrochen."

„Oh mein Gott – ich rufe sofort eine Ambulanz." Andrews Assistentin griff zum Telefonhörer, während sie gleichzeitig ihre Kollegin anwies, den Ersthelfer des Hotels zu informieren. „Es kommt gleich jemand, Mrs Silverstone!", rief Emily ihr durch die geöffnete Tür zu.

Mariana war bereits zu Andrew zurückgekehrt, lockerte hilflos seine Krawatte und versuchte eine Mund-zu-Mund-Beatmung. Sie verstand nicht viel von Erster Hilfe und war erleichtert, als kaum zwei Minuten später einer der Hotelangestellten ins Büro eilte, der eine Ausbildung in Ersthilfe besaß.

„Die Ambulanz ist unterwegs, Mrs Silverstone“, sagte er beruhigend und kniete sich zu ihr neben Andrew. „Was ist passiert?“

„Ich weiß nicht genau. Er hat sich unwohl gefühlt, hat über Schwindel geklagt und hatte vermutlich wieder zu hohen Blutdruck. Er hat einen Brief gelesen, und dann ...“ Sie stockte. Das Schreiben, das Andrew aus den Händen geglitten war, war neben seinen Stuhl geflattert. Der zugehörige Umschlag lag noch auf dem Tisch und sie bemerkte, dass er brasilianische Briefmarken trug. Sofort hatte sie ein ungutes Gefühl. Während sich der Ersthelfer um Andrew kümmerte, hob sie den Bogen auf, und blickte mit gerunzelter Stirn auf die wenigen in Blockschrift abgefassten Zeilen.

Ihre Augen weiteten sich vor Entsetzen. Sie fühlte, wie das Blut aus ihrem Gesicht wich und ihre Knie weich wurden. Schwer ließ sie sich in den Besuchersessel fallen.

35

Nachdem Stephanie das Hotel verlassen hatte, ging Claudia in ihre Suite zurück. Sie nahm sich ihr Tablet und schickte Amber Lyndhurst eine Nachricht.

Wichtige und gute Neuigkeit, ruf mich an, sobald du kannst.

Es dauerte keine Viertelstunde, da meldete sich Amber aus ihrem Büro über Skype. „Gute Neuigkeit? Na los, versüße mir den Tag."

„Mission erfüllt, diese Stephanie ist auf dem Rückweg nach England", sagte Claudia mit triumphierendem Lächeln, doch im Innern fühlte sie sich schlecht. Es gelang ihr nicht, das Bild von Stephanies tränenüberströmtem und verzweifeltem Gesicht abzuschütteln, und auch nicht die verstörte Miene ihres Bruders, als sie ihn am Vorabend beim Streit mit Stephanie unterbrochen hatte.

„Gibt es Beweise?", fragte Amber kühl.

„Fotos von ihrem gepackten Koffer und ihrem abgelegten Verlobungsring."

„Das ist doch kein Beweis. Woher soll ich wissen, wem der Koffer gehört. Und der Ring ist vielleicht dein eigener. Ich habe diesen Verlobungsring ja nie gesehen."

„Dann wirst du mir einfach vertrauen müssen. Du kannst ja in Kürze nachprüfen, dass die beiden nicht mehr zusammen sind", erwiderte Claudia gereizt. „Ich habe meinen Teil der Abmachung erfüllt. Jetzt du, Amber." Trotz des aufkeimenden Mitgefühls war sie erleichtert, dass der Plan so gut funktioniert hatte. Obwohl sie Stephanie wohl unterschätzt hatte, denn immerhin hatte diese sich letztlich doch nicht das scheußliche Abendkleid aufschwatzen lassen.

Amber verzog mürrisch das blasse Gesicht und verließ ihren Schreibtisch. Sie kehrte mit einigen Fotos zurück, die sie ins Bild hielt und die Claudia in heißer Umarmung mit einem Mann zeigten, der nicht ihr Gatte war. Demonstrativ zerriss Amber die Fotos.

„Und die Dateien?"

Amber hielt ihr Smartphone so vor die Kamera ihres Laptops, dass Claudia mit aufs Display sehen konnte und löschte die entsprechenden Fotodateien in der Galerie.

„Woher soll ich wissen, ob es nicht Kopien davon gibt?", fragte Claudia misstrauisch.

„Da wirst du mir wohl einfach vertrauen müssen", gab Amber spöttisch zurück.

Miststück, dachte Claudia. „Gut. Wir sind quitt."

„Nicht ganz. Du hattest versprochen, du hilfst mir, deinen Bruder zu bekommen."

Himmel, was hatte sie an diesem verdammten Abend im *Lakota* unter Alkoholeinfluss noch alles angestellt?

„Schwing deinen Arsch ins nächste Flugzeug und komm her", sagte sie barsch. „Michael ist jetzt wieder

Single. Wie du in sein Bett kommst, darum musst du dich schon selbst kümmern!“ Verärgert unterbrach sie die Verbindung.

Einige Stunden später lag Claudia nach einer Hot-Stone-Massage wohlig entspannt im Ruheraum des hoteleigenen Spas, der mit Möbeln im Kolonialstil und bunten Kissen eingerichtet war. Eine der asiatischen Angestellten hatte ihr Tee, einen Obstspieß in einer sorgfältig geschnitzten Holzschale und ein heißes Kissen für den Nacken gebracht. Auf dem Beistelltischchen neben ihrer Chaiselongue lagen die neuesten Ausgaben der portugiesischen ELLE und der britischen VOGUE. Da begann ihr Smartphone zu vibrieren und das Foto ihres Bruders erschien im Display.

Verwundert meldete sie sich.

„Wo bist du gerade?“ Michaels Stimme klang gehetzt.

„Im Spa.“

„Claudia, es ist etwas passiert. Und ich kann Stephanie nirgends erreichen. Weißt du, wo sie ist?“

„Ja.“

„Und?“, fragte er ungeduldig. „Seid ihr zusammen im Spa?“

„Nein. Sie ist auf dem Weg nach London.“

„Wie bitte?“

„Sie hat dich verlassen, weil du mit der Russin gevögelt hast.“ Claudia bemühte sich um den schadenfrohen Unterton, den sie gehabt hätte, wenn Michael sich tatsächlich danebenbenommen hätte. Sich allzu mitfühlend zu zeigen, passte schließlich nicht zu ihr und Michael würde am Ende noch Verdacht schöpfen.

Er atmete geräuschvoll ein. „Herrgott, das habe ich nicht!"

„Sah aber alles ganz danach aus." Sie betrachtete prüfend den Lack auf ihren Fingernägeln. Vielleicht sollte sie im Anschluss noch eine Maniküre machen lassen.

„Das kläre ich später. Dich muss ich auch dringend sprechen ..."

„Tust du doch gerade."

„Nicht am Telefon. Ich bin auf unserer Suite. Bitte komm sofort nach oben", sagte Michael in herrischem Tonfall, den er nur hatte, wenn er sehr nervös war.

Sie runzelte die Stirn. „Ich hatte gerade eine Massage und soll mich noch ein paar Minuten ausruhen. Was ist denn? Hat das nicht noch eine Viertelstunde ..."

„Nein, hat es nicht", unterbrach er sie und legte auf.

Claudia hasste es, wenn sie herumkommandiert wurde, aber seine Stimme hatte einen panischen Unterton gehabt.

Seufzend löste sie das Handtuch, das wie ein Turban um ihren Kopf geschlungen war und wickelte den lavendelblauen Bademantel, den das Spa seinen Gästen zur Verfügung stellte, fester um sich. Wenn Michael darauf bestand, sie sofort zu sehen, würde sie eben im Bademantel und mit ölglänzendem Gesicht durch die Flure laufen, statt sich vorher umzuziehen, dachte sie trotzig.

Die Tür zu Michaels Suite war nur angelehnt. Sie fand ihn im Schlafzimmer, wo er Sachen in seinen Koffer warf, den er aufs Bett gestellt hatte. So wie Stephanie wenige Stunden zuvor. Er wirkte völlig durcheinander, geradezu aufgelöst. Sein Haar umstand wirr seinen Kopf, das Hemd hatte er bis zur Brust aufgeknöpft, und diese war schweißglänzend, obwohl die Räume des Hotels gut klimatisiert waren.

„Oh, da bist du ja." Auch sein Blick hatte etwas Fiebrig-Glänzendes.

„Was ist passiert?" Er war ja wohl hoffentlich nicht wegen Stephanie in diesem Zustand? Sie sah, dass die Suite inzwischen vom Housekeeping wieder in untadelige Ordnung gebracht worden war. Die Kopfkissen-bezüge strahlten in makellosem Weiß, und mit Sicherheit war auch der Papierkorb im Bad geleert worden.

„Mama hat angerufen." Er trat auf sie zu und legte die Hände auf ihre Oberarme. „Dad hatte vorhin einen schweren Herzinfarkt."

Claudia erschrak und starrte ihn entsetzt an. „Ist er ?"

„Er lebt, aber seine Chancen stehen wohl nicht so gut. Sie meldet sich, wenn sie Näheres weiß."

„Oh nein", flüsterte sie und warf sich in seine Arme. Es durfte einfach nicht sein, dass ihrem Vater so etwas zustieß.

Michael hielt sie einen Moment lang fest, doch sie fühlte, dass er nicht richtig bei ihr war.

„Ich muss gleich wieder ins Büro zurück und mit Thomas ein paar Sachen durchgehen. Er wird das Hotel in der nächsten Zeit kommissarisch leiten. Ich habe für uns Plätze in der ersten Maschine morgen buchen lassen."

„Oh Gott, hoffentlich kommen wir nicht zu spät. Wann müssen wir los?"

Er rechnete kurz nach. „Wir fliegen um Viertel vor Sieben nach Doha, und von da aus um halb zehn mit Qatar Airways weiter nach Heathrow. Ich werde uns um fünf vom Hotel abholen lassen."

„Okay. Soll ich Mama bitten, uns Luiz nach Heathrow zu schicken?"

„Nein, wir werden den Zug nehmen, das geht doch viel schneller. Mama wird Luiz bei sich brauchen."

Claudia verzog bei dem Wort *Zug* geringschätzig den Mund, verzichtete aber auf Diskussionen.

Plötzlich starrte Michael zum Nachttisch. Offenbar hatte er soeben erst Stephanies Verlobungsring bemerkt, der dort lag. Mit staksigen Schritten steuerte er darauf zu und las den Zettel vom Notizblock des Hotels, auf dem in Stephanies Schrift nur ein Satz stand:

Du weißt warum.

Erschüttert ließ er sich aufs Bett sinken und legte verzweifelt die Hände vors Gesicht.

Bestürzt beobachtete Claudia, wie er zitterte und sich ein unterdrücktes Schluchzen seiner Brust entrang. Sie kniete sich neben ihn aufs Bett und schlang die Arme um seinen Hals.

„Sie kommt bestimmt zurück", tröstete sie ihren Bruder und stellte zu ihrer Verwunderung fest, dass sie es ihm tatsächlich wünschte. „Bitte weine nicht, Michael."

„Tue ich nicht", murmelte er erstickt. „Es ist nur gerade ein bisschen viel, beides zusammen. Und ich verstehe nicht, warum sie annimmt, dass ich was mit Tatjana hätte."

„Es tut mir furchtbar leid", flüsterte sie und fühlte sich auf einmal sehr gemein. Langsam verrauchte die Wut, die sie auf ihn verspürte, weil er sie in letzter Zeit aus seinem Leben ausgeschlossen hatte. Dadurch hatte sie weniger Skrupel gehabt, ihn so zu verraten.

„Schon gut, du kannst ja nichts dafür."

Claudia brach in Tränen aus. Plötzlich durchzuckte sie der Gedanke, dass Gott sie durch den Herzinfarkt ihres Vaters für ihre Taten bestrafte.

Michael streichelte ihr tröstend über die Haare und zog sie erneut in die Arme. „Dad ist ein Kämpfer, er wird es bestimmt schaffen."

Sie nickte schluchzend.

„Kannst du meinen Koffer zu Ende packen? Nur noch Hemden und Unterwäsche, den Rest habe ich schon. Ich muss ins Büro zurück." Er löste sich von ihr, erhob sich und wollte die Suite verlassen.

„Michael!", rief sie ihm nach.

„Was?"

„Dein Hemd! Deine Haare!"

„Ach ja." Er knöpfte sein Hemd wieder zu, sah sich suchend nach seiner Krawatte um und fuhr sich mit den Fingern glättend durch die Haare. „Es wird spät werden. Warte nicht mit dem Essen auf mich."

Nachdem er gegangen war, warf sich Claudia aufs Bett. Es fiel ihr im Traum nicht ein, Michaels Unterwäsche zu packen, also rief sie beim Housekeeping an und bestellte einen Butler, der erst Michaels und dann ihre Sachen packen würde.

Sie ging auf ihr Zimmer zurück, um ihre Mutter anzurufen. Von Amber war eine Nachricht gekommen, in der sie ihr ihre Flugdaten für den nächsten Tag mitteilte und darum bat, dass das Hotel eine Limousine schicken solle, die sie vom Flughafen in Dubai abholte.

Claudia setzte an, ihr zu antworten, dass sie und Michael abreisen mussten, doch dann hielt sie inne. Es würde Amber recht geschehen, wenn sie vergeblich nach Dubai flog.

***

Abends ließ sich Claudia ein Sandwich aufs Zimmer bringen, das sie appetitlos verzehrte. Danach machte sie es sich in Michaels Suite bequem und wartete, bis er zurückkam. Es war bereits spät und er wirkte erschöpft.

„Ich habe vor einer Stunde mit Mama gesprochen“, sagte sie und schaltete den Fernseher aus. „Dad hat eine Verengung der Herzkranzgefäße und wird zeitnah eine Bypass-OP brauchen. Der Fall ist kompliziert bei ihm und er kann dabei sterben. Aber wenn er sie nicht machen lässt, wird er mit noch größerer Wahrscheinlichkeit sterben.“ Sie krampfte die zitternden Hände ineinander und bemühte sich, die Tränen zu unterdrücken, die ihr in die Augen stiegen.

Michael stöhnte leise auf und ließ sich neben sie auf die Couch sinken.

Sie lehnte sich an seine Seite. „Wie geht es dir?“

„Mir ist, als ob mir jemand den Boden unter den Füßen weggerissen hat. Wenn Dad nicht mehr auf die Beine kommt oder gar stirbt, habe ich ab sofort die Verantwortung für die Hotelkette.“

Sie legte den Arm um ihn. „Du schaffst das. Mama und ich sind ja auch noch da.“

„Sei mir nicht böse, Claudi, aber ihr beide habt keine Ahnung vom Management.“

„Die anderen Hotels haben ja noch ihre General Manager, um die brauchst du dich doch nicht sofort zu kümmern. Warum hat Dad es nicht geschafft, in all den Monaten einen neuen Stellvertreter zu finden?“

„Du weißt, wie er ist. Den ersten hat er in der Probezeit gefeuert und der zweite hat von selbst die Flucht ergriffen. Der jetzige soll ebenfalls unfähig sein und er muss ihm permanent auf die Finger gucken, sagte er mal. In der Zwischenzeit hat er sich daran gewöhnt, vieles alleine zu machen. Er hat ja sowieso immer geglaubt, dass niemand es so gut macht wie er selbst.“

„Vielleicht war das zu viel für ihn und er hat deswegen den Herzinfarkt gekriegt.“

„Möglich. Ich weiß nicht, warum die Aussicht, ihn zu verlieren, mir so nahegeht“, murmelte Michael. „Bei dir verstehe ich es, du hast ihm nahegestanden. Ich hingegen habe ihn manchmal gehasst, und noch dazu weiß ich jetzt, dass er nicht mein leiblicher Vater ist ...“

„Hass ist auch ein starkes Band. Und er hat dich aufgezogen, war immer deine Bezugsperson, das verbindet im Endeffekt mehr als Blutsverwandtschaft. Ich glaube, manchmal ist es noch schmerzhafter, wenn man kein gutes Verhältnis hat, weil man noch so vieles bereinigen möchte, bevor jemand für immer geht“, meinte sie nachdenklich.

Er blickte sie überrascht an. „Das hätte von Stephanie sein können. So viel psychologisches Einfühlungsvermögen hätte ich dir gar nicht zugetraut, Schwesterchen.“

Sie knuffte ihn. „Ihr unterschätzt mich eben alle. Verwöhnte Prinzessin und nichts in der Birne, so denkt ihr doch über mich in dieser Familie.“

„Dann beweise uns endlich, dass mehr in dir steckt.“

„Ja, du hast recht", murmelte sie und ließ ihren Blick nachdenklich aus dem Fenster schweifen, wo die Lichter Dubais gegen den Nachthimmel funkelten.

„Ich habe Angst vor morgen", gestand Michael. „Er war immer so stark ... Ich weiß nicht, ob ich ihn so sehen möchte. Ich hasse Krankenhäuser."

Sie streichelte seine Hand und erhob sich dann. „Versuchen wir jetzt zu schlafen. In fünf Stunden müssen wir aufstehen."

36

„Wann wirst du nach Dubai zurückkehren?“, erkundigte sich Claudia, als sie am nächsten Morgen im Airbus Richtung London saßen.

Michael sah sie gequält an. „Ich glaube nicht, dass ich nach Dubai zurückkehren werde. Höchstens, um noch einige Angelegenheiten zu regeln und die restlichen Sachen zu holen. Wenn mein Nachfolger so unfähig ist, wie Dad behauptet, steht das Silverstone Brighton jetzt ohne Direktor da. Deswegen muss ich ja auch so schnell wie möglich zurück.“

„Und was ist mit dem Jumeirah?“

„Ich denke, dass Thomas Krüger seine Sache gut machen wird. Ich habe keine Bauchschmerzen dabei, ihm die Leitung des Hotels für einige Wochen zu überlassen. Wir müssen sehen, was mit Vater wird. Ich glaube nicht, dass er in absehbarer Zeit wieder ein Hotel leiten kann. Aber bevor das nicht sicher ist, kann ich natürlich keinen neuen General Manager für das Jumeirah einstellen, sonst stehe ich am Ende selbst ohne Job da. O Mann, es ist alles so kompliziert.“ Er fuhr sich mit der Hand über die Stirn.

Claudia hatte den geschäftlichen Dingen wie üblich nur mit halbem Ohr zugehört. Diesmal weniger aus Mangel an Interesse, sondern weil ihr Gewissen sie plagte. Schon am Vorabend hatte sie es erleichtern wollen, doch Michael hatte so zermürbt ausgesehen, dass sie es nicht über sich gebracht hatte. Nun hielt sie es nicht mehr aus. „Ich muss dir was sagen, Michael. Was Schlimmes."

Er stöhnte leise auf. „Bitte nicht noch mehr Hiobsbotschaften."

Sie ignorierte seinen Einwand. „Es ist wegen Stephanie."

„Verschone mich mit diesem Thema! Das kann ich jetzt nicht gebrauchen. Ich habe weiß Gott andere Probleme, um die ich mich kümmern muss."

Sie ließ sich von seinem barschen Ton nicht abwimmeln. „Es ist aber wichtig."

„Wenn Stephanie so wenig Vertrauen in mich hat oder irgendwelche Geschichten erfindet, um mir Untreue zu unterstellen, hat es keinen Zweck. Hat sie einen anderen oder was ist das Schlimme, das du mir sagen wolltest?", fragte er nun doch.

„Nein, im Gegenteil. Stephanie hatte gute Gründe zu glauben, dass du sie betrogen hast. Wenn sie die Wahrheit erfährt, wird sie zu dir zurückkehren."

Er zog die Augenbrauen zusammen, doch gleichzeitig schimmerte ein Funken Hoffnung in seinen Augen auf. „Was soll das denn heißen?"

Claudia holte tief Luft. „Ich habe das alles mit Tatjana angezettelt."

„Was?" Verwirrt blickte er sie an.

„Ich habe sie dazu angestiftet, dich zu küssen. So, dass Stephanie es sehen musste, weil ich sie zu der Stelle geführt habe, wo ihr zusammengestanden habt. Ich habe

Steph danach eingeredet, es wäre besser, die Nacht bei mir zu verbringen, um dich schmoren zu lassen."

„Wie bitte? Ach, so war das! Es gab nämlich gar kein Problem mit der Schlussrechnung der Komarovs", sagte Michael vorwurfsvoll. „Er hat zwar über die gestiegenen Alkoholpreise gemeckert, hat aber anstandslos bezahlt, ohne nach mir zu fragen. Der Rezeptionist konnte sich gar nicht erklären, warum ich mich da einmischen wollte. Ich habe ihm gesagt, dass du wohl etwas falsch verstanden hast. Ich wollte dich gestern noch danach fragen, aber nach dem, was passiert ist, habe ich es vergessen."

„Ich habe mitbekommen, wie Tatjanas Vater an der Rezeption herumdiskutiert und mit seiner Rechnung gewedelt hat. Wäre das nicht gewesen, hätte ich dich unter einem anderen Vorwand weggelockt. Und am nächsten Morgen, nachdem du eure Suite verlassen hattest, habe ich Stephanies Keycard genommen, als sie hat noch geschlafen hat. Ich bin in eure Suite gegangen und habe ..." Claudia stockte und schluckte. Sie wusste, dass ihr Bruder sie gleich hassen würde, aber sie musste es sich von der Seele reden. Da kein Beichtvater in der Nähe war, musste sie ihre Sünden eben dem direkt Betroffenen beichten. Sie wollte wenigstens versuchen zu reparieren, was sie angerichtet hatte.

Michael war blass geworden. „Was hast du getan?", fragte er tonlos.

„Das Make-up und das Parfüm auf dem Kopfkissen, die Kondomhülle im Papierkorb, der Stringtanga – das alles habe ich dort platziert. So dass Stephanie es finden musste, nachdem sie in die Suite zurückgekehrt ist."

Claudia liebte die Augen ihres Bruders, wenn sie freudig leuchteten oder amüsiert glitzerten. Doch wenn er wütend war, waren seine dunklen Augen furchterregend. Er ballte seine rechte Hand zur Faust. Obwohl sie sicher war, er würde sie nicht schlagen, klopfte ihr Herz vor Angst schneller, und unwillkürlich wich sie zurück.

„Warum hast du das getan?", fuhr er sie an. „Stecken die Eltern dahinter, um uns doch noch zu trennen?"

„Nein, unsere Eltern haben damit nichts zu tun. Ich bin erpresst worden."

„Von wem?"

„Von Amber Lyndhurst."

Ungläubig starrte er sie an. „Wie bitte? Und womit?"

„Kannst du dich noch an den Morgen im Februar in Brighton erinnern, als wir uns im Hotelflur begegnet sind?"

„Dunkel."

„In dieser Nacht bin ich mit Ambers Cousin –"

„Stopp", unterbrach er sie und streckte ihr die Handfläche entgegen, um sie zum Schweigen zu bringen. „Ich will das gar nicht hören. Ich kann mir denken, was passiert ist."

„Ich glaube, Amber ist total verknallt in dich – sie will am meisten, was sie nicht haben kann, verstehst du, und sie ist besessen von dem Gedanken, dich doch noch zu kriegen", plapperte Claudia drauflos, um das unangenehme Gefühl loszuwerden, das sich in ihr zusammenbraute, während ihr Bruder immer stiller wurde und sie ihn trotz des Hintergrundrauschens der Triebwerke schwer atmen hörte. „Und willst du was Lustiges hören? Amber ist gerade auf dem Weg nach Dubai, um dich zu treffen, jetzt, da Stephanie weg und die Bahn frei –“

Doch Michael schien weit davon entfernt, die Vorstellung lustig zu finden. „Geh mir aus den Augen! Setz dich da drüben hin.“ Er wies gebieterisch auf die freien Sitze auf der anderen Seite des Ganges. Die Business Class war nicht ausgebucht.

Claudia brach in Tränen aus. „Wir sollten nicht streiten, jetzt, da Dad im Sterben liegt“, schluchzte sie, um ihren Bruder milder zu stimmen. „Aber für dich ist das natürlich leichter!“ Sie hatte mit seiner Reaktion gerechnet, dennoch fühlte sie sich verloren und sehnte sich danach, sich erneut in Michaels Arme zu kuscheln.

Doch der dachte offensichtlich nicht daran, sie zu trösten. „Ach, und du denkst, nur weil ich ihn dreiunddreißig Jahre lang fälschlich für meinen Vater gehalten habe, interessiert mich das jetzt nicht? Außerdem liegt er nicht im Sterben – er kann sich sehr wohl wieder von seinem Herzinfarkt und der Bypass-OP erholen.“

„Aber es ist unwahrscheinlich, dass er davon überhaupt nichts zurückbehalten wird“, erwiderte sie leise und löste ihren Sicherheitsgurt, um sich auf der anderen Seite des Ganges ans Fenster zu setzen.

37

Luiz holte sie zusammen mit Mariana am Bahnhof von Brighton ab.

Michael und Claudia umarmten und küssten ihre Mutter zur Begrüßung.

„Wie geht es ihm, Mama?“, wollte Claudia wissen.

„Er liegt noch auf der Intensivstation. Ich konnte noch nicht mit ihm reden, er ist sediert und war bisher nicht ansprechbar. Freitag wird er operiert, sofern er nach wie vor stabil ist.“ Mit zitternden Fingern wischte sich Mariana eine Haarsträhne aus der Stirn.

Michael nahm ihre Hand und drückte sie beruhigend. „Dann können wir heute gar nicht mit ihm reden?“

„Nein, aber ihr könnt ihn sehen.“

„Wird er nach der OP wieder gesund?“, fragte Claudia bange.

„Es ist noch zu früh, so etwas vorherzusagen. Wir können schon froh sein, wenn er sie überlebt.“ Marianas Stimme klang dünn und gepresst, als würde sie Tränen unterdrücken.

Michael runzelte die Stirn. „Warum kann er dabei sterben?“

„Na, es ist immerhin eine OP am offenen Herzen mit Herz- und Lungenmaschine und allem Drum und Dran. Wenn du Genaueres wissen willst, musst du den Arzt fragen, ich habe mir das nicht merken können." Trotz des eher milden Wetters fröstelte Mariana.

„Das klingt schrecklich." Claudia tupfte sich Tränen aus den Augenwinkeln.

Michaels Kiefermuskeln zuckten vor innerlicher Anspannung. „Meinst du, er wird jemals wieder die Hotels leiten können?"

Mariana stieß einen Seufzer aus. „Was weiß ich denn? Ich habe den Arzt nicht danach gefragt, es war nicht der Moment."

„Das hat doch jetzt keine Priorität, oder?", fuhr Claudia ihren Bruder an. „Du denkst immer nur ans Geschäft."

„Du halte mal schön die Klappe. Von dir Verräterin will ich heute überhaupt nichts mehr hören!" Es war das erste Mal, dass er seit ihrem Geständnis im Flugzeug überhaupt wieder das Wort an sie richtete.

„Was ist denn mit euch los?", fragte Mariana entsetzt.

„Nichts, Mama. Wir sind nur etwas dünnhäutig wegen Daddy." Claudia holte ein Taschentuch hervor und putzte sich die Nase.

„Ha, von wegen", machte Michael verächtlich und öffnete seiner Schwester die Tür des Beifahrersitzes – allerdings nicht aus Höflichkeit, sondern damit er im Fond neben seiner Mutter sitzen konnte.

„Wir fahren jetzt direkt zum Krankenhaus", sagte Mariana. „Ich möchte ihn auch noch einmal sehen."

Michael warf ihr einen mitfühlenden Seitenblick zu. Ihre umschatteten Augen verrieten, dass sie in der letzten Nacht kaum geschlafen hatte, genau wie er selbst. Er legte den Arm um sie.

„Er war immer mein Fels in der Brandung, das wird mir jetzt erst bewusst“, murmelte er. „Wenn es in der Schule oder im Studium Probleme gab, hat er mir stets zur Seite gestanden. Beruflich sowieso. Ich konnte mich darauf verlassen, dass er immer da war, wenn ich ihn gebraucht habe - trotz aller Differenzen, die wir ein Leben lang hatten.“

Mariana seufzte tief auf. „Ich wünsche mir so sehr, dass ihr die endlich beilegt und ein echtes Team werdet. Andrew hat in den letzten Monaten gemerkt, was er an dir hat, und wenn du das nun auch erkennst, ist es hoffentlich nicht zu spät.“

Er drückte ihre Hand und hätte sich am liebsten an ihre Brust gekuschelt. Außer von seiner Mutter fühlte er sich von der ganzen Welt verlassen und verraten. Von Claudia sowieso. Sein Vater hatte ihn ebenfalls im Stich gelassen, obwohl er natürlich nichts dafür konnte, und auch Stephanie war nicht bei ihm, wo er sie so sehr gebraucht hätte. Noch dazu hätte er sich ohrfeigen können, dass er auf dieses Komplott hereingefallen war und sich derart hatte manipulieren lassen.

Der Schmerz über den möglichen Tod seines Vaters fing momentan den Schmerz wegen des Zerwürfnisses mit Stephanie auf, aber wenn er erst einmal begann, über die Konsequenzen von Letzterem nachzudenken, würde sich beides summieren und in seinem Inneren toben wie ein Tornado. Er fürchtete sich bereits vor dem Moment, in dem er zur Ruhe kommen würde. Allerdings gab es vermutlich so viel im Hotel zu regeln, dass dies nicht so bald geschehen würde.

Sie betraten das Royal Sussex County Hospital von Brighton und gingen zur Intensivstation, auf der Andrew versorgt wurde. Es waren nur zwei Besucher gleichzeitig erlaubt, und Mariana ließ ihren Kindern den Vortritt.

Michaels Herz krampfte sich zusammen, als er Andrew regungslos zwischen all den Schläuchen und über Drähte an Maschinen angeschlossen liegen sah. Er machte sich Vorwürfe, weil er sich im Juli so unversöhnlich gezeigt und sich nahezu im Streit von ihm getrennt hatte. Zwar hatten sie seitdem regelmäßig geschäftlich per Mail, Telefon oder Videokonferenz in Kontakt gestanden, es hatte jedoch nie eine richtige Aussprache oder Versöhnung gegeben. Privat hatte völlige Funkstille geherrscht. Das würde nun vermutlich für immer auf ihm lasten, falls sein Vater starb. Er schwor sich, mehr als bisher dafür zu tun, dass ihr Verhältnis sich verbesserte, wenn Andrew überlebte. Vorsichtig berührte er seine Schulter, während Claudia schluchzend die Hand ihres Vaters ergriff und zart drückte, als wolle sie ihm Kraft geben. In der Hoffnung, dass er aufwachen würde, verharrten sie einige Minuten an seinem Bett, doch Andrew rührte sich nicht. Sein Gesicht hatte eine ungesunde Farbe, die Augen lagen tief in den Höhlen. Nur sein leichter Atem wies darauf hin, dass er noch lebte. Und die tickenden Maschinen am Kopfende.

Dann warteten sie auf dem Flur, während Mariana kurz zu Andrew ging.

Michael kehrte gedanklich zu Stephanie und dem unheilvollen letzten Abend zurück. Er verstand nun wenigstens, warum sie abgereist war und die Verlobung gelöst hatte. Aber wie hatte sie ernsthaft annehmen können, er würde sie betrügen und dies noch dazu mit einem Hotelgast? Ihr Mangel an Vertrauen hatte ihn gekränkt. Doch nachdem sein Ärger darüber nun verraucht war, erkannte er auf einmal, wie die Situation aus ihrer Sicht gewirkt haben musste. Woher sollte ihr Vertrauen in ihn denn kommen, wenn sie sah, wie er am Mund einer anderen Frau klebte, mit der er zuvor bereits zu eng getanzt hatte, kaum dass Stephanie ihm für einige Minuten den Rücken gekehrt hatte? Da war es eigentlich logisch, dass sie ihre Schlüsse aus den im Schlafzimmer verteilten Hinweisen auf eine Liebesnacht zog.

Er schämte sich nun dafür, dass er für eine Sekunde seiner Neugier und Tatjanas verführerischen Lippen nachgegeben und mit dem Feuer gespielt hatte.

Leider war es genau die Sekunde gewesen, die Stephanie mitangesehen hatte – was weniger ein Zufall gewesen war als genaues Timing dieser beiden Intrigantinnen. Er war wirklich drauf und dran gewesen, die junge Russin von sich zu schieben. *Das hätte ich mal besser sofort tun sollen, als sie die Hände auf meine Schultern gelegt hat,* dachte er und hieb wütend seine rechte Faust in die linke Handfläche. Noch intelligenter wäre es gewesen, sich gar nicht erst von Tatjana in die schlecht beleuchtete Nische hinter der Poolbar ziehen zu lassen. Verdammt, wie hatte er nur so blöd sein können?

Nicht auszudenken, dass diese eine Sekunde Stephanie so verletzt und womöglich alles zwischen ihnen zerstört hatte. Er würde sie anrufen, sobald er einen Moment Ruhe hatte. Aber würde sie ihm überhaupt glauben? Womöglich sähe es für sie so aus, als wolle er seiner Schwester diese Geschichte in die Schuhe schieben, um sich reinzuwaschen.

„Du musst das in Ordnung bringen“, sagte er zu Claudia.

„Was denn?“, fragte sie zerstreut.

„Na was wohl? Das mit Stephanie. Du musst ihr sagen, dass du diese Hinterlist unter Ambers Druck ausgetüftelt hast.“

Sie nickte müde und ging Mariana entgegen, die aus dem Intensivpflegezimmer trat.

„Wie ist das mit Dad passiert – einfach so?“, fragte Michael seine Mutter, als sie das Krankenhaus verließen.

Mariana atmete tief durch. „Nein, nicht einfach so. Es schien einen Auslöser zu geben. Das möchte ich dir zu Hause erklären.“

„Ich wollte erstmal im Hotel nach dem Rechten sehen.“

„Bitte, Micael, auf eine Stunde. Danach fährt dich Luiz ins Hotel.“

„Na gut. Wie läuft es mit dem aktuellen Stellvertreter? Vater war ja mit ihm genauso wenig zufrieden wie mit den beiden Vorgängern, oder?“

„Ach, er war mit niemandem zufrieden. Niemand konnte dich ersetzen. Ihm ist endlich klargeworden, wie gut du bist. Ich bin allerdings der Meinung, Danny wird es schaffen. Ob er das Zeug zum Direktor hat, weiß ich nicht, aber er kann zumindest die Stellung halten, bis Andrew wieder gesund ist.“

„Wenn absehbar ist, dass Dad nicht mehr gesund wird, werde *ich* das Silverstone Brighton ab sofort leiten“, stellte Michael klar.

„Bleib doch lieber in Dubai und stelle jemand anders für Brighton ein, das wäre bestimmt einfacher", meinte Claudia.

„Was verstehst du denn schon davon?", fuhr Michael sie an.

„Warum bist du heute so hässlich zu deiner Schwester?", wollte Mariana bestürzt wissen.

„Sie weiß, warum", antwortete er düster.

„Das ist nicht der Moment für kindische Streitereien! Wir müssen jetzt zusammenhalten", wies Mariana ihre Kinder zurecht. „Wo ist eigentlich Stephanie? Ist sie in Dubai geblieben?"

„Das fragst du am besten auch Claudia."

Mariana ließ ihren Blick forschend von ihrem Sohn zu ihrer Tochter wandern.

„Nicht jetzt, Mama", sagte Claudia gequält.

In der Villa der Silverstones angekommen, setzten sie sich ins Wohnzimmer.

Michael warf unruhig einen Blick zur Uhr. „Was wolltest du uns erklären, Mama?"

„Unmittelbar vor seinem Anfall hat er das hier gelesen." Mariana nahm einen Umschlag aus ihrer Handtasche und reichte ihn Michael.

Er starrte kurz auf die brasilianischen Briefmarken und die Anschrift des Hotels mit Andrews Namen und dem dicken Vermerk „persönlich" in etwas ungelenker Druckschrift. Dann zog er einen weißen Zettel aus dem Umschlag und las die in der gleichen Schrift in unbeholfenem Englisch abgefassten Zeilen:

Wir wissen, was du damals mit Micael und Rafael getan hast. Zahle für unser Schweigen 1 Million US

Dollar. Hüte dich, zur Polizei zu gehen! Übergabe am 28.10. um 21.00 Uhr.

Es folgten eine Adresse in Rio und weitere Instruktionen.

Michael hob den Blick und sah Mariana ungläubig an. „Um Himmels willen, was ist das denn?"

„Ein Erpresserschreiben."

„Ja, das sehe ich auch." Michael reichte den Brief an Claudia weiter, die die Hand danach ausgestreckt hatte. „Aber aus welchem Grund? Was soll diese Anspielung auf Rafa und mich?"

„Darauf kann ich mir keinen Reim machen."

Claudia las und schüttelte den Kopf. „Vater ist nicht in der Lage, in der nächsten Zeit irgendwohin zu fliegen."

Mariana nickte und winkte ab. „Vergessen wir diesen Brief einfach."

Michael holte tief Luft. „Ich werde nach Rio fliegen. Der Achtundzwanzigste ist kommenden Samstag, das ist schon in drei Tagen – ich werde morgen Abend oder Freitag früh fliegen."

„Du denkst doch nicht etwa daran, auf diese Erpressung einzugehen?", fragte Mariana entsetzt.

„Nein, aber ich werde so tun als ob."

„Das kann gefährlich werden. Wir haben doch keine Ahnung, worum es geht und mit wem wir es zu tun haben."

„Genau das will ich herausfinden."

„Geh nicht, Micael", flehte sie. „Vielleicht ist das eine Falle und man will dich erneut kidnappen."

„Aber die wissen ja nicht, dass ich nach Rio komme. Sie haben Andrew hinbestellt und rechnen mit ihm."

„Wie willst du sicher sein, dass die deinem Vater nichts antun würden? Ich bitte dich, ignoriere diesen Wisch einfach."

„Und wenn es von Rafael ist?", flüsterte Michael mit rauer Stimme. „Ich muss Gewissheit haben, ob nicht er dahintersteckt."

„Wieso sollte Rafael Andrew erpressen? *Wir wissen, was du damals mit Micael und Rafael getan hast* ... Was soll das bedeuten?"

„Das werde ich herausfinden! Mama, was ist passiert, nachdem Andrew unser Stiefvater geworden ist? Hat er irgendetwas gemacht? Außer uns ab und zu den Hintern zu versohlen? Darauf wird die Nachricht ja kaum anspielen."

„Es könnte etwas Finanzielles sein. Er hat euch ursprünglich vom Erbe des Silverstone Brighton ausschließen wollen", gestand Mariana.

Michaels Nasenflügel bebten kurz. „Nett, was man so nebenbei erfährt!"

„Er hat es ja letztlich nicht getan. Davon wusste nur mein Bruder."

„Dann steckt womöglich Onkel Jorge dahinter", sagte er wütend. „Ich habe gemerkt, dass er und Dad offenbar noch ein Hühnchen miteinander zu rupfen haben. Vielleicht wollte er Vater anpumpen und da dieser darauf nicht eingehen wollte, versucht er sich das Geld nun so zu beschaffen. Er ist doch ständig pleite, weil er auf zu großem Fuß lebt. Und ich halte es nicht für ausgeschlossen, dass er bei der Geschäftsführung des Ipanema Palace etwas abzwackt. Hast du einen Controller nach Rio geschickt, wie ich es dir im September geraten habe?“

Seine Mutter rang die Hände. „Micael, er ist mein Bruder, und er ist bei meiner Heirat mit Andrew nicht besonders gut weggekommen, was sein Erbe betrifft.“

„Ein Grund mehr für ihn, sich heimlich etwas zurückzuholen.“

Diese Option stachelte ihn noch mehr an, nach Rio zu fliegen und herauszufinden, wer seinen Vater erpressen wollte. Vielleicht war es auch diese geheimnisvolle Unbekannte, A. da Silva – schließlich hatte Andrew eine außereheliche Beziehung nicht ausdrücklich geleugnet.

Michael trank höflichkeitshalber die Tasse Tee, die Giovana serviert hatte, würgte appetitlos ein Scone hinunter und fuhr dann mit seinem Wagen ins Hotel.

Als Michael um neun Uhr abends nach einer langen Besprechung mit Andrews Stellvertreter Danny und einigen Stunden am Schreibtisch seines Vaters, in denen er die dringendsten Angelegenheiten erledigte, die Bürotür hinter sich schloss, wäre er am liebsten sofort zu Stephanie gefahren. Doch auf einmal überfiel ihn bleierne Müdigkeit. Er hatte in der Nacht kaum geschlafen, die Reise war anstrengend gewesen, und er stand seit anderthalb Tagen unter starker Anspannung. Er fühlte sich einem Gespräch mit Stephanie, das schwierig werden könnte, nicht gewachsen. Und da viel davon abhing, beschloss er, es lieber auf den nächsten Tag zu verschieben, wenn er ausgeruhter wäre. Obwohl er daran zweifelte, dass er in dieser Nacht gut schlafen würde.

Immerhin war er nach dem Gespräch mit Danny ein wenig beruhigter. Der Mann mochte noch etwas unerfahren sein, jedoch keineswegs unfähig. Vielleicht würde er sogar besser arbeiten, wenn ihm Andrew nicht ständig im Nacken saß, um ihn zu kontrollieren und ihm Druck zu machen. Michael fand, er konnte es riskieren, ihn einige Tage allein zu lassen, um nach Rio zu reisen.

Rio. Nicht nur, dass die schwere Krankheit seines Vaters und die Sache mit Stephanie auf ihn einstürmten – mal abgesehen vom alltäglichen Wahnsinn an der Spitze eines Luxushotels –, nun auch noch ein mysteriöses Erpresserschreiben. Das Ganze wirkte auf ihn allerdings eher amateurhaft und lächerlich als bedrohlich. Daher hatte er nicht die Absicht, eine Million Dollar zusammenzukratzen oder die Polizei zu benachrichtigen. Entweder steckte sein Onkel dahinter oder diese Frau aus São Paulo oder … Bei diesem Oder spürte er sein Herz schneller klopfen. Und wenn es nun Rafael war? Wenn er irgendwie herausbekommen hatte, dass Andrew die Zwillinge vom Erbe hatte ausschließen wollen? Doch wie sollte er Andrew damit erpressen? Es war zwar schäbig, aber nicht strafbar, und Mariana wusste bereits davon. Das ergab alles keinen Sinn. Dennoch musste er sich Gewissheit verschaffen.

Michael presste die Fingerspitzen gegen die schmerzenden Schläfen. Er buchte sich in ein leeres Zimmer ein, ließ sich eine Kleinigkeit zu essen kommen und ging dann sofort ins Bett.

38

Am nächsten Nachmittag rief eine Krankenschwester des Hospitals an und teilte Mariana mit, dass Andrew wieder ansprechbar sei. Sie und Michael ließen im Hotel sofort alles stehen und liegen, holten Claudia ab und fuhren zu ihm.

Er war noch immer leichenblass und an Katheter und Kabel angeschlossen, doch seine Augen waren geöffnet. Claudia stürzte sofort an seine Seite und küsste innig seine Wange und Stirn. „Du hast uns vielleicht einen Schrecken eingejagt! Wie fühlst du dich?"

„Super", raunte Andrew mit schwacher, brüchiger Stimme. „Ich werde noch dieses Jahr am Triathlon teilnehmen."

„Ist ja toll, dass du schon Witze reißen kannst." Claudia lachte erleichtert auf, doch sie wirkte erschrocken, wie krank, fast leblos ihr Vater aussah.

Mit einer schwachen Geste winkte er Michael heran und bedeutete ihm, sich auf die Bettkante zu setzen.

„Schön, dass du wach bist und ich dich vor meinem Abflug nochmal sehen kann, Dad", sagte Michael erleichtert.

Andrew hatte hörbar Mühe, sich zu artikulieren, aber Michael ahnte, was er fragen wollte. „Im Hotel ist alles in Ordnung, ich kümmere mich um alles."

„Verzeih mir, Michael", brachte sein Vater kaum hörbar hervor.

„Was denn, Dad?" Es gab ja schon so einiges zu verzeihen, dachte Michael im Stillen, doch er hatte beschlossen, es zu tun.

„Der Brief ... aus Brasilien ..."

„Ich regle das, Dad, mach dir keine Sorgen. Mein Flug nach Rio geht morgen früh."

„Nein", murmelte Andrew und wand den Kopf auf dem Kissen. „Nicht ..."

Michael drückte seine Hand. „Ich muss das tun. Was immer es auch ist, ich bringe es in Ordnung." Er fragte sich, ob er seinen Vater zum letzten Mal sehen würde und fühlte einen Stich in der Brust. „Es tut mir leid, was ich dir gesagt habe, bevor ich nach Dubai gegangen bin. Danke, dass du immer für Mama und uns da warst", fügte er leise hinzu.

„Danke mir nicht", flüsterte Andrew. „Ich bin stolz auf dich, Michael."

Michael verspürte einen Kloß im Hals. Es war das erste Mal, dass er diese Worte hörte, nach denen er sich ein Leben lang gesehnt hatte.

„Ich möchte eure Mutter sehen – allein."

„Okay." Michael erhob sich und küsste ihn auf die Stirn. „Alles Gute für die OP morgen, Dad. Du schaffst das. Komm, Claudia."

Ihr fiel es sichtlich schwer, sich von ihrem Vater zu trennen. Sie klammerte sich an ihn und küsste seine Hand. „Halte durch. Wir brauchen dich."

„Geh, Liebes. Wir sehen uns übermorgen, versprochen." Matt schloss er die Augen.

Michael verließ beklommen den Raum und winkte Mariana heran, die auf einem Stuhl im Flur saß. „Du kannst rein."

„Er möchte dich alleine sprechen", fügte Claudia etwas beleidigt hinzu.

Mariana ging zu Andrew und setzte sich zu ihm. „Was wolltest du mir sagen, Darling?"

Er tastete nach ihrer Hand. „Sie haben mir gesagt, dass ich die OP vielleicht nicht überlebe."

„Das wirst du. Untersteh dich, mich allein zu lassen." Sie drückte seine Hände.

Sein rechter Mundwinkel deutete ein Lächeln an. „Aber wenn nicht ... Mein Safe im Büro. Da ist ein Brief an dich. Lies ihn", flüsterte er abgehackt. „Du musst etwas erfahren, bevor ..."

„Natürlich. Ich kenne aber die Kombination von deinem Safe nicht."

„Claudias Geburtsdatum. – Hasse mich nicht", murmelte er.

„Warum sollte ich?", fragte sie beunruhigt.

„Ich liebe dich. Denk immer daran."

„Das weiß ich doch. Ich liebe dich auch." Mariana beugte sich über ihn und küsste seine aufgesprungenen, leicht bläulichen Lippen.

„Schicke mir den Notar. Er soll heute noch kommen."

Befremdet blickte sie ihn an. „Willst du Michael nun etwa doch noch enterben? Soll ich dich deswegen nicht hassen?"

Andrew schloss die Augen, ohne zu antworten. Aufgewühlt verließ Mariana das Zimmer.

Michael fuhr im Anschluss mit Claudia zu Stephanies Wohngebäude. Doch sie öffnete nicht auf sein Klingeln, und auch ihr Handy war noch immer ausgeschaltet. Ihr Festnetztelefon klingelte ins Leere. Er hatte seit dem Morgen mehrmals versucht, sie zu erreichen. Für seine WhatsApp-Nachrichten hatte er keine Lesebestätigung bekommen und sie war zwei Tage zuvor das letzte Mal online gewesen. Vielleicht war sie bei Brittany. Leider hatte er weder deren Nummer noch die von Eve, und ihm fehlte die Zeit, nach London zu fahren. Er musste an diesem Nachmittag und Abend noch einiges im Hotel abarbeiten, und früh am nächsten Morgen ging sein Flug nach Rio. Mit schwerem Herzen setzte er Claudia im Haus der Eltern ab und fuhr ins Büro.

39

Stephanie kauerte in ihrem Wohnzimmersessel, klammerte die kalten Hände um eine Tasse Tee und starrte ins Leere.

Vor ihrer Ankunft in Heathrow am späten Dienstagabend hatte sie eine Londoner Freundin gebeten, sie für zwei Nächte zu beherbergen, damit sie Zeit mit Brittany verbringen konnte. Obwohl sie gar nicht mit Michael hatte sprechen wollen, war sie enttäuscht, dass er weder Dienstag noch Mittwoch versucht hatte, sie zu erreichen.

Verärgert hatte sie das Handy am Donnerstag erst wieder eingeschaltet, als sie abends im Zug nach Brighton gesessen hatte. Auf einmal lagen fünf verpasste Anrufe von Michael und zwei kurze, banale WhatsApp-Nachrichten vor. Da er so lange gebraucht hatte, wollte sie sich mit dem Rückruf ebenfalls Zeit lassen und hatte gerade erst seine Nummer gewählt.

Doch sein iPhone war ausgeschaltet. Ach, zum Teufel. Es brachte sowieso nichts, mit ihm zu reden, sie würde ihm diesen Fehltritt nicht verzeihen können. Wie hatte er nur alles zerstören können? Sie hatte ihre Liebe für etwas Besonderes gehalten. Die Tränen begannen erneut zu fließen, und eine Minute später flog ein zerknülltes nasses Papiertaschentuch zu dem Häufchen, das bereits auf dem Teppich lag. Vor Brittany hatte sie sich zwei Tage lang zusammengerissen, aber nun überfiel sie die Trauer um ihre verlorene Liebe mit Macht.

Die Türklingel riss Stephanie aus ihren Gedanken, und sie zuckte zusammen.

Michael, dachte sie sofort mit einer Mischung aus Hoffnung und Schreck, doch dann atmete sie tief durch. Bestimmt ihre besorgte Schwester, die nach ihr schauen wollte.

Zu ihrer Überraschung stand Claudia vor ihr, die genauso verweint und elend aussah wie sie selbst.

„Hat Michael dich geschickt, damit du mit mir redest?", fragte Stephanie misstrauisch.

Claudia schüttelte stumm den Kopf.

„Wenn du für ihn um gutes Wetter bitten willst, verschwendest du deine Zeit", erklärte Stephanie verschnupft.

„Es ist alles ganz anders, als du denkst. Bitte, darf ich reinkommen?"

„Natürlich." Sie gab den Weg frei und schloss die Tür hinter Claudia. „Wieso bist du überhaupt in Brighton? Doch nicht meinetwegen?"

„Nein, das allerdings nicht." Claudia folgte ihr ins Wohnzimmer und blickte sich um. In einer Ecke stand Stephanies geöffneter, noch unausgepackter Koffer.

„Willst du einen Tee?"

„Nein, danke, mach dir keine Umstände." Claudia setzte sich auf die Couch und warf einen Blick auf den Taschentuchhaufen. „Es geht dir nicht so gut, was?", fragte sie scheu.

„Nein." Stephanie ließ sich wieder in ihren Sessel sinken.

„Es tut mir unendlich leid, Steph."

„Du kannst ja nichts dafür, dass dein Bruder ein Mistkerl ist", murmelte sie.

„Das ist er nicht. Es ist alles meine Schuld."

Stephanie sah sie verständnislos an.

„Ich war das. Ich habe Tatjana angestachelt, Michael abzufangen und genau in dem Moment zu küssen, in dem wir beide um die Ecke gebogen sind, damit du es siehst. Ich habe dafür gesorgt, dass Michael zur Rezeption gegangen ist, damit ich dich überreden konnte, die Nacht bei mir zu verbringen, und während du noch geschlafen hast, habe ich all die Utensilien einer vermeintlichen Liebesnacht in eurer Suite platziert."

Ungläubig starrte Stephanie sie an. „Warum? Haben deine Eltern dich damit beauftragt, um mich loszuwerden?"

„Nein. Amber Lyndhurst erpresst mich mit kompromittierenden Fotos."

„Das klingt ziemlich weit hergeholt, ich weiß nicht, ob ich das glauben soll oder ob du vielleicht einfach nur deinen Bruder decken willst", sagte Stephanie skeptisch.

„Du solltest Michael gut genug kennen, um zu wissen, dass so etwas nicht sein Stil wäre – seine Schwester mit einer fetten Lüge zu dir zu schicken, um einen Seitensprung zu leugnen. Überhaupt glaube ich, dass schon mal ein Seitensprung nicht sein Stil wäre. Ich habe absichtlich übertrieben mit dem, was ich dir in dem Café gesagt habe: Dass er sich mit dir verlobt hat, um unseren Eltern eins auszuwischen, ist gewiss nicht so. Er würde nie eine Freundin für so etwas benutzen. Und dass er schon immer schnell das Interesse an einer

Frau verloren hat, war auch übertrieben“, erklärte Claudia schuldbewusst. „Es war alles inszeniert, um Unfrieden zwischen dir und meinem Bruder zu stiften und euch nach Möglichkeit auseinanderzubringen.“ Sie zog ihr iPhone aus der Tasche, suchte in ihrem WhatsApp-Chatverlauf und hielt Stephanie das Display hin. „Hier, der Beweis.“

Stephanie las die Nachrichten, in denen Amber Claudia nötigte, für eine Trennung von Michael und Stephanie zu sorgen, da sie sonst Claudias Ehemann die Fotos schicken würde.

Ihre Schockstarre wich heißem Zorn. „Du bist so ein Miststück!“, fuhr sie sie an.

Claudia seufzte nur.

„Wie hast du Tatjana rumgekriegt, dabei mitzuspielen? Da sie so reiche Eltern hat, wirst du sie ja kaum mit Geld geködert haben, oder doch? Wie viel war es dir wert, Michael und mich zu trennen?“ Stephanie setzte sich auf ihre Hand, um sie Claudia nicht ins Gesicht zu schlagen.

„Ich habe Tatjana am Strand kennengelernt. Michael war ihr bereits aufgefallen und da sie uns zusammen gesehen hatte, hat sie sich über ihn erkundigt. Ich habe einfach gefragt, ob sie Lust hätte, ihn zu küssen. Sie war total scharf darauf und wir haben einen Plan geschmiedet. Michael und du, ihr habt genau reagiert, wie ich es geplant hatte und alles hat geklappt wie am Schnürchen.“ Bei aller Reue lag ein Hauch von Triumph in ihrer Miene.

Stephanie warf ihr einen wilden Blick zu.

„Aber es tut mir aufrichtig leid“, beteuerte Claudia.

„Du und aufrichtig! Das glaube ich dir nie im Leben. Du hast mir Freundschaft vorgespielt, um mir dann eine Falle zu stellen!“, fauchte Stephanie. „Also bist du nur deshalb nach Dubai gekommen?“

„Mehr oder weniger. Ich war nicht sicher, ob es funktionieren würde. Aber Amber hat mir solchen Druck gemacht, und ich wusste, dass ich sie nicht mehr lange würde hinhalten können, bevor sie meinem Mann diese Fotos schickt.“

„Erwarte nicht von mir, dass ich dich bedauere!“ Stephanies Nasenflügel bebten.

„Tue ich nicht. Ich erwarte auch nicht, dass du mir verzeihst. Aber ich will versuchen, es wieder gutzumachen.“

„Und woher kommt dein Sinneswandel? Wieso gehst du das Risiko ein, dass Amber dich verrät, wenn Michael und ich uns durch dein Geständnis wieder versöhnen?“ Stephanie atmete tief durch. Erst jetzt spürte sie neben der Wut auch eine riesige Erleichterung darüber, dass Michael sie nicht betrogen hatte, sondern genau wie sie Opfer eines Komplotts geworden war. Auch wenn er es gar nicht erst zu dem Kuss hätte kommen lassen dürfen.

„Ich habe es gleich hinterher bereut, dass ich euch auseinandergebracht habe. Ihr habt mir leidgetan. Ist ja nicht so, dass ich völlig herzlos bin.“ Claudia schenkte ihr einen treuherzigen Augenaufschlag. „Wenige Stunden später kam die Nachricht, dass unser Vater einen Herzinfarkt hatte. Deswegen bin ich in Brighton.“

„Oh, tut mir leid. Ist er ...?“

„Er lebt. Heute Morgen hatte er eine Bypass-OP, bei der es Komplikationen gab. Er liegt jetzt im künstlichen Koma, der Ausgang ist ungewiss." Claudias Augen füllten sich mit Tränen. „Es ist alles schon furchtbar genug, da wollte ich Michael nicht noch mehr Kummer machen. Ich weiß, wie sehr ihn deine Abreise getroffen hat und dass du deinen Ring zurückgelassen hast."

„Ist Michael auch in Brighton?", wollte Stephanie hoffnungsvoll wissen.

„Er war. Wir haben gestern Nachmittag sogar vor deiner Haustür gestanden, daher weiß ich, wo du wohnst. Aber du hast nicht aufgemacht."

„Ich bin erst abends aus London wiedergekommen. Was heißt *er war*? Ist er schon wieder nach Dubai zurückgeflogen?", fragte sie enttäuscht.

„Nein, er ist gerade unterwegs nach Rio." Claudia erzählte ihr von dem Erpresserschreiben.

In Stephanie kämpften die widersprüchlichsten Gefühle: Neben der immensen Erleichterung auch Scham, auf diese Inszenierung hereingefallen zu sein, eine Spur Mitgefühl für Andrew, Zorn über Claudias skrupellose Machenschaften, ein klein wenig Respekt für ihr ehrliches Geständnis, Hass auf Amber ... Zermürbt legte sie das Gesicht in die Hände.

„Ich weiß, dass es nicht leicht sein wird, das wiedergutzumachen", sagte Claudia leise. „Aber ich will es versuchen. Ich kenne Michael gut genug, um zu wissen, dass er dich jetzt an seiner Seite braucht. Also werde ich dir ein Flugticket nach Rio kaufen." Sie griff nach ihrem iPhone und rief eine Webseite auf.

„Wieso, wie lange will er dort bleiben?"

„Keine Ahnung. Sicher höchstens eine Woche, aber wenn du noch heute Abend fliegst, kannst du bei ihm sein, wenn das Treffen mit den Erpressern stattfindet."

Ein Schreck durchzuckte Stephanie. „Will er das nicht der Polizei überlassen?"

„Die würden ihn auslachen, wenn er mit diesem Wisch auf ein Polizeirevier in Rio geht. Was soll schon groß passieren, wenn meine Familie nicht auf die Forderung eingeht?"

„Offenbar genug, um bei deinem Vater einen Herzinfarkt auszulösen."

„Den hätte er sicher so oder so in der nächsten Zeit bekommen."

„Warum wollte Michael dann unbedingt ein Treffen riskieren? Ist er verrückt geworden? Die könnten ihm was antun!" Stephanie sprang auf. „Okay, buch mir diesen Flug. Oder ist das wieder eine List, um mich loszuwerden?", fragte sie argwöhnisch. „Damit Amber in Ruhe mit Michael anbandeln kann, der gar nicht in Rio ist?"

„Nein, ich schwöre dir, dass es keine Falle ist." Claudia hob feierlich zwei Finger.

„Ich werde Michael nachher anrufen. Wann landet er?"

„Ein Uhr nachts unserer Zeit, glaube ich. Willst du ihn nicht lieber überraschen? Stell dir sein Gesicht vor, wenn du plötzlich vor ihm stehst."

Ein Lächeln huschte über Stephanies angespannte Züge, und sie ließ sich in den Sessel zurücksinken. „Da hast du recht. Außerdem hat er verdient, dass ich ihn ein bisschen zappeln lasse. Geküsst hat er Tatjana schließlich, sie hat ihn nicht genötigt, oder? Er hätte mich sofort nach eurer Landung in London anrufen sollen. Auch wenn er wegen Andrews Erkrankung natürlich mildernde Umstände hat."

„Wirst du ihm den Kuss verzeihen können?", fragte Claudia gespannt. „Sie hat Michael wirklich überrumpelt, denke ich."

Stephanie nickte widerstrebend. „Ja, aber wenn sowas nochmal vorkommt, kann er was erleben!"

Claudia grinste und wischte über das Display ihres iPhones. „Der nächstmögliche Flug ist morgen Vormittag um elf. Geht das?"

Stephanie seufzte müde und warf einen Blick auf ihren Koffer. „Gut, dass ich ihn noch nicht ausgepackt hatte, da brauche ich einfach nur den Deckel wieder zuklappen."

„Bestens, dann hast du ja noch Zeit, mit mir nach Hause zu kommen. Mama würde dich gerne sehen."

„Wieso das denn?", wollte Stephanie misstrauisch wissen.

Claudia druckste herum. „Da Michael mir die Sache sehr übelgenommen hat und Mutter sich gewundert hat, warum er so unfreundlich zu mir ist, musste ich Farbe bekennen, und sie findet es ebenfalls scheußlich, was Amber und ich getan haben. Das wollte sie dir wohl persönlich sagen."

„Ich ziehe mich schnell um." Stephanie ging ins Schlafzimmer, tauschte ihre bequeme Hauskleidung gegen Jeans und Cardigan und fuhr dann mit Claudia, die sich Michaels Mercedes ausgeliehen hatte, zur Villa der Silverstones.

Dort fanden sie Mariana in Tränen aufgelöst im Wohnzimmer vor. Sie schluchzte geradezu hysterisch in ein Taschentuch, und Giovana stellte auf einem silbernen Teller ein Fläschchen mit Baldriantropfen, einen Löffel und ein Wasserglas vor sie hin.

„Mama!", schrie Claudia entsetzt. „Was ist mit Dad?"

Ohne den Kopf zu heben, machte Mariana eine wilde Geste. „So ein Scheißkerl!"

„Wie bitte?", fragte Claudia befremdet.

Neben Mariana lag ein Umschlag auf der Couch, auf dem *Nach meinem Tod zu öffnen* stand, gefolgt von Andrew Silverstones Unterschrift.

Claudia kreischte auf, als sie das las. „Oh mein Gott, ist er tot?"

„Nein, aber wenn ich ihn in die Finger bekomme, wird er das sein", fauchte Mariana.

Bestürzt starrte Claudia ihre Mutter an. „Nun sag, was los ist."

Mariana putzte sich die Nase und zögerte etwas, als sie Stephanie bemerkte, die unschlüssig im Raum stehengeblieben war. Sie nickte ihr zu und fuhr dann fort: „Er hat mir gestern gesagt, ich soll diesen Umschlag aus seinem Safe im Büro holen und lesen."

„Aber doch erst nach seinem Tod?"

„Nein, ich hatte ihn so verstanden, dass ich ihn auf jeden Fall lesen soll, jetzt schon. Auch wenn ich im Nachhinein glaube, dass ich das falsch verstanden habe", fügte sie grimmig hinzu und tupfte sich mit einem frischen Taschentuch die Augen trocken.

„Und was steht drin?"

„Erzähle ich dir nachher." Mariana erhob sich, trat auf Stephanie zu und zog sie in die Arme. „Willkommen in der Familie, liebe Stephanie. Es tut mir leid, dass es so lange gedauert hat. Und ich hoffe sehr, es renkt sich wieder ein, was meine Tochter angerichtet hat. Sie sollten wissen, dass ich nicht gutheiße, was sie ausgeheckt hat."

„Ich habe Steph gerade ein Flugticket nach Rio gekauft", berichtete Claudia. „Sie fliegt morgen Vormittag."

„Wunderbar. Das wird Micael guttun." Mariana nahm den Umschlag von der Couch und drückte ihn Stephanie in die Hand. „Bitte gib ihm das dann sofort. Ich will es ihm nicht abfotografiert schicken. Es ist sehr wichtig."

Stephanie nickte und verstaute den Umschlag sorgfältig in ihrer Handtasche. Es erschien ihr indiskret zu fragen, was es damit auf sich hatte.

„Es tut mir sehr leid, das mit Andrews Herzinfarkt", sagte sie eher höflich als ehrlich. Es gelang ihr nicht, Michaels Stiefvater, der ihn so oft schlecht behandelt hatte, mehr als einen Hauch von Mitgefühl entgegenzubringen, doch das Unglück seiner Frau und Tochter ließ sie nicht kalt. „Ich hoffe, er erholt sich wieder."

Mariana wirkte erschüttert und ausgelaugt. Trotz ihrer ungewohnt herzlichen Begrüßung merkte Stephanie, dass sie allein sein wollte und verabschiedete sich mit dem berechtigten Vorwand, ihre Abreise vorbereiten zu müssen.

Am nächsten Morgen holte Luiz sie von zu Hause ab und fuhr sie nach Heathrow. Wenn ihr noch vor einem Jahr jemand gesagt hätte, dass sie einmal spontan von einem Tag auf den anderen allein nach Südamerika fliegen würde, hätte sie denjenigen ausgelacht.

Gegen acht Uhr abends Ortszeit landete der Airbus der British Airways auf dem Flughafen von Rio, wo

Antonio, der Chauffeur des Ipanema Palace, sie erwartete. Stephanie hatte fast das Gefühl, nach Hause zu kommen, als sie durch die nächtlich beleuchtete Stadt fuhren, die sich nun schon ein wenig vertraut anfühlte. Schon dass es Michaels Heimat war, gab ihr ein Gefühl von Vertrautheit.

Sie warf einen Blick zur Uhr. Kurz vor einundzwanzig Uhr. Michael würde gerade in diesem Moment zu dem Treffen mit den Erpressern fahren. Angespannt starrte sie aus dem Fenster auf die Lichter an der Copacabana und knetete nervös ihre Hände. Vielleicht hätte sie ihm doch eine Nachricht schicken sollen. Nicht auszudenken, falls ihm etwas passierte und er sterben würde, ohne zu wissen, dass sie sich mit ihm versöhnen wollte.

40

Michael hatte Manuel und Belmiro, die Security-Mitarbeiter des Ipanema Palace, gebeten, ihn zu diesem riskanten Treffen zu begleiten. Beide besaßen eine Personenschützer-Ausbildung und hatten sofort zugestimmt.

Manuel steuerte die Hotellimousine durch den westlich von Ipanema gelegenen Vorort Barra da Tijuca mit seinen breiten Verkehrsschneisen und vielen Einkaufszentren. Die im Erpresserschreiben genannte Gegend lag jenseits des Geschäftsviertels und bot nur malerische Natur mit kilometerlangem Strand, der von Klippen und dichtem Wald gesäumt wurde. Sie war abends sehr einsam, da vieles nur mit dem Auto erreichbar war.

Michael, der im Fond der Limousine saß, starrte aus dem regenbesprühten Fenster auf die Landschaft, die man im schwachen Licht einiger Straßenlaternen und den Autoscheinwerfern nur erahnen konnte. Es war kurz vor neun Uhr abends und bereits dunkel. Die kugelsichere Weste, die Belmiro ihm geliehen hatte, schien einen Zentner auf seinem Brustkorb zu wiegen, und eine Pistole, die ebenfalls vom Wachpersonal des Hotels stammte, drückte gegen seine Rippen. Hart schlug sein Herz gegen das Metall.

Der Treffpunkt lag an einem der kleinen Seen in Strandnähe, die von Wald umgeben waren und um diese Zeit völlig verlassen sein würden. Nervös trommelte Michael mit den Fingerspitzen auf den neben ihm liegenden Aktenkoffer.

Manuel bog in einen schmalen Waldweg ein und suchte im Rückspiegel seinen Blick. „Sind Sie sicher, dass Sie das tun wollen, Senhor Silverstone? Noch können wir umkehren."

„Ich muss", sagte Michael fest.

Als sie kurz darauf hielten, nieselte es noch immer. Er schlüpfte in eine unförmige dunkle Regenhaut mit dem Schriftzug *Security* und setzte auch die Kapuze auf. Manuel und Belmiro gaben ihm Rückendeckung, als er den schwach beleuchteten Wanderweg entlanglief. Tagsüber war dies ein beliebtes Ausflugsziel für die Cariocas, doch nun war kein Mensch an diesem See. Nach gut hundert Metern fand er den Wegweiser, der im Erpresserschreiben erwähnt wurde.

Michael folgte den Anweisungen und stellte den Aktenkoffer an das Schild. Aber statt danach den Rückzug anzutreten, schlug er einen Haken und glitt zwischen die Bäume, wo Manuel und Belmiro bereits Stellung bezogen hatten. Sein Herz klopfte wie nach einem Sprint. Sicher würden die Erpresser bald in Erscheinung treten, um nicht zu riskieren, dass inzwischen noch jemand anders herkam und womöglich den Aktenkoffer wegtrug.

Nach einigen Minuten hörte er leise Stimmen, konnte jedoch nicht verstehen, was sie sagten. Zu laut zwitscherten die Vögel in den Ästen über ihm. Im schwachen Licht der Laternen erhaschte Michael einen Blick auf zwei Männer, die von der anderen Seite des Weges her an das Schild traten.

Enttäuscht stellte Michael fest, dass es sich wohl weder bei dem einen noch bei dem anderen um seinen Bruder handelte. Der jüngere hatte in etwa Michaels Statur, jedoch mit einigen Kilo mehr auf den Rippen. Sein schwarzes Haar war in einem leichten Undercut geschnitten und sein Gesicht zierte ein kurz gestutzter Bart. Mehr konnte Michael nicht erkennen. Der zweite war ungefähr Mitte Fünfzig und besaß eine sportliche, geschmeidige Figur. Wer zum Teufel waren diese Männer?

Um die Gesichter genauer sehen zu können, pirschte er sich näher an sie heran und verließ seine Deckung. Ein Ast knackte unter seinem Fuß, und die beiden bemerkten ihn, gerade als sie den Aktenkoffer greifen wollten. Sie blickten ihn alarmiert an.

Der Ältere zog eine Pistole und richtete sie entschlossen auf ihn. „Bleiben Sie, wo Sie sind!"

Am metallischen Klicken und Ästeknacken hinter sich hörte Michael, dass Belmiro und Manuel ihre Schusswaffen entsicherten und sich näherten.

Der Jüngere fiel dem Älteren in den Arm. „Nicht – das ist Micael!"

In Michaels Nacken prickelte es, als er seinen Namen hörte und dem Blick der dunklen Augen hinter der Brille begegnete. Sie starrten einander einige Sekunden lang an. Dann gingen sie wie vom Magneten angezogen langsam aufeinander zu. Der zweite Mann ließ die Waffe sinken.

„Rafael?", fragte Michael unsicher. Er hatte immer geglaubt, wenn er seinem Zwillingsbruder gegenüberstünde, wäre es, wie in einem Spiegel zu gucken. Nun stand hier ein fremder Mann. Kein Wunder, dass bei dem Aufruf im Fernsehen niemand Rafael in ihm wiedererkannt hatte. Seine Augen glichen jedoch denen, die ihm stets aus dem Spiegel entgegenblickten.

Der junge Mann nickte, die Hände an seinen herunterhängenden Armen zu Fäusten geballt. Aus einer Haarsträhne in seiner Stirn tropfte Regenwasser. Fast sah es aus, als wären es Tränen.

Nur noch ein halber Meter trennte sie. Die feuchte Luft schien mit Millionen von elektrischen Teilchen aufgeladen zu sein. In Rafaels angespannte Züge malten sich nach Misstrauen und Fassungslosigkeit zaghafte Freude.

Unwillkürlich breitete Michael seine Arme aus und streckte sie ihm entgegen. Eine Sekunde später lagen er und sein fremder Zwillingsbruder sich in den Armen. Rafael drückte ihn so fest, dass er ihrer beider Rippen knacken hörte.

„Rafa, bist du es wirklich?", flüsterte Michael.

„Na, was denkst du denn?" Der andere löste sich sachte von ihm. „Aber ich verstehe. Womit kann ich es dir beweisen? Lass mal überlegen ... Wir beide wollten unbedingt einen Hund haben, doch die Eltern waren dagegen. Zum fünften Geburtstag haben wir Tretroller geschenkt bekommen. Mit dem ich höchstens zweimal gefahren bin, weil danach das mit der Entführung passiert ist. Unserer Nanny haben wir den Spitznamen Snoopy verpasst. Aber mehr darfst du mich nicht fragen, ich erinnere mich an so vieles nicht mehr. Diese Zeit liegt wie in einem Nebel."

„Mein Gott, du bist es." Michael musste gegen die Tränen kämpfen und drückte seine Hand. „Und wer ist das?" Er wies auf den anderen Mann, der die Pistole weggesteckt und sich dicht neben Rafael gestellt hatte.

„Unser Vater. Weißt du überhaupt, dass Andrew Silverstone nicht unser biologischer Vater ist?"

„Ja. Allerdings erst seit kurzem." Scheu blickte Michael den Mann mit den kurzen graubraunen Locken und den vielen Lachfalten im gutgeschnittenen sonnengebräunten Gesicht an.

„Ich bin Gabriel", sagte dieser leise. „Verzeih mir das mit der Pistole, ich habe nur eine Gestalt gesehen und hatte Angst, es wäre eine Falle."

Sie umarmten sich. Es war ein eigenartiges Gefühl für Michael, seinen leiblichen Vater zu berühren, von dessen Existenz er so lange nichts geahnt hatte.

„Was soll dieser Unsinn mit der Erpressung?", fragte er dann und streifte sich die Kapuze vom Kopf. Es hatte aufgehört zu regnen.

Rafaels Miene verdüsterte sich. „Schmerzensgeld für Papa und mich. Andrew Silverstone hat mir mein Leben vorenthalten!" Seine Kiefermuskeln mahlten.

„Wie meinst du das?"

„Er war es, der unsere Entführung veranlasst hat, um uns loszuwerden."

„Bitte was?" Michael starrte ihn ungläubig an.

Rafael schnaufte. „Ich will dir diese ganze Geschichte nicht hier mitten im Wald oder irgendwo auf der Straße erzählen."

„Gehen wir ins Hotel. Erinnerst du dich an das Ipanema Palace?"

„Nicht wirklich. Aber ich weiß, dass wir dort gelebt haben, bevor wir entführt wurden."

„Wo bist du aufgewachsen? Und bei wem? Mein Gott, ich weiß überhaupt nichts von dir. Von euch beiden nicht." Michael fuhr sich durch die Haare. „Ich glaube, wir haben sehr viel Gesprächsbedarf, alle drei. Kommt mit."

Gabriel nahm den Aktenkoffer und gab ihn Michael zurück. „Das Geld ist nicht von Silverstone, sondern von dir, stimmt's? Das möchte ich nicht."

„Da ist kein Geld drin." Michael reichte den Koffer an Belmiro weiter, der sich abwartend einige Schritte hinter ihm hielt. „Ich hatte nicht die Absicht, auf diese Erpressung einzugehen. Ich wusste ja nicht mal, worum es ging."

Gabriel stemmte die Fäuste gegen die Hüften. „Dein Stiefvater hat es dir nicht erklärt, was?"

„Dazu war er nicht in der Lage. Nach der Lektüre eures Schreibens hat er einen Herzinfarkt bekommen und liegt noch auf der Intensivstation im künstlichen Koma."

„Oh. Das wollten wir natürlich nicht", murmelte Rafael. „Obwohl ... Strafe hat er verdient. Entführung ist schließlich ein Verbrechen. Dann gibt es wohl doch so etwas wie Gerechtigkeit."

Michael runzelte die Stirn. „Wenn ihr Gerechtigkeit wolltet, warum habt ihr ihn nicht angezeigt?"

„Wir haben darüber nachgedacht und uns erkundigt. Mal abgesehen davon, dass wir keine echten Beweise haben, ist die Tat inzwischen wahrscheinlich verjährt. Wenn Andrew sich ansonsten nie etwas hat zuschulden kommen lassen, käme er vermutlich einfach so davon“, erwiderte Gabriel missmutig.

„Dann war es aber nicht sinnvoll, ihn zu erpressen.“ Michael blieb skeptisch, was diese Entführungsbehauptung betraf, die ihm aus der Luft gegriffen schien.

„Ihm war sicher klar, dass er keine strafrechtlichen Konsequenzen zu befürchten hat. Aber will er wirklich, dass seine Familie davon erfährt? Und die Presse? Der Ruf eurer Hotels wäre ruiniert“, sagte Gabriel mit unterschwelliger Drohung in der Stimme.

„Das ist wahr.“ Michael warf ihm einen besorgten Blick zu. „Euch ist schon klar, dass dies auch mich und meine Halbschwester treffen würde? Und unsere Mutter. Ich bin sicher, dass sie damit nichts zu tun hat.“

Gabriel zuckte mit den Schultern. „Deswegen dachten wir ja auch, wir lassen uns von Silverstone eine Million für unser weiteres Schweigen geben, dann haben beide Seiten was davon.“

Tolle neue Verwandtschaft, dachte Michael. Aber die Freude darüber, seinen Bruder wiedergefunden zu haben, überwog bei weitem. Und irgendwie konnte er ihn verstehen. Vielleicht war er in Armut aufgewachsen und wollte sich lediglich holen, was ihm zustand. Ob er dabei auch vor einer Verleumdung nicht zurückschreckte? Doch wäre Andrew vor Schreck mit einem Herzinfarkt zusammengebrochen, wenn es sich um eine Lüge handelte? Der Inhalt des Schreibens war ja alles andere als aussagekräftig gewesen. Oder war es purer Zufall gewesen, dass sein Herz genau in diesem Moment versagt hatte?

„Warum erst jetzt?“, fragte er skeptisch.

„Wir erzählen dir das alles in Ruhe, ja? Unser Wagen ist zur anderen Seite hin geparkt."

„Dann treffen wir uns am besten gleich vor dem Ipanema Palace."

41

Kurz darauf durchquerte Michael mit Rafael und Gabriel die Hotelhalle und ging zur Rezeption, um seinen Schlüssel zu holen.

„Micael, da ist Besuch für Sie in Ihrer Suite“, sagte der Empfangschef Vitór.

„Oh nein, das passt jetzt so gar nicht.“ Michel runzelte die Stirn. „Wie konnten Sie einfach jemanden in meine Suite lassen?“ Das entsprach nicht den Gepflogenheiten des Hotels.

Der Empfangschef lächelte vielsagend.

Michaels Augen weiteten sich. „Ist es etwa ...?“

Vitór nickte mit verschmitzter Miene. „Antonio hat sie vom Flughafen abgeholt, als Sie gerade unterwegs waren. Hätte ich Ihre Verlobte in der Lobby warten lassen sollen?“

Michael schüttelte den Kopf. Ein freudiges Kribbeln begann sich in ihm auszubreiten. Stephanie würde kaum den langen Weg nach Rio auf sich nehmen, um offiziell mit ihm Schluss zu machen. Zumal der abgelegte Verlobungsring schon offiziell genug gewesen war. Da er von Claudia noch nichts gehört hatte, hatte er angenommen, dass sie zu feige gewesen war, um Stephanie reinen Wein einzuschenken.

„Kommt schnell“, drängte er Rafael und Gabriel.

Ersterer war damit beschäftigt, sich staunend in der eleganten Lobby umzusehen. „Oh, an diesen Kronleuchter kann ich mich erinnern", sagte er entzückt. „Haben wir nicht mal versucht, diese Kristalldinger mit Katapulten abzuschießen und daraufhin von Andrew den Hintern voll bekommen?"

„Ja, stimmt." Michael lachte auf. „Warst du nie mehr hier seitdem?"

„Ich habe auf der Straße vor dem Hotel gestanden, mich aber nicht hineingetraut."

Michael blieb wie angewurzelt stehen. Diese Bemerkung machte ihm klar, wie unterschiedlich ihr Leben verlaufen sein musste. „Rafa, du solltest hier ein- und ausgehen, als wäre es dein Zuhause", sagte er mit belegter Stimme. Er nahm seinen zögernden Bruder am Arm und führte ihn zu den Aufzügen.

Als er die Suite betrat, sprang Stephanie von der Couch auf. „Oh, Gott sei Dank, Michael, ich hatte solche Angst, dass die Erpresser dich töten oder entführen", rief sie, als er auf sie zueilte.

Er schloss sie in die Arme und vergrub das Gesicht in ihren Haaren. „Nein, alles gut. Besonders jetzt, wo du wieder bei mir bist." Auf einmal fühlte er sich so leicht und glücklich wie lange nicht mehr.

„Claudia hat mir alles gebeichtet", flüsterte sie. „Es tut mir leid, dass ich an dir gezweifelt habe."

„Ja, darüber müssen wir noch reden, Darling!" Er blinzelte ihr mit breitem Lächeln zu.

Stephanie bemerkte die beiden Männer, die unschlüssig auf der Schwelle warteten, und zuckte zurück. „Du hast Besuch mitgebracht?"

„Darf ich vorstellen: Mein Zwillingsbruder Rafael und mein Vater Gabriel."

Sie riss die Augen auf. „Das gibt es ja nicht!"

„Ich kann es auch noch nicht fassen. Wir werden eine lange Nacht haben, um uns alles zu erzählen."

Er stellte sie den beiden vor, und sie begrüßten Stephanie in holprigem Englisch.

„Bitte, setzt euch alle." Michael wies auf Couch und Sessel des kleinen Wohnbereichs und ging zur Minibar, um Softdrinks und Gläser zu holen. Stephanie eilte an seine Seite, und während sie Wasser für einen Kräutertee aufkochte, schilderte er ihr, was er erfahren hatte.

„Wenn das stimmt, hat dein Stiefvater wohl selbst für seine Verhältnisse einen Tiefpunkt erreicht", meinte sie erschüttert.

Er schüttelte den Kopf. „Ich bin noch nicht hundertprozentig überzeugt, ob ich das glauben soll. Muss mir erst mal die ganze Geschichte anhören."

Rafael lachte auf, als Michael ihm eine Cola einschenkte. „Ein ulkiges Gefühl, sich vom Erben der Silverstone-Hotelkette bedienen zu lassen."

„Rafa, du bist ebenfalls Erbe der Silverstone-Hotels", sagte Michael mit Nachdruck.

Sein Bruder hob hilflos die Hände. „Das klingt völlig abstrakt für mich."

Michel nahm sich einen Stuhl und setzte sich neben Stephanies Sessel. „Also, was ist das für eine Story, dass Andrew unsere Entführung beauftragt haben soll? Wie hast du davon erfahren?"

Rafael lehnte sich zurück. „Ich bin bei Pflegeeltern aufgewachsen, im Glauben, dass meine ganze Familie bei einem verheerenden Brand unseres Wohngebäudes ums Leben gekommen sei – meine Eltern, mein Zwillingsbruder und meine jüngere Schwester. Nur ich nicht, weil ich angeblich die Nacht wegen einer Mandeloperation im Krankenhaus verbracht hatte. Daran kann ich mich allerdings nicht erinnern."

„Hattest du keine Erinnerungen mehr an die Entführung?"

„Nein." Durstig trank Rafael seine Cola.

„Ich vermute, sie haben uns irgendwas in den Saft gemixt, den sie uns gegeben haben", meinte Michael. „Das würde erklären, warum du so fest geschlafen hast. Wenn ich mich recht erinnere, habe ich das Zeug gleich wieder erbrochen, das war wohl mein Glück. Erzähl weiter. Wo bist du aufgewachsen?"

„In São Paulo."

„São Paulo?", rief Michael. „Etwa in der Rua Santo Amaro?"

Rafael überlegte kurz. „Ja, zu Anfang. Wir sind dort aber weggezogen, als ich acht oder neun war. Woher weißt du das?"

„Es gibt einen Notizzettel in Dads Handschrift mit dieser Adresse. A. da Silva stand über dem Straßennamen – sagt dir das was?"

„Und ob: Das ist der Name meines Pflegevaters.
Arturo da Silva. Klingt ein bisschen ähnlich wie Andrew Silverstone, nicht?"

Michael nickte bestürzt. Also hatte Andrew zumindest gewusst, wo sich Rafael befand und hatte nie etwas davon gesagt. Oder hatte er es erst erfahren, nachdem die Familie bereits weggezogen war? Und hatte ihm und Mariana nichts gesagt, um ihnen keine falschen

Hoffnungen zu machen? Vielleicht hatte er sich vergeblich bemüht, die Familie wiederzufinden.

„Als Kind hatte ich immer wieder Erinnerungen an die Namen Silverstone und Donatangelo und einen schönen Ort namens Ipanema Palace, doch meine Pflegeeltern haben das immer als Fantasien abgetan", erzählte Rafael. „Silverstone hätte ich wohl aus dem Namen da Silva abgeleitet, und der meiner Eltern sei Donatello gewesen, also ähnlich wie Donatangelo. Das Hotel Ipanema Palace hätte ich mal im Fernsehen gesehen und es habe mich so beeindruckt, dass ich wohl dachte, selbst dagewesen zu sein."

Michael nickte. „Kein Wunder, dass du das bei so einer Gehirnwäsche geglaubt hast."

„Als ich zweiundzwanzig war und mit meiner handwerklichen Ausbildung fertig, hat es mich nach Rio gezogen. Ich wollte dort leben, nicht in São Paulo. Und habe dort auch einen Job gefunden – als Hausmeister in einem Waisenheim. Wie passend, oder? Fast wäre ich selbst in so etwas aufgewachsen, falls meine Pflegeeltern genug von mir gehabt hätten. Das war der Druck, der immer auf mir gelastet hat." Rafael atmete tief durch. „Pflegefamilie mit drei weiteren Kindern war zwar auch nicht toll, aber immer noch besser als ein Heim. Oder gar die Straße, wie bei so vielen." Er verzog das Gesicht. „Irgendwann war ich mal am Strand von Ipanema und habe vor dem Hotel Ipanema Palace gestanden ..."

„Und hast dich nicht reingetraut", vollendete Michael mit einem Seufzer den Satz.

„Es sah so piekfein aus, dass man mich in der Lobby bestimmt angestarrt und gleich wieder hinausgeschickt hätte."

„Sie hätten dich auf jeden Fall angestarrt, wegen unserer Ähnlichkeit." Denn auch wenn er Rafael auf den allerersten Blick nicht erkannt hatte, sah Michael nun selbst, wie sehr ihre Gesichtszüge einander ähnelten, und Stephanies faszinierter Blick, der ständig zwischen ihnen hin- und herglitt, bestätigte es ihm. „Stell dir vor, ich wäre gerade dort gewesen und wir wären uns zufällig begegnet!"

„Das habe ich gehofft", gestand Rafael. „Jedenfalls als ich vor wenigen Wochen das letzte Mal davorgestanden habe."

„Und wie ging es weiter? Wie habt ihr beide euch gefunden?" Michael sah gespannt von Rafael zu Gabriel. „Hat einer von euch mich vor einigen Jahren in der Sendung auf TV Globo gesehen?"

„Nein, das war anders. Vor gut einem Jahr ist meine Pflegemutter gestorben. Und vorher wollte sie ihr Gewissen erleichtern. Sie hat zugegeben, dass meine Familie nicht bei einem Brand getötet wurde und es wohl keine Fantasien waren, die ich als Kind hatte. Sie wusste zwar auch nicht, welchen Namen ich ursprünglich hatte und wo ich früher gelebt hatte, aber wenn ich mich so deutlich an die Familien Silverstone und Donatangelo, denen das Ipanema Palace gehörte, erinnere, dann hätte ich bestimmt was mit denen zu tun." Rafael rieb sich das Kinn. „Ich habe danach meinen Pflegevater ausgequetscht, der schließlich gestanden hat, dass sie viel Geld dafür bekommen hätten, mich aufzuziehen. Das geschah alles über einen

Mittelsmann. Als er mich die Namen Silverstone und Ipanema Palace ständig sagen hörte, hat er sich natürlich seinen Reim darauf gemacht. Er hat sich erkundigt und hat erfahren, dass der Enkel der Besitzer dieses Luxushotels entführt worden und spurlos verschwunden war. Arturo hatte Angst, er müsste das Geld wieder hergeben, wenn er auspackt. Also hat er das getan, was man von ihm verlangt hatte: die Klappe gehalten."

Michael schnaubte kurz, unterbrach seinen Bruder jedoch nicht.

„Ich habe mir von ihm den Namen dieses Mittelsmanns geben lassen und habe ihn aufgesucht", fuhr Rafael fort. „Da eventuelle Beteiligung an einer Straftat nun verjährt wäre, hat er zugegeben, gehört zu haben, dass der Vater selbst die Entführung veranlasst habe."

Michael dachte nach. In jenen Jahren war Kidnapping von reichen Leuten oder deren Kindern in Rio nahezu an der Tagesordnung gewesen. Falls Andrew diese Entführung tatsächlich inszeniert hatte, hatte es sicher nie Zweifel an deren Glaubwürdigkeit gegeben. Dennoch sträubte sich etwas in ihm, Andrew eine solche Niederträchtigkeit zuzutrauen.

„Du hast aber auch keine Beweise dafür, oder? Dieser Vermittler könnte dir genauso gut einen Bären aufgebunden haben."

„Nein, ich habe keine Beweise. Aber warum sollte der Typ so was erfinden?"

„Um Berufskriminelle zu decken, vor denen er noch immer Angst hat?"

„Fast dreißig Jahre später? Glaube ich nicht. Ich konnte mir nur nicht erklären, warum unser Vater das hätte tun sollen. Da wusste ich ja noch nicht, dass er nicht unser biologischer Vater ist. Natürlich habe ich dann im Internet über die Hotelier-Familien Silverstone und Donatangelo recherchiert, was das Zeug hält, und bin dabei auch auf dein Foto gestoßen, Micael. Das war ein ziemlicher Schock. Obwohl ich mich ja dunkel an einen Zwillingsbruder erinnern konnte."

Michael raufte sich vor Unbehagen die Haare. „Warum hast du mir nicht einfach eine Mail geschickt oder mich angerufen?"

„Auf der Webseite standen keine direkten Kontaktangaben von dir und ich wollte mich nicht durchfragen müssen und riskieren, dass man mich sofort abwimmelt." Rafael kratzte sich verlegen an der Nase.

„Es gibt immer noch die guten alten Briefe. Darauf hast du bei eurem Erpresserschreiben schließlich auch zurückgegriffen", sagte Michael ironisch.

Sein Bruder zuckte mit den Schultern. „Ich hatte einfach Hemmungen, ich wollte erst einmal unseren wahren Vater finden. Außerdem wusste ich doch nicht, ob du überhaupt Kontakt mit mir haben wolltest. Vielleicht passte es dir ganz gut, dein Erbe nicht teilen zu müssen, habe ich gedacht."

Michael wich zurück, als habe er die Hand gegen ihn erhoben. „So bin ich nicht. Geld war mir nie wirklich wichtig."

„Leicht zu sagen, wenn man so viel davon hat", erwiderte Rafael bitter.

„Mag sein. Aber ich hätte zu gern immer alles mit dir geteilt", stellte Michael klar. „Du kannst dir nicht vorstellen, wie ich dich mein Leben lang vermisst habe."

Rafael schluckte. „Ich dich doch auch. Allerdings wohl eher unbewusst."

„Du sagtest, du wolltest unseren wahren Vater finden – woher hast du schließlich erfahren, dass Andrew unser Stiefvater war?"

„Ich wollte Kontakt zu unseren Großeltern in Rio aufnehmen, die mich ja als Kleinkind gekannt haben müssen. Vor etwa einem halben Jahr habe ich unsere Großmutter im Pflegeheim besucht, nachdem ich es geschafft hatte, herauszubekommen, wo sie ist."

„Ach, du warst wirklich da!", sagte Michael überrascht. „Ich dachte, sie ist weit in die Vergangenheit abgedriftet, als sie mich mit Rafael angesprochen hat."

„Es war natürlich ein Glücksfall für mich, dass ihr wegen ihrer Erkrankung nicht klar war, wie ungeheuerlich es ist, dass ich plötzlich vor ihr stand. Und sie es dann vermutlich wieder vergessen hat, statt es weiterzuerzählen. Offenbar hatte ich einen guten Tag erwischt. Jedenfalls hat sie mir erzählt, dass Andrew nur unser Stiefvater ist und wer unser richtiger Vater ist. Sie wusste sogar noch seinen Namen und dass er Tänzer und Musiker war. Damit habe ich es geschafft, Gabriel aufzuspüren. Zum Glück besitzt er nun eine Tanzschule, die auf seinen Namen eingetragen ist, das hat es erleichtert." Er blickte seinen Vater auffordernd an. „Du bist dran."

Dieser räusperte sich und blickte Michael betreten an. „Hat dir deine Mutter etwas über mich erzählt?"

„Erst vor wenigen Monaten und auch nur, nachdem ihr Bruder sich verplappert hat. Fang am besten ganz am Anfang an." Michael verschränkte die Arme vor der Brust und lehnte sich zurück.

„Mariana und ich hatten ein zauberhaftes Abenteuer, wenn man so will", begann Gabriel verlegen.

„Du warst verheiratet und Mutter war damals nur eine Affäre für dich", sagte Michael vorwurfsvoll.

„Das stimmt nicht ganz. Die Wahrheit ist, dass die Ehe zwischen meiner Frau und mir ohnehin am Ende war, als ich Mariana kennengelernt und mich in sie verliebt habe. Ich gebe zu, dass ich es mit einer festen Beziehung lieber langsam angehen lassen wollte. Als sie schwanger wurde, war ich fünfundzwanzig und habe mich überfordert damit gefühlt, Vater zu werden. Ich war Performer, wollte Karriere als Entertainer machen und hatte kein Geld, um eine Familie zu gründen."

Michael runzelte die Stirn. „Und wie passt es da hinein, dass du geheiratet hattest?"

Gabriel seufzte. „Meine Ex-Frau war Stewardess. Wir hatten uns zwei Jahre zuvor kennengelernt, waren verrückt nacheinander und haben sehr spontan in Las Vegas geheiratet. Sie hatte mir einen kostenlosen Standby-Flug dorthin verschafft und wir haben da einige Tage Urlaub gemacht. Ich wollte das Terrain fürs Showbusiness in Vegas sondieren. Wir haben zu viel getrunken, und am nächsten Morgen sind wir verheiratet aufgewacht."

Rafael gluckste. „Wie in einem Hollywoodfilm", sagte er amüsiert zu Michael.

Dieser grinste zustimmend. „Nur ohne Happy End."

Gabriel hob resigniert die Schultern. „Ich wollte den gleichen Fehler, mich zu früh an eine Frau zu binden, nicht noch einmal machen. So habe ich ablehnend reagiert, als Mariana mir von der Schwangerschaft erzählt hat. Nachdem ich Zeit hatte, mich an den Gedanken der Familiengründung zu gewöhnen, hat die Liebe zu

Mariana gesiegt. Ich habe die Scheidung eingereicht und bin zu den Donatangelos gegangen, um einen Heiratsantrag zu machen. Doch die haben mich abgewimmelt. Ich war für sie nur ein armer Schlucker, der nicht standesgemäß für ihre Tochter war und den sie hätten mit durchfüttern müssen. Sie haben mich rausgeschmissen wie einen Straßenköter!" Er ballte die Faust bei der Erinnerung an die Demütigung. „Einmal habe ich es geschafft, Mariana auf der Straße abzufangen, und da sagte sie hochmütig, dass ich mich zum Teufel scheren solle. Sie habe jemand Besseren gefunden, den sie in Kürze heiraten und der meine Kinder aufziehen würde."

„Du hast sie belogen, Gabriel!", erwiderte Michael anklagend. Das Wort *Vater* wollte ihm nicht über die Lippen kommen. Nun hatte er faktisch zwei Väter und gefühlt gar keinen mehr.

Gabriel wand sich vor Verlegenheit. „Als ich Mariana das erste Mal gesehen habe – sie war im Publikum einer der Veranstaltungen, wo ich aufgetreten bin und kam hinterher Backstage – war ich sofort hin und weg. Ich habe befürchtet, sie würde sich nicht für mich interessieren, wenn sie wüsste, dass ich nicht frei bin. Und ich fühlte mich auch nicht mehr verheiratet. Meine Frau war durch ihren Job ständig unterwegs, hatte Affären – die Scheidung war nur noch eine Formsache."

„Lüge bleibt Lüge", brummelte Michael.

„Hey, sie hat mir auch nicht sofort erzählt, wer sie ist! Hat behauptet, dass ihr Vater Ingenieur sei. Was natürlich nicht schlecht ist, aber nicht das Gleiche wie Besitzer eines Luxushotels."

„Sie wird ihre Erfahrungen gemacht haben mit Männern, die es auf ihr Erbe abgesehen hatten. Wenn du es gewusst hättest, wärst du vielleicht sofort Feuer und Flamme gewesen für die Familiengründung“, meinte Michael ungerührt. „Oder hat *das* deinen Sinneswandel bewirkt?“

„Micael, du sagtest eben, dass dir Geld nicht so wichtig sei. Nun, mir auch nicht“, antwortete Gabriel ruhig.

Michael lachte sarkastisch auf. „Klingt sehr glaubwürdig aus dem Mund von jemandem, der gerade eine Million Dollar erpressen wollte.“

„Ich bestreite nicht, dass Rafa und ich das Geld gut gebrauchen könnten. Du kannst natürlich glauben, was du willst, aber ich hatte es nicht auf Marianas Erbe abgesehen. Ich habe sie geliebt und es hat mich verletzt, dass sie so abweisend war. Ich war mir aber sicher, dass ihre Eltern dahintersteckten und die Situation für sie genauso schmerzhaft sein musste. Die Art, wie die Donatangelos mich behandelt haben, hat einigen Hass bei mir geschürt.“ Er zog finster die Brauen zusammen, und die grünen Splitter in seinen hellbraunen Augen funkelten. „Jahrelang habe ich mich immer wieder in der Nähe des Hotels herumgedrückt, um meine Jungs zu sehen und habe euch aus der Ferne beobachtet. Ich habe euch auch einmal angesprochen, doch euer Kindermädchen hat mich sofort verscheucht. Dann war nur noch einer von euch da. Von einem der Angestellten habe ich erfahren, dass die Zwillinge gekidnappt worden waren und Rafael verschwunden war. Das hat mir das Herz zerrissen. Ich habe Mariana in der Hotelhalle aufgelauert, um ihr meine moralische Unterstützung anzubieten. Es war nicht zu übersehen, wie

schlecht es ihr ging. Sie war nett zu mir, doch Silverstone hat mich rausgeworfen. Er ist sogar handgreiflich geworden. Ich hatte mit der Zeit Kontakte zu einigen Hotelangestellten geknüpft, und der Barkeeper der Hotelbar hat mir verraten, er habe einen Gesprächsfetzen aufgeschnappt, als Marianas Bruder mit einem Freund einen Drink in der Bar genommen hat.
Jorge Donatangelo soll gesagt haben, es würde ihn nicht wundern, wenn Andrew mit dem Kidnapping zu tun habe."

„Ob man solchen Tratsch ernst nehmen kann?", zweifelte Michael.

„Ich bin zu Silverstone gegangen und habe ihn mit diesem Gerücht konfrontiert. Natürlich hat er es abgestritten. Der Barkeeper habe das erfunden, weil er ihn gerade entlassen hat. Ich glaube jedoch, dass es andersherum war – man hat ihn gefeuert, weil er mit mir darüber geredet hat."

Michael hob die Schultern. „Natürlich wird er bei einer solchen Verleumdung entlassen. Das ist Rufmord."

„Mag sein. Ich wollte zu Donatangelo, um zu fragen, ob er das nun gesagt hat oder nicht, aber er war einige Tage verreist. Kurz nach meinem Gespräch mit
Silverstone hat die Polizei bei einer Razzia in dem Nachtclub, in dem ich ein regelmäßiges Engagement hatte, Drogen in meinem Spind gefunden und ich bekam ziemlichen Ärger."

Michael blickte ihn nachdenklich an. „Und du glaubst, dass Andrew sie dort hat einschmuggeln lassen?"

„Mir haben sie jedenfalls nicht gehört, ich habe noch nie Drogen genommen! Klar war das Silverstone. Aber was ist schon das Wort eines reichen britischen Hotelbesitzers gegen das eines mittellosen Künstlers? In Rio war ich erledigt und hatte andere Sorgen, als Jorge Donatangelo zur Rede zu stellen." Gabriel verzog verdrossen den Mund. „Dann kam plötzlich das tolle Angebot, auf einer Kreuzfahrtschifflinie als Entertainer zu arbeiten. Das wollte ich nicht ausschlagen."

„War das ein Zufall?"

„Nein. Die Donatangelos haben mir dieses Engagement verschafft, habe ich nach einigen Monaten erfahren. Sie wollten mich zwar loswerden, damit ich keinen Ärger mehr mache, aber da ich immerhin der leibliche Vater ihrer Enkel bin, wollten sie mich offenbar nicht komplett ruinieren."

Michael seufzte tief auf. Diese Vorgehensweise passte zu seinen Großeltern mütterlicherseits – auch sie handelten nur zu ihrem Vorteil, hatten dabei jedoch mehr Herz als die Silverstones.

„Ich war insgesamt vier Jahre auf See", fuhr Gabriel fort. „Als ich nach Rio zurückkehrte und nochmals versuchen wollte, dich wiederzusehen, musste ich erfahren, dass die Silverstones in die USA übergesiedelt waren. Das war es dann." Er blickte Michael traurig an. „Die Jahre vergingen, und auf einmal stand Rafael vor mir ... Im Übrigen haben wir einen DNA-Test machen lassen. Wir sind wirklich Vater und Sohn. Und daran, dass du Rafaels Zwillingsbruder bist, besteht wohl kaum Zweifel."

„Wir können selbstverständlich dennoch einen machen", ergänzte Rafael an Michael gewandt. „Ich möchte, dass du absolut sicher sein kannst."

Dieser nickte. „Okay. Ich glaube dir aber auch so. Und ihr zwei hattet dann das Gefühl, dass Andrew euch etwas schuldet ..."

„Genau." Gabriel verschränkte die Arme vor der Brust. „Also haben wir den Plan geschmiedet, uns wenigstens etwas Geld zurückzuholen, auch wenn das natürlich nicht die vielen verlorenen Jahre ersetzt."

„Wohl kaum. Er hat mir mein Leben gestohlen", sagte Rafael dumpf.

Michael drückte nervös an seinen Fingerknöcheln herum. „Seid ihr sicher? Es sind ja nur Vermutungen und Gerüchte. Vielleicht hat Jorge diese absichtlich gestreut – er und Vater haben sich noch nie gut leiden können. Wenn er etwas Konkretes über die Entführung gewusst hätte, wäre er doch zur Polizei gegangen! Er wäre ja froh gewesen, seinen Schwager loszuwerden."

Gabriel und Rafael zuckten mit den Schultern und schwiegen.

Michael dachte nach und wurde blass. Er sah Stephanie an und übersetzte ihr in groben Zügen, was er erfahren hatte. „Denkst du, was ich denke?", schloss er.

Sie nickte. „Jorge hätte Andrew anzeigen müssen, doch dann hätte Andrew ihn wegen Kindesmissbrauch anzeigen können. So hatten sie sich gegenseitig in der Hand. Ich finde, das passt."

„Stimmt. Und dann Vaters Reaktion auf das Erpresserschreiben ... Sofern der Herzinfarkt in diesem Moment kein Zufall war, war das ja beinahe ein Schuldeingeständnis. Sonst hätte der Text doch wenig Sinn für ihn ergeben."

Er fuhr sich abgespannt über das Gesicht und blickte kurz auf sein Handydisplay. Auf WhatsApp waren drei Nachrichten von Mariana eingegangen. „Ich weiß gar nicht, wie ich Mama das mit Andrew beibringen soll. – Sie fragt, ob ich schon den Brief gelesen habe, den sie dir für mich mitgegeben hat."

„Oh, entschuldige. Das habe ich in all der Aufregung vergessen." Stephanie öffnete ihre Handtasche, zog den Umschlag heraus und reichte ihn Michael.

Stirnrunzelnd musterte er die Aufschrift. „Woher hat sie den?"

„Aus dem Safe deines Vaters in seinem Büro. Er wollte, dass sie ihn liest."

„Ist das ein Abschiedsbrief?"

„Keine Ahnung. Sie war fuchsteufelswild, als sie das gelesen hat und wollte nicht sagen, was drinsteht."

Michael vertiefte sich in den Text, der auf Oktober 2001 datiert war und las ihn mit zunehmend brüchig werdender Stimme vor.

Meine liebste Mariana,

wenn du dies liest, bin ich tot. Eigentlich möchte ich, dass du mich in guter Erinnerung behältst, doch mein Gewissen lässt mir keine Ruhe. Und du sollst nicht länger in Ungewissheit leben. Ich war immer zu feige, dir zu sagen, was ich getan habe, aus Angst, dass du mich verlässt. Ich liebe dich über alles, mehr als ich es dir je zeigen konnte. Ich hatte dir versprochen, deine Söhne als meine anzuerkennen und habe mich bemüht. Aber ich konnte es nicht. Ich habe es nicht ertragen, deine Liebe mit ihnen teilen zu müssen und mich durch sie immer wieder daran zu erinnern, dass du ihren Vater wohl mehr geliebt hast als mich. Ich schäme mich dafür. Aber noch mehr schäme ich mich inzwischen für das, was ich getan habe. Ich habe Michaels und Rafaels Entführung organisiert, habe jemanden damit beauftragt. Es sollte ihnen nichts geschehen, sie sollten zu Pflegeeltern kommen, bei denen sie aufwachsen würden. Das angebliche Lösegeld hat in Wirklichkeit dazu gedient, die Leute zu bezahlen, die sich um die beiden kümmern sollten. Nachdem Michael entwischen konnte, ist Rafael allein zu ihnen nach São Paulo gekommen. Ich habe mich einige Monate später nach ihm erkundigt und mich vergewissert, dass es ihm gut geht.

Michael übersprang die Schlussworte, ließ den Briefbogen sinken und starrte Stephanie fassungslos an. Sie hatte die Hand entsetzt vor den Mund geschlagen und ließ sie nun langsam sinken.

„Du weißt, dass Andrew und ich nie Freunde waren, aber das ... Es ist unfassbar! Kein Wunder, dass deine Mutter ausgeflippt ist, als sie das gelesen hat. Auch wenn es gleichzeitig eine Liebeserklärung ist, doch um welchen Preis."

Michael lachte bitter auf. „Mag sein, dass er Mutters Liebe nicht teilen wollte, aber er wollte sicher auch nicht noch jahrelang für uns bezahlen. Und die Anteile an den Hotels sollten nach seinem Ableben wohl lieber Claudia allein zugutekommen."

Er fragte sich, welchen Auslöser es für seinen Vater gegeben haben mochte, dieses Geständnis niederzuschreiben und von da an für die Nachwelt im Safe aufzubewahren. Warum gerade im Oktober 2001? Michael dachte nach und erinnerte sich, dass Andrew im September 2001 in Manhattan gewesen war. Eigentlich hätte er einen Termin im World Trade Center gehabt – genau an jenem tragischen Morgen, als es von den Terroristen attackiert worden war. Sein Gesprächspartner hatte den Termin jedoch eine Stunde zuvor absagen müssen. Andrew hatte sich geärgert, dass er umsonst nach New York gereist war. Was sich kurz darauf allerdings als lebensrettend erwies. Da er diese Katastrophe hautnah mitbekommen hatte und geschockt gewesen war, musste er gemerkt haben, dass das Leben am seidenen Faden hängen konnte und hatte sich sein Verbrechen von der Seele schreiben wollen, bevor er tatsächlich starb, nahm Michael an.

Auf einmal fiel ihm etwas ein und er blickte Stephanie aus großen Augen an.

„Dad war gar nicht wütend, weil ich Rafael nicht hatte befreien können – er war wütend, weil ich wieder da war!"

„Sieht so aus", bestätigte sie betreten.

Rafael musterte seinen Bruder. „Ist was passiert, Micael? Du siehst verstört aus. Was ist das für ein Brief? Ich habe nur Bruchstücke verstanden."

Michael räusperte sich und übersetzte den Inhalt des Schreibens. „Jetzt haben wir einen Beweis – sein Geständnis", schloss er. „Was gedenkt ihr damit zu tun?"

Rafael und Gabriel sahen einander unschlüssig an.

„Wollen wir ihn anzeigen? Wenigstens der Form halber, auch wenn es wenig Aussicht auf Bestrafung gibt?", überlegte Rafael.

„Ob er uns dann wegen der versuchten Erpressung anzeigt? Das ist auch eine Straftat“, gab Gabriel zu bedenken.

„Was meinst du, Micael?“ Rafael kratzte sich am Kopf. „Ich kenne ihn ja praktisch nicht – wenn du ihn als deinen Vater betrachtest, will ich das nicht ohne dein Einverständnis tun.“

Michael fuhr sich erschöpft mit der Hand über die Stirn. „Warten wir ab, ob er überhaupt überlebt. Das können die Ärzte zurzeit nicht versprechen. Er würde auf lange Sicht vermutlich sowieso nicht in der Lage sein, sich einer Gerichtsverhandlung in Rio zu stellen. Ich möchte darüber nicht hier und jetzt eine Entscheidung treffen müssen.“

„Deine Mutter hat angedroht, wenn er seine OP überlebt, würde sie ihn eigenhändig umbringen“, warf Stephanie ironisch ein, deren Portugiesisch sich inzwischen so weit verbessert hatte, dass sie das Gesagte ungefähr interpretieren konnte.

Gabriel lachte auf. „Oha – wenn Mariana immer noch so viel Temperament hat wie früher, möchte ich nicht in seiner Haut stecken.“

„Temperament?“ Michael schüttelte den Kopf. „Nein, sie ist meistens ziemlich beherrscht. Eher Britin als Brasilianerin.“

„Dann hat das Leben sie offenbar sehr verändert“, meinte Gabriel nachdenklich. „Ich frage mich, ob sie wohl bereit wäre, mich wiederzusehen.“

„Das kann ich dir nicht sagen, aber es gibt hier jemanden, den sie mit Sicherheit so schnell wie möglich sehen will.“ Er zwinkerte seinem Bruder zu. „Sie wird außer sich vor Freude sein, Rafael.“

Rafaels Augen begannen zu glänzen. „Wirklich?"

„Was denkst du denn?" Michael nahm sein iPhone und machte ein Foto von seinem Zwillingsbruder. „Das schicke ich ihr gleich. Am liebsten würde ich sie anrufen, aber in England ist es schon ..." Er warf einen Blick aufs Display. „Halb zwei Uhr nachts."

„Wecke sie nicht", sagte Rafael hastig. „Ich muss erst überlegen, was ich ihr sagen soll."

„Wir sollten uns morgen noch einmal treffen", schlug Michael vor. „Wenn du Zeit hast."

„Morgen ist Sonntag – klar nehme ich mir Zeit für dich. Du bist meinetwegen extra nach Rio geflogen." Rafael blinzelte ihm zu. „Du musst morgen meine Familie kennenlernen."

„Bist du verheiratet?"

„Ja, ich habe eine Frau, einen Sohn und eine Tochter."

„Oh, das ist schön. Ich bin also endlich Onkel", sagte Michael erfreut. „Claudia hat nämlich keine Kinder."

„Und Onkel Jorge?"

„Nein, zum Glück auch nicht."

Rafael hob erstaunt die Augenbrauen. „Wie meinst du das?"

Michael fühlte sich zu ausgelaugt und auch noch nicht vertraut genug mit seinem Bruder, um dieses heikle Thema anzuschneiden. Er winkte ab. „Erkläre ich dir später mal. Aber ich verstehe mich nicht gut mit Jorge, das solltest du wissen. Hast du ihn im Zuge deiner Recherchen ebenfalls aufgesucht?"

„Nein. Ich wollte es nicht tun, ohne die Zusammenhänge genau zu kennen."

„War auch besser so." Michael stieß einen tiefen Seufzer aus und sank in sich zusammen.

„Du siehst müde aus, Brüderchen“, bemerkte Rafael mitfühlend.

Michael gähnte. „Die Woche war heftig. Erst Mittwoch habe ich in Dubai alles stehen- und liegengelassen und bin wegen Andrews Erkrankung nach England geflogen, habe versucht, mich in unserem Hotel in Brighton auf den neuesten Stand zu bringen und die Geschäfte dem Stellvertreter meines Vaters zu übergeben, weil ihr beide mich gestern nach Rio gelockt habt. Dazu kommt noch der Jetlag. Und nebenbei musste ich erfahren, dass meine Schwester eine Intrige eingefädelt hat, die Stephanie dazu gebracht hat, mich unverzüglich zu verlassen. Wenigstens das hat sich wieder eingerenkt. Doch du hast recht: ich bin fix und alle.“

Rafael blickte ihn scheu an. „Scheint ein stressiges Leben zu sein.“

Michael lächelte schief. „Es wäre toll, wenn wir beide es uns teilen könnten.“

„Geschäftlich werde ich dir nicht nützlich sein können. Ich würde mich aber riesig freuen, wenn wir privat Kontakt halten würden.“

Michael lachte amüsiert auf. „Du sagst das, als wären wir nur eine Zufallsbekanntschaft. Selbstverständlich werden wir von jetzt an in engem Kontakt stehen. Ich freue mich schon darauf, wenn Vater aus dem Koma erwacht und du stehst an seinem Bett!“

42

„Und jetzt zu uns“, sagte Michael zu Stephanie, nachdem sich Rafael und Gabriel verabschiedet hatten.

Sie legte die Hände auf seine Schultern und strahlte ihn an. „Ich freue mich so für dich, dass du deinen Bruder wiedergefunden hast und deinen leiblichen Vater noch dazu. Du musst doch völlig aus dem Häuschen sein vor Freude?“

Michael schloss kurz die Augen. „Wenn ich in mich hineinhorche – ja, ich bin glücklich. Ich habe Rafael zurück, obendrein noch meinen biologischen Vater, und du bist ebenfalls wieder bei mir. Du ahnst nicht, wie froh ich darüber bin.“ Er küsste sie zärtlich. „Ich muss mich bei dir für Claudias Verhalten entschuldigen und für diese ganze schreckliche Situation. Mir ist klargeworden, dass ich Dienstagvormittag nicht gerade sehr verständnisvoll reagiert habe.“

„Ja, das kann man so sagen.“ Sie nickte vorwurfsvoll.

„Das lag daran, dass ich ziemlich verletzt war, weil du mir nicht geglaubt hast und offenbar so wenig Vertrauen zu mir hast.“

Stephanie senkte unter seinem forschenden Blick die Augenlider. „Ich hatte eine Art Flashback. Ich habe dir das nie erzählt, aber Auslöser für meine Scheidung war, dass ich nach Hause kam und dort ein ähnliches Szenario vorgefunden habe."

„Oh. Tut mir leid. Ich sehe jetzt ein, dass es höchst verdächtig auf dich wirken musste. Dennoch: Du hast doch nicht ernsthaft geglaubt, dass ich mit einem Gast schlafen würde? Selbst wenn ich Single wäre, wäre das ein No-Go für mich. Wenn das herauskäme, wäre der Ruf des Hotels ruiniert. Ein Angestellter könnte für so was gefeuert werden."

Stephanie starrte betreten zu Boden. „Nach Claudias Geständnis ist mir auch eingefallen, dass du nie den Ruf des Hotels riskiert hättest, indem du ein Techtelmechtel mit einem Gast anfängst."

„Ach, aber dass ich dich generell betrüge, hast du mir schon zugetraut?", fragte er ironisch.

„Nach der Affäre meines Ehemannes war ich ein gebranntes Kind", verteidigte sie sich. „Und geküsst hast du sie ja immerhin, auch wenn ich dir glaube, dass es eher auf einen Moment der Unachtsamkeit zurückzuführen war. Gib es zu: Es sprach alles dafür, dass du den Kuss nach unserem Streit in unserem Bett fortgesetzt hast."

„Ein bisschen zu offensichtlich, oder? Glaubst du wirklich, wenn ich dich betrogen hätte, hätte ich alle Indizien um mich herum verstreut? Statt wenigstens in Tatjanas Zimmer zu gehen, wo das Risiko, in flagranti erwischt zu werden, ungleich geringer gewesen wäre? Dass du mich für so blöd hältst, ist fast genauso beleidigend wie der Gedanke an sich." Kopfschüttelnd schnitt er eine Grimasse, jedoch eher amüsiert als verärgert.

„Hätte ja sein können, du wolltest mich dazu bringen, Schluss zu machen. Schließlich hattest du dich in der

Zeit zuvor von mir zurückgezogen. Claudia hat mich darauf gebracht, dass das bei dir immer so ist mit Frauen. Dass du schnell das Interesse verlierst. Und ich einfach zu unglamourös für deine Kreise wäre." Nun war sie es, die ihren Blick forschend in seinen bohrte.

„So ein manipulatives Miststück!", entrüstete sich Michael. „Ich wünsche ihr wirklich die Pest an den Hals!"

„Vergiss nicht, dass sie erpresst wurde und ihre Ehe auf dem Spiel stand."

„Das hätten wir auch anders regeln können. Sie hätte ja Amber im Glauben lassen können, sie hätte das Notwendige getan, um uns zu trennen, doch dann hätten wir uns eben bald wieder versöhnt. Amber werde ich mir noch zur Brust nehmen! Ich habe mit einigen Leuten eine Rechnung offen", sagte er grimmig. „Allen voran natürlich Andrew, wenn er nicht gerade wie ein hilfloses Gemüse im Krankenhaus liegen würde. Und Jorge kommt am Montag dran. Wenn der davon gewusst hat, dann gnade ihm Gott!"

„Ich werde nie wieder behaupten, dass ich schwierige Familienverhältnisse habe. Dieser Preis geht eindeutig an dich." Stephanie sah ihn mitfühlend an. „Es tut mir leid, wenn ich dich verletzt habe, aber ich bin erleichtert, dass du meine Reaktion nun auch verstehen kannst."

Er strich ihr zärtlich über die Wange. „Mit etwas Abstand betrachtet, konntest du gar nicht anders, als auf diese Farce hereinzufallen. Und ich war ein Idiot, weil ich mich von Claudia wie eine Schachfigur habe benutzen lassen. Ich hätte Tatjana sofort in ihre Schranken weisen müssen. Schon der Tanz war ein Fehler."

„Da sind wir uns einig!“, erwiderte sie mit Genugtuung.

„Was das Zurückziehen betrifft, hast du recht. Es hatte jedoch nichts mit Desinteresse an dir zu tun, sondern ich wollte nur meine schlechte Stimmung wegen diesem ganzen Stress und Druck von dir fernhalten“, erklärte er. „Ich konnte nicht auf Knopfdruck in der Freizeit wieder der heitere Michael sein, in den du dich verliebt hast.“

Sie legte den Kopf schief. „Wird das in Zukunft anders sein?“

Michael nickte entschieden. „Mir ist inzwischen klar geworden, dass ich mich in Dubai nicht nur von dir entfernt habe, sondern auch von mir selbst. Doch dafür werde ich eine Lösung finden, das verspreche ich dir.“ Er atmete tief durch. „Wenn Andrew auf unbestimmte Zeit ausfällt, liegt es in meiner Hand, Änderungen im Management durchzuführen. Und das werde ich tun. Ich will mich nicht länger selbst ausbeuten.“

Stephanie blickte ihn skeptisch an. „Ich habe eher befürchtet, dass du noch mehr am Hals haben wirst, solange Andrew krank ist.“

Michael seufzte. „Zunächst natürlich schon. Wirst du mich und dieses Nomadenleben weiter ertragen?“

Sie strich ihm zärtlich eine Locke aus der Stirn. „Sofern du mir regelmäßig beweist, dass ich noch ein vollwertiger Teil deines Lebens bin, werde ich das sehr gerne. Ich verlange nicht von dir, dass du mir etwas vorspielst – nur dass du dich nicht mehr so von mir zurückziehst.“

„Ich werde daran arbeiten“, versprach er und ging zum Safe. „Noch eine Sache: Ich schleppe da seit Dubai via Brighton etwas mit mir herum, das ich gerne loswerden würde …" Er öffnete den Safe und entnahm ihm Stephanies Verlobungsring.

Sie lächelte erleichtert. „Ich habe ihn so vermisst. Nicht den Ring als Wertgegenstand, aber das, was er symbolisiert."

Mit einer feierlichen Geste steckte er den Brillanten auf ihren Finger zurück.

Stephanie schlang die Arme um Michaels Hals und küsste ihn. „Lass uns ins Bett gehen. Ich denke, wir sind beide hundemüde und haben Jetlag."

Er zog sie eng an sich und erwiderte ihren Kuss hungrig. „Was mich betrifft, ich habe durchaus noch genug Energie für eine leidenschaftliche Versöhnung auf dem Kopfkissen, *querida*."

„Lass sehen", flüsterte sie mit einem wohligen Aufseufzen und machte sich dran, sein Hemd aufzuknöpfen.

43

Mariana putzte sich noch einmal die Nase. Seit sie am frühen Morgen Michaels WhatsApp-Nachricht mit dem Foto von Rafael vorgefunden hatte, konnte sie nicht mehr aufhören zu weinen. Die angestauten Emotionen, die sie seit Andrews Zusammenbruch vor einer Woche überfallen hatten, entluden sich mit aller Macht. Nach der anfänglichen Sorge um ihren Mann war sie nun unfassbar wütend auf ihn und geschockt über seine Tat. Und gleichzeitig überglücklich, weil Rafael lebte und wohlauf war. Dass er sich als Erpresser entpuppte, war zwar weniger schön, aber sicher hatte sein Vater ihn dazu angestiftet. Und nach dem Verbrechen, das Andrew sich geleistet hatte, erschien es sogar verständlich.

Am Vormittag hatte sie Michael angerufen und ihn aus dem Schlaf gerissen, denn in Rio war es erst acht Uhr morgens gewesen. Dennoch hatte er ihr ausführlich die Begegnung mit Rafael und Gabriel geschildert.

Mit zitternden Fingern stellte sie nun einen Videoanruf mit Michaels Handy her, obwohl sie eigentlich vereinbart hatten, dass er sich melden würde, wenn sie mit Rafael sprechen konnte. Er hatte die neue Verwandtschaft mit Kind und Kegel zum Mittagessen ins Ipanema Palace einladen wollen. Claudia, die von all den

Neuigkeiten beinahe genauso erschüttert war wie sie selbst, saß neben ihr.

„Kann ich ihn sprechen, Micael?", drängte Mariana, als Michael sich meldete.

„Wir sitzen noch beim Essen, aber ich denke, Rafael wird sicher eine kurze Pause einlegen", sagte Michael lachend. „Er ist auch schon ganz hibbelig. Warte, ich reiche mal weiter."

Sie schluckte und krallte die freie Hand in Claudias Arm.

Und dann sah sie zum ersten Mal seit achtundzwanzig Jahren wieder ihren verlorenen Sohn. Sein Look war ein anderer als der von Micael, mit Brille, trendigem Haarschnitt und kurz gestutztem Henri-Quatre-Bart um die Mundpartie herum, daher sahen sie sich auf den ersten Blick nicht zum Verwechseln ähnlich, doch ihre Gesichtszüge und Augen glichen einander auffallend.

Marianas Befürchtung, es könne sich um einen Betrüger handeln, schwand und nahm eine schwere Last von ihrer Brust. Gleichzeitig fühlte sie erneut aufsteigende Tränen in ihrer Nase kribbeln. „Rafael, du bist es wirklich. *Meu Deus*, ich weiß gar nicht, was ich sagen soll. Du ahnst nicht, was mir das bedeutet ..." Ihre Stimme versagte, sie musste sich räuspern. „Erkennst du mich wieder?"

Er nickte, doch sie merkte, dass es aus Höflichkeit geschah.

„Ach, wie solltest du, du warst noch viel zu jung." Sie seufzte. „Ich erkenne dich jedenfalls."

„Wie soll ich dich ansprechen?", fragte Rafael unsicher und krauste angespannt die Stirn.

Mariana lachte gezwungen auf und tupfte sich mit der Fingerspitze eine Träne aus dem Augenwinkel. „Du dachtest ja wohl nicht an Mrs Silverstone? Dumme Frage, *querido*, mit Mama natürlich."

Er lächelte verlegen. Seine Mimik war genau wie die von Micael, und auch die Stimmlage. „Natürlich. Es ist nur ..."

Sie erriet, was er nicht zu sagen wagte. „Ich verstehe. Ich bin eigentlich eine fremde Frau für dich."

Er nickte schüchtern. „Ich hoffe, wir werden uns bald kennenlernen?"

„Mein Flug landet morgen früh um acht Uhr in Rio. Ist das bald genug?"

„Was denn, du hast sofort einen Flug für denselben Tag gebucht, um mich zu sehen?" Nun wurden Rafaels Augen ebenfalls feucht.

„Was dachtest du denn? Dass ich bis Weihnachten warte?", gab sie gespielt burschikos zurück.

„Ich freue mich wahnsinnig auf dich – Mama. Entschuldige, ich bin nicht so der Videochat-Typ. Wir sehen uns morgen Abend, ja?" Schnell drückte er das Handy Michael in die Hand, und Mariana bekam gerade noch mit, dass er sich eine Träne von der Wange wischte.

„Willst du Gabriel auch noch sprechen, Mama?", fragte Michael. „Er sitzt mir gegenüber."

„Nein, lass mal", wehrte sie ab. „Darüber muss ich erst nachdenken."

„Das verstehe ich. Wie geht es Dad?"

„Unverändert. Er ist nicht bei Bewusstsein."

„Du musst ihn doch hassen“, stieß er zwischen den Zähnen hervor, und sie erkannte, wie zornig ihr Sohn hinter seiner beherrschten Fassade war.

„Das tue ich. Micael, ich werde mich scheiden lassen. Ich kann nicht länger mit ihm verheiratet bleiben – auch wenn das in der jetzigen Situation vielleicht feige wirkt.“ Sie presste die Hand so fest zusammen, dass die Fingernägel, die sich schmerzhaft in die Innenfläche bohrten, den Schmerz in ihrem Herzen überlagerten.

„Ich denke, dafür muss jeder Verständnis haben. Ich sowieso.“

„Dennoch möchte ich nicht, dass nach außen dringt, was er getan hat. Es muss in der Familie bleiben.“

„Völlig klar, das habe ich Rafa und Gabriel auch bereits eingeschärft.“

„Wir reden morgen persönlich über die Konsequenzen aus all dem.“ Mariana stieß einen tiefen Seufzer aus. „Genießt jetzt weiter euer Essen und grüße alle von mir. Ich freue mich schon so auf meine Enkel. Mein Gott, über Nacht bin ich Großmutter geworden!“

„Ja, und es sind zwei Prachtexemplare.“ Michael lächelte in Richtung seines Neffen und seiner Nichte, die mit Appetit ihre Kindermenüs verzehrten.

***

Claudia saß allein am Frühstückstisch in der Villa ihrer Eltern und starrte trübsinnig in ihre halbgeleerte Kaffeetasse. Sie fühlte sich einsam und verlassen. Mariana war am Vorabend nach Rio abgeflogen.

Am frühen Morgen hatte sie ein Anruf des Krankenhauses aus dem Schlaf gerissen, und eine freundliche

Schwester hatte ihr mitgeteilt, dass Andrew aus dem künstlichen Koma geholt worden war. Er sei bei Bewusstsein und sie könne ihn besuchen.

Nachdem sie tagelang um sein Leben gebangt hatte, hätte sie eigentlich erleichtert sein müssen, doch nach Auskunft der Ärzte würde ihr Vater möglicherweise ein Pflegefall bleiben. Das wäre für ihn schlimmer als der Tod. Und was sie über ihn erfahren hatte, war so ungeheuerlich, dass sie nicht wusste, wie sie damit umgehen sollte, wenn sie ihm gegenübertreten würde. Einerseits verstand sie, dass ihre Mutter nicht anders konnte, als die Scheidung einzureichen, andererseits fühlte sie sich von ihr im Stich gelassen. Es war nicht die feine Art, sich von Andrew zu trennen, wenn er nicht einmal in der Lage war, das Bett zu verlassen. Vermutlich würde sich ihre Mutter einen Freund suchen, irgendeinen Gigolo, und mit ihm zusammen das Vermögen der Familie durchbringen. Oder sie würde ihn sogar heiraten, ihm alles vermachen und sie, Claudia, würde sich mit einem Pflichtanteil begnügen müssen. Ihr schauderte bei dem Gedanken.

Claudia hatte am Vortag mehrmals versucht, ihren Mann zu erreichen, doch er hatte weder ihre Anrufe noch ihre Nachrichten beantwortet. Und Michael war scheinbar noch immer sauer auf sie, denn er hatte auf ihre Glückwünsche zum Wiedersehen mit Rafael nicht reagiert. Als sie durch den Videoanruf mitbekommen hatte, wie fröhlich und vertraut die anderen miteinander bei Tisch saßen, hatte sie sich ausgeschlossen gefühlt. Und ihre Mutter hatte es nicht mal für nötig gehalten, ihr direkt mitzuteilen, dass sie sich scheiden lassen wollte – sie hatte es erst erfahren, als Mariana es

Michael gesagt hatte. Sie, Claudia, zählte einfach nicht in dieser Familie. Und auch mit ihrer Schwiegerfamilie wurde sie nicht warm. Im Grunde fühlte sie sich nirgendwo so recht willkommen. Sie vermisste ihren Ehemann und wäre am liebsten sofort zu ihm nach Lissabon geflogen, doch das ging ja nicht, da sie die Einzige war, die sich um Andrews Wohlergehen sorgte. Sie konnte ihn schließlich nicht völlig allein im Krankenhaus liegen lassen.

Aber vermisste João sie eigentlich auch? Am Donnerstag hatte sie ihn gebeten, übers Wochenende zu ihr zu kommen, doch er hatte mit fadenscheinigen Ausreden abgelehnt. Was war das für ein Ehemann, dem alles Mögliche wichtiger war, als in einer schweren Stunde seiner Frau beizustehen und sie quasi ghostete? Ob Amber ihm die kompromittierenden Fotos geschickt hatte? War er schon dabei, mit einem Scheidungsanwalt die Trennung einzuleiten? Von quälender Unruhe getrieben, hatte sie am Vorabend Amber kontaktiert, sie jedoch ebenfalls nicht erreicht.

Claudia hatte den Großteil der Nacht wachgelegen und gegrübelt. So vieles ging ihr durch den Kopf. Plötzlich stellte sie alles infrage und verspürte den Wunsch, ihr Leben umzukrempeln, ohne zu wissen, was genau sie tun konnte.

Sie hatte immer gedacht, dass sie zwei oder drei Kinder haben würde, und als vor zwei Jahren Tests ergeben hatten, dass sie unfruchtbar war, war das ein Schock für sie und João gewesen. Für ihre Eltern selbstverständlich auch. Sie hatte den Eindruck, alle immer nur zu enttäuschen, selbst mit einer Sache, die das Natürlichste der Welt war. Ihre Ehe war seitdem angeknackst und sie selbst immer zielloser und unzufriedener geworden.

Mit einem Pling ging eine WhatsApp-Nachricht ein, und Claudia griff in Windeseile nach ihrem iPhone.

Wo bist du?

wollte Amber wissen.

Im Haus meiner Eltern

schrieb Claudia zurück.

Ich komme gleich vorbei, bin in der Nähe.

Auch das noch. Auf die hatte sie so gar keine Lust. Aber dann würde sie wenigstens erfahren, ob Amber die Konsequenzen aus dem missglückten Ränkespiel gezogen hatte.

Kurz darauf klingelte es an der Haustür. Da Giovana nicht da war – Mariana hatte ihr einige Tage freigegeben – schlurfte Claudia missmutig in die Eingangshalle und öffnete.

Sie hatte erwartet, einer wutentbrannten Amber gegenüberzustehen, doch diese lächelte sie beinahe friedlich an. Ihr normalerweise so blasses Gesicht war leicht gebräunt, ihre eisblauen Augen wirkten weniger kalt als sonst. „Hi. Darf ich reinkommen?"

„Bitte." Ambers Gegenwart würde sie zumindest von ihren zermürbenden Grübeleien ablenken. „Willst du was trinken?", fragte sie, als sie in der Küche ange-kommen waren.

„Mach mir bitte einen Tee."

„Hast du meinem Mann die Fotos geschickt?", platzte Claudia heraus, als sie in den hohen Schränken nach Teebeuteln suchte.

„Warum hätte ich das tun sollen?"

„Weil ich dich vergeblich nach Dubai habe kommen lassen."

Amber blickte sie kühl, jedoch nicht feindselig an. „Ihr habt mich ganz schön verarscht, du und Michael. Ich komme in eurem Hotel an und erfahre, dass ihr es gerade auf unbestimmte Zeit verlassen habt."

„Das war keine böse Absicht", schwindelte Claudia. „Michael wusste sowieso nicht, dass du kommen wolltest und ich war völlig durcheinander, weil Dad gerade einen schweren Herzinfarkt erlitten hat."

„Ja, davon hat mir mein Vater erzählt. Tut mir leid. Ich hoffe, er wird wieder. Da hast du natürlich mildernde Umstände."

„Wie großzügig. Nun, jedenfalls haben sich Michael und Stephanie wieder vertragen – ihre Liebe war stärker als unsere kleine Komödie. Daher hat mein Plan leider nur kurz funktioniert." Claudia hoffte, umgehen zu können, dass sie selbst dazu beigetragen hatte, sie wieder miteinander zu versöhnen. „Dachte, du hättest das herausbekommen und deswegen deinen Erpressungsversuch in die Tat umgesetzt."

Amber hob die hellen Augenbrauen. „Erpressung, was für ein hässliches Wort. Ich habe eine Freundin gebeten, mich darin zu unterstützen, den Mann meiner Träume zu bekommen."

„Du wirst ihn nicht bekommen, Amber. Er und Stephanie lieben sich zu sehr, und selbst wenn es Steph nicht gäbe, würde Michael dich nicht wollen. Du bist einfach nicht sein Typ. Und wie eine Freundin hast du mich auch nicht behandelt – du hast mich gegen meinen Bruder ausgespielt und er ist jetzt stinksauer auf mich! Und es wäre dir offenbar auch egal gewesen, was aus meiner Ehe wird, wenn du meinem Mann die Fotos geschickt hättest. Du bist eine Bitch!"

Jetzt, da Claudia das Gefühl hatte, nichts mehr zu verlieren zu haben, konnte sie sich endlich leisten, der anderen die Meinung zu sagen, und das tat richtig gut.

Amber schien es sportlich zu nehmen und zuckte nur mit den Schultern. „Weißt du nicht, dass Miststücke viel mehr erreichen als nette Mädchen? Ich wollte nie einfach nur nett und sympathisch sein. Und das bist *du* auch nicht, also tu nicht so heuchlerisch."

„Mag sein, aber erreicht habe ich trotzdem nichts", murmelte Claudia.

„Ja, weil du immer Daddys Liebling bleiben wolltest. Du lebst das Leben, das er für dich ausgesucht hat: brave Ehefrau, das Anhängsel eines wohlhabenden Mannes. Aber das entspricht nicht deinem Charakter. Du willst selbst etwas darstellen, oder? Und da es mit den Kindern ohnehin nicht klappt, macht es doch keinen Sinn, an diesem Leben festzuhalten. Wenn du deinen Mann lieben würdest, würdest du ihn nicht betrügen, und wenn er dich wirklich lieben würde, wäre er jetzt bei dir, oder?"

Claudia war wie betäubt von dieser kurzen treffenden Analyse und nickte mechanisch.

Amber redete gleich weiter: „Wenn Michael nichts von mir wissen will, muss ich das wohl akzeptieren. Ich habe übrigens in Dubai einen tollen Mann kennengelernt, einen reichen Industriellen aus London, und war deswegen bis gestern früh dort." Ihre Augen begannen zu leuchten. „Wir wollen uns wiedersehen – er scheint verrückt nach mir zu sein."

„Wie schön für dich", entgegnete Claudia bissig. „Sag mal, hat mich dein Cousin eigentlich nur aus Berechnung verführt? Wegen der Fotos von uns?"

„Er wusste von dem Plan", gab Amber zu. „Aber du hast ihm tatsächlich gefallen – er hat hinterher nicht aufgehört, nach dir zu fragen."

„Pff", machte Claudia verächtlich. „Den habe ich nicht nötig." Und mit einer Freundin wie Amber brauchte man keine Feinde mehr. Als Ratgeberin erschien sie ihr jedoch recht nützlich, daher beschloss sie, gute Miene zum bösen Spiel zu machen.

„Amber ... ich glaube, ich werde João eine Trennung vorschlagen, zumindest eine Trennung auf Probe. Ich will nach Brighton zurück. Schon um Vater zur Seite zu stehen. Er wird mich brauchen." Dieser Gedanke war ungewohnt und fühlte sich gut an. „Und du hast recht mit deiner Einschätzung: Ich will nicht nur ein Anhängsel sein, abhängig von Ehemann und Daddy. Mich langweilt mein Leben extrem. Ich will arbeiten." Sie hätte nie gedacht, sich das einmal sagen zu hören.

„Gut", entgegnete Amber verdutzt.

„Aber wer würde mich schon einstellen? Meine Ausbildung ist zehn Jahre her und ich hatte nie einen Job."

Amber hob erstaunt die Handflächen. „Du hast eine Ausbildung zur Hotelfachfrau und deine Familie besitzt eine Handvoll Hotels – wo ist das Problem?"

„Ich will Michael oder meine Mutter nicht um einen Job bitten müssen. Dann würde ich ja wieder nicht so richtig auf eigenen Füßen stehen, verstehst du?"

„Ja." Amber dachte kurz nach. „Im Lyndhurst Brighton wird in Kürze was frei ... Die Leiterin unseres Spa-Bereichs geht bald in den Mutterschutz und will mindestens ein Jahr Elternzeit dranhängen. Vielleicht wäre das was für dich?"

„Klingt gut. Würdest du mir den Posten geben?", fragte Claudia hoffnungsvoll, obwohl ihr die Vorstellung, Amber als Chefin zu haben, Bauchschmerzen verursachte. Sie ahnte, dass diese als Vorgesetzte wesentlich unangenehmer werden könnte als Mariana oder Michael.

„Klar, wenn du es dir zutraust. Es wäre natürlich nur befristet, aber du könntest Erfahrungen sammeln. Und vielleicht willst du nach einem Jahr Trennung sowieso zurück zu deinem Mann."

„Ein guter Plan", stimmte Claudia zu.

„Also abgemacht. Denk darüber nach und stelle eine Bewerbungsmappe für die Personalabteilung zusammen, dann laden wir dich zu einem Gespräch ein. Der Job wäre ab Januar frei."

„Ich werde noch einmal darüber schlafen. Und natürlich muss ich erst mit João sprechen. Ich will ihn nicht vor vollendete Tatsachen stellen. Ich melde mich so schnell wie möglich bei dir."

„Bestens." Amber warf einen Blick auf die Uhr ihres Smartphones und erhob sich. „Ich muss jetzt ins Hotel. Ich arbeite diese Woche in Brighton."

Claudia brachte sie zur Tür. Gerade als sie sich verabschiedeten, hielt ein Bote auf einem Moped vor dem Haus und überreichte ihr einen großen Umschlag.

„Die Kanzlei Bender & Hazelman schickt mich. Könnten Sie mir das bitte quittieren?“

Charles Hazelman war der Notar der Familie. Neugierig betrachtete Claudia den dicken Umschlag, der an Mr und Mrs Silverstone adressiert war, versiegelt war und wichtig aussah. Das würde ihre Mutter bestimmt interessieren. Sie schickte ihr eine kurze Nachricht mit dem Foto des Umschlags. Dann bereitete sie sich einen Kaffee zu, setzte sich im Schneidersitz in einen der Sessel des Wohnzimmers und genoss nun das Alleinsein, um in Ruhe nachzudenken.

44

Wutentbrannt stürmte Michael am Montagmorgen ins Büro seines Onkels.

„Micael, was machst du denn hier?“, fragte Jorge überrascht. „Ich wusste gar nicht, dass du nach Rio kommst.“

„Ich bin privat hier. Hast du gewusst, dass Vater Rafael und mich hat entführen lassen?“, kam er ohne Umschweife zur Sache.

Sein Onkel starrte ihn erschrocken an. „Nein, natürlich nicht. Bist du sicher?“

„Tu nicht so scheinheilig. Ich habe einen Zeugen, der gehört hat, dass du eingeweiht warst.“ Michael hatte beschlossen zu bluffen.

„Na gut.“ Jorge erhob sich aus seinem Chefsessel und trat langsam auf ihn zu. „Eingeweiht war ich in gar nichts. Ungefähr ein halbes Jahr nach eurer Entführung bin ich eines Tages ohne anzuklopfen in Andrews Büro gegangen, weil wir einen Termin hatten. Er hatte mir den Rücken zugewandt, hat telefoniert und mich nicht bemerkt. Ich habe gehört, dass er auf Portugiesisch sagte: *Ich will wissen, wo der Junge jetzt lebt.* Dann hat er etwas auf einen Block notiert.“ Er räusperte sich. „Ich habe mich zurückgezogen und bin fünf Minuten später wiedergekommen. Ich habe ihn nicht darauf angesprochen. Aber die sonderbare Bemerkung hat mir keine Ruhe gelassen."

„Hast du dich nicht gefragt, um welchen Jungen es gehen könnte?", warf Michael ein.

„Doch, darauf wollte ich ja gerade hinaus", antwortete Jorge gereizt. „An Rafael habe ich dabei zuerst nicht gedacht, sondern eher an ein uneheliches Kind – das kannte ich schließlich von meinem eigenen Vater." Er verzog den Mund. „Nach unserem Meeting musste Andrew in die nächste Besprechung eilen und ließ mich in seinem Büro zurück. Diese Notiz auf seinem Block lag noch auf dem Schreibtisch und einer Eingebung folgend habe ich sie kopiert."

„Und bewahrst sie seitdem in deinem Safe auf", ergänzte Michael.

„Du warst an meinem Safe?" Jorge schnalzte missbilligend mit der Zunge.

„Bist du dieser Adresse nie nachgegangen?"

„Wozu? Ich wollte sie nur aufbewahren, irgendetwas sagte mir, sie könnte wichtig sein."

„Du wolltest etwas gegen ihn in der Hand haben – vorsichtshalber, stimmt's?" Michael blickte seinen Onkel lauernd an.

„Nun ja, etwas später hast du Andrew erzählt, ich hätte dich befingert, und er hat mich darauf angesprochen", erwiderte Jorge ärgerlich. „Ich habe ihm gedroht, wenn er mich anzeigen würde, würde ich der Polizei einen Tipp wegen der Entführung meiner Neffen geben. Zwar hatte ich keine Beweise außer dieser Adresse, aber vielleicht hätte die Polizei was gefunden."

Michael schnaubte verächtlich. „Gerade hast du gesagt, du hast dabei an ein uneheliches Kind gedacht und nicht an Rafael!"

Jorge presste die Lippen aufeinander.

„Sicher bist du nach São Paulo gefahren oder hast einen Detektiv hingeschickt. Und hast Mutter nichts gesagt. Du bist ein Scheusal, Jorge", fauchte Michael. „Du hast einfach zugesehen, wie deine Schwester an ihrem Kummer fast zugrunde geht, um deine dreckige Haut zu retten. Es war ja auch eine Win-win-Situation: Ein Erbe weniger, also später vielleicht größere Anteile für dich, und deine Schwester zu geschwächt, um dir bei der Hotelleitung auf die Finger zu sehen. Und du hattest ein Druckmittel gegen Andrew, praktisch universal für alles Mögliche."

Sein Onkel antwortete nicht, stand nur mit hängenden Schultern und versteinerter Miene vor ihm.

Michael atmete tief durch. „Warum Jorge, warum ausgerechnet ich?"

„Du warst so ein hübscher und einsamer Junge, Micael", murmelte Jorge. „Wie hätte ich da widerstehen können, dich zu trösten?" Er hob die Hand und streichelte ihm sanft über die Wange.

Als Michael die feuchten Finger auf seiner Haut spürte, stieg Übelkeit in ihm auf. Ohne nachzudenken, rammte er wie von einer fremden Macht gesteuert die Faust ins Gesicht seines Onkels. Dieser schrie auf und fasste sich an die Nase.

„Was ist denn hier los?", hörte Michael die erschreckte Stimme seiner Mutter von der Tür her.

„Dein verdammter Sohn hat mir gerade die Nase gebrochen! Scheiße, jetzt blutet sie auch noch." Jorge fingerte ein Stofftaschentuch aus seiner Hosentasche und hielt es sich unter die Nase.

„Boah, das hat gutgetan." Michael rieb sich mit schmerzverzerrter und dennoch zufriedener Miene die Hand.

„Würdest du mir das erklären, Micael?" Mariana blickte entsetzt vom einen zum anderen.

„Erinnerst du dich an Jorges gebrochenen Finger Anfang der Neunzigerjahre, Mama?"

Sie dachte nach. „Als er den Fahrradunfall hatte?" Sie blickte ihren Bruder fragend an.

„Das war kein Unfall. Das war ich. Meinem Capoeira-Trainer sei Dank." Michael massierte sich vorsichtig die Knöchel. „Ich glaube, diesmal habe ich mir was gebrochen. Aber das war es wert."

„Nun rede schon, was ist los?"

„Jorge hatte eine Art Vereinbarung mit Andrew. Er hat darüber geschwiegen, dass Andrew Rafa und mich hat entführen lassen, und dafür hat Andrew den Missbrauch an mir toleriert."

Marianas Augen weiteten sich vor Entsetzen. Schockiert starrte sie ihren Bruder an. „Ist das wahr?"

„Natürlich nicht. Dein Sohn spinnt." Er drückte das Taschentuch gegen seinen Nasenflügel und legte den Kopf in den Nacken.

„Sieh mir in die Augen, Jorge!"

Er wand sich vor Unbehagen und fixierte die Zimmerdecke. „Du hast den Unsinn damals doch auch nicht geglaubt."

„Von Andrew hätte ich auch nie gedacht, dass er dazu in der Lage wäre, meine Kinder kidnappen zu lassen. Sieh mich an!", verlangte sie und packte ihn am Kragen.

Zögernd tat er es und blinzelte nervös. „Du weißt, wie gern ich deine Söhne hatte. Vielleicht habe ich Micael mal ein paar Sekunden zu lange in die Arme genommen ..."

„Du hast vergessen zu erwähnen, dass ich dabei splitternackt sein sollte", warf Michael ein. „Genau wie du."

„Stimmt das, Jorge?" Aus Marianas Augen loderten Flammen, und er senkte den Blick.

Das war ihr Antwort genug. Sie holte aus und ohrfeigte ihn mit aller Kraft.

„Du bist gefeuert! Pack deine Sachen zusammen und verlass unverzüglich mein Hotel. Und komm mir nie wieder unter die Augen! Du gehörst nicht mehr zur Familie."

„Mariana! Du kannst mich nicht einfach rauswerfen."

„Doch, kann ich. Mit Andrews und meiner Mehrheit kann ich dich als Geschäftsführer fristlos entlassen. Deine Anteile am Hotel werde ich dir auszahlen. Wenn du in zehn Minuten noch hier bist, schicke ich dir den Sicherheitsdienst. Ob ich dich anzeige, überlege ich mir noch. Es wäre vielleicht eine gute Idee für dich, das Land zu verlassen", fauchte sie. „Komm, Micael, wir gehen."

Michael betrachtete seine Mutter mit einer Mischung aus Anerkennung und Beunruhigung und folgte ihr in ihre Suite, wo sie sich in einen Sessel fallen ließ. Sie zitterte am ganzen Körper. Er legte ihr beruhigend eine Hand auf die Schulter. Langsam hob sie das Gesicht und blickte ihn verstört an.

„Es tut mir unendlich leid, dass ich dir damals nicht geglaubt habe, *querido*. Ich war blind in meiner Trauer um Rafael. Kannst du mir das jemals verzeihen?", fragte sie mit erstickter Stimme.

Er deutete ein Nicken an, beugte sich zu ihr hinunter und zog sie in die Arme. „Ich danke dir für diesen Auftritt, das war großartig. Aber war es nicht ein wenig voreilig, Jorge fristlos zu feuern? Sein Stellvertreter hat gerade einige Tage Urlaub und überhaupt finden wir nicht von heute auf morgen einen fähigen Ersatz."

„Wir beide schaffen das schon", sagte sie entschlossen und wischte sich eine Träne von der Wange.

Er seufzte. „Ich habe Stephanie versprochen, dass die Situation sich bessert – wie soll ich ihr das glaubhaft machen, wenn ich nun drei Hotels am Hals habe?"

„Ich wünsche dir nichts mehr, als dass du dein privates Glück mit deinem Beruf vereinen kannst", sagte Mariana aufrichtig. „Und wenn Stephanie dich glücklich macht und du dein Leben mit ihr verbringen willst, werde ich sie künftig als Teil der Familie betrachten."

„Danke, Mama." Er küsste sie liebevoll auf die Stirn.

45

„Mein Gott, bin ich aufgeregt“, sagte Mariana zum dritten Mal und lief unruhig in Michaels und Stephanies Suite auf und ab. „Wann kommen sie denn endlich?“

„Sie müssen beide bis um fünf arbeiten und wollten danach direkt ins Hotel kommen. Sie werden jeden Moment eintreffen“, beruhigte Michael seine Mutter.

„Wie geht es deiner Hand, Darling?“, wollte Stephanie von ihm wissen.

„Der Schmerz hat nachgelassen. Ich habe mir wohl doch nichts gebrochen.“ Er lächelte schief.

„Das war eine furchtbare Szene heute Morgen.“ Mariana hielt mit dem Auf- und Ablaufen inne und schüttelte sich.

Stephanie legte ihr mitfühlend eine Hand auf die Schulter. Sie versuchte sich vorzustellen, was es mit ihr gemacht hätte, wenn Brittany als Kind gekidnappt worden und viele Jahre später als Erwachsene wieder aufgetaucht wäre. Und wenn sie erfahren hätte, dass der eigene Ehemann diese Entführung veranlasst und der Bruder darüber geschwiegen hätte. Sie wagte kaum, sich das auszumalen und fand, dass sich Mariana für die Umstände bewundernswert gut hielt. Wahrscheinlich gab ihr das bevorstehende Wiedersehen mit Rafael Kraft.

„Wie lange kannst du in Rio bleiben, Stephanie?“, erkundigte sich Mariana.

„Theoretisch so lange ich will. Claudia hat mir ein offenes Rückflugticket gebucht und es gibt nichts, was ich in Brighton zu tun hätte, da ich ja eigentlich sowieso in Dubai gewesen wäre. Meine Tochter habe ich gerade erst gesehen, sie hält es einige Wochen ohne mich aus. In Kürze muss ich das Lektorat für meinen Krimi bearbeiten, aber wenn mir Michael seinen Laptop leiht, kann ich das auch von hier aus tun.“

Mariana lächelte sie an, trotz ihrer angespannten Züge durchaus herzlich. „Bei Gelegenheit musst du mir eine signierte Ausgabe deines bereits erschienenen Krimis zukommen lassen, ich möchte ihn unbedingt lesen.“

„Klar, gerne“, erwiderte Stephanie überrascht. Nach den früheren Begegnungen, in denen Michaels Mutter sich so hochmütig, ja beinahe feindselig verhalten hatte, war es ungewohnt, wie liebenswürdig sie ihr nun begegnete. Doch sie fühlte, dass es ehrlich gemeint war und freute sich über Marianas Veränderung.

Es klopfte an der Tür. Mariana presste unwillkürlich die Hand auf ihr Herz und folgte Michael, der öffnen ging, langsam zum Eingang.

Und dann stand sie ihm gegenüber – Rafael, den sie das letzte Mal gesehen hatte, als er ihr bis zur Taille gereicht hatte und der nun größer war als sie.

Taktvoll wandten sich die anderen ab, während sich die beiden innig und lange umarmten. Danach trat Mariana auf Gabriel zu. Etwas unschlüssig blickten sie einander an, und Stephanie konnte die emotionsgeladene Spannung spüren. Einst Liebende, die durch skrupellose Machenschaften getrennt worden waren und sich jahrelang beinahe gehasst haben mussten ... Doch nun wussten sie, wie sich alles zugetragen hatte. In Marianas tränenerfüllte Augen trat ein Leuchten, und auch Gabriel strahlte.

„Du hast dich kaum verändert. Allenfalls bist du noch schöner als früher", sagte er bewegt und griff nach ihren Händen.

„Danke. Ich glaube aber, dass ich innerlich nicht mehr dieselbe bin", erwiderte sie nachdenklich.

„Das erscheint mir klar. Ich würde mich freuen, die neue Mariana kennenzulernen."

„Mal sehen." Sie erwiderte sein Lächeln beinahe schüchtern. „Ich möchte einen Moment mit Rafael allein sein", sagte Mariana dann. Sie nahm ihren Sohn an der Hand, als wäre er noch immer ein kleines Kind, und zog ihn hinter sich her in das Schlafzimmer der Suite.

Die anderen ließen sich in die Polstermöbel des Wohnraums sinken und warteten. Michael hatte beim Roomservice Getränke und Knabbereien für einen Aperitif bestellt und schob sich nervös Erdnüsse in den Mund, während sein Vater mit Genuss einen Martini trank.

Einige Minuten später erschienen Mariana und Rafael wieder, mit wesentlich entspannteren und glücklicheren Gesichtern.

„Bitte mach deinen Laptop an und stelle eine Skype-Verbindung zu Claudia her, Micael", bat Mariana. „Ich habe eine wichtige Information für euch und möchte, dass ihr drei es zur gleichen Zeit erfahrt. – Gabriel, sei mir nicht böse, aber es geht um heikle und sehr private Familienangelegenheiten. Bitte setz dich in die Lobby und lass dir dort noch einen Drink servieren. Sie sollen es auf meine Suite schreiben. Wir holen dich danach ab und gehen alle zusammen essen, einverstanden?“

Er nickte und erhob sich, während Michael seinen Laptop einschaltete, auf den Couchtisch stellte und Claudia über Skype anwählte.

Stephanie blickte Mariana fragend an. „Soll ich euch auch allein lassen?“

„Nein, Liebes, bleib ruhig. Du gehörst jetzt zur Familie.“ Sie setzte sich mit Rafael auf die Couch vor den Laptop, Michael zog sich den Sessel dicht heran, und Stephanie ließ sich auf dessen Armlehne nieder.

„Andrew wusste, dass er seine Bypass-OP möglicherweise nicht überleben würde und wollte am Tag davor unseren Notar sprechen“, begann Mariana, nachdem sie Claudia kurz begrüßt hatte. „Er konnte oder wollte mir nicht sagen, worum es ging. Heute haben wir die Papiere vom Notar erhalten. Nachdem Claudia mich darüber informiert hat, habe ich Hazelman angerufen und mir die Dokumente per Mail schicken lassen.“ Sie räusperte sich und rief die Mail auf ihrem Handy auf.

„Mama, mach es nicht so spannend“, bat Claudia.

„Bin ich jetzt enterbt?“, fragte Michael missmutig.

„Ganz und gar nicht. Offenbar wollte Andrew versuchen, seine schreckliche Tat wiedergutzumachen. Er hat einen Teil seines ursprünglichen Testaments in Schenkungen umgewandelt, die unverzüglich wirksam werden, egal ob er stirbt oder weiterlebt.“ Sie machte eine kleine Kunstpause. „Für den Fall, dass Rafael am Leben ist und wieder auftaucht, ist er ab sofort alleiniger Besitzer des Silverstone Boston und erhält zusätzlich eine einmalige Zahlung von einer Million Dollar."

Rafael schnappte nach Luft und war sichtlich sprachlos.

„Micael, dir gehören ab sofort zu hundert Prozent die Hotels in Dubai und Brighton", fuhr Mariana fort. „Außerdem legt dein Vater seinen Posten als Geschäftsführer der Silverstone-Hotelkette nieder und überträgt ihn dir."

„Wow", machte Michael beeindruckt und schluckte.

„An mich überträgt er seine Anteile vom Ipanema Palace. Und Claudia, du erhältst das noch im Bau befindliche kleine Hotel in Torquay, den ehemaligen Landsitz deiner Großeltern. Im Fall seiner Gesundung bittet dein Vater dich, ihn dort als General Manager einzusetzen. Er möchte sich nach Devon zurückziehen, um seiner Gesundheit zuliebe ein ruhigeres Leben zu führen. Außerdem bekommst du das Boutique-Hotel in Royal Greenwich – es ist ihm vor kurzem gelungen, es zurückzukaufen."

„Davon wusste ich ja gar nichts", rief Michael.

„Das sollte eine Überraschung sein. Der Rest des Testaments mit der Aufteilung des Privatbesitzes und -vermögens nach Andrews Tod bleibt unverändert: Die Villa in Brighton würde ich bekommen, das Ferienhaus am Comer See und die Wohnung in Paris wird Claudia erben."

Hinter Claudias Stirn schien es fieberhaft zu arbeiten. Stephanie merkte ihr die Enttäuschung darüber an, dass ihre Brüder weitaus größere und kostspieligere Hotels erhalten hatten. Doch immerhin schnitt sie dafür beim Privatvermögen besser ab.

„Das sind in der Tat große Neuigkeiten, Mama." Michael blickte seinen Bruder an. „Was sagst du dazu, Rafa?"

„Es ist toll, aber ich habe überhaupt keine Ahnung, was ich mit so einem Hotel machen soll", gestand Rafael. „Ich verstehe davon doch gar nichts. Und spreche noch nicht einmal vernünftig Englisch."

„Du musst es ja nicht leiten. Der General Manager ist top. Wir unterhalten uns noch in Ruhe darüber. Ich berate dich auch gerne beim Anlegen der Million Dollar, wenn du willst. Jetzt hast du sie doch noch bekommen – auf völlig legale Weise." Er zwinkerte ihm zu.

Rafael grinste etwas beschämt. „Ich denke, ich werde einen Teil davon in ein soziales Projekt investieren, vielleicht eine Stiftung für brasilianische Waisenkinder gründen. Kennst du den Rapper MV Bill? Ist ein Carioca."

Michael dachte nach. „Ist das nicht der, in dessen Liedern es um die Jugend geht, die einer konstanten Bedrohung durch Drogen und Gewalt ausgesetzt ist?"

„Genau. Er hat in Rio ein Netzwerk von Zentren aufgebaut, in denen Kinder, die sonst wahrscheinlich auf der Straße abhängen würden, mit Tanz-, Musik- und Kunstunterricht sinnvoll beschäftigt werden. Ich kenne ihn persönlich und hatte schon immer den Wunsch, mich da einzubringen, nur hatte ich bisher nie die Mittel dazu."

„Das ist cool", sagte Michael bewundernd. „Aber pass auf, dass du dir nicht das Geld aus der Tasche ziehen lässt. Wenn es dir ernst damit ist, werden wir das von einem Anwalt prüfen lassen."

Rafael nickte dankbar. Er wirkte noch immer wie erschlagen. „Ich möchte auch gerne unserem Vater etwas zukommen lassen. Er müsste in seine Tanzschule investieren, damit sie besser läuft, aber er hat kein Geld dafür."

Michael hob die Schultern. „Du machst mit dem Geld, was immer dir richtig erscheint."

„Ich habe ebenfalls Neuigkeiten", verkündete Claudia. „Ich war vorhin bei Dad, und er war bei Bewusstsein. Der Arzt sagte, seine Chancen auf Genesung stünden gar nicht mal so schlecht."

Eisiges Schweigen am anderen Ende in Rio.

„Okay, verstehe, das interessiert euch nicht", murmelte sie bedrückt.

Es war Rafael, der das Schweigen brach. „Ich weiß nicht, ob ich ihm das jemals verzeihen kann. Aber richte ihm dennoch Grüße aus und meinen Dank für diese großzügige Schenkung."

„Dito", ergänzte Michael kurzangebunden.

„Außerdem habe ich mich entschlossen, mich von João zu trennen und nach England zu ziehen", fuhr Claudia fort, und die anderen horchten auf. „Ich werde mir einen Job suchen."

„Du willst arbeiten?", fragte Michael entgeistert und rückte näher an den Laptop heran, um ihr in die Augen sehen zu können.

„Genau. Du hast mir in Dubai gesagt, ich solle euch beweisen, dass mehr in mir steckt als Daddys verwöhnte Prinzessin. Das werde ich tun!" Sie streckte entschlossen das Kinn vor.

„Donnerwetter. Und nun willst du einen Job in einem unserer Hotels?"

„Nein danke, ich habe schon einen in Aussicht", trumpfte sie auf. „Als Leiterin des Spa-Bereichs im Lyndhurst Brighton."

„Ausgerechnet. Zur Konkurrenz willst du gehen? Und dann noch zu meiner speziellen Freundin Amber?", meinte er angesäuert. „Viel Spaß dabei. Da habt ihr ja reichlich Zeit, neue Intrigen auszuhecken."

„Mir ist klar geworden, dass Amber keine Freundin ist. Und als Chefin möchte ich sie auch nur notfalls haben." Claudia zuckte mit den Schultern. „Ich habe mir das heute Morgen überlegt, als ich noch nicht wusste, dass ich ab sofort selbst Besitzerin eines Hotels bin. Das bietet natürlich völlig neue Möglichkeiten."

„Du wirst einen Rekord darin aufstellen, wie schnell du Dads soeben gekauftes Hotel an die Wand fährst", kommentierte er.

„Ich habe nicht gesagt, dass ich es sofort leiten will, oder? Vielleicht werde ich auch nie in der Lage sein, ein Hotel selbst zu leiten, ich gebe zu, dass ich mich mit Betriebswirtschaft schwertun würde. Aber ich kann mich ja auf andere Art einbringen, da wird sich schon was finden. Und nebenbei werde ich mich weiterbilden. Vielleicht arbeite ich tatsächlich erstmal ein Jahr im Lyndhurst, um Erfahrungen zu sammeln."

„Ein schlechter Plan ist es nicht", gab Michael zu und kratzte sich nachdenklich am Kopf. „Eigentlich ist es mir sogar lieber, du gehst erstmal zu Lyndhursts, bevor du in unseren Hotels etwas anstellst, das die Gäste vergrault." Er blinzelte ihr zu und lächelte sie versöhnlich an. „Vor mir aus, es ist einen Versuch wert."

„Wirst du mir helfen?", bat sie.

„Sicher." Er stöhnte leise auf und verzog den Mund. „Ich werde mich am besten mehrfach klonen lassen, um euch alle bei der Leitung eurer Hotels zu unterstützen, mich gleichzeitig um meine eigenen zu kümmern und ein Minimum an Privatleben zu haben. Und vor allem ein Liebesleben." Bei diesen Worten drückte er zärtlich Stephanies Hand.

Sie lächelte erleichtert und küsste seine Schläfe.

„Ich schlage vor, wir halten darüber in den nächsten Tagen eine offizielle Videokonferenz ab, zusammen mit den jeweiligen Direktoren der Hotels beziehungsweise ihren Stellvertretern", sagte Mariana. „Und jetzt lassen wir für heute Abend das Geschäftliche ruhen und kümmern uns ums Private. Rafa und ich haben schließlich achtundzwanzig Jahre nachzuholen." Sie strahlte ihren Sohn an und schickte sich an, die Skypeverbindung mit ein paar abschließenden Worten an ihre Tochter zu beenden.

„Warte", bat Claudia hastig. „Michael, bitte sag, dass du mir verzeihst. Ich halte es nicht aus, wenn du sauer auf mich bist."

„Ich verzeihe dir", versicherte er. „Aber wenn du so etwas noch mal machst oder irgendwelche Geschäfts- oder Familiengeheimnisse bei Lyndhurst ausplauderst, ist es aus zwischen uns."

„Werde ich nicht", versprach sie. „Und hey, hast du schon mal daran gedacht, dass ich bei Lyndhurst für Silverstone spionieren könnte?"

Er lachte amüsiert. „Nette Idee, aber das haben wir nicht nötig."

46

Am nächsten Tag waren sie bei Marianas Halbschwester Isabel, die Rafael wiedersehen wollte, zum Mittagessen eingeladen. Rafael hatte sich extra den Nachmittag freigenommen. Diesmal sollte es keine große Familienzusammenkunft wie bei Stephanies letztem Besuch sein. Isabel war allein im Haus. Beinahe allein …

„Geht schon mal rein", lud sie ihre Besucher nach der herzlichen Begrüßung ein, „ich bin noch nicht ganz fertig." Sie verschwand in der Küche, während ihre Gäste ins Wohnzimmer schlenderten.

Dort spielte ein niedlicher, etwa anderthalbjähriger Knirps mit Bauklötzen. Als er die Besucher bemerkte, richtete er sich mühsam auf seine Beinchen, kam auf Stephanie zu und strahlte sie mit leuchtenden schwarzen Augen an.

„Ach, du bist ja süß." Stephanie kniete sich vor ihn hin und strich ihm sanft über die leicht gelockten dunkelbraunen Haare. „Ist das ein Verwandter von dir, Michael? Ich wette, du hast genauso ausgesehen in dem Alter."

„Ich weiß nicht, wer das ist", sagte er verwirrt und blickte zu seiner Tante, die mit einer Schale orangefarbenem Püree in der Hand zur Tür hereinkam. „Isabel, gehört der kleine Mann zu unserer Familie?"

„Nein. Hach, das ist eine so traurige Geschichte." Sie seufzte. „Ich hatte eine Putzhilfe aus den Favelas, Amanda. Sie war alleinstehend, der Vater von dem Jungen hat sie sitzengelassen. Genauer gesagt war er wohl ein europäischer Tourist, der wieder abgereist ist, ohne zu wissen, dass er sie geschwängert hat. Sie hatten keine Kontaktdaten ausgetauscht. Amanda hat das Kind mit hierhergebracht, wenn sie hier geputzt hat. Vor drei Wochen ging sie raus, um etwas für mich einzukaufen und ist dabei von einem Auto überfahren worden. Sie war sofort tot. Seitdem habe ich den Jungen und weiß nicht, was ich mit ihm machen soll. Die Polizei hat festgestellt, dass es keine Angehörigen mehr gibt – obwohl, so genau weiß man das bei den Leuten aus den Favelas ja nie, aber ich will ihn auf keinen Fall dorthin zurückbringen. Als elternloses Straßenkind würde er vor die Hunde gehen", berichtete sie etwas atemlos.

„Wie schrecklich", murmelte Michael. „Hast du das Jugendamt verständigt?"

„Natürlich, aber die sind völlig überlastet und haben mich noch nicht zurückgerufen. So richtig bringe ich es nicht übers Herz, ihn wegzugeben, wo er doch gerade erst seine Mutter verloren hat. An mich ist er ein bisschen gewöhnt. Aber um ehrlich zu sein, möchte ich ihn auch nicht behalten. Ich fühle mich zu alt, um nochmal Mutter zu spielen. Ich habe meine eigenen Kinder großgezogen, ich habe Enkelkinder, das ist genug. Und Paulo ist auch dagegen, er will hier auf Dauer keinen fremden Jungen haben."

„Er sieht aus wie ihr beide als Kleinkinder", sagte

Mariana entzückt zu ihren Söhnen und näherte sich dem Kleinen mit versonnenem Lächeln. „Wie heißt er?"

„Jamiro."

Sie hob den Jungen in die Höhe, drückte ihn an sich und lachte ihn an. Jamiro gluckste vor Vergnügen und griff interessiert nach dem Anhänger ihrer Halskette.

„Was ist mit Waisenhäusern oder Kinderheimen?", fragte Stephanie.

Michael winkte ab. „Die wenigen, die es gibt, sind hoffnungslos überfüllt."

„Du arbeitest doch in einem Waisenheim", wandte sich Stephanie an Rafael. „Kannst du nicht dafür sorgen, dass er dort untergebracht wird?"

„Sicher würde man ihn dort dazustopfen, er ist ja noch viel zu klein, um auf der Straße überhaupt überleben zu können. Aber die Zustände sind grauenhaft, und sobald er alt genug wäre, um in den Mülltonnen nach Essen zu suchen, zu stehlen, sich zu prostituieren und zu betteln, würden sie ihn rauswerfen, weil sie den Platz für andere brauchen", erklärte Rafael bitter.

„Es gibt doch so viele kinderlose Paare, die ein Kind adoptieren möchten ...", meinte sie ratlos.

„Nun ja, niedlich und jung, wie er ist, hätte er vielleicht eine Chance, aber sicher ist das nicht. Es gibt in Brasilien rund sieben Millionen Straßenkinder, drei Millionen allein in Rio, und sehr viele davon sind eltern- und obdachlos. Solche Kinder müssen sehr schnell hart und gewalttätig werden, um zu überleben." Rafael schluckte. „Jamiros Lebenserwartung läge vermutlich bei ungefähr zehn oder zwölf Jahren. Dann wird er bei Bandenkämpfen ums Leben kommen oder beim Krieg zwischen Polizei und Drogendealern. Wenn er nicht schon vorher verhungert oder elendig an einer Krankheit dahinsiecht. Tausende solcher Straßenkids gehen jämmerlich zugrunde. Und niemanden kümmert's, sie werden beseitigt wie Abfall." Er presste die Lippen aufeinander.

„Das ist ja furchtbar!" Geschockt von Rafaels Worten streichelte Stephanie behutsam über Jamiros weiches Haar.

„Manchmal schäme ich mich für mein Land."
Mariana küsste den Kleinen mit bekümmerter Miene auf die zartbraune Wange und sog seinen Duft nach Babyhaut ein. „Man kann ihn doch nicht einfach so seinem Schicksal überlassen!", sagte sie verzweifelt.

Als Jamiro zu strampeln begann und die Arme nach seinem Teddy ausstreckte, setzte sie ihn seufzend auf den Boden und ließ sich auf die Couch sinken, den Blick grüblerisch ins Leere gerichtet.

„Könnt ihr ihn nicht adoptieren?", fragte Isabel hilflos an Michael und Stephanie gewandt.

In Michaels Blick glomm etwas auf, als er Stephanie ansah. „Was würdest du davon halten, einen kleinen Brasilianer zu adoptieren?"

In Stephanie rang das Mitgefühl für den Waisenjungen mit einer Portion gesundem Egoismus. Der Kleine war herzallerliebst, doch sie war überhaupt nicht darauf eingestellt, ein Kind zu adoptieren. So eine Entscheidung wollte gut durchdacht sein.

„Oh, mein Gott, er ist total süß", erwiderte sie verlegen, „aber er ist doch keine Puppe, die man einfach so mitnehmen kann. Was ist mit dem Kulturschock, wenn wir ihn hier rausreißen und nach England mitnehmen? Du weißt selbst, wie das war ... Ich bräuchte Bedenkzeit."

Michael nickte. „Natürlich, entschuldige. Das war wohl eine zu spontane Idee."

„Nein, Micael – du wirst in nächster Zeit sehr viel zu tun haben und eure Beziehung ist noch zu frisch. Und niemand kann von Stephanie erwarten, dass sie sich so spontan dazu entschließt, ein fremdes Kind großzuziehen", schaltete sich Mariana ein, die Stephanies Unbehagen bemerkt hatte. Als sie sah, wie sich die Miene ihrer Halbschwester betrübte, lächelte sie sie an. „Aber *ich* könnte Jamiro adoptieren. Da ich sowieso in Rio bleiben will, bekäme er auch keinen Kultur- und Klimaschock."

„Du?" Alle starrten sie an. „Ein Kind aus den Favelas?", fragte Isabel ungläubig.

„Vor wenigen Tagen noch hätte ich über so eine Idee vermutlich nur den Kopf geschüttelt", gab sie zu. „Doch auf einmal erscheint es mir naheliegend." Sie sah zu Jamiro, der mit schiefgelegtem Köpfchen dastand und dem Gespräch so aufmerksam lauschte, als wüsste er, dass seine Zukunft davon abhing. Als er Marianas Blick auffing, kam er strahlend auf sie zugewackelt und warf ihr den Teddy, den er hinter sich hergeschleift hatte, in den Schoß.

„Komm mal her, du." Sie legte das Stofftier zur Seite und setzte stattdessen das Kind auf ihren Schoß. Er schmiegte sich mit einem glücklichen Quietschen in ihre Arme. Sie drückte ihn an sich und küsste seine Schläfe. „Wollen wir beide es miteinander versuchen, Jamiro?"

„Ich erkenne dich nicht wieder, Mama", sagte Michael fassungslos, doch es klang beifällig.

Stephanie konnte Marianas Beweggründe nachvollziehen: Sie hatte achtundzwanzig Jahre mit ihrem Sohn versäumt, der nun ein erwachsener Mann war und sie im Grunde nicht mehr brauchte. Ihre Welt musste in den letzten Tagen zusammengebrochen sein. In dem Waisenkind sah sie vermutlich eine Chance, ihrem Leben einen neuen Sinn oder zumindest eine neue Wendung zu geben und die verpasste Zeit mit Rafael nachzuholen – mit einem Jungen, der aussah wie Rafael, als er klein gewesen war, und den sie vor einem harten Schicksal bewahren konnte.

„Du ahnst gar nicht, was du mir damit für einen Dienst erweisen würdest", gestand Isabel. „Bei dir wird er gut aufgehoben sein und ich kann beruhigt schlafen! Du wirst sehen, er ist ein unkompliziertes Kind, sogar unter diesen traurigen Umständen." Sie setzte Jamiro in einen Kinderstuhl und nahm die Schale mit Brei, die sie hereingebracht hatte. „Ich füttere ihn noch schnell, dann kann er Mittagsschlaf halten, während wir essen."

„Warte, ich mach das!" Michael nahm Isabel den Löffel aus der Hand.

Lächelnd beobachtete Stephanie, wie er Jamiro fütterte und dabei gelassen hinnahm, dass der Kleine orangefarbenen Brei auf sein weißes Hemd prustete. Sie lachten sich an und schienen ihren Spaß aneinander zu haben. Es rührte sie, wie überaus zärtlich Michael ihm mit dem Lätzchen Reste vom Brei aus dem Gesichtchen wischte.

Während des Essens war es Stephanie ganz recht, dass die Unterhaltung Isabel und Rafael zuliebe fast nur auf Portugiesisch geführt wurde und sie sich geistig ausklinken konnte. Es gab so vieles, über das sie nachdenken wollte.

47

Die Sonne war gerade untergegangen und hatte einen in prächtige Rot- und Orangetöne gefärbten Himmel hinterlassen. Wie bei ihrem Besuch im Sommer gingen Stephanie und Michael am Vorabend ihrer Abreise noch einmal an der Promenade von Ipanema spazieren und setzten sich dann zwischen die fröhlich spielenden und feiernden Cariocas an den Strand.

Zwei Wochen waren seit der überraschenden Wiederbegegnung mit Rafael und Gabriel vergangen, und so langsam festigten sich die Pläne der Familie.

Ein DNA-Test, auf den Rafael bestanden hatte, hatte bewiesen, dass er und Michael eineiige Zwillinge waren.

Andrew war auf einem sehr langsamen Weg der Besserung, die jedoch voraussichtlich nie vollständig sein würde und jederzeit von Rückschlägen gezeichnet sein konnte. Mariana hatte einen Anwalt in Brighton damit beauftragt, die Scheidung einzureichen, und einen in Rio, um Jamiros Adoption in die Wege zu leiten.

Claudia war kurz nach Lissabon geflogen, hatte mit João eine Trennung auf Probe vereinbart und die wichtigsten persönlichen Dinge geholt, um gleich wieder nach Brighton zurückzukehren. Sie besuchte ihren Vater oft in der Klinik und begann mit ihm Pläne für das

Boutique-Hotel in Torquay zu schmieden. Außerdem unterzeichnete sie ihren befristeten Arbeitsvertrag im Lyndhurst-Hotel und verbrachte hin und wieder ein Wochenende im Royal Greenwich Hotel, um sich auf dem Laufenden zu halten. Es stellte Claudia zufrieden, endlich sinnvolle Projekte zu haben, und sie kniete sich mit ungewohntem Tatendrang hinein.

Rafael war entschlossen, mit einem Teil seines neuen Vermögens eine Stiftung für Waisenkinder in Rio zu gründen und in das soziale Projekt des Rappers zu investieren. Da er eine handwerkliche Ausbildung hatte, sollte er als Leiter der Technikabteilung im Ipanema Palace arbeiten und Mariana generell bei vielem zur Hand gehen.

Sie und Michael hatten Jorges bisherigen Stellvertreter kurzerhand auf den Posten des General Managers befördert und einige Umstrukturierungen im Hotel geplant. Mariana würde künftig die Event-Abteilung leiten – allerdings nur halbtags, da die Behörden Jamiros Adoption zugestimmt hatten und sie sich intensiv um ihre neuen Mutterpflichten kümmern wollte. Jamiro war bereits in ihre Suite eingezogen, und sie verstanden sich prächtig. Sie strahlte vor Glück und hatte außer der attraktiven Erscheinung nichts mehr mit der Frau gemeinsam, die Stephanie am Anfang des Jahres kennengelernt hatte. Nun fehlte nur noch eine neue Liebe.

„Glaubst du, aus deiner Mutter und Gabriel wird wieder ein Paar?", fragte Stephanie aus ihren Gedanken heraus.

„Gut möglich. Mama hat ihm verziehen, dass er damals verschwiegen hat, dass er noch verheiratet war.

Und ich merke ihr an, wie sehr sie sich noch zu ihm hingezogen fühlt." Michael lächelte. „Er hat sie ja auch sehr bei allen praktischen Dingen zu Jamiros Adoption unterstützt und hilft ihr bei der Wohnungssuche. Ich habe das Gefühl, er ist immer noch verliebt in sie."

„Hauptsache, er ist wirklich Single, wie er es behauptet", warf sie sarkastisch ein.

„Ich denke nicht, dass er darüber noch einmal lügen würde."

Stephanie tippte sich träumerisch mit den Fingerspitzen auf die Lippen. „Wenn die beiden wieder zusammenkommen, könnten sie nachholen, was ihnen damals nicht möglich war: ein Kind miteinander aufzuziehen. Ich finde das rührend. Die beiden würden ein süßes Pärchen abgeben."

Michael nickte lächelnd. „Ich fände es wunderbar, wenn aus meinen Eltern wieder ein Par würde. Ich glaube, trotz dieses dämlichen Erpressungsversuchs ist Gabriel ein guter Mensch." Er betrachtete Stephanie aufmerksam. „Du wirkst recht nachdenklich in den letzten Tagen. Willst du mir nicht sagen, was los ist?"

Sie sah ihn an. „Ich denke darüber nach, dass ich mehr über das Hotelgewerbe lernen möchte. Claudia sagte, es wäre schlecht fürs Geschäft, wenn ich davon nichts verstehe. Allerdings hat sie später eingeräumt, dass sie übertrieben hat."

„Natürlich hat sie übertrieben. Niemand verlangt das von dir."

„Ich möchte dich aber unterstützen können. Und vor allem interessiert es mich. Ich fühle mich inzwischen auch so verbunden mit euren Hotels, dass es mir merkwürdig vorkäme, die Chance nicht zu nutzen. Ich denke zwar nicht, dass ich mir einige Jahre Hotelmanagement-Studium in London antun möchte, aber es gibt doch bestimmt ein Fernstudium oder kürzere Lehrgänge in dem Bereich?"

„Ich werde mich erkundigen", versprach er. „Natürlich freue ich mich darüber, dass du mit mir gemeinsam an einem Strang ziehen willst." Er legte den Arm um sie und küsste sie aufs Haar.

Stephanie schmiegte sich an ihn. Sie blickten übers Meer und beobachteten, wie blauviolette Wolken nach und nach das orangefarbene Licht schluckten.

„Das Leben steckt voller Überraschungen", sinnierte Michael. „Es ist unglaublich, wie viel sich in nicht einmal zehn Monaten geändert hat. Vor einem Jahr war ich ein einsamer Workaholic, der unter der Knute seiner Eltern gestanden hat und dachte, er würde es nie zu einer erfüllten Beziehung bringen. Und nun habe ich die Liebe meines Lebens gefunden, habe meinen Bruder wieder und meinen leiblichen Vater kennengelernt. Meine Mutter lässt sich scheiden und adoptiert ein Kind aus einer Favela, meine Schwester will arbeiten, Dad gibt den Großteil seines hart erarbeiteten Vermögens schon zu Lebzeiten her, und du interessierst dich fürs Hotelmanagement." Er schüttelte verwundert den Kopf.

„Bei mir ist es nichts Besonderes, dass ich mal wieder das Tätigkeitsfeld wechsele", sagte sie selbstironisch.

„Also bist wenigstens du dir selbst treu geblieben", bemerkte er amüsiert und gab ihr einen zärtlichen Stups auf die Nasenspitze. Dann nahm er ihre Hand. „Ich möchte, dass wir bald noch etwas Neues tun ... Als ich dir den Verlobungsring geschenkt habe, war alles noch zu unruhig in meinem Leben, um ernsthafte Pläne machen zu können, außerdem kannten wir uns noch nicht lange. Jetzt haben wir schon einiges miteinander durchgemacht und ich bin einfach sicher, dass wir für immer zusammengehören. Denkst du das auch?"

Sie blickte in seine glänzenden Augen und nickte wie hypnotisiert.

„Möchtest du mich heiraten, Stephanie?", fragte er in feierlichem Ton. „Obwohl du nun weißt, wie es in meiner Familie zugeht?"

„Da wird mir der Romanstoff so bald nicht ausgehen." Sie blinzelte ihm zu und grinste. „Ich denke da gerade an einen Familiengeheimnisroman mit Intrigen und Skandalen ... Ich würde ihn *Das Erbe der Silverstones* nen-"

„War das ein Ja?", unterbrach er sie mit einem ungeduldigen kleinen Lachen.

„Ja. Unbedingt." Sie küsste ihn ungestüm, und er schloss sie mit glücklichem Lächeln in die Arme. „Es gibt jedoch etwas, über das wir vorher sprechen sollten ...", fuhr sie fort und löste sich von ihm, um ihm ins Gesicht sehen zu können.

Etwas beunruhigt blickte er sie an.

„Als du letztens Jamiro gefüttert hast – hast du da nicht gedacht, dass du gerne ein Kind möchtest?" Es hatte sie gerührt, wie liebevoll und entspannt er mit dem Kleinen umgegangen war, und sie selbst hatte in diesem Moment zum ersten Mal mit Macht der Wunsch nach einem Kind mit ihm überfallen.

Michael schwieg kurz und fixierte nachdenklich den Horizont. „Ja", gab er dann zu. „Aber mach dir keine Sorgen, ich werde es verschmerzen, wenn ich kein eigenes haben werde. Ich habe jetzt einen süßen Adoptivbruder, an dem ich meine väterlichen Instinkte austoben kann."

Stephanie nahm seine Hand. „Als ich dich mit Jamiro gesehen habe, habe ich auch gedacht, dass es schön wäre, ein Kind zusammen zu haben. Allerdings nicht adoptiert, sondern von dir und mir. Ich kann nicht versprechen, dass es klappen wird, aber wollen wir es nicht versuchen?"

Er lächelte sie mit leuchtenden Augen an. „Es würde mich sehr glücklich machen. Aber wolltest du nicht gerade noch ins Hotelgewerbe einsteigen? Und einen Familiengeheimnisroman schreiben?"

„Das schließt sich ja nicht aus." Stephanie stand auf und streckte Michael lächelnd die Hand hin. „Gehen wir, *querido*? Von nichts kommt nichts ..." Sie zwinkerte ihm verheißungsvoll zu.

Er sprang auf, umfasste ihre Taille und wirbelte sie einmal im Kreis herum. „Wie könnte ich so einem verlockenden Angebot widerstehen?"

Arm in Arm liefen sie zum Ipanema Palace zurück, begleitet von den Klängen eines in der Luft liegenden Bossa Nova.